玉元香

冬天的柳叶 著

中 册

青岛出版集团 | 青岛出版社

第十一章　喜　欢

协同调查小枫身份的各衙门毫无进展，只好把小枫的画像贴在各处。

一家酒馆中，喝得双眼迷离的中年男子大着舌头，对同伴吹嘘："画像上的人，我知道是谁。"

"你知道？"同伴也有了酒意，忘了压嗓门儿，"是谁啊？快说说。"

中年男子打了个嗝儿："不……不告诉你。"

同伴钩住他的肩膀，喷着酒气笑呵呵地问："是不是打算去领赏啊？"

中年男子忙摇头："我才不去，和官老爷打交道可没好果子吃……"

他突然发现同伴直了眼，转头一看，登时被惊得酒醒了。

"大……大人……"

两名锦麟卫神情严肃，其中一人按住他的肩膀："和我们走一趟吧。"

中年男子被吓软了腿，当时就哭了："小民喝多了，胡说的啊……"

"无论你是不是胡说，都和我们走一趟。"两名锦麟卫语气冷硬，心里却有些激动。万一这酒鬼真知道些什么，那他们可就立功了。

中年男子被带到衙门，盘问他的是一名锦麟卫百户。

到了这种地方，中年男子彻底清醒了，连撒谎的胆子都没有，老老实实都说了。

"画像上的少年姓刘，以前就住在万福坊。他爹是当官的，家里还有个姐姐长得特别好看。七八年前吧，他姐姐七夕出去玩儿，第二天才被找回来，说是夜会情郎私奔了被追回来的。可能是被迫与情郎分开吧，具体什么原因咱也不知道，反正他姐姐被找回来后就上吊了。没多久他爹也死了，后来就没这家人的消息了，房子也空了……"

听这人说得如此详细，百户问："你怎么知道得这么清楚？"

中年男子忙解释："以前小民就住在那里啊，后来家境败落才搬走的。"

百户仍有疑问:"画上的少年已有十五六岁,而七八年前还是个小童,你为何能一眼认出来?"

"这孩子和他姐姐挺像的。喀,他姐姐当时就是这个年纪,长得又好看,小民就印象深刻了些……"

百户冷了脸警告:"我会派人去查,若查出你有半句谎言,就拔了你的舌头。"

小枫真要在万福坊住过多年就好办了,就算七八年过去,也会有很多街坊记得这一家。

这边,终于有了线索的锦麟卫开始了调查;另一边,揭榜的老者经过里里外外的搜身,被带到了泰安帝面前。

"草民见过皇上。"老者规规矩矩地行礼,不卑不亢。

泰安帝坐在龙椅上,打量老者。

老者须发皆白,精神矍铄,宽大的衣袍套在瘦削的身上,给人一种仙风道骨的感觉。

泰安帝生性多疑,没有因为老者一看就靠谱儿的气质生出多少信任,波澜不惊地问:"你就是揭榜的神医?"

"不敢当神医之名,草民只是略懂金针止痛之法。"

"略懂?"泰安帝声音微扬。

"略懂。"老者平静地回道。

泰安帝扫了一眼立在身侧的太监刘川,刘川立即扬声道:"把人带来。"

很快,一名年轻侍卫来到殿中,吃力地行礼。

侍卫的手臂上缠着白布,表情看着还算平静,但若是细瞧,就能发现额头上细密的汗珠和苍白的唇色。

"麻烦神医替他止痛。"泰安帝淡淡地道。

毫无疑问,这是对老者的考验,太子千金之躯不是让人瞎折腾的。

老者走到年轻侍卫面前,上手去解纱布。

太监刘川体贴地挡住泰安帝的视线:"皇上,让神医去侧厅施为吧。"

泰安帝面不改色地道:"不必了,朕看看。"

听他这么说,刘川退至一旁。

老者已经把缠在年轻侍卫胳膊上的层层白布取下来,露出狰狞的伤口。伤口还没结痂,显然受伤不久。

年轻侍卫的脸色更苍白了,汗珠不断从他的额头滚落,他咬牙克制着,努力不在御前失态。

"可有金针?"

泰安帝听了这话,下意识地皱眉:"神医没有准备吗?"

这人如果连金针都没有,谈何懂金针止痛之法?

老者淡然地回道:"一套金针太贵了。"

泰安帝沉默了一瞬，对太监刘川点头示意。

刘川对一名内侍使了个眼色，内侍很快取来金针。

刘川接过来，亲自交到老者手中。

老者扫了一眼长短粗细齐全的金针，取了一根略长的，轻轻巧巧地刺入年轻侍卫的伤口附近，不过一眨眼的工夫，就扎了一圈。

年轻侍卫的神色明显放松许多。

泰安帝目不转睛地盯着年轻侍卫，见状忙问："如何？"

年轻侍卫恭敬地道："回禀陛下，疼痛减轻了许多。"

过了一会儿，年轻侍卫再道："只有些微痛感了。"

泰安帝面露喜色，但是望着年轻侍卫像刺猬一样的胳膊，有些迟疑："扎成这样，不方便坐卧吧？"

难道太子一直露着刺猬一样的胳膊？

当然，比起疼得受不了，这样也不是不行。

老者点头附和："是不方便。"

没等泰安帝再问，他就手指如飞，把一根根金针取下来。

"这样就方便了。"

泰安帝："……"他忽然觉得刚刚发问的自己像个傻瓜。

好在他沉得住气，面上看不出丝毫尴尬之色，问那年轻人："取下金针觉得如何？"

年轻侍卫似是不敢相信，微微动了一下胳膊，一脸震惊地道："不疼了！"

泰安帝看向老者，嘴角挂了笑意："神医果然了得。"

"皇上过誉了，针灸并不能一直止痛，只能维持一定的时间。"

"维持多久？"

"一日施针三次，就能不受疼痛困扰了。"

泰安帝一听便放了心："那太子就拜托神医了。"

"草民尽力。"

确定眼前人不是沽名钓誉的草包，泰安帝终于来了兴致，问："不知神医如何称呼？"

"草民姓王，认识的人都叫草民'老王'。"

老王？这称呼是不是过于随意了？会金针止痛这样神技的人，旁人至少该称一声王大夫吧？

"王神医在哪家医馆坐堂？"

老者面不改色地道："平时主要在街上摆摊算命。"

泰安帝一脸困惑的神情。

好一会儿，皇帝才斟酌好称呼："刘川，带王先生去东宫。"

泰安帝口中的"王先生"，正是前朝国师明心真人。

明心真人由太监刘川带去东宫。泰安帝关心儿子，也跟着去了。

一行人赶到时，太子正疼得直哼哼。

为太子顺利施完针，泰安帝看出明心真人似有话说，于是问道："王先生是不是还有什么要交代？"

明心真人看了太子一眼："这个……"

太子心中一"咯噔"。

这是什么意思？

"太子伤了元气，要好好休息。"

泰安帝心知明心真人有话说，不动声色地道："圆儿，那你就好生歇着。"

眼见泰安帝与明心真人要走，太子把人喊住："王先生，吾是不是有什么问题？"

明心真人下意识地看了泰安帝一眼。

"圆儿不要胡思乱想，你只是外伤，养上一些时日就好了。"

没有疼痛干扰后，太子的头脑格外清明："父皇，您不必宽慰我，王先生肯定是看出了什么。儿子也不是小孩子了，自己的身体有什么情况总该知道。"

泰安帝微一迟疑，看向明心真人："太子若有其他情况，请王先生告知。"

泰安帝对太子受伤后的表现有些失望，太子那句"儿子也不是小孩子了"提醒了他。

身为储君，太子是该承担起事了。

明心真人看了太子一眼，问道："太子手臂上的伤，因刮骨疗毒而起吧？"

"正是。王先生果然医术高超。"泰安帝赞道。

明心真人垂眼道："刮骨疗毒阻断了剧毒流向心脏，确实是危急之时妥当的诊疗手段，只是……"

包括泰安帝与太子在内，在场的人听了"只是"这两个字，都紧张起来，特别是太医，更是瞬间变了脸色。

明心真人继续道："草民刚刚检查殿下的伤口，发现其内一些筋脉还是受了毒素侵害。"

"那会如何？"泰安帝沉声问道。

明心真人的神色有些凝重："殿下的左臂，以后可能不会那么灵活……"

"你说什么？"太子霍然站了起来，因为针灸过，左臂感觉不到多少疼痛，脸色却白得骇人。

明心真人垂着眼，没有再说。

太子上前一步，眼中充血，一字一顿地问："王先生，刚刚那话是什么意思？"

泰安帝低沉的声音响起："圆儿，少安毋躁。"

太子嘴角绷紧，强忍下焦躁。

泰安帝看起来就平静多了："王先生，太子的左臂会受影响到什么程度？"

"好的话，左手不能负重；差的话……"明心真人顿了顿，看向泰安帝。

"王先生但讲无妨。"

"比较差的情况，会影响左手抓握。当然，到底影响到什么程度还得看实际恢复情况，太子有这么好的医治条件，还是不要太灰心……"

不要太灰心……太子满脑子转着这句话，似被重锤砸过。

这样苍白无力的安慰，不就是说他的左手废了吗？

他是储君，将来的皇上，有哪个一国之君是残废？！

泰安帝听了明心真人的话也不好受，但他城府深，远比太子沉得住气："那就麻烦王先生助太子康复。"

躲在角落装鹌鹑的太医听了，忍不住看了明心真人一眼。

这就是把人留在宫中了。

离开东宫，泰安帝交代刘川："提醒今日在场之人，太子的情况不许对外透露一个字。"

刘川心一凛，忙应下。

东宫里，砸东西的声音几乎没有停过，宫人走路都放轻了脚步，连大气儿都不敢出。

太子心情犹如狂风暴雨，抬腿踹飞了一个小杌子。

小杌子飞落在门口，把刚刚走到这里的太子妃吓了一跳。

太子看到太子妃，当即冷了脸："你来干什么？"

太子妃心里发紧，但还是硬着头皮走进去："殿下好些了吗？"

如果可以，她巴不得离这疯子远远的，可她不能。

如何处置武宁侯府在皇上的一念间，她若对太子不闻不问，无疑会让皇上更不满。

太子妃走到太子面前，脸上挂着关切的神情。

太子看了，只觉厌恶："我说了，不想看到你。"

屋中还有侍立的宫人，太子妃听了这话，有些难堪："殿下，发生这件事纯粹是意外，您受伤，我心里比您还难受啊……"

"胡说！"明明针灸后不痛了，却不知为何，太子那根名为理智的弦变得更易崩断，"受伤的是我，刮骨疗毒的是我，疼得吃不下睡不着的还是我，你哪儿来的脸说比我还难受？就凭你一张嘴吗？"

他先是被人刺杀，再是被剜肉刮骨，又被告知左手会残废，本来就够委屈、够痛苦了，她还来说漂亮话，真当他是听几句哄人的话就会心软的傻子吗？

太子面目狰狞，眼中充血，耳边响起惊呼声："殿下！"

太子回神，才发现太子妃不知何时被他用右手捏着脖颈抵在朱漆柱子上，一旁是神情惶恐的内侍王贵。

其他宫人则低着头，一声都不敢吭。

本来太子清醒后就准备松开手，偏偏在这时，太子妃求生的本能压过了畏惧，她在下意识地挣扎时弯膝撞到了太子的下边。

剧烈的疼痛令太子瞬间失去理智，眼中充满疯狂之意："贱人，贱人……"

王贵看着两眼翻白的太子妃，急得团团转。

"殿下，殿下不可啊……"

沉浸在疯狂中的太子一脚踹翻了想拉又不敢拉的内侍。

王贵爬起来，眼见太子妃不动了，豁出去抱住太子的双腿："殿下，快停手，太子妃快不行了！"

惶急之下，他的声音高昂尖细，终于拉回了太子的理智。

充满血丝的眼睛恢复清明，入目的是太子妃双目圆睁的扭曲面庞。

太子一哆嗦，松开了掐着太子妃脖颈的右手。

失去支撑的太子妃顺着朱漆柱子缓缓滑到地上，歪着头，悄无声息。

太子眨了眨眼睛，不敢相信看到的情景。

"王贵！"他喊了一声，声音有些颤。

王贵浑身哆嗦着："奴婢在。"

太子指了指地上的人："去检查一下。"

王贵应声"是"，小心翼翼地靠近蹲下，伸手去探太子妃的鼻息。

太子目不转睛地盯着，就见王贵刚刚凑到太子妃鼻端的手如被烫到，飞快地收了回来。

"殿下，太子妃她……她好像没气了！"王贵跪爬过来，涕泪交加。

太子往后退了几步，跌坐在床榻上。

屋内没有了激烈的挣扎声，几名宫人也仿佛不存在，只有太子的喘息声与王贵的抽泣声。

太子忍不住去看地上的人。

太子妃侧躺着，露出来的脸正对着他的方向。

那是一双睁大到极致的眼睛。

太子针扎般收回视线，看向右手。

他用一只手把太子妃掐死了？

到现在，太子还有种做梦的感觉，记不得是怎么动的手，记不得令他失去理智的戾气是如何升起的。

脑子里一片空白，他甚至觉得刚刚动手的不是他。

看着表情茫然的太子，王贵问："殿下，要不要请太医……"

"不行！"太子喝了一声，下意识地扫了太子妃一眼。

缓了缓，太子手扶床架，揪紧纱帐："人都死了，请太医干什么？王贵，后面的交给你处理。"

"是……"

这时，在东宫歇下的明心真人从发髻中摸出一根平平无奇的金针，放到唇边吹了吹。

冷冷的夜色中，王贵指挥宫人把太子妃的尸身悄悄背出去，挂在了一棵树上。

不久后，凌乱的脚步声响起，有人狂奔来报："殿下，太子妃投缳自尽了！"

"快去禀报父皇！"

东宫中又是一番兵荒马乱。

太子不知道的是，泰安帝早就知道了太子妃已死的消息，甚至连太子妃被挂在东宫哪棵树上都知道得清清楚楚。

倒不是他有意监视，而是发生刺杀事件之后太子情绪不稳定，泰安帝放心不下，这才安排人留意东宫的动静。

没想到，太子给了他一个天大的"惊喜"。

泰安帝去了东宫，得到消息的庄妃等人也结伴去了东宫。

太子一见泰安帝就哭了："父皇，太子妃自尽了。"

"自尽？"

"呜呜呜，她来看儿子，被儿子骂走了，没想到回去的路上就投缳了……"

对太子的哭天抹泪，泰安帝实在有些没眼看——装也不知道装得像点儿！

众目睽睽之下，泰安帝既不能揭穿太子，又有些恼怒，冷冷地道："跟着太子妃的宫人都是死的吗？"

太子哭声一滞，看向王贵。

王贵低着头，战战兢兢地道："太子妃来看太子时只带了一个提灯的宫婢。"

他微微侧身，一名宫婢趴在地上"砰砰"磕头："奴婢该死，奴婢该死！奴婢提灯走在前面给太子妃照亮，谁知一回头太子妃就不见了，等找到太子妃，太子妃已经……"

泰安帝冷冷地看了宫婢一瞬，淡淡地道："确实该死。"

这话一说出口，无疑判了宫婢死罪。

宫婢浑身一僵，瘫软在地，很快就有两名宫人上前把她拖走。

王贵暗暗松了口气。

今日幸运的是太子妃只带了一个宫婢过来，要威胁的也只有这么一个宫婢而已。

宫婢知道自己必死，但她还有家人，为了保家人平安，自然会按他的要求说。

如今皇上开口，他们就更省事了。

扫一眼在场之人，泰安帝对庄妃道："太子妃的后事就辛苦爱妃了。"

庄妃忙道："皇上放心，妾会料理好的。"

"你们也都回去吧。"

"是。"

接下来该料理后事的料理后事，该回去睡觉的回去睡觉，泰安帝不动声色地问太子："你和太子妃是怎么闹成这样的？"

太子心一紧，懊恼地道："儿子因着左手不中用心里不痛快，见到太子妃就骂了几句，谁想到她这么想不开……"

没了旁人，太子还是咬死了不认，这让泰安帝不由得多看了他两眼。

记忆中会甜甜地叫他"父皇"，无忧无虑的小皇子，终究有了自己的心思。

看着这张与自己有几分相似的脸，泰安帝很难想象就在不久前太子掐死发妻的情形。

泰安帝能夺位，自是心狠手辣之人，儿子对旁人心狠手辣，他不觉得有什么；儿子对发妻如此，他的心中却生出了警惕。

太子能一时冲动杀妻，谁知冲动之下还能做出什么事？

当然，这丝警惕之心目前如刚刚冒出一点儿细芽的不起眼的春草，丝毫动摇不了太子在泰安帝心中的地位。

"圆儿，这也提醒你以后遇事要沉住气，什么话都要在脑子里过一过才能说出口，不然就可能惹出麻烦来。"泰安帝意味深长地叮嘱道。

"儿子知道了。"

翌日又开始下雪，大片大片的雪花落在地上，铺起一层银毯，很快被匆匆行走的人们破坏。

比起一夜好眠的太子，接到太子妃死讯的武宁侯府如坠冰窟。

太子妃自尽了？

武宁侯夫人白眼一翻，倒了下去。

"夫人，夫人！"丫鬟们花容失色，把人扶住。

武宁侯夫人缓过气来，放声痛哭："我的蔷儿啊——"

武宁侯颤抖着唇没有说话。

"侯爷、侯夫人节哀吧。"报丧的人宽慰了一句，回宫复命去了。

武宁侯夫人抓着武宁侯的手，哭得撕心裂肺："侯爷，蔷儿为何这么傻呢？太子遇刺又不是她的错……"

武宁侯语气沉痛："蔷儿是为了侯府啊！"

太子遇刺一事，如一柄尖刀悬在武宁侯的头上。尖刀落下，是皮外伤，还是伤筋动骨，这只在皇上的一念之间。

现在蔷儿自尽，皇上就是再心疼太子，也不可能处置侯府了。

武宁侯因长女死去的噩耗悲痛之余，内心深处又有几分不可言说的庆幸之意。

武宁侯府没事了，桦儿也没事了。

太子妃自尽的消息传开，绝大多数人的反应与武宁侯一样：武宁侯府没事了。

果然，之后皇上不但没有传下斥责武宁侯府的旨意，还赐下不少东西以示安慰。

太子在岳家遇刺的事因为太子妃之死就这么过去了。

就在宫中忙着太子妃的丧事时，锦麟卫指挥使程茂明听完一名百户的禀报，陷入了为难。

程茂明很头疼，非常头疼。

原本他是为追查卖艺少年小枫的来历而头疼，现在终于查清楚了，他反而更头疼了。

小枫的姐姐居然是被太子祸害的，后来小枫的父亲去报官，死因亦有蹊跷。

小枫不惜性命找上太子，就是为了报仇。

他把查来的情况禀报给皇上，就等于揭露了太子的不堪，做这种事，很可能里外不是人啊。

纠结了一阵，程茂明还是进宫了。

泰安帝正在暖阁中喝茶。

"皇上，程指挥使求见。"

泰安帝把茶盏一放，淡淡地道："让他进来。"

不多时，程茂明出现在泰安帝面前，躬身见礼："微臣见过皇上。"

泰安帝睨他一眼："调查刺杀太子的逆贼有进展了？"

比起在太子面前的睁一只眼闭一只眼，这位帝王在臣子面前永远是敏锐的。

程茂明低垂着头："是……"

"那逆贼是什么身份，为何行刺太子？"

程茂明犹豫了一下。

泰安帝眉头一拧："怎么？"

难道逆贼与平乐帝有关？这个猜疑早就在泰安帝心里翻腾了。

平乐帝的失踪一直是泰安帝的一块心病，而太子少师秦云川与前朝国师明心真人的来往书信更证实了他的担忧不是无的放矢。

平乐帝还活着，并在谋划把皇位夺回去。

可恨到现在他也没查出明心真人藏身何处！

面对泰安帝的催促，程茂明不敢再犹豫，硬着头皮说了起来。

"小枫家住万福坊，父亲是工部郎中，他还有一个姐姐，八年前的七夕……"

听程茂明讲完，泰安帝面色铁青，咬牙道："既然查明了，案子就结了吧。至于知情的人，让他们别乱说话。"

比起真相，他倒情愿太子被刺与平乐帝有关。

他的皇位虽然得来不正，可这些年来他在政事上兢兢业业，打得当年步步紧逼的齐人安分了许多，还收回了部分失地。

可以说，在做皇帝这件事上，他是对得起大周的，而不像他那个兄长，对弟弟们倒是硬气，可面对齐人就是个窝囊废，恨不得把大周江山全孝敬给异族。

他有这个自信，大部分臣民听到太子被平乐帝的人刺杀，会站在他这一边。可若是让人知道小枫行刺太子是因为太子坏了他姐姐的清白，人们定会觉得太子活该。

无论是为了太子的名声，还是为了社稷稳固，真相都不能传出去。

程茂明一离开，泰安帝就去了东宫。

整个东宫还笼罩在低沉的气氛中，泰安帝过去时，明心真人刚给太子施完针准备退下。

"见过皇上。"

面对明心真人，泰安帝神色和煦："王先生不必多礼，这几日辛苦你了。"

"能为皇上分忧是草民的荣幸。"

泰安帝又问了几句太子的情况，等明心真人出去后，转向太子。

"父皇……"在太子心里，太子妃的事算是遮掩过去了，可是他面对泰安帝还是有些心虚。

"你们都退下。"泰安帝面无表情地道。

宫人齐齐退了出去，只剩太子，他莫名其妙地紧张起来。

莫非父皇察觉了什么？

"刺杀你的人，来历查出来了。"短暂的沉默后，泰安帝选择挑明。

太子妃的事不好说破，但这混账要是以为做了什么荒唐事都能瞒天过海，以后更无法无天了。

太子一听，一脸愤怒的神情："是谁害儿子？"

"八年前的七夕，你在什么地方？"

"八年前？"太子一脸诧异的神情，"当然在东宫里啊。"

泰安帝脸一沉："你再想想！"

他说得这么明显了，这混账还死鸭子嘴硬。

太子苦笑："父皇，八年前的事了，儿子哪儿能记得啊？"

"不记得？"泰安帝的声音更冷了。

太子本能地有些不安，脑子快速地转着。

八年前的七夕，七夕……他一个激灵，想了起来。

到底几年前他其实不记得了，可要说遇刺的事与某个七夕有关，应该就是那一次了……

一见太子的反应，泰安帝沉声问："想起来了？"

太子心中惊怒交加，面上露出几分尴尬之色："是有一年七夕，儿子好奇出去逛，遇见了一个小娘子……父皇，是那女子先对儿子表明好感的，儿子许诺过一段时间就安排她进宫，谁知她回去第二日就死了，定是她爹娘把人逼死的！"

许诺自然是没有的，八年前的那晚没别人知道，还不是他想怎么说就怎么说。

"父皇，刺杀我的人是……"

"那女子的胞弟。"太子的解释并不能平息泰安帝的怒火，"身为储君，行事如此荒唐，你太令朕失望了！"

太子听着，只有一个念头：大意了，应该斩草除根的。

太子心里恨极了，面上却不敢表露，面对泰安帝的怒火，老老实实地认错："儿子错了，以后不会这样了。"

太子痛快认错的态度令泰安帝怒火稍减。

这是他曾抱在膝头手把手教写字的儿子，他失望正是由于寄予了厚望。

泰安帝的语气少了些冷意，多了语重心长："你是太子，行事不能太过随心所欲，不然以后如何令臣民信服？"

"儿子知道了。"

泰安帝扫一眼太子的左臂，心中叹了口气："你好好养着，恢复总要时间，不要为此乱了心智。"

太子老老实实应了，等泰安帝一走，长长地松了一口气。

他就知道，只要认错态度好，父皇就不会计较了。这次的事给了他教训：以后行事定要周全些，不能再留后患。

在泰安帝的示意下，锦麟卫指挥使程茂明一番安排，很快，太子遇刺一事就有了说法：前朝国师贼心不死，安排人干的。

祁烁听闻后，只想冷笑。

皇帝想替太子遮羞？他果然是慈父。

他顺理成章约了林好见面。

二人之间隔着滚开的小铜锅，铜锅里面翻滚着薄薄的羊肉片与鲜嫩的菜心。

"这家的特色就是羊肉品质好，切得薄如蝉翼，入锅一涮就能吃了。"祁烁用公筷把煮熟的肉片放进林好面前的瓷碟中，以闲话家常的语气说起正事，"外面在传的，林二姑娘听说了吧？"

"世子是说小枫的来历？"林好想到那些传闻，嘴角挂了讥笑，"倒是会扯遮羞布。"

祁烁不由得笑了。

"世子笑什么？"

"没什么，就是想到一起去了。"

"世子有什么打算吗？"林好的身体微微前倾，眼里不经意露出几分期待之意。

靖王世子借锦麟卫之手轻轻巧巧地把太子遇刺的真相摆到皇帝面前，办事还是很靠得住的。

少女眼里的期待令祁烁心情愉悦，面上却半点儿不露："既然是拉起来的遮羞布，那扯掉就是了，京城百姓对各种传闻是出名地包容。"

林好明白了祁烁的意思，这是要借舆论之势传出真相。

"那世子办这件事时要小心些，莫被人抓到把柄。"

"多谢林二姑娘提醒，我会小心的。"

林好觉得自己也该出些力，不然靖王世子何必找她商量呢？人手她是没有的，银子倒是有一些。

"世子安排人做事，花费不少吧？"

祁烁去撩羊肉片的筷子一顿。

林二姑娘是担心他没钱？

"是花费不少。"一时闹不清林好的心思，祁烁含糊地道。

林好飞快地算了一下收容乞儿那边的支出，有了决定："我帮不上什么忙，就承担一部分花费，算是与世子合作了。"

"合作？"祁烁觉得这个词挺顺耳。

林好态度坦荡："我与世子皆不喜太子，世子愿与我分享计划，我总不能只当个听众。"

她不知道靖王世子对上太子的原因，但既然双方目标一致，靖王世子又是信得过的，她自然要拿出些诚意。

很多事情上靖王世子比她要方便，这个合作她不亏。

"那就合作吧。"祁烁唇边染笑，认真地问，"不知林二姑娘准备承担多少花费？"

"两百两银子。"林好忍痛道。

她对那些乞儿虽有长久规划，可他们长大还钱是数年后的事了，现在那座收容乞儿的宅子对她来说就是一个巨大的吞金兽。

自小锦衣玉食从不曾为阿堵物烦恼的林姑娘，终于发现钱的重要性了。

祁烁深深地看了林好一眼。

不知是不是他的错觉，林二姑娘连头发丝都散发着舍不得。

既然这样……

"那恐怕不够。"

"不够？"林好一愣，有些难以置信，"传消息……这么费钱吗？"

这方面她委实没有经验。

祁烁正色点头："很费钱。"

林好犹豫了一下，头一次在银钱上没底气："那……需要多少？"

"林二姑娘需要开源吗？"祁烁突然转了话题。

林好稍稍消化了一下新话题，来了兴致："怎么开源？"

"我准备开一家价格实惠的小饭馆，林二姑娘可以投些银钱，到时候利润一起分。"

"既然价格实惠，那也没多少利润吧？"林好不是忸怩的性子，既然有了兴趣，当即就分析起来。

祁烁沉默了一瞬。

看不出，林二姑娘有当奸商的潜质。

"胜在薄利多销，更重要的是这种饭馆接触的人多而杂，方便获得一些消息。"

林好被说动了："那需要投多少？"

"一百两就够了。"

林好暗暗松了口气："行，我投了。"

这比扩散八卦消息花的钱还少些。

想到这里，林好把话题拉回来："安排那件事要花费多少？"

祁烁笑了："开玩笑的。总不能让你一个人出，有缺口我补上就是了。"

林好没有打肿脸充胖子，二人愉快地达成了合作。

京中正在热议太子遇刺一事，正是传出真相的好时机。接下来祁烁一番安排不提，倒是林好用来安置乞儿的林宅遇到点儿麻烦。

一些不符合救济条件的乞丐三番两次上门闹事，林好得知后果断请来官差，抓走了带头的人。

带头生事的乞儿吃了牢饭后，林宅那边一下子清静了。年老的负责做饭打扫，年幼的开始识字，稍微大些的孩子除了识字，还会被分到将军府名下的铺子里学手艺，被刘伯选中当家丁培养的十来个孩子每日都有肉吃，更是肉眼可见地壮实了。

对林好来说，日子平静了下来，而实际上，京城又出了新流言，还是关于太子的。

原来太子遇刺根本不是前朝国师兴风作浪，而是多年前太子糟蹋了行刺之人的姐姐。

风起于青萍之末，流言到底是从哪里传起的，哪怕以锦麟卫的能耐也查不出来，却如燎原星火，很快传得沸沸扬扬。

泰安帝大怒，责罚了锦麟卫指挥使程茂明，又去东宫骂了太子一通。

皇宫乌云重重，却挡不住百姓们迎接新年的好心情。

将军府也开始准备年货了。这是林氏带两个女儿回来后的第一个新年，因而府中显得比往年还要重视。

今年对将军府来说还有个特殊的地方：作为已经定亲的姑娘，林婵收到了皇家送来的年礼。

年礼是魏王亲自送来的。

不管老夫人和林氏对林婵未来的夫婿满不满意，皇子来了，她们都是要亲迎的。

林氏一见魏王就震惊了。

魏王又瘦了！这都能看出眉清目秀了啊！

魏王被林氏看得有些不自在，进屋喝茶坐了一会儿，就提出告辞。

"王爷吃了饭再走吧。"老夫人开口挽留。

魏王客气地道："府上还有些事，等年后再来看您。"

按说准女婿来送年礼，是要留下吃顿饭的，但天家与寻常人家不同，老夫人便没强求。

等魏王一走，老夫人与林氏对视一眼，齐声道："总算放心了。"

"母亲也发现魏王又瘦了？"林氏喜滋滋地问。

老夫人深深地看了女儿一眼，无力地道："我是想，身为亲王能亲自来送年礼，将来婵儿的日子总不会太难。"

嫁入皇室，一生一世一双人是不可能的，而对高嫁的女子来说，有妾室不可怕，可怕的是丈夫对妻子没有尊重。

有尊重，才有底线。

林氏听了心情更好了，转头就把好消息告诉了长女："婵儿，今日魏王过来，竟然又瘦了，现在看起来只是个普通的胖子了……"

听母亲讲了魏王一串好话，林婵羞涩一笑："那挺好的。"

如果可以，谁不想夫君玉树临风呢？

魏王瘦得过于明显，以至于过完这个年，百官勋贵都注意到了。消息传到内宅，不知多少夫人心里酸溜溜的。

原先她们还能自我安慰林婉晴的女儿虽然嫁得好，可魏王本身太看不过眼啊，谁想到从小胖到大的魏王居然瘦了呢？

该不会林家姑娘有旺夫运吧？

这么一想，就有不少人把目光放到了林好身上，暗暗打定主意，等过了正月就去将军府提亲。

变瘦的魏王勾起了不少贵夫人的酸意，而男人们只把这当成个新鲜事，稀奇过也就算了。

这时的百官勋贵还没发现太子的左手出了问题。

这事暂时能瞒住文武百官，却不能令太子开怀，特别是见到变瘦的魏王，太子就更烦躁了。

当然，太子现在还没生出魏王有威胁的念头。他毕竟是凭借着最正统的储君身份长大的，皇位对他来说理所当然会得到，或早或晚。

可他还是很不痛快。

他废了左手，四弟却变得眉清目秀，大年的宫宴上，父皇看着四弟，笑容明显多了，看他时却板着脸。

太子心情郁闷，在寝殿转来转去，一脚踢走一个锦墩。

锦墩"骨碌碌"滚到刚走到门口的泰安帝脚边，泰安帝压着怒火的声音响起："圆儿，你又发什么脾气？"

太子一见泰安帝，暗道一声"倒霉"，苦着脸认错。

泰安帝恨铁不成钢："圆儿，朕说过几次，不要让情绪控制你，要学会控制情绪。"

太子悻悻地低头："儿子知道了。"

"又是知道了。知道了要做到，而不是只会发疯！"泰安帝看到太子这样就生气，拂袖走了。

太子低着头，死死地握着拳头压抑愤怒。

父皇说得轻松，废了手的又不是他！

泰安帝离开东宫，心烦之下去了宁心宫。

"见过皇上。"静妃恭敬地施礼。

泰安帝把她拉起,抬脚走了进去。

宁心宫中萦绕着若有若无的香气,淡淡的,令人心平气和。

泰安帝接过静妃递来的茶盏喝了一口,叹道:"还是在爱妃这里放松。"

静妃绕到泰安帝身后,替他按捏肩膀:"皇上心情不好吗?"

泰安帝怒道:"太子那个样子……"后面的话戛然而止。

静妃按捏肩膀的动作没有丝毫变化,她亦没有发问。

泰安帝对静妃的识趣颇满意,主动道:"太子自从遇刺受伤就爱发脾气,一点儿也不稳重。"

"太子还年轻。"

"什么年轻,成亲都多少年了!"想到太子妃的死,泰安帝更气闷了。

静妃柔声道:"许是身边没个知冷知热的人的缘故。"

泰安帝转身,拉静妃在对面坐下,斟酌着道:"爱妃这话有些道理。"

太子二十好几的人了,却一点儿血脉都无,等出了正月,是该考虑选太子妃了。

放在寻常人家,妻子才死这么短时间就说亲难免会被人说闲话,放在天家却不算什么。太子没有子嗣不只是家事,也是关乎社稷传承的国事。

静妃一句话让泰安帝动了选太子妃的心思,但他并没多说,从宁心宫离开回了暖阁,在心里盘算着合适的人家。

暖阁的火盆烧得很旺,鎏金双龙香炉吐出的香气有些熏人,泰安帝揉了揉眉心,吩咐大太监刘川:"传王先生过来。"

刘川恭敬地应了,很快打发人去请明心真人。

不多时,明心真人随着内侍走来,见到刘川,客气地点头:"刘公公。"

"王先生快请进,皇上等您有一阵子了。"刘川面上带笑,心里却不得劲。

这个老王会被留在宫里,他是预料到的,毕竟老王懂得已失传的金针止痛之术。可他万万没想到,老王凭一手独特的按摩术得到了皇上的青睐。

这些天,皇上只要觉得头脑发沉,就会叫老王来按摩一番,竟有些离不开了。

这让刘川警惕起来。

难道这老家伙要抢了他在皇上心中的位置?

明心真人走进去,向泰安帝行礼。

"王先生快来给朕按按头。"

立刻有宫人端来水盆、软巾等物,伺候明心真人净手,再递来手炉暖手。

对这一套流程,明心真人很熟悉了,行云流水地做完,绕到泰安帝身后,替他按捏额头。

泰安帝很快舒展了表情。

这般过了一会儿,泰安帝只觉头脑清爽了许多,不由得长长地舒了口气:"幸亏有王先生，让朕头疼的老毛病好了许多。"

　　抢来的皇位没那么好坐，加上那几年正是齐人最猖狂的时候，内忧外患，久而久之，他就有了头痛的毛病，虽不算严重，但时不时犯一下也很恼人，没想到王先生还有这等本事。

　　"王先生，太子的手恢复得如何？"

　　泰安帝问这话时，其他宫人都退了下去，只有刘川与两名身手高强的内卫在场。

　　不像御医被问到病情时支支吾吾，明心真人平静地道："目前看来，不是很顺利。"

　　泰安帝的脸色有些难看。

　　目前百官还没发现太子左手有异，若是发觉，就要议论了。

　　虽说左手不灵便影响不大，可毕竟是个缺陷。

　　"王先生如此大才，就没有解决的办法吗？"

　　"皇上过誉了，草民只是略懂一些奇巧之术，没有出神入化的医术。太子殿下的左手还是要听太医的安排缓缓调养，这是急不来的。"

　　泰安帝失望地叹气："太子不让朕省心，齐人近来小动作渐多，常有骚扰边境的事传出，也让朕忧心啊。"

　　提到国事，明心真人识趣地没有接话。

　　一阵急促的脚步声传来，刘川走过去接过急报，呈给泰安帝。

　　泰安帝打开看过，把奏报扔到了桌案上，气得脸色铁青："岂有此理！"

　　"皇上息怒，莫气坏了身体。"刘川劝道。

　　"朕如何息怒？"泰安帝一指奏报，"齐人太过嚣张，抢掠了边境一个村子的财物不说，竟还掳走妇女数十人！刘川，你立刻传六部九卿进宫议事。"

　　刘川领命而去。泰安帝背着手踱了几步，才想起来明心真人还在场。

　　"让王先生见笑了。"

　　明心真人低头拱手："皇上这话折煞草民了。"

　　"王先生可去过北边？"

　　明心真人摇头："草民不曾去过。"

　　"那王先生是没见过齐人的野蛮残暴了。早些年打了几场，齐人老实了些，这两年又惦记上大周了。"

　　"草民不太懂这些，就记得早些年那几场战事伤亡不少。"明心真人嘴上这么说，实则对泰安帝当年敢与齐人开战是很赞赏的。

　　退无可退的时候，赔款割地只会换来对方的贪婪，唯有流血才能捍卫国土与子民，只可惜君主不明白。

　　明心真人忠于平乐帝，却并不认同平乐帝以退求和的做法。

　　听了这话，泰安帝眼神微沉，表情有无奈，亦有愤怒："没有伤亡，又哪儿来这些年的安稳？"

　　他想起了当年执意迎战的艰难，再想到等会儿议事定是主和者多，主战者寡，刚刚散去的头痛又来了。

"王先生再给朕按按吧。"

明心真人安安静静地替泰安帝按捏起来,心情变得复杂。

陆续有大臣前来,泰安帝才让明心真人退下。君臣这一商议就到了华灯初上,其间泰安帝又传明心真人来按摩了头部,暖阁中的灯光几乎彻夜未熄。

朝廷的动静不为多少人知晓,京城依然笼罩在过年的喜庆中。

正月初九,一家不起眼的食肆开业了。

食肆还算宽敞,没有包间,大厅中一水的方桌长凳,桌椅只有七成新的样子。

林好心情复杂地看着带她来的人:"世子,咱们开店的资金是不是挺缺乏的?"

早知如此,她就出两百两了。

祁烁今日穿着料子寻常的青色棉袍,看着装扮成少年模样的林好,微微一笑:"有林二姑娘合伙,资金倒不缺乏,不过这家食肆面向的食客主要是寻常百姓,桌椅旧一些反而令他们心安。"

林好一听,不由得点头:"还是世子想得周全。"

鞭炮"噼噼啪啪"炸响,引来不少人驻足,一个肩膀搭着白巾的店小二放声吆喝:"一碗羊骨汤加两个大馍馍只要三文钱,走过路过都来尝一尝啦——"

一碗汤加两个馍馍三文钱,不贵也不贱,人们只顾着好奇地看热闹,一时无人做第一个尝鲜的人。

店小二并不气馁,吆喝声更大了些:"羊骨汤有清汤,也有辣汤,清汤滋味鲜美,辣汤就着馍馍喝上一碗,身体能暖和一整天,还会送两瓣腌酸的大蒜……"

不少人听了店小二的描述,下意识地咽了咽口水。

这羊骨汤听起来很好吃的样子,自己要不尝尝?

当下就有几个人走了进去,一扫大堂中这朴实的环境,放下心来。

看这样,这家店不像会宰客。

"来一碗辣辣的羊骨汤,两个馍馍。"第一个开口的是个壮汉,不忘叮嘱,"别忘了腌蒜。"

店小二应一声"好嘞",很快把吃食端过来。

一大海碗飘着辣子油的羊汤,不见一点儿肉,也没骨头,只有几片厚厚的白萝卜和几粒葱花,香气却直往鼻子里钻。

壮汉不由得嘀咕了一声:"还真的一点儿肉渣都没有啊。"

伙计笑得理直气壮:"客官,才三文钱。您看看这两个大馍馍,就够本了。"

壮汉一看海碗旁边的馍馍,吃了一惊:"还真不小!"

寻常一文钱能买一个馍馍,却比这家店里的要小不少。这小二倒是没自夸,单这两个馍馍就值三文钱了,羊骨汤等于白送的。

白送的东西,他还有什么可挑的呢?

壮汉抓起一个馍馍咬了一大口，紧接着喝了一口羊骨汤。

只用羊骨熬出来的汤，要比骨肉一起熬煮的羊汤清许多，这也是从控制成本的角度考虑，但依然鲜美，特别是加了香喷喷的辣椒油，一口喝下，又辣又香，从喉咙到胃里都热乎乎的。

这样的香辣加上大馍馍，简直是绝配。

壮汉一拍桌子，把进来的人吓了一跳。

"太好吃了！"他激动地感慨完，埋头猛吃。

进来的人缓了缓，纷纷喊道："小二，来碗羊骨汤。"

"好嘞！"

转眼间，大堂就快坐满了。

对以卖力气为生的老百姓来说，能吃饱是最重要的，要是能吃饱还好吃，那就是神仙日子了。

实惠好吃，对他们是最有吸引力的。

不起眼的角落里，林好与祁烁相对而坐。

"羊骨汤想喝辣的还是不辣的？"

林好想了想，回答："辣的吧，天冷喝辣的暖和。"

祁烁对店小二道："两碗辣汤，加一碟白切羊肉。"

除了最便宜的馍馍配羊骨汤，店里还有白切羊肉、红烧羊肉、羊肉水饺等吃食应对不同客人的需求，只是这些菜贵，暂时还没听见有人点。

很快羊汤就被端上来了，林好喝了一口，叹道："这不会亏本吧？"

没想到靖王世子不但知道很多好吃的店，自己开的店也这么美味。

"是不怎么赚，薄利多销，也能让辛苦了一天的人们吃顿饱饭。"

林好的目光扫过或是埋头吃饭或是边吃边聊的人们，他们的脸上都挂着笑，是发自内心的笑容。

辛苦心酸了一日，饱饱地吃上一顿美餐，他们就能舒心了。

"羊肉也好吃。"林好不吝赞美。

"吃蒜吗？"祁烁把一小碟碧绿的蒜瓣推过去。

林好内心艰难地斗争一下，摇头："不吃了吧。"

蒜能解腻，但味道也重，在靖王世子面前她多少也要注意一下。

看了眼清俊温和的青年，林好默默地补充：与对方是谁无关，在外面吃生蒜要慎重。

"世子吃吧。"她把小碟子推过去。

白瓷细腻，搭着少女更细腻的指尖，里面碧绿的蒜瓣让人觉得格外好吃。

祁烁同样犹豫了一下，狠心拒绝："我也不吃。"

二人用余光惋惜地扫了扫一看就很好吃的腌蒜，有些不甘。

"对了，我娘喜欢吃腌蒜，临走时我带一小坛。"林好一本正经地道。

祁烁笑道："我二弟也喜欢吃，那我也带一坛吧。"

喝完羊汤，二人一人提了一坛腌蒜走在大街上。

街上人来人往，脸上大多挂着满足平和的笑容。正月里算是劳苦人一年来难得的清闲时光，等天再暖和一些，就到了繁忙的耕种时节。

也因此，街上有种悠闲懒散的气息，正如此时吃饱喝足的林好。

祁烁一转话题，打破了这份闲散之意。

"林二姑娘还记不记得有一次你从外头回来，我们恰好遇见，我说有人尾随你？"

林好点头："记得。"

喝了美味的羊汤，提着美味的腌蒜，他为什么突然提起这个？

难道靖王世子盯上了老师？

这让林好不由得紧张起来。

老师对她有救命之恩，虽然在为平乐帝做事，她却不想老师有性命之忧。

无论从私心上，还是从家国立场上，她都不喜欢平乐帝。于公，平乐帝当年一味退让，以至于现在还有城池在齐人手里，他真夺回了帝位，对大周不是件好事；于私，梦中她就是死于平乐帝的人的追杀，还有老师，也是死在平乐帝手里。

她一个闺阁少女能知道国家大事，也是因为老师。

老师到后来改变了助平乐帝夺回帝位的想法，也因此招来了杀身之祸。

"那个被咱们放弃的据说闹鬼的宅子，你还有印象吧？"

"当然有印象。"林好又开始生出古怪的感觉了。

什么叫"咱们放弃的宅子"？

祁烁声音放低："当时发现那宅子有人活动的痕迹，我心生好奇，就派人盯了盯，果然发现偶尔有人悄悄溜进宅子。昨日去那宅子的人竟然就是尾随过你的人。"

林好吃了一惊。

靖王世子说的是杜青？

也就是说，那传闻闹鬼的宅子，很可能是平乐帝的人碰头议事的地方。

"世子后来怎么处理的？"林好心中惊讶，面上不露声色地问道。

"没有处理。"祁烁笑笑，目光落在林好的面上，"除了知道那人尾随过你，其他的什么都不清楚，先看看吧。"

"这样啊。"林好换了一只手提腌蒜坛子，一时不知该说什么。

知道靖王世子亲手杀了相士方成吉，她就发现靖王世子不像看起来那么简单无害。

他是个聪明低调的人，她要是无意间说了什么，说不定就会暴露了老师。

祁烁脚步一顿，迎着少女微讶的眼神微微靠近。

"林二姑娘是不是认识尾随你的人？"

林好一惊，下意识地后退半步，手腕却被一只骨节分明的手抓住。

"小心别摔了。"

林好低头，见脚边是一块碎石，又抬头看向身边的人。

祁烁已经松开手，以闲话家常的口吻道："林二姑娘不是疏忽自身安全的人，如果不是对尾随你的人有所判断，应当会对他的情况感兴趣。"

林好侧头，笑了笑："世子真是观察入微。"

祁烁沉默，不知道林二姑娘这话是表扬，还是讽刺。

"林二姑娘有信心对方对你无害的话，那暂时先静观其变吧。"祁烁很自然地转移了话题，"马上就到上元节了，林二姑娘会出来玩儿吗？"

与七夕一样，一年一度的上元节也是女孩子特别期待的日子。到了那日，女孩子或是与三两好友相约赏灯，或是与意中人月下约会，是难得痛快玩耍的机会。

"应该会和姐姐或是好友出来玩儿。"林好笑问祁烁，"世子呢？"

"可能会和二弟他们出来走走。"祁烁看着少女精致的侧颜，邀约的话到底没有说出口。

他很后悔，后悔自己因为胆怯，从没告诉过那个口不能言的姑娘，他总是想见到她。

他只能远远地看她偶尔坐在树上发呆，看她沉默地听人说笑，看她盯着人若有所思。

她仿佛有许多秘密，却因不能说话，只好把这些都藏在心里。

当她不在了，他才知道，原来那种想见到的心情就是喜欢。

他心悦着一墙之隔的邻家姑娘。

再没有比他更笨的人了。

好在他们又遇到了。

被长剑贯穿心口的那一刻，他拥着她，只有欢喜。

大仇得报又能与心爱的姑娘永远在一起，他可真幸运。

他没想到还有更幸运的事。

他一睁眼，就见到她从墙头露出明媚的脸庞，紧接着又见到她惊慌之下跌落下来。

那些痛苦与血腥原来只是一个漫长的噩梦，他与她还活在最好的年纪。

这一次，他没有再为了她的名声，视而不见地走开。

他接住了她。

只可惜当他鼓起勇气说服母妃去温家提亲，还是被拒绝了。

他太心急了。

哪怕在世人眼里，他的出身、品貌都还不错，只要她不喜欢，就不会答应。

他只能不着痕迹地让她一点点熟悉他，了解他，准备等有把握时再表明心意。

"世子在想什么？"

祁烁回神，眼神有些恍惚："突然想到去年上元节，灯山猜谜引得许多人参与，却无人得到那盏琉璃灯。"

"居然没人猜出吗？"

京城上元节有个传统，官家会制一座九层灯山，每一层四角各挂一盏灯，而在第九层的正中央，会挂一盏最漂亮的琉璃灯。

谜题难度随着灯山层高的增加而增加，参与猜谜的人只有一次机会，可以挑战任何一层的灯谜，猜对了就能得到那盏花灯。

最上面那盏琉璃灯是宫灯，按着不成文的规矩，只有未婚男子能挑战这一道谜题，若是猜中，必须把花灯送给一名女子。

有另一半的自不必说，若没有，这也是含蓄表明心意的好机会。代表着喜气与福气的宫灯，女子哪怕无意也会收下，便是过后拒绝男子也不会惹人闲话。

上元这样的日子，人们对情窦初开的少年男女要宽容许多。

能猜中最难一道灯谜的男子俱是才华出众之人，从有这个传统至今，赠灯的男子都抱得美人归，也算为上元节添了不少佳话。

林好还挺喜欢看这个游戏的，只是因为林老将军病逝，去年与前年的上元节她都没有出去玩儿过，也没心思留意这些。

"一直到灯会散了，也没人猜出。"祁烁说着去年上元节的趣事，这才发现快要到家了。

"世子，我们在这里先分开吧。"林好提议。

他俩是邻居，凑巧遇到一起回去也很正常，只是她男装打扮和靖王世子走在一起容易让人寻思是不是去干坏事了。

"那林二姑娘先走吧。"

林好微微点头，举步往将军府的方向去了。

祁烁站在原地目送那道身影消失在拐角处，开始期待上元节的到来。

很快就临近上元节，林好接到两张帖子，一张是小郡主祁琼的，另一张是怀安伯府大姑娘陈怡的，都是邀她上元节一起玩儿的。

林好找林婵商量："大姐收到了几张帖子啊？"

林婵笑道："就收到郡主的，还是沾了妹妹的光。"

定亲的男女在上元节可以光明正大地约会，朋友便识趣地不再相邀，而小郡主算是林好姐妹共同的朋友，当然不好只约林好。

"那咱们就和郡主一起吧。"

林婵摇头拒绝："我就不去了。郡主和陈大姑娘都是好性子的人，二妹不如邀她们一起去。"

定亲男女可以约会不假，但魏王身份不同，林婵和他又没到两情相悦的分儿上，约会自然是没有的。

"大姐去吧，前两年你都没去。"林好劝道。

"我本来就不喜欢热闹，再说毕竟是与天家结亲，就不往人多的地方凑了。"林婵看着妹妹，眨眨眼，"二妹好好与朋友玩儿，等明年，陪你去的或许就不是手帕交了。"

林好过了年就十七岁了，也到了定亲的年龄。

"大姐不去就不去，还要打趣我。"

姐妹二人说笑起来。

令林好意外的是，还没等她邀祁琼与陈怡一起，祁琼就来找她了。

"阿好，真是不好意思，上元节我没办法和你一起了。宫里传来话，叫我那日登宣德楼赏灯。"

小郡主歉然地解释："宜安公主往年都是叫宁王府的容华郡主一起赏灯，今年不知何故，突然叫了我。"

上元节这日君民同乐，皇帝会带着位分高的嫔妃、太子、公主等皇室中人登宣德楼赏灯。

泰安帝子嗣不丰，除了太子与魏王，只有一个小公主现在还不到十岁。祁琼提到的宜安公主是太后弟弟的孙女，十年前那场变故后，太后心情不好，接了年仅六岁的侄孙女寇大姑娘进宫陪着，这一陪就陪到现在。

泰安帝是个孝顺的，为哄太后开心，封了寇大姑娘为宜安公主。

宜安公主虽不是帝女，但有太后宠爱，就是庄妃、静妃见了都要客客气气，更别提各王府的郡主了。

祁琼心里也疑惑。

宜安公主一直和容华郡主形影不离，上元节赏灯怎么突然喊她去？

林好自然不会计较小郡主的失约："那郡主就陪着公主好好玩儿。到时候你们在宣德楼上，我们在宣德楼下，其实是一样的。"

祁琼敏锐地抓住了关键字眼："我们？阿好你要和谁一起赏灯？"

林好笑道："还收到了陈大姑娘的帖子，本想问问郡主能不能一起的。"

祁琼一听叹了口气："陈大姑娘也是个有趣的人，可惜不能与你们一道了。"

林好只见过宜安公主寥寥几次，连话都没说过，对这位公主没有什么了解，只是看祁琼这反应，恐怕不是好相处之人。

"没事，等明年咱们再约。"

"明年还有好久呢。"祁琼转而一笑，"好在等天暖些咱们还能一起去踏青。对了，去年的灯山猜谜特别有意思，今年我在宣德楼是看不着了，你们可以去看看。"

听祁烁、祁琼先后一说，林好被勾起了几分期待之意。

第十二章 赏 灯

　　上元节这日天气晴好，天街上允许百姓活动的区域早早就变得人山人海，入夜后帝王登楼赏灯，无数人等着到时遥望天颜。
　　林好与陈怡、朱佳玉、陶晴四人约了喝茶，等到临近天黑，才步履悠闲地往天街走去。
　　街道两旁的万盏花灯已经亮起，给置身其中的人们披上了流光溢彩的华裳，入眼处皆是繁华璀璨。
　　忽然，前方的人群爆发出阵阵欢呼声，紧接着高呼"万岁"，遥遥可见宣德楼上人影晃动，帝王登楼了。
　　"万岁"声如海浪，一层高过一层，这般地动山摇的欢呼声持续了一阵，人们的注意力总算回归到赏灯上。
　　林好悄悄舒了口气。
　　这两年上元节没有出来玩儿，她都忘了这热闹有多震撼了。
　　她遥望宣德楼，微微抿唇。
　　狗太子此时应该也在上面。
　　以流言传出的真相目前还完全动摇不了太子的根基，想要他得到报应果然急不来。
　　"阿好，还愣着干什么？那边灯山猜谜开始了，咱们快过去。"见林好不动，朱佳玉拉了她一下。
　　陈怡笑道："阿好，你是不是想到小郡主了？"
　　林好顺口承认了。
　　一旁的朱佳玉笑道："宣德楼上可没街上自在，说不定小郡主还羡慕咱们呢。好了，别耽误时间了，快去那边吧。"
　　四人过去时，已经有人猜出了第二层灯山上的一道灯谜。在无数小娘子羡慕的目光下，猜出灯谜的少年把一盏锦鲤灯递给了一旁含羞的少女。

"还有要挑战的吗？"主持猜谜的是礼部一个小吏，面对围过来的百姓，笑眯眯的，毫无架子。

朱佳玉跃跃欲试："咱们也挑战一个吧，我看中了第五层西北角的莲花灯。"

灯山猜谜，只第九层中间的宫灯按照不成文的规矩须由未婚男子挑战，其他则不拘男女老幼。

"怡儿，你最擅长猜谜，拜托替我把那盏莲花灯赢到手。"朱佳玉央求好友。

陈怡犹豫了一下，答应了："那我试试，挑战失败可别怪我。"

在林好三人的打气下，陈怡不负众望赢来了精美的莲花灯。

"谢谢！"朱佳玉接过灯笼，抱着好友欢呼。

少女的欢声笑语很容易感染更多人，一时参与者众多，气氛越发热烈，只是到挑战第九层琉璃宫灯时，挑战者无不铩羽而归。

宣德楼上，宜安公主凭栏而立，望着灯山人海，兴致不高。

她站在这里虽看得远，可久了也没意思，往年与容华说说笑笑倒不难熬，奈何前不久二人闹了不愉快，于是她改邀祁琼，两个人却没太多话说。

宜安公主以手托腮，垂着眼，有些犯困。

对忙于政务的泰安帝来说，登楼赏灯却是难得放松的时候。他望向最热闹的地方，笑道："那边是灯山猜谜吧？朕记得去年的琉璃宫灯无人赢走，今年不知有人猜出来没？"

刘川立刻道："奴婢这就打发人去问问。"

灯山那边，越来越多的才子聚集，冥思苦想，试图找出谜底。

"春雨绵绵妻独宿，醒已戌时月方出。夫曾一人犹未返，蝶今破茧任枝枯。"

这是一首藏了字谜的闺怨诗，到现在还没人能给出答案。

"你们说，谁能赢走那盏琉璃灯啊？"朱佳玉提着莲花灯，脸上兴奋之情未消，"怡儿，要不你再试试？"

陈怡哭笑不得："我一点儿头绪没有，可不敢献丑。"

林好对猜谜并不擅长，一心感受着上元节的乐趣，随意四顾之下，瞥见一道熟悉的身影。

那是靖王世子祁烁。

祁烁也发现了她，隔着人微微一笑，大步走了出去。

他身后的祁焕一脸震惊的神情："大哥，你要猜灯谜？"

祁烁"嗯"了一声。

祁焕更震惊了。

大哥平时虽然喜欢看书，可没发现大哥会猜谜啊。这首诗谜可有难度，他刚刚在人群中看到人家杨状元都没动静呢。

因为无人猜出，场面已经僵了一会儿了，一见祁烁出现，小吏大喜："公子有答案了？"

不管他猜得是对还是错，总比冷场好啊。

祁烁微微扬眉："还不知道谜题，如何知道答案？"

"谜题读过啊。"因为挑战的人多，小吏都背下来了，张口道，"春雨绵绵妻独宿……"

祁烁客气地打断小吏背诗："抱歉，我不是挑战这道谜题，我想试试第七层东北角的蝶灯。"

小吏一愣：不是挑战最难的这个？

好在他反应快，忙吩咐衙役去取灯谜。

看热闹的人有些无语。

大家正冥思苦想呢，这年轻人不挑战第九层这个谜题，怎么好意思站出来的？

祁焕拍拍额头，佩服大哥淡定之余，倒是觉得正常了。

第七层，对大哥来说应该有希望。

不过……祁焕左看看，右看看，突然感动了。

小妹在宣德楼上，只有他和大哥一起，大哥这是要送他花灯？

亲兄弟到底不一样！

人群中，不少人认出了祁烁的身份，包括陈怡几个人。

"阿好，那是靖王世子吧？"

"嗯。"目光落在人群中心的男子身上，林好有些好笑。

刚刚与靖王世子对视，靖王世子突然动了，她第一反应是靖王世子是过来找她的，原来是猜灯谜。

喀喀，是她想多了。

"踏花归来蝶绕膝。"小吏接过谜题，朗声念出来，"打一药材名。"

药材名？

人们下意识地思索着，祁烁已脱口而出："是香附。"

小吏看了眼谜底，不由得竖起大拇指："猜对了，公子猜得真快！"

祁烁接过蝴蝶花灯，谦逊地笑笑："恰巧了解一点儿药材，是我运气好。"

这道灯谜说难不难，说易不易。若是丝毫不知药材的人，那想破头也想不出，懂药理的人猜到就不难了。

这是一道比较偏的谜题。

人群里，有认出祁焕身份的人笑道："靖王世子能猜出来也不奇怪。"

靖王世子体弱多病是这个圈子都知道的事。

令人感兴趣的是，靖王世子会把这盏蝶灯送给谁呢。

在众人好奇的目光追随下，祁烁提着精巧的蝶灯走了回去。

祁焕看着走来的兄长，下意识挺直脊背，强忍得意。

看了这么久，那些猜中灯谜的都把赢来的花灯送给姑娘了，只有他大哥送给

283

兄弟!

祁烁走回来,站在祁焕身旁。

众人看了一会儿也不见他有动作,遗憾地收回视线。

他们还以为能看到靖王世子的意中人,原来这花灯是靖王世子为自己赢的。

"大哥……"

"嗯?"

"你这花灯……"

"哦,送给朋友的。"

祁焕捂住心口,委屈极了:"大哥,我还以为是送我的!"

祁烁面露古怪之色:"二弟,你都十八岁了。"

他弟弟在想什么?

这时一名瘦小的男子走过来:"琉璃宫灯的灯谜有人猜出来吗?"

小吏一见男子打扮,吃了一惊:竟然是宫里的!

他立刻满脸堆笑,恭恭敬敬地道:"暂时还没有。"

内侍点点头,回去复命了。

"还没人猜出来?"泰安帝听了,摇摇头。

去年的谜题就没人猜出来,今年的谜题要是再猜不出,就有些没意思了。

"那些国子监学子、新科进士呢,没有参与的?"泰安帝有些不信。

大周的年轻人就这样了吗?

"回禀皇上,参与的才子不少,但都没猜对。"

泰安帝略一思索,道:"刘川,传朕口谕,今晚赢得琉璃灯者,赏珍珠一斗。"

"是。"刘川领命下楼。

一道甜美的声音响起:"父皇,我能去看看吗?"

祁琼吃惊地看向宜安公主。

宜安公主走到泰安帝面前,兴致极高地说:"女儿听着好有趣,想去瞧瞧,求父皇恩准。"

泰安帝下意识地皱眉:"街上人太多,乱糟糟的。"

宜安公主举起一只手:"女儿保证不乱走,看完猜谜就回来。"

宜安公主的跃跃欲试让泰安帝犹豫了一下。

他对这个义女谈不上感情深厚,但这是母后喜欢的孩子,爱屋及乌,他对她自然有几分疼爱。

"父皇,求您了——"宜安公主撒起娇来。

祁琼看得目瞪口呆。

就是真正的公主,在一国之君面前也不敢这么撒娇吧?

太后这个靠山果然强大。

宜安公主确实底气十足。她是太后的侄孙女,进宫陪太后九年了,而唯一的帝女现在才八岁。太后疼她远超小公主,皇上对她亦慈爱有加。

宜安公主的央求令泰安帝松了口:"那就让琼儿陪你去吧,多带几个侍卫,一定不要乱走。"

"多谢父皇。"宜安公主冲泰安帝甜甜一笑,看向祁琼:"宁华,走吧。"

宁华,是祁琼的郡主封号。

对祁琼来说,比起在宣德楼发呆,去看猜灯谜自是有趣得多。

眼看二人欢欢喜喜地下楼去了,太子忍不住道:"父皇,儿子也想去看看。"

泰安帝脸一沉,没好气地道:"你老实在这里待着!"

太子动了动嘴,不敢再提,心里有些憋闷。

他这个太子,当得真是一点儿自由都没有!

刘川先祁琼二人一步到了那里,朗声道:"圣谕,猜出灯谜者,赐珍珠一斗——"

一斗珍珠对富贵人家来说不算什么,可这是御赐的,意义就不一样了。这不光是天大的荣耀,还意味着能在皇上那里留下印象啊!

才子之间顿时暗流涌动,气氛也紧张起来。

韩宝成一拍杨喆的肩膀:"杨兄,我们几个是没戏了,就看你了。"

一旁的张良玉不乐意了:"谁说的?我觉得我还能再想想。"

李澜没有吭声,却绞尽脑汁思索着谜底。

五人中,杨喆淡然,韩宝成开朗,温峰端方,张良玉爱闹,李澜是最好强的。

奈何有些事好强也没用,比如这道灯谜,猜不出就是猜不出。

杨喆淡如水的眸光于人群中扫过,落到穿豆绿小袄蜜色罗裙的少女身上。

"那我试试吧。"他说。

见杨喆出来,人群中传来一阵议论声。

"是杨状元。"

"他就是杨状元吗?好年轻好俊美啊!"

"去年状元游街,你没看见?"

"看见什么啊,人挤人,光看后脑勺儿了。"

也有心里泛酸的同科嘀咕着:"猜灯谜又不是作八股,和是不是状元有什么关系?"

三年一次的春闱,所有的风头让杨喆一人出尽了,这都过了一年了,怎么还不给别人一点儿机会?

一旁的女子听见,翻了个白眼:"那你也可以过去猜呀。"

那人刚想反驳,被朋友一扯衣袖。

"可别争了,当心这些小娘子围殴你。"

这些两眼放光的小娘子难道看的是杨喆的才华吗?不,她们看的分明是那张脸啊!

那人悻悻地闭嘴。

他猜不出灯谜不丢人，被一群女子围殴就太丢脸了。

杨喆走到小吏面前，客气地拱手："我想一试。"

小吏一眼就认出来这是去年的新科状元，当即来了精神："请说谜底。"

杨喆笑道："一生一世。"

他声音清润，吐字清晰，不少小姑娘听了忍不住尖叫。

一生一世啊！

杨状元这样的男子认真说出这四个字，有几个女子能不心动呢？

被侍卫悄悄隔开的人群中，宜安公主望着灯山前的年轻男子，美目中闪过异彩："宁华，他就是去年的新科状元吗？"

"是的。"祁琼语气淡淡的。

有两个俊美不凡的哥哥，她看状元郎就激动不起来了。不是说杨状元比不上兄长，只是再俊美和她有什么关系呢，又不是自家的。

宜安公主抿了抿唇，再一次觉得和祁琼脾气不相投。

这个时候祁琼不该多讲点儿状元郎的事吗？就像周围那些女子一样。

"宁华，你说杨状元猜得对吗？"

"不知道啊，这要问知道答案的小吏了。"

宜安公主："……"这还用你说吗？

小吏兴奋的喊声适时响起："猜对了，就是一生一世！"

许多人一时想不明白，纷纷问道："为何是一生一世啊？"

小吏看向杨喆："杨状元，您能不能给解释一下？"

杨喆微微点头，不疾不徐地解释起来："第一句'春雨绵绵妻独宿'，'雨绵绵'是为无'日'，'妻独宿'是为无'夫'，'春'字去掉'日'和'夫'就是一个'一'字。第二句'醒已戌时月方出'，'已戌时'就是过了酉时，'月方出'还是无'日'，'醒'字去掉'酉'和'日'就是一个'生'字。第三句'夫曾一人犹未返'，'一人''未返'，'夫'去掉'一'和'人'就剩一个'一'字。第四句'蝶今破茧任枝枯'，破茧化蝶就没有'虫'，枝枯就没有'木'，'蝶'字去掉'虫'和'木'是一个'世'字。所以这道灯谜的谜底是'一生一世'。"

谜题就是这样，不知答案时，人们绞尽脑汁；一旦听了解释，顿生恍然大悟。

"还真是一生一世，刚刚怎么就想不到呢？"

"不愧是状元郎，就是才思敏捷。"

小姑娘们关注的就不一样了。

"你们说，状元郎会把琉璃灯送给谁？"

"状元郎好像是和朋友一起来的，没见有女伴。"

"啊，这么说，他可能会送给陌生的姑娘？"

其他花灯不拘送谁都行，而第九层的琉璃宫灯按照不成文的规矩只能送给年轻女子。

如刚刚众才子听到猜出灯谜可得御赐珍珠一斗时暗流涌动一样，小姑娘们顿时紧张起来。

那可是琉璃宫灯啊，还是状元郎送的！

这两个无论哪一点，都足够令人期待了。

衙役已经登高取下了琉璃宫灯，小吏接过，小心翼翼地交到杨喆手中："杨状元拿好，恭喜了。"

若是往常，猜中这道灯谜虽大大露脸，却也不值一声"恭喜"，可这次不同。这次除了能赢得琉璃宫灯，还有皇上的赏赐，才名会传到皇上那里。

这对刚刚踏上仕途的年轻人来说，可就太有好处了。

杨状元前途无量啊！

刘川也走过来，真心实意地夸了好几句。

对他来说，才思敏捷不敏捷都不打紧，不让皇上失望最重要。

"公公过奖了。"杨喆手提琉璃宫灯，面上无一丝自得之意。

"那咱家就去复命了。"

"公公慢走。"

小吏目送刘川走向人群，好心地提醒杨喆："杨状元，这盏琉璃宫灯按惯例要送给一位姑娘。"

看热闹的人暗道小吏会做事，他们等得急死了。

就连回去复命的刘川都脚下一顿，放慢了速度。

他等着看杨状元会把宫灯送给谁，说不定皇上感兴趣呢。

"有这样的规矩吗？"杨喆下意识地看向几个好友，然后看到了无数人点头。

"这样啊——"杨喆沉吟着环视一圈，提脚向一个方向走去。

朱佳玉猛拉身边的好友："不知道是不是错觉，杨状元好像是往咱们这边来的！"

时间很短，又似乎很长，等杨喆停下时，还有许多人没有回过神。

"林二姑娘，我觉得这盏琉璃灯很衬你，还请收下。"

林好看着提灯含笑的青年，满心错愕。她实在是没想到，状元郎杨喆竟然会把琉璃灯送给她。

他们……有这么熟了吗？

杨喆此举震惊了无数人。

祁焕拉着祁烁，压低声音："大哥，看到没，看到没，姓杨的要和你抢媳妇！"

"我不瞎。"祁烁语气冰冷，眸光如看不清深浅的潭水，落在那边。

琉璃灯流光璀璨，美如梦幻。

"那你也去送啊，你手里不是有一盏花灯吗？"祁焕恨铁不成钢，就差把祁烁手里那盏蝶灯抢过来帮他送了。

祁烁握着灯杆的手紧了紧。

他现在去送，被推上风口浪尖的会是林好。

见林好没反应，陈怡轻轻拉了她一下。

如果不收下这盏琉璃灯，那被笑话的就是阿好了。已成惯例的事，不照做的人总是会被人议论的。

林好收起惊讶，伸手把琉璃灯接了过来："多谢杨状元。"

杨喆笑笑，向韩宝成几人走去。

朱佳玉松开堵住尖叫声的手，一脸兴奋的神情："阿好，你怎么和状元郎认识的？"

陈怡与陶晴虽没说话，却明显也很好奇。

林好提着琉璃灯，神色平静："他与我堂哥是朋友，许是在场的姑娘中只认识我吧。"

"哦——"三个人拉长声音，笑嘻嘻地打趣道。

更多的少女把羡慕的目光投向林好。

花灯如昼，公子如玉，谁不期待得到这样一盏琉璃灯呢？

"宁华，那位姑娘是谁？"宜安公主望向林好，语气淡淡。

祁琼心中波澜起伏，面上半点儿不露："公主问哪个？"

宜安公主有些不耐烦："当然是杨状元赠灯的那个。"

如果可以，祁琼实在不想把林好的身份说出来，可她很清楚瞒不住。

"公主问那位穿豆绿小袄的姑娘啊，她是将军府林家的姑娘，准魏王妃的亲妹妹。"祁琼特意把林家与魏王的关系点出来。

宜安公主收回视线，声音听不出喜怒："原来是准王妃的妹妹。"

"公主，灯谜猜出来了，咱们回宣德楼吧。"祁琼笑着提议。

宜安公主眉头一皱："急什么？好不容易来玩儿。"她说着，竟大步向林好走去。

祁琼面色微变，急忙跟上。

林好不愿成为众人的焦点，提着灯正要与陈怡三人悄悄离开，身后突然传来喊声："等一等。"

她没有停步，也没有回头，反而加快脚步混入了如梭的人流中。

"阿好，刚刚好像是喊你的。"陈怡匆匆回头看了一眼，迟疑地提醒。

"喊我的吗？"林好眨眨眼，"应该不会吧，这里没我熟悉的人。"

她刚得了杨状元的琉璃灯，就有女子找她，用脚指头想都知道没好事，这种情况当然是装不知道，走为上策。

反正那喊声又没指名道姓。

宜安公主眼睁睁看着林好混入来来往往的人群中不见了，不由得气结。

"看来林二姑娘的耳朵不大灵光。"

祁琼暗暗为好友的机智叫好，面上不动声色地劝解："人太多也太吵，林二姑娘应该没想到是喊她的。"

宜安公主抿了抿唇，一甩衣袖："回宣德楼吧。"

祁琼暗暗松了口气，陪着宜安公主往宣德楼而去。

这时刘川已经回去复命："皇上，灯谜被猜出来了。"

"谁猜出来的？"泰安帝来了兴趣。

"状元郎杨修撰。"

泰安帝一听不由得笑了："是杨喆啊，朕就知道他没问题。"

刘川听出泰安帝对杨喆的赞许，笑道："皇上没看到，杨修撰拿到琉璃灯后，不知多少年轻姑娘紧张呢。"

一旁的太子听了不舒服，冷冷地道："一盏宫灯而已。"

泰安帝没听出太子话中的酸意，"哈哈"笑道："可不是为了一盏宫灯。对了，杨喆把琉璃灯送出去了吗？"

"送给了将军府林二姑娘。"

又是将军府？

泰安帝下意识地冒出这个念头，微微皱眉。

将军府林家的姑娘吸引力不小啊，林大姑娘得了老四青睐，林二姑娘又入了状元郎的眼。

林大姑娘当魏王妃没什么，他就两个儿子，太子要继承江山社稷，老四一个闲散王爷，娶个自己看中的姑娘也不错，算是他当父亲的对儿子的疼爱了，杨喆却不能娶林二姑娘。

泰安帝扫了一眼臭着脸的太子。

杨喆才华出众，年纪又轻，他已经几次听重臣夸赞杨喆做事扎实。

这样的好苗子是要留给太子用的，那就不适合娶林二姑娘，与老四成为连襟了。

看来他是要主动关心一下臣子的婚姻大事了。

泰安帝心念一动，吩咐刘川："传杨修撰觐见。"

宜安公主登上楼来，看了眼匆匆离去的大太监刘川，笑着走到泰安帝面前。

"宜安回来了，好玩儿吗？"

"好玩儿，特别是灯山猜谜，让女儿大开眼界。"在泰安帝面前，宜安公主只剩下活泼可人，半点儿看不出骄纵来。

泰安帝面带笑容，听宜安公主描述街上的灯景，不多时，刘川领着一名年轻人过来。

"皇上，杨修撰到了。"

宜安公主声音一顿，分了神。

"微臣见过皇上，见过太子殿下。"杨喆恭敬地行礼。

泰安帝笑了起来："朕听说杨修撰轻松猜出了旁人绞尽脑汁都猜不出的灯谜，不愧是朕钦点的状元郎。"

"微臣只是侥幸。"

"杨修撰把琉璃灯送给了哪位姑娘啊？"泰安帝闲聊般问起琉璃灯的去向。

杨喆沉稳地回道："微臣与几位朋友一起来的，在场的女子中只认识林二姑娘，就把琉璃灯送给了她。"

"看来杨修撰是该娶妻了，这样就不必把琉璃灯随便送人了。"泰安帝笑着，扫了宜安公主一眼。

泰安帝扫宜安公主的这一眼并不明显，不知为何，宜安公主却捕捉到了。

她心一跳，莫名其妙地紧张起来。

杨喆听了这话，面上并无多少变化，恭敬地道："微臣家境贫寒，尚无余力供养妻儿，只想好好做事，为皇上分忧。"

泰安帝摇头："这话朕不爱听，你是朕钦点的状元郎，将来的国之栋梁，若连你都没资格娶妻生子，还有几人有资格？娶妻的事你不必担心，朕回头留意一下有没有合适的。"

"微臣惭愧，让皇上替微臣操心这些。"

泰安帝笑了："好了，时间还早，去街上逛逛吧。"

"微臣告退。"

将军府中，老夫人与林氏听闻状元郎赠灯给林二姑娘的事，顿时大惊。

林好一进门就听到了祖母与母亲的叹气声，纳闷儿地问道："外祖母、娘，家里有什么事吗？"

"没。"

林好更纳闷儿了，走过去坐下："那您二位叹什么气啊？"

"还不是因为你？"林氏是个憋不住的性子，"噼里啪啦"说了，"你外祖母和娘都担心你被那姓杨的小子哄了去。"

林好一愣，不过很快就反应过来："您说杨状元？"

"不是他还有谁？"

林好失笑："娘，您不要瞎操心了，杨状元是不认识别的姑娘，才把琉璃灯送给了我。"

林氏冷笑："傻丫头，也就你信这种话。他既然谁都不认识，随便送给一个平平无奇的民女不行吗？任谁都知道状元郎不会看上一个普通民女，这赠灯一事转眼就过去了。可他偏偏送给家世、品貌都出众的你，这不是没事找事让人浮想联翩吗？可见他就是有这个意思！"

见女儿怔怔地看着自己，林氏伸手一晃："怎么傻了？"

林好笑了："我是吃惊娘想得好透彻。"

林氏尴尬地抿了一口茶："娘以前是当局者迷，现在看得可明白了。娘跟你说，那小子就是看你美貌，出身又好，没安好心。"

"看中这些也正常吧。"林好实话实说，"当初您不愿意姐姐嫁给魏王，不也是因为魏王太胖吗？"

林氏倒抽一口气："阿好，你真的看上姓杨的小子了？"

林好脸微热："没有啊。"她脸皮再厚，与外祖母、母亲讨论这种事也不好意思。

林氏打量着女儿的神色，越打量越心慌："阿好，你害羞了！"

这肯定是动心了啊！

林好无奈地道："娘，真没有。我与杨状元都没什么交集，也不了解他，哪里谈得上喜欢呢？倘若杨状元真来提亲，您不满意直接拒绝就是了，完全没必要这么担心。"

见林好的神色不似作伪，林氏终于放了心，转而心中升起一个疑问："那阿好喜欢什么样的人？"

自己喜欢什么样的人？

林好一下子被问住了。

这瞬间，她的脑海中忽然闪过一双眼睛。

她躺在雪地上，倒在身上的人黑巾蒙面，只露出一双眼睛。

可能是梦中濒临死亡的处境模糊了感知，她只隐约记得那是一双很好看的眼，却想不起更多细节了。

她甚至不记得那双眼睛的形状了，唯有眼中的光令那双眼睛好看得惊心动魄。

而后，一张俊朗沉静的面庞在脑海中浮现，是靖王世子。

林好摇摇头。

她莫不是疯了，母亲问她喜欢什么样的人，她想到了梦里与她死在一起的蒙面男子，还想到了靖王世子。

天哪，难道她喜欢两个人？

这个发现把林好吓住了。

"阿好，你怎么了？"林氏见女儿的面色不断变化，拍了拍她的胳膊。

林好"噌"地站起来，把林氏与老夫人吓了一跳。

"外祖母、娘，我回房想一想。"

眼睁睁瞧着林好匆匆走了，老夫人与林氏面面相觑。

"母亲，您说阿好回去想什么啊？"

老夫人神色复杂："可能你把阿好问开窍了。"

林氏傻了眼。

林好回到闺房往床榻上一坐，拿过床头的软枕抵着下巴发呆。

她一直觉得自己是个老实人，怎么母亲问起的时候，居然想到了两个人呢？

靖王世子也就罢了，好歹是常常见面的，可梦中替她挡剑的人，她连对方的长相、年纪都不知道。

等等，她什么时候喜欢靖王世子了？

林好冷静地想了想，觉得不对。

大概是在那样的气氛下被母亲带歪了，她下意识地想到了两个印象最深的男子。

还好还好，她还是正常的。

与林好想了又想差不多，宜安公主翻来覆去想了两日，终于忍不住对太后吐露了心意。

"皇祖母，您先前问我喜欢什么样的人，当时我说不清，现在知道了。"

"哦，娇娇喜欢什么样的人？"太后笑问。

宜安公主闺名一个"娇"字。

"我喜欢……才华横溢的。"宜安公主双颊微红，低下头去。

"才华横溢？"太后念着这个词，明白了宜安公主的心意。

在场的都是心腹，太后直接问道："娇娇看中了去年的新科状元吗？"

上元节宜安公主去看灯山猜谜的事，太后早就知道了，顺带知道了状元郎送林二姑娘花灯的事。

宜安公主红着脸，许久后微微点了点头。

"那个年轻人哀家见过，确实隽秀不凡，只是哀家听说，他把琉璃宫灯送给了林家姑娘。"

宜安公主抿了抿唇。

她确实硌硬这件事，但现在不是计较这个的时候。

"杨状元说了，在场的女子中他只认识林二姑娘，才把琉璃灯给了她。"

"娇娇怎么知道的这个？"太后不动声色地问。

"父皇听闻杨状元猜出了灯谜，召他去了宣德楼，还关心起他的终身大事。"

太后的眼中闪过异色。

皇上关心杨状元的终身大事？这样看来，皇上是打算重用此人了。

太后意识到这一点，心就松动了。

娇娇自幼就陪在她身边，与亲孙女没有什么区别，她当然想给娇娇挑一个佳婿。

太后对杨喆的出身本不满意，要知道没有家族助力的人走仕途会非常艰难，可如果皇上看重就不一样了。

还有什么比皇上看重更大的助力呢？

至于温如归那种情况，太后并不担心，娇娇的靠山可是皇家。

转头太后寻了机会对泰安帝提起此事，泰安帝面露惊讶之色："母后替宜安看中了状元郎？"

太后自然不会说是宜安公主自己看上的，笑道："宜安也大了，哀家早就想替她寻一个如意郎君。状元郎杨喆年纪轻，才华高，品性也好，哀家觉得和宜安是天作之合，就是不知皇上怎么想？"

泰安帝笑道："儿子当然是听母后的，母后满意最重要。"

泰安帝的回答令太后心情大为舒畅："后面的事就交给皇上了。"

"母后放心吧。"

泰安帝离开慈宁宫，往东宫的方向看了一眼。

杨喆是个有才干的，却没有家族助力，将来辅佐太子难免被那些出身名门、关系盘根错节的臣子掣肘，有宜安这个妻族就强多了。

没过几日，泰安帝就召杨喆进宫。

"微臣见过皇上。"

"杨修撰不必多礼。"泰安帝态度如春风般和煦，先聊了几句，才转入正题，"那日朕说替你留意着，说来也巧，太后去年就在为宜安挑驸马，听闻上元节杨修撰大放异彩，对你很中意。朕觉得你与宜安也是天作之合，不知你的意思呢？"

泰安帝这话问得客气，却没给人拒绝的余地。

天作之合，这个"天"可有两层意思。天子为"天"，他都说了是天作之合，谁敢拒绝呢？

杨喆跪了下来，有些惶恐："微臣出身寒微，怎敢高攀公主？"

泰安帝摆出不赞同的神色："杨修撰这话就不对了，你是朕钦点的状元郎，天子门生，哪里寒微了？朕说你配得上就配得上。"

杨喆垂眸，金砖铺就的地面映出他清俊的面容，明明是自己的脸，他却莫名其妙地感到有些陌生。

在泰安帝居高临下的注视下，他双手伏地，额头贴上冰冷的金砖："臣……谢主隆恩。"

皇上赐婚宜安公主与状元郎杨喆的消息很快传开了。将军府中，林氏感觉心里的一块石头终于落了地，特意打发人去街头新开的铺子买了一只烤鸭回来加餐。

状元郎尚了公主，她再也不用担心阿好突然想不开了，谢天谢地！

转眼就到了二月，取代状元郎尚公主这则新闻的是要选太子妃的消息。

皇家选太子妃是大事，与当初借着赏菊宴的名义替魏王选妃不同，进入候选名单的贵女都是老老实实进宫来，经历一道道筛选，最终剩下三个人由太子自主选择。

太子一见三女就皱了眉。

不知是不是错觉，这三女与他当年第一次选太子妃时的候选贵女的风格完全不同。

他一眼望去，一个大脸盘子，又一个大脸盘子，还是个大脸盘子！

父皇这是烙饼呢？

太子腹诽着，愣是迟迟没选出来。

泰安帝对太子的挑剔很不满："这三名贵女的出身、性情都再适合你不过，就没有一个你喜欢的？"

太子颇委屈："父皇，娶妻是一辈子的大事，除了出身、性情，难道就不考虑一下别的？"

"什么别的？"泰安帝有些恼火，"你是说容貌？'娶妻娶贤'这话你没听过？何况是太子妃，还有什么比贤德更重要？"

太子犹不死心："父皇，就不能兼顾吗？"

泰安帝对太子的拎不清有些失望，语气严肃起来："这三名贵女的八字都与你极匹配，更有宜男之相。你至今尚无一丝血脉，当下子嗣才是最重要的事，至于美色，身为太子难道会缺？"

"儿子知道了。"太子低了头，心中却不服气。

他都是太子了，就不能娶一个又贤德又美貌的？

他不由得想到了林好。

论美貌，目前最能入他眼的就是林二姑娘了，奈何她姐姐与老四定了亲，到他选妃，林二姑娘就连进入初选名单的资格都没有。

天家还没有两个皇子娶一家姐妹的先例。

想想真是恼人，他堂堂太子，最想要的女子偏偏得不到。不，别说最想要的，他想娶个看着顺眼的居然都不能够。

太子干脆在名册上随便一点，选定了太子妃。

反正这三个人都是大饼脸，有什么区别呢？

被选中的人家欢欢喜喜，泰安帝也觉得满意。

太子还算听劝，挑选的贵女是他最看好的。

见泰安帝心情不错，太子乘机道："父皇，现在外面暖和起来了，儿子一直在宫里好闷，想出去走走。"

自从遇刺，太子许久没出宫了。

泰安帝沉吟一番，点头应了。

太子的左手至今没有恢复，他若一直被拘在宫里，郁闷久了恐左了性情。

至此，太子的禁足令算是解了。

他换上寻常衣裳出了宫，东逛逛，西逛逛，最后逛到了将军府附近。

许是天暖了，将军府门前的两只石狮子少了几分冰冷之意，角门时不时有人进出。

太子越看越觉得奇怪，问近身伺候的内侍王贵："将军府怎么这么热闹？"

王贵比太子有经验些，迟疑地道："刚出来的那个妇人好像是媒婆。"

"媒婆？"太子眉头一拧，"去问问怎么回事。"

王贵跟上去，把妇人喊住："大嫂是去将军府说媒吗？"

妇人狐疑地打量王贵。

王贵一副小厮打扮，衣料在妇人看来是顶好的，妇人当即警惕起来。

莫不是竞争对手来刺探敌情？

"我也不认识你啊……"妇人话音未落，一锭银子就落入手心。

她当即瞳孔一缩。

这锭银子都顶她跑腿好几趟了。

妇人当即露出笑脸："是去说媒的，不过是替哪家公子去说就不能透露了。"

担心王贵把银子收回去，妇人忙补充："其实你打听谁家来说媒没什么用。"

"为何？"

"因为来说媒的太多了啊，这些天都要把将军府的门槛踏破了。"

王贵有些震惊："林二姑娘这么受欢迎？"

妇人"扑哧"一笑："那可不？林二姑娘天仙般的人儿，谁不想娶来作妇呢？"

当然，她不可能说出想和皇子做连襟这种大实话。

王贵打听清楚了，回去复命。

太子一听更郁闷了。

瞧瞧，这些人家还知道给儿子娶个美貌的媳妇，父皇却如此不通人情。

太子对皇帝的怨念令王贵有些害怕，小心地劝解着："殿下，您和他们不一样，您将来要承担的多着呢。"

"将来还远着呢。"太子冷笑。

父皇还在壮年，天知道他这个太子什么时候熬出头，到那时，林二姑娘的女儿说不定都能嫁人了。

太子越想越不甘心，脸上露出阴狠之色："王贵，你给吾想想办法。"

王贵额头冒汗："殿下，林大姑娘是准王妃，林二姑娘不可能入宫服侍您啊。"

"那要是林大姑娘不是准王妃了呢？"太子灵光一闪，冒出这句话。

王贵愣了愣。

太子伸手在王贵的肩头重重一拍："王贵，吾可最看重你了，你一定有办法的对不对？"

见王贵不语，太子脸一沉："那次你安排的英雄救美，可没让吾满意。"

王贵心一紧，不敢再犹豫："殿下放心，奴婢会想办法的。只是……"

"只是什么？"

"就算林大姑娘做不成魏王妃，奴婢瞧着将军府也是不乐意让林二姑娘入宫为妾的。"

太子对此倒是有信心："此一时彼一时，到时候我去求父皇，父皇会发话的。"

父皇都委屈他娶一个大饼子脸了，这点儿要求总会满足吧。

太子这边又动起了歪脑筋，林好姐妹则接到了邀她们出门踏春的帖子，另一张来自小郡主祁琼，一张来自陈怡三人，于是三方索性约在了一起。

郊外青山绵绵，绿水潺潺，随处可见换上轻薄春衫的男男女女或行或卧，采兰斗草，宴饮行乐，还有的在两棵大树间系了秋千，尽情玩耍。

六人的马车停在路边，选了个空旷之处放纸鸢。

朱佳玉放的是一只蜻蜓，祁琼放的是老鹰。二人小跑着助纸鸢飞起，比谁的飞得更高更稳。

"晴儿，你来替我。"跑累了，朱佳玉把线轴交给陶晴，跑去林婵几人身边："婵姐姐，你们在找什么？"

林婵笑着举了举手中的兰草："打算采些兰草回去养着。"

兰花素雅，虽不是什么名贵品种，却有着山野间的清新。

朱佳玉来了兴趣："那我也采一些。"

她一眼瞧见林好手中捧的兰草，不由得惊讶地道："阿好，我才放了一会儿纸鸢，你都采这么多啦。"

林好一笑："我大姐喜欢兰花。"

"别再往里面走了，当心有野兽。"林婵直起腰，提醒几人。

山谷里才是兰草繁盛的地方，从几个人站的地方能看到三三两两的少女在谷中采花。林婵生性稳重，又是带妹妹出来，难免考虑得多。

也是巧了，她这话才说完，就听谷中骚动起来。

几个人望过去，就见几头小鹿跑了出来。

小鹿的出现立刻吸引了不少采兰少女围过去，就连放纸鸢的祁琼和陶晴也收了线，拿着纸鸢走过来。

小鹿并不怕人，一开始的惊慌过后在草地上溜溜达达，有人试探着喂草叶，它们竟乖乖吃了。

朱佳玉看得眼热："咱们也过去玩儿吧。山谷里要是有野兽，早就被惊动了，现在看来，顶多是有一些小鹿、小兔子。"

林婵见大家都意动，没有再拦。

就如朱姑娘所言，看这样子山谷中应该没有凶猛的野兽出没，她就不扫兴了。

几个人兴致盎然地走了过去。

深草丛中，两个趴在那里的蒙面人抬起头。

"到底哪个是林大姑娘，月白裙的还是绿裙的？"

"应该是月白裙那个吧，看着好像大一点儿。"

"大吗？我怎么瞧着身高、长相差不多。"

"干脆两个都掳走，万无一失。"

"还是不要多事了，特意交代了只对林大姑娘出手。"

"那就月白裙那个吧，错不了。"

定下来后，一人把手指放到唇边，吹了一个响哨。

谷中有一片树林，风吹过，突然响动大了起来。

林外草地上，一名逗弄小鹿的少女无意间瞥见，不由得瞪大了眼："那……那是什么？"

一头壮硕的野猪飞奔而来。

在场的少女都出身富贵，哪儿见过活着狂奔的野猪？大多呆住了。

"快跑，是野猪！"林好第一时间反应过来，一手拉了林婵，一手随便抓了离得最近的朋友，就往山谷外跑。

野猪发起疯来危险性不比虎豹低，她们一旦被堵在谷里冲撞到，后果不堪设想。

"二妹，去马车那边。"林婵奔跑中不忘提醒。

林好刚应了一声，突然一股大力传来，林婵的手腕从她手中挣脱。

林婵被一个蒙面人捂着嘴，迅速拽走。

林好拔腿就追，边跑边喊："放开我大姐！"

陈怡刚刚也被林好拉着跑，瞧见这变故，先是一呆，而后高喊："快来人，拦住那个歹人！"

奈何场面太混乱了，到处都是惊慌逃跑的人和尖叫声，无论是林好的喊声，还是陈怡的求助声，都被淹没了。

慢一步发现情况的朱佳玉几个人也高呼起来："来人啊，有歹徒劫人！"

靖王府的两个护卫在骚乱刚起时就赶过来护着祁琼，被祁琼催促着去救人。

"郡主，这里太危险了，我们不能离开您左右。"

祁琼又急又气，脸都青了："这里能有什么危险？这么多人还拦不住一头野猪？你们快去把林大姑娘救回来！"

最终，一名护卫留下保护祁琼，一名护卫追了过去。

"抓住了，抓住了！"突然响起欢呼声，奔跑的野猪终于被乱棍打死。

人们惊魂甫定，有种劫后余生的庆幸感。

解除了危及自身的危险后，众人才知道混乱中一名少女被蒙面人掳走了，于是不少人加入了寻人的队伍。

"被掳走的是谁呀？"一名少女好奇地问。

大部分人摇头。

刚刚太混乱了，又是不认识的，谁知道哪个被掳走了？

"这可怎么办？如果这些人知道被掳走的是婵姐姐，对婵姐姐的名声会很不好。"陶晴白着脸低声道。

朱佳玉急得跺脚："都这个时候了，还在乎什么名声，人最要紧啊！"

"可婵姐姐是未来的王妃……"

这下朱佳玉也傻了，不由得去看祁琼和陈怡。

陈怡一张脸毫无血色，说话难忍哽咽："还有阿好啊，阿好第一个追上去的，会不会也落在歹人手里了……"

祁琼一咬牙："后面的麻烦后面再说吧，先把人找到要紧，咱们也一起去找！"

这么多人，被掳者的身份定然瞒不住。

如祁琼所料，一名贵女道出了林婵的身份："被掳走的好像是将军府林家的大姑娘。"

"真的是林大姑娘？"

贵女迟疑地点头："应该是的，我还看到林二姑娘追过去了。就是当时太乱，没看太仔细。"

又一名少女开口："我也看到了，是林家两个姑娘。"

"林大姑娘不是与魏王定亲了吗？居然有人胆大包天敢掳走她？"

"或许只是想随便掳走一个，林大姑娘不走运撞上了。"

小姑娘们都打发了下人加入寻人的队伍，自己出不了大力，便凑在一起热烈地议论着。

众女的心情十分复杂，有担心，有惊恐，也有一丝丝兴奋。

"宝珠！"祁琼发现被人扶起的宝珠，快步走了过去，"宝珠你怎么了？"

宝珠双目紧闭，对小郡主的呼唤毫无反应。

守在祁琼身边的护卫上前检查了一番："人昏迷了，应该是后颈受了重力。"

"宝珠，你醒醒！"祁琼摇了摇宝珠。

婵姐姐和阿好都不见了，宝珠是追得最紧的人，知道的一定比他们多。

宝珠的睫毛动了动，她睁眼的一瞬间，没看清人就挣扎着起来："姑娘！"

一阵眩晕袭来，让她失去了平衡。

祁琼把她扶住，声音虽焦灼却依然温和："宝珠，你别急，先把你知道的说清楚。"

宝珠眨眨眼，终于看清了围在身边的人，有小郡主、陈大姑娘、朱姑娘、陶姑娘……

"有两个蒙面人，姑娘也被抓了，他们往那个方向去了！"

两个？

众人一听，脸色更难看了。

宝珠用力挣开扶着她的手："我要去找姑娘！"

头还眩晕着，她脚步踉踉跄跄，却越走越快。

祁琼一咬牙："陈大姑娘，你们先找着，我回去多带些人来。"

歹人能有两个，就可能有三个、四个……未知的敌人摸不清实力，就算找到人，他们也可能救不了，不如回去搬救兵。

"郡主快去吧。"

"你们也注意安全，不要和人群分散。"祁琼叮嘱完，由护卫陪着匆匆离去。

京郊到王府有一段路程，她嫌马车太慢，干脆弃车骑马。

"嗒嗒"的马蹄声凌乱地敲击着青石板路，显出主人的焦急。靖王府近在眼前，祁琼一勒缰绳跳下马来，一边吩咐护卫一边往里走："别跟着我了，快去将军府报信。"

护卫把两匹马交给王府下人，掉头去了将军府。

"我大哥在家吗？"

"世子刚回来。"

祁琼一阵风似的跑到祁烁的住处："大哥，出事了！"

祁烁从书房走出来，看着头发都跑散了的妹妹，心一沉："出了什么事？"

"今日我和阿好她们不是去城郊踏春吗？突然出现一个蒙面人把婵姐姐掳走了，阿好追上去，也落入了蒙面人的同伙手中……"

祁烁变了脸色，立刻吩咐长宁几个组织人手，自己顾不得等，先一步策马往城郊奔去。

祁琼没急着回去，而是去向靖王妃说明情况："林家姐妹出了事，我拜托大哥带些人手去找人。"

靖王妃忙换了外出的衣裳："去将军府看看。"

女儿的好友出了事，两家又是邻居，靖王府不闻不问可不合适。

靖王妃带着祁琼到将军府时，将军府正乱着。

准备去寻人的护卫正准备出发，却只有老夫人在旁边站着。

靖王妃一问，原来林氏在听到女儿出事的第一时间就骑马走了。

老夫人听了靖王妃的安慰，勉强露出笑容："多谢王妃了。"

"邻里邻居，这都是应该的。"

眼看将军府的队伍要出发，祁琼忍不住开口："母妃，我想跟着去。"

靖王妃一愣。

老夫人先一步开口："郡主的心意老身都知道，只是那里太乱了，还是在家里等消息吧。"

"我跟着哥哥他们不会有事的，陈大姑娘她们都在那儿呢，总不能我一个人待在家里。母妃——"

"那你去吧，不许一个人乱走。"靖王妃虽不愿意女儿冒险，可女儿都这么说了，她只好尊重女儿的想法。

这个年纪的孩子要面子，讲义气，这不是坏事。

随着靖王府与将军府的人加入，寻找的队伍越发壮大了，奈何不远处就是绵绵青山，人躲进去就好似鸟儿投入山林，想找到太难了。

祁烁在一处停下，蹲下来摸了摸草地。

"大哥，发现什么了？"祁焕凑过来问。

祁烁站了起来，将目光投向山谷的方向，低声道："歹人应该不是随便掳走一个女孩子，他们的目标就是林大姑娘！"

如果是这样，他们的目的是什么？对主动追过去落入他们手中的阿好又会如何对待？

这个问题搅得他心口隐隐作痛。

"大哥，你去哪里？"

"进山。这么多人寻找，带着两个穿戴不凡的年轻女子去任何地方都太惹眼，只有躲进山里才是安全的。"

"他们到底想干吗呢？就算要赎金也该留个信儿啊。"祁焕很疑惑。

此时林好也很疑惑。

她与姐姐都被塞住了嘴巴，绑住了手脚，说不了话，也动弹不得。

更糟的是，姐姐昏过去了。

这是一个山洞，那两个蒙面人坐在离她们有一段距离的洞口，背对着她。

林好疑惑于对方的身份与目的。

若说劫色，她去追姐姐时对方只想甩掉她，显然目标只有姐姐，且到现在也没流露出猥琐之意。

若说劫财，这两个人难道不该放出讨要赎金的风声吗？

思来想去，她只能猜测与魏王有关。姐姐是准王妃，这两个人掳走姐姐，十之八九是冲着魏王去的。

林好琢磨对方的目的是为了判断她们的处境。对方只是以她们为人质要换取什么，还是会杀人灭口？

哪怕对方不伤人，过上一段时间放她们回去，她们的名声也毁了，世人定会猜测她们落在歹人手中时遭遇了什么。

她可以不在乎，可身为准王妃的姐姐怎么办？

林好这时还不知道，毁了林婵的名声才是对方真正的目的。

其实这两个动手的人也很困惑，其中一人回头看了一眼，见两个少女都闭着眼，小声和同伴抱怨："你说上头的交代怎么这么奇怪呢？只让带走姐姐，还不能伤了，过一夜再放了。"

"你管上面怎么想呢？咱们按吩咐做事就行了，我倒是担心多抓了一个会不会被怪罪。"

想到林好，两个人都有些头疼。

这姑娘也太难缠了，腿脚还格外利落，他们甩了半天都甩不掉，只好把人带上了。

"反正到时候都要放了，应该不会怪罪吧。别说，这对姐妹长得可真好。"

"别想乱七八糟的，这不是咱们能招惹的。"

突然响起的"呜呜"声打断了二人的对话。

二人齐齐扭头，看向惊慌挣扎的林好。

少女嘴巴被堵着，双手被反绑在身后，说是挣扎，其实只是从喉咙间发出破碎的"呜呜"声，看起来可怜无助。

其中一人走了过去。

少女的两只脚也被绑在一起，抬头惊恐地看着他，拼尽全力往后挪了挪。

那人不由得笑了："先前一直追，现在知道怕了？"

他蹲下来，再次确认："她是姐姐，你是妹妹？"

林好迟疑着，点了点头。

她追赶时就喊过"大姐",这两个人一定听见了,现在特意问她,可见对劫持目标的在意,这也说明她的猜测应该没错。

另一个人走了过来,身材比先过来的人魁梧,要高出半个头:"别和她说太多。"

"还是要给她们喝点儿水吧?"个子矮些的男子压低声音,"这种娇滴滴的大家闺秀,长时间不吃不喝恐怕受不住。"

见同伴点头,他拿着水壶警告林好:"我现在把塞着你嘴巴的布拿出来,不许大声哭叫,若是不识趣,有你的苦头吃,知道了吗?"

林好连连点头。

男子伸手把布团取下,林好嘴巴得了自由,大口大口呼吸着。

见林好没有哭闹,男子还算满意,把水壶凑了过去:"喝吧。"

"能不能把我的手解开?"林好试探着问。

尽管她脸色苍白,一副脱力的模样,男子还是一口拒绝:"不行!"

矮个儿男子把水壶递到林好的唇边:"就这么喝,不乐意就算了。"

林好垂眸盯着壶口,这明显就是男子用过的水壶。

想到要用这个壶喝水,胃里就是一阵翻腾,可她还是点了点头:"我喝。"

这个山洞不知道在什么位置,如果足够隐秘,搜寻的人几天找不到再正常不过,她要带着姐姐脱身,必须保持体力。

庆幸的是,男子没有把壶口塞进林好口中,而是倾斜着倒水。

林好用嘴去接,有些水喝了进去,更多的则流到了脖颈、衣衫上。

这样的狼狈样子,令男子眼神微变。

林好侧了侧头:"我喝饱了,谢谢。"

男子拿起布团要她的嘴重新堵住,林好急忙乞求:"求求你不要堵住我的嘴,我觉得呼吸好困难,我保证不会喊叫。"

男子犹豫着看了同伴一眼。

魁梧男子语气冰冷:"不行。"

矮个儿男子不再迟疑,利落地堵住了林好的嘴。

这时林婵醒了。

与林好一直装昏迷不同,林婵是真的昏过去了,乍然醒来,第一反应是找妹妹,看到林好被堵着嘴巴绑着手脚,不由得发出焦急的"呜呜"声。

"这个也醒了。"矮个儿男子对林婵的兴趣明显比对林好大,倒不是动了什么歪心思,而是好奇。

"喝水吗?"他问了同样的话。

林婵大半注意力放在林好身上,见她微不可察地点头,林婵立刻点了点头。

男子警告后,取下塞着林婵嘴巴的布团,把水壶递了过去。

林婵登时变了脸色:"我……我不渴了……"

要说起来,这么短的工夫她确实还不渴。

男子捏着水壶一笑："倒是比你妹妹讲究。"

林婵下意识地看了林好一眼，改了说法："麻烦你，我还是喝一点儿。"

忍着恶心喝足了水，林婵小心翼翼地问二人："你们是要赎金吗？只要你们不伤害我和妹妹，多少赎金我家人都会出的。"

"别废话。"男子用布团堵住林婵的嘴，"老实待着。"

两个男子回到靠近洞口的位置坐下休息。

洞口有一大半被岩石遮挡，外面是垂下的藤蔓与野草，透过藤蔓的缝隙能随时观察外面的情况。

毫无疑问，这是一处绝佳的藏身之所。

林婵绝望地看向林好，眼里有了泪光。

她连累妹妹了！

林好眨了眨眼。

姐妹二人虽口不能言，却默契十足，林婵绝望的心情得到了安抚。

二妹莫非有脱身的办法？

时间一点点过去，洞口的光线悄悄改变了方向。

一成不变的洞外景象让两个男子感到无聊，里面被结结实实绑着的两个少女也让他们很放心。

矮个儿男子吐了口闷气："我先眯一会儿。"

他们又不能随便聊天，更不能占点儿小便宜，还是睡觉好打发时间。

没一会儿，洞中就响起了鼾声。

魁梧男子皱眉把人拍醒。

"怎么了？"

"别睡了，你打鼾。"

矮个儿男子险些跳起来，声音都高了几分："不可能，我还没睡着！"

"你打了，鼾声可能被人听到。"

"我都没睡着，怎么会打鼾？"矮个儿男子不服气，扭头问林好二人："你们听到我打鼾了吗？"

林好与林婵对视一眼，齐齐点头。

矮个儿男子登时没了话说。

魁梧男子开口："我先睡，晚上换你睡。"

"晚上我还打鼾怎么办？"

这是忽悠他让他一个人守到底吧？

"这是山里，晚上那些人会停止搜索，打鼾就不要紧了。"

矮个儿男子一听，只好点头："那行吧，你先睡。"

没过多久，魁梧男子就睡着了。

听着同伴均匀的呼吸声，矮个儿男子更困了，很快就如小鸡啄米一样点着头。

又过了一会儿，山洞里再次响起了鼾声。

林婵看向林好。

林好又等了等，确定两个男子睡了，才慢慢转了转身体，反绑在背后的手碰了碰林婵的手。

林婵不知道妹妹要做什么，面上不露声色。

她忽然感到有东西在拉扯绑着双手的绳子。

一下，两下，三下……

林婵震惊地看着林好。

那明显是个硬物，二妹和她一样被绑着双手，怎么拿到的？

林好示意林婵不要露出马脚，专心用硬物割着绳子。

那是她提前藏在手心的一块小石片。她追劫持姐姐的人时被绊了一跤，右手正好按在这块小石片上，当时没有犹豫就把小小的石片藏在了手心。

柔嫩的手心被坚硬的石片硌破了皮，火辣辣地疼，但比起逃生的机会却不值一提。

林婵瞧着心疼，却帮不上忙。终于，她感觉双手倏地一松，绳子断了。

林婵一喜，但很快面上就恢复了平静，背在身后的手开始替林好解绳索，没等多久，林好的双手也自由了。

林好看向洞口处。

她俩想要脱困，就必须经过那个洞口，而经过那个洞口却不惊醒两个男子的可能性几乎没有。

在追他们时她就发现，这二人身手很好，是她凭力气对付不了的。

这也是她没有拼命抵抗的原因，只有这样，她才能与姐姐在一起，而不是变成搜寻队伍中的一员。

她们还是要等机会，等两个男子分开的机会。

林好把脱落的绳子藏好，再把绑着她和林婵双脚的绳子重新打了个活结，关键时候只要轻轻一拉，双腿就能获得自由。

接下来就是漫长的等待。

随着光线变化，山洞里越发昏暗了，终于，魁梧男子睁开眼，第一时间扭头看了看林好姐妹，没好气地踢了矮个儿男子一脚："你怎么睡了？"

矮个儿男子被踢醒，有些尴尬："我也不知道怎么睡着了……"

他扫一眼里边，语气多了些随意："反正她们跑不了。那个……我出去方便一下。"

林好看到矮个儿男子的身影消失在洞口，知道机会来了。她用力从喉咙中发出声音。

魁梧男子看过来。

"呜呜呜——"林好看起来更急切了。

魁梧男子脑中闪过一个念头：这姑娘莫非也想方便？

他起身走过来，居高临下地看着神色焦灼的少女："什么事？"

他的神情、语气比矮个儿男子要冷漠得多。

"呜呜——"

魁梧男子皱着眉俯身，把堵着林好嘴巴的布团取出："说吧，什么事？"

"我……"林好嘴唇翕动，声音细弱得几乎听不清。

魁梧男子下意识地凑近了些。

就在这时，林好一直背在身后的手迅速伸出，朝着魁梧男子的脖颈拍去。

魁梧男子意识到不对劲时，尽管竭力躲避，却来不及了。

他实在没想到，看起来娇滴滴的小姑娘居然脱困了。

脖颈突然针扎般疼了一下，那疼痛很快就消失了，快得仿佛没有过，但魁梧男子立刻掐住林好的脖子，用力收紧。

林婵看得目眦欲裂。

林好双手是自由的，自然不会坐以待毙，她两只手扳着魁梧男子的手腕用尽全力往外拉，以减轻脖颈受到的伤害。

可在林婵看来，妹妹就算会些拳脚，论力气也比不上男子，现在的处境太危险了。

她又急又怕，忘了先前商量好的保持不动，伸手去拉魁梧男子的胳膊。

就在这时，魁梧男子突然身子一僵，倒了下去。

"大姐，快恢复原样。"林好顾不得解释魁梧男子为何突然倒下，急急地提醒林婵。

林婵脑子里一片空白，却下意识地按林好的话做了。

"大姐，要委屈你一下。"林好低声说完，挪动魁梧男子，靠在林婵的身上。

林婵浑身僵硬，小声问："二妹，你还好吧？"

"我没事。另一个很快要回来，大姐你装出受到侵犯的样子引他过来，我来解决他。"

林婵点点头，重新把布团塞进口中，双手藏到身后。

林好也这般做了。

矮个儿男子解决完问题，刚走到洞口，就听到了激烈的"呜呜"声。

怎么回事？

他微微弯腰钻进山洞，一眼看到靠在林婵身上的同伴。

山洞中光线不佳，越往里越昏暗，从他的角度看去，第一反应就是同伴趁他不在乱来了。

"好啊，不让我动手，却趁我不在的时候占便宜！"矮个儿男子大为不满，快步走了过去。

昏暗的光线中，同伴身体的晃动让他不疑有他，伸手去拉魁梧男子："这样过分了啊……"

话未说完，余光扫到了跃起的身影，他面色一变，立刻往旁边躲避，只是变故来得太突然，他还是慢了一步。

颈部传来一瞬间的刺痛，很快又没了感觉。

304

"你怎么脱身的？"矮个儿男子震惊地出声，伸手去抓林好。

在他看来，一个娇娇弱弱的小姑娘，就算脱身了，自己控制住她也是手到擒来。只是他才动手，就感到一阵眩晕，身体摇了摇，栽倒在地。

林好第一时间拿掉嘴巴的布团，把靠在林婵身上的魁梧男子扒拉开："大姐，你没事吧？"

林婵取掉布团，侧头干呕了几声，露出劫后余生的苍白微笑："没事。"

这时，她终于意识到这两个人的不对劲了："二妹，他们是怎么回事？"

林好扬手转了转手腕上的镯子："镯子有机关，里面藏了几根能让人短时间失去意识的毒针。"

林婵扫了一眼倒地的二人，问："这两个人怎么处理？要……杀掉吗？"

她从没想过有一日会问出这种话，可真的到了这个处境，竟问得十分顺口。

林好没有立刻决定，而是走到洞口看了看天色。

太阳挂在西边，正是下午的样子。她走回来，用捆过她手脚的绳子把人结结实实地绑住。

"大姐，我看天色还早，应该够咱们带着他们遇见寻找我们的人。"

她虽没看到，却相信寻找她们的人不在少数。

"二妹要带他们见官？"林婵有些犹豫。

以她们的体力，拖着两个大男人恐怕走不了太远，要是天黑了还遇不到寻找她们的队伍，在山里就危险了。

"大姐放心吧，来的路上我暗暗计算了时间，这山洞虽隐蔽，他们走到这里却没有用太多时间。"

林婵听了，越发惭愧："没想到遇到事情全靠二妹解决。"

"大姐说这种话干吗？我若遇险，大姐也会拼命救我啊。"林好提起魁梧男子的后领，"带他们走，除了查明真相，最重要的是替咱们正名。"

哪怕这二人把她们放回去，她们的清誉也被毁了，世人总是不吝以最大的恶意揣测女子。

她不但要回去，还要拖死猪一样把这两个人拖到人前，让人知道这两个人不能把她们怎么样。只有这样，才能把对大姐的影响降到最低。

姐妹二人一人拖着一个往洞口走去，刚走到洞口处，林好脚下一顿，低声道："有人！"

林婵当即变了脸色。

林好屏住呼吸，从蔓藤的缝隙往外看，看到了一张熟悉的脸。

"世子？"林好诧异地出声。

洞口的光线被一道挺拔的身影遮住，洞里一下子暗了下来，林好还没有回过神，就被一双手臂紧紧地抱住了。

"咚"的一声，是林好因震惊松手，魁梧男子摔在地上发出的声响。

魁梧男子砸在地上，山石都仿佛在颤动，就如林好的心跳声。

好在那个拥抱只有一瞬，祁烁便松开了手。

"你没事吧？"他竭力地克制着情绪，声音却有些颤抖。

林好表情呆滞。

她本来没事了，现在有事。

靖王世子是怎么回事？

"世子，你怎么来了？"回过神后，林好挤出一句话。

"琼儿回去报了信，将军府和王府都派了人出来找你们。"祁烁摊开手，手心是一朵海棠珠花，"我在一棵树的枝丫上发现了这个，就找了过来。"

林好看了一眼海棠珠花："是我丢的。"

装昏迷时，她趁二人不注意丢出一朵珠花，以便为自己与姐姐多争取一丝希望，没想到找来的是靖王世子。

祁烁垂眸盯着地上的魁梧男子，眼里涌动着杀意："我来晚了。"

林好笑着摇头："我都没想到你能这么快就找到我们。"

"那个……世子一个人过来的？"林婵忍着震惊开口问道。

她也不想破坏这古怪又和谐的气氛，可拖着个男人太耗体力了。

"林大姑娘没受伤吧？"祁烁面上看起来恢复了冷静。

林婵有些好笑。

她要真受了伤，等靖王世子想到她，她恐怕都凉透了。由此可见，二妹在靖王世子心中不一般。

"多亏二妹早有准备我们才能脱身。搜寻的队伍没和世子一起吗？"

"很多队伍找你们，我一个人行动快些，就和其他人分开了。"祁烁俯身去提魁梧男子。

林好出声阻止："我来吧。"

祁烁看向她。

林好指了指地上的人："他们在大庭广众之下劫持了我们，要是让人看到我们是被世子救回去的，不知生出什么猜测来，不如我和大姐把人带回去好。"

祁烁略一思索，明白了林好的意思。

"他们会昏迷多久？"

"大概一个时辰。"林好说着，伸手去拖魁梧男子。

"等一下。"祁烁出声，把林好的手拉过来。

少女的手柔软白皙，手心却血迹斑斑。

薄唇紧紧地报着，祁烁取出一方白色手帕替她包好伤口。

"不用。"林好把手往回缩。

别人瞧见，没准儿会质疑这种时候她怎么顾得上这个。

祁烁抓紧她的手："用不着那么周全，不处理一下是自己受罪。"

他也难受。

林好默默地由着祁烁把她的手心包扎好，同时感受着长姐快要挡不住的好奇目光。

"好了。"祁烁松开手，把魁梧男子提起来，再伸手去接矮个儿男子："林大姑娘把这人也给我吧。"

林婵不由得看向林好。

祁烁一手提了一个，一边拖着往外走一边解释："我知道离这里最近的搜寻队伍的大概位置，快到了时再把人给你们。"

林好有些犹豫："拖两个人挺费力的……"

祁烁脚步一顿，嘴角微微抽了抽。

他病弱的形象，在阿好心中如此根深蒂固吗？

林婵亦道："是啊，世子，我们自己来就行了。"

虽然看起来靖王世子特别关心二妹，可他毕竟有心疾，若是累过头就麻烦了。

祁烁沉默了，加快了拖人的脚步。

有人负重前行，林好与林婵就轻松多了。林婵有一肚子话想问妹妹，碍于祁烁在场，只得憋在心里，说起两名男子："二妹，你说这两个人是不是冲着魏王去的？"

"应该是。"

林婵缓缓摇头："我有些想不通。魏王一个闲散王爷，对付他有什么好处？"

祁烁突然开口："我得到一个消息，太子的左手抓握不住东西，算是废了。"

林好与林婵顿时面露惊讶之色。

林婵想的是太子莫非是因为废了左手觉得魏王有了威胁才有今日之事？林好心中波澜更甚。

梦中，监国的太子左手分明好好的！

"回头再详说吧。"祁烁止住话题，停下脚步，指着一处道，"从这个方向走，应该很快就能遇到寻你们的人了，我等你们会合后再绕过来找你们。"

林好点头："嗯。"

祁烁把两个男子扔到地上，很快消失在草木间。

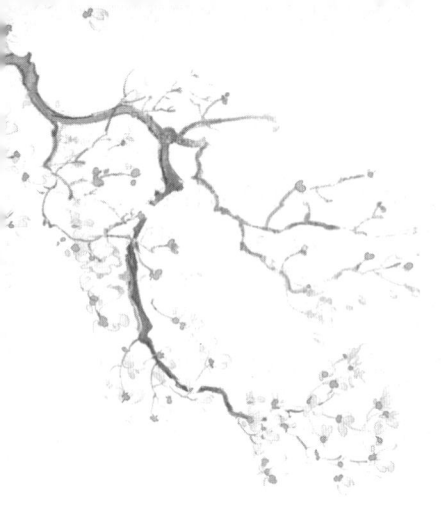

第十三章　表　白

　　林好与林婵一人拖了一个，向那个方向走去。风高草低，两个人能看到不远处一支队伍往这边走来。
　　"大姐，再坚持一下。"林好拖着魁梧男子，加快了脚步。
　　队伍中有眼尖的惊呼出声："看那边，是不是将军府两个姑娘？"
　　不少人闻声望过去，有些迟疑："不是吧，她们不是被歹人劫持了吗？"
　　这两个少女明显行动自由啊，就是走得慢了点儿。
　　等等！
　　随着林好姐妹走近，众人看到了地上被拖着的人。
　　两个男子，一人脸上还蒙着黑布，另一人的黑布不知道掉到什么地方了，露出了真容。
　　这是……劫持将军府两位姑娘的歹人？
　　众人面面相觑，因为这情景太过离奇，一时竟忘了出声。
　　祁焕恰巧在队伍中，看着林好姐妹，说话都打结了："林……林……"
　　林好眼圈一红，露出如释重负的神色："太好了，终于遇到人了，你们是来救我们的吗？"
　　众人神色复杂。
　　他们本来是救她们的，可看情况好像用不着了……
　　祁焕好奇极了："林二姑娘，他们该不会就是劫持你们的人吧？"
　　恰在这时，魁梧男子醒了。
　　"臭丫头……"
　　林好一个手刀劈在他的后颈上，冲祁焕点头："就是他们！"
　　刚刚睁开眼的魁梧男子头一歪，又昏了过去。

308

祁焕觉得吹在脸上的春风有点儿凉。

大哥知道林二姑娘这么彪悍吗？

林好拖着人走过来，脸上挂着愤怒的神情："幸亏我随祖父练过，才没让他们得逞。"

"扑通"一声，魁梧男子被丢到了地上。

众人看着昏迷不醒的魁梧男子，神情微妙。

不知怎么，他们竟觉得这人有些可怜。

林好走向林婵，拖过矮个儿男子丢到魁梧男子旁边，客气地问祁焕："二公子能不能帮我找两匹马来？"

祁焕一愣，忙道："有马车停在山外的路边，你们坐车回去吧。"

林好扫了一眼地上的人，冷冷地道："我要带他们去报官。"

突然，一道激动的声音传来："婵儿，阿好！"

程树大步走过来，打量着林好与林婵，露出喜悦的笑容："你们没事太好了！"

紧跟其后的是阿星。

比起程树的喜色外露，阿星面上平静得多，眼睛却紧紧地盯着林好。

"你们是怎么逃出来的？劫持你们的人……"

林好踢踢地上的魁梧男子，打断义兄激动的问话："在这里。"

程树的声音一下子卡住了，好一会儿，他才缓过来，伸手提起魁梧男子就是一耳光："狗东西，竟敢伤害我妹妹！"

魁梧男子蒙面的布巾摇摇欲坠，很快就飘到了地上。

看清魁梧男子的面容，程树眨眨眼。

不知为何，这人瞧着有点儿眼熟。

魁梧男子挨了巴掌后醒了过来，看到围着的一群人，脸色大变。

到现在他都不知道是怎么着了道的，那丫头有古怪！

他下意识地去寻林好，又被程树打了一巴掌："看什么呢？！狗东西随我去见官！"

"等一等。"不知何时赶来的祁烁走过来，捏开魁梧男子的嘴检查了一番。

里面没有暗藏的毒牙。

他又检查了矮个儿男子，对程树道："我和程公子一起去吧。"

"不用麻烦世子了，这两个人被绑得死死的，跑不了。"程树客气地拒绝，不由得又扫了魁梧男子一眼，小声道，"奇怪了，这狗东西总觉得眼熟。"

程树的话令祁烁心一动，只是这种场合不便多问，他不动声色地道："多年的邻居，哪里谈得上麻烦？这两个人是劫持准王妃的要犯，不能大意，还是我和程公子一起去吧。"

程树听他这么说，不再客气："那就多谢世子了。"

祁烁看向林好，无数言语化为一句叮嘱："早点儿回家休息吧。"

309

林好点点头,去扶林婵。

很快,祁琼等人得到消息赶过来,把林好与林婵团团围住。

"吓死我了,你们没事太好了!"祁琼笑中带泪,紧绷的心弦一松,情绪再难控制。

陈怡几个人也抹着眼泪。

"让你们担心了。"林婵看向林好,"好在妹妹假装不敌,等到机会救了我,还把劫持我的人抓到了。"

"阿好,你也太厉害了!"众人纷纷道。

越来越多搜寻的人知道了林好姐妹平安归来的消息,但是直到他们见到被众星拱月般围着的林好姐妹,才真的相信了这个事实。

随着这些人回城,林大姑娘被歹人劫持、林二姑娘勇猛救姐的事迹如插上了翅膀,翌日就传开了。

魏王直奔宫中,一见泰安帝就跪了下来:"求父皇替儿子做主!"

此时泰安帝还没听到宫外最新鲜的八卦消息,看着跪在地上的儿子,第一反应竟是欣慰。

老四真是瘦了不少,跪起来竟然这么轻松了。

"起来说话。什么事啊?"

魏王顺势起来,把林婵被劫持的事说了:"林大姑娘一个大家闺秀能得罪什么人,对方分明是冲着儿子来的。此事若不查清楚,下一次他们要劫的就是儿子了!"

泰安帝听了,脸色阴沉:"传程茂明进宫。"

锦麟卫指挥使程茂明进宫时就预感要挨骂,果不其然,他一进门就看到了皇帝的冷脸。

"林大姑娘踏春时被劫持的事,你可听说了?"

将军府和靖王府出去找人的动静不小,自然有锦麟卫把异动上报,程茂明忙道:"臣有所耳闻。"

泰安帝冷哼一声:"这一年来事情不断,却迟迟不见解决。程指挥使,你可真让朕失望啊。"

程茂明立刻跪下认错,心里明白皇上这是不满明心真人迟迟不见踪影。可他确实尽力了,只怪那明心真人太狡猾、太能藏。

"劫持林大姑娘的要犯由你亲自审问,务必查个水落石出。"

"臣领旨。"

等程茂明退下,泰安帝问魏王:"将军府两个姑娘是自救脱身的?"

"是,她们不但脱身了,还制伏了两个歹人。"

泰安帝眼神深沉,不知道想起什么,嘴角带了一丝没有多少温度的笑容:"毕竟是将门虎女,人没事就好。刘川,送些礼品到将军府,给两个姑娘压惊。"

这就是不追究林婵被劫持的事了。

魏王暗暗松了口气。

对林大姑娘他还谈不上喜欢，可对别的姑娘更没什么好感，他可不想再选一次妃。

程茂明出宫后直奔顺天府衙，两个歹人正在那里受审。

这已经是事情发生的第二日了，程树再次来到顺天府询问进展。

实际负责此案的是一名姓朱的推官，态度挺客气，进展却让人失望："两个人都不开口，一时还没什么线索。"

"不开口？"程树皱眉，"难道不用刑吗？"

朱推官嘴角一抽。

这位又不是锦麟卫出身，"用刑"倒是说得挺溜。

"该用的手段都用了，只是这两个人嘴很硬。"

"那是刑没用到位啊。用到位的话，还有撬不开的嘴？"程树颇为不满。

走来的程茂明听到这话，不由得多看了程树两眼，心道：这个年轻人有潜力啊。

"朱推官，带人去把那两个要犯押来，交给程大都督带走。"陪程茂明过来的顺天府尹开口说道。

朱推官前往牢狱提人。

程树向顺天府尹与程茂明问好。

"这是将军府老夫人的义孙程树。"顺天府尹向程茂明介绍程树的身份。

程茂明笑道："见过的。程公子在皇城当差吧？"

不知是听到刚刚那番话还是同姓的缘故，程茂明对这剑眉星目的年轻人颇有好感。

"小子是在皇城当侍卫。"面对令人生畏的锦麟卫指挥使，程树虽收敛了随性，却不畏缩，"那两个歹人是转交给锦麟卫审问吗？"

"是的。"程茂明拍拍程树的肩膀，"程公子放心，锦麟卫最不怕的就是嘴硬。"

"多谢程大人！"程树抱拳。

离开时，顺天府尹深深地看了程树一眼，心道：真是稀奇，这个身份尴尬的小子竟入了程指挥使的眼。

程树看着两个歹人被锦麟卫带走，闷头往回走，路上被人拦住。

"世子？"看着孤身一人的祁烁，程树顺口问道，"你这是出去啊？"

祁烁笑道："我本来想去衙门打听一下进展，没想到碰到了程公子。"

一听这个，程树叹了口气："我去问过了，一点儿进展都没有，不过就在刚才，他们被锦麟卫提走了。"

"锦麟卫接手了？"祁烁一指不远处的茶楼，"程公子若是不忙，我们去茶馆谈吧。"

"行！"程树没有犹豫就答应下来，显然昨日靖王府所为让他觉得亲近不少。

二人在茶楼中落座，祁烁提起茶壶给程树倒了一杯茶。

"昨日程公子说那个块头大些的歹人看着眼熟？"聊了几句锦麟卫提人的事，祁烁转入正题。

程树一愣，很快就反应过来，回答道："啊，对，是瞧着有几分眼熟，不过我后来想，可能因为那人长着一张大众脸吧。"

"虽有这种可能，可毕竟是劫持林大姑娘的要犯。程公子再仔细想想，省得错过线索。"

"我是真的想不起来了。"程树一脸无奈的表情，"我的记性还可以，要是见过，总会有点儿印象。"

"也许只是擦肩而过留下的印象。程公子平时常在什么地方，与什么人接触？"

"我不当差的时候常与朋友一起喝酒，接触的人有点儿杂。"程树挠挠头，"要是再去看看那狗东西，说不定能想起什么。"

祁烁起身："那就再去看看。"

程树眨眨眼："现在？"

靖王世子原来这么雷厉风行吗？

他也站了起来，有些不确定："锦麟卫刚把人提走，不知道能不能见到？"

"我们是受害方，关注进展无可厚非。"

程树点点头，又觉得不对劲。

我们？

他没想到靖王世子这样热心，竟把将军府的事当成自己的事了。

程树心头暖暖的，暗暗决定交这个朋友。

他们走出茶楼时，热心青年祁烁终于忍不住问："林大姑娘她们还好吧？"

程树没想太多，道："请大夫看过了，没有大碍，就是要好好休息。"

"那就好。"祁烁想到林好磨破的手心，垂眸遮住汹涌的情绪。

程树不知祁烁的心思，随口道："就是阿好受了些皮外伤，气得我姑母骂了那两个狗东西半天。"

"皮外伤？"祁烁不动声色地套话，"昨日我无意间看到二姑娘的右手缠着白布，是伤了手吗？"

程树的脸上有了怒意："何止啊，还有打斗留下的瘀伤……"

意识到这种事不方便对外男说，程树及时止住话头，却发现祁烁的神色有些不对。

"世子？"

祁烁缓缓扬了扬唇角，使外露的情绪收敛："王府有宫中秘制的药膏，治疗皮外伤效果很好，回头让小妹给二姑娘送两盒去。"

"多谢世子了。"

312

"程公子客气了。"祁烁下意识地望了一眼将军府所在的方向，唇紧紧抿起。

东宫里，太子正大发雷霆。

"你是怎么安排的，动手的人为何会被林二姑娘制住？"

王贵被太子揪着衣领，有些呼吸不畅："殿……殿下息怒，谁能想到林二姑娘会武啊？"

一个看起来弱不禁风的小姑娘，偏偏制伏了两个好手，这是寻常人做梦都想不到的事。

"没想到，没想到！上次你安排闲汉调戏林二姑娘被驴啃没想到，这次安排人劫持林大姑娘被林二姑娘救了又没想到，你到底能想到什么？"太子一甩手，在室中来回打转。

原本安排人劫走林大姑娘，过上一夜把人一放，林大姑娘的名声就毁了，他的目的也就达到了。

至于那两个人，只要悄无声息地离开，就如鱼儿游入大海，任是神仙下凡也找不到。

结果却如此荒谬，劫持者反而落到了被劫持的两个姑娘手里。

"那两个人已经被锦麟卫带走了，要是被问出来历，必然牵扯到吾头上来！"太子表情扭曲，甚是骇人，"你说吾要怎么办！"

王贵脸色发白，安慰太子："殿下放心，奴婢已经联系赵赫林了。"

赵赫林是程茂明的副手，为求长远前程，早就偷偷向太子示好，在锦麟卫中一直暗暗与程茂明较劲。

太子听王贵提起赵赫林，暴躁的心情好转了些："他怎么说？"

王贵压低声音道："只要人在锦麟卫大牢，就有机会让他们永远闭嘴。"

"盯着锦麟卫那边，有情况及时来报。"

王贵暗暗松了口气，忙应了一声"是"。

阴冷森然的审讯室中，程茂明面色阴沉，盯着披头散发的两个人。

"锦麟卫可不是顺天府，你们若是聪明，就早早把来历交代清楚，还能少吃些苦头。"负责审讯的锦麟卫冷冷地道。

两个人一脸麻木的神情，毫无反应。

锦麟卫看了程茂明一眼。

程茂明皱眉："还要我教你？先给他们上碟小菜开开胃。"

"是。"

被烧红的烙铁一点点靠近，锦麟卫迎着二人惊恐的眼神狠狠地按下去，很快，惨绝人寰的叫声响起。

程茂明连眼皮都没抬，面无表情地看着二人的反应。

另一名锦麟卫走过来："大都督，靖王世子与将军府的程公子求见。"

"继续审问。"程茂明撂下一句话，走了出去。

见到祁烁与程树时，犯人面前的冷面阎罗不见了，取而代之的是笑脸迎人的指挥史。

"程公子，又见面了。不知世子与程公子前来有何贵干？"

祁烁亦很客气："我们想见一见昨日劫持林大姑娘的两个歹人，还请程大都督行个方便。"

程茂明面露难色，冲上方拱了拱手："那两个人是皇上关注的要犯，不大方便与人多接触，还望世子体谅。"

他言语虽客气，实则不惧祁烁的身份。

一个闲散王爷之子要是都让他忌惮，那他这个锦麟卫指挥使就不必当了。

面对程茂明的拒绝，祁烁依然面带笑意："其实我是陪程公子来的。"

程茂明看向程树。

他对这个年轻人有几分好感，但不代表会容忍对方过问审讯的事。

程树有些不好意思："其实是我瞧着那个个儿头高一些的歹人有点儿眼熟……"

程茂明立刻变了神色："当真？"

程树忙解释："但我没有见过他的印象，就是想着万一能想到什么呢，所以来看看。"

程茂明思量片刻，有了决定："既然这样，二位随我来吧。"

程树看一眼不会有损失，真要能提供什么线索，他的压力就小多了。

明心真人迟迟找不到，这次的事如果再查不出来，他这个锦麟卫指挥使就危险了。

祁烁与程树随程茂明走进审讯室，鼻端飘着淡淡的令人不适的皮肉焦味。

那两个人面色惨白，已经昏了过去。

程茂明有些不满，交代下属："注意分寸。"下属忙应了。

"程公子好好瞧瞧，看能不能想起来什么。"

程树点点头，打量着魁梧男子，最终尴尬地对程茂明摇了摇头。

"把人看好。"程茂明交代了一句，带祁烁与程树出去。

"实在想不起来。"

程茂明还是笑眯眯的样子："没事，程公子过后若是想到什么，再联系就是。"

"叨扰了。"祁烁与程树告辞离开。

没想到到了下午，就有锦麟卫敲开将军府的门，请程树再去一趟。

程树一头雾水去了锦麟卫衙门，见到了脸色极为难看的程茂明。

"不知程大人叫小子来所为何事？"程树估计与上午那一趟有关，不好意思地道，"我还是没想起来……"

"程公子务必要想起来！"程茂明铁青着脸，一字一顿地道，"那两个人死了。"

"死了？"程树蓦地瞪大了眼。

程茂明黑着脸点点头。

如果可以，他当然不想把这样的隐秘之事说出去，可现在要犯死了，出身来历却没问出来，那眼前的年轻人就不能轻忽了。

程树觉得不可思议："怎么会死了？"

程茂明的脸色又黑了一层："目前正在调查。请程公子过来就是希望你再好好想想，如果能想起在何处见过那名要犯，就再好不过了。"

程树面露难色："要是想起来我早就说了，将军府比谁都想知道这两个人的来历。"

"那程公子先想着，我处理一下事情再过来。"程茂明说完，起身离去。

程树目瞪口呆。这是把他软禁在这儿了？锦麟卫的霸道果然名不虚传。

程茂明去了停尸处，盯着忙碌的仵作，憋了一肚子火。

他可以肯定，这两个人的死有问题。

下午审讯的时候两个犯人是分开的，用刑时竟先后死去。负责用刑的人都有经验，在他特意交代过后，不可能出现这种失误。就算真有意外，也不可能两个人都出了意外。

仵作终于检查完毕。

"怎么样？"程茂明紧盯着仵作问道。

仵作垂着眼，不敢看那双冷酷的眼睛："回禀大人，两名死者的眼球有出血点儿，血液呈暗红色，推测是死于心脏骤停。"

"心脏骤停？"程茂明走近仵作，"好好的人，怎么会心脏骤停？"

仵作面色有些复杂，硬着头皮道："或许是用刑时受到了刺激……"

被上刑的人，能叫好好的吗？

"胡说！"程茂明忍不住呵斥道，"就那么巧，两个人都受到刺激导致心脏骤停？"

仵作浑身哆嗦了一下，不敢吭声了。

"会不会是中毒？"程茂明猜测着。

仵作为难地摇头："小的没有查出中毒的迹象。"

程茂明的脸色不断变化，围着两具尸体转了一圈。

事情明明有疑点，他偏偏查不出来，这种感觉太憋屈了。

他一捶墙，吩咐属下："把这两个人进了锦麟卫后所有接触过的人都找出来。"

这时一名锦麟卫来报："大都督，中午犯人吃剩的饭菜都验过了，没有问题，负责做饭与送饭的人经过审问也没有问题。"

"见鬼了！"

程茂明盯着手下把与犯人有接触的人集合起来挨个儿审问，却没问出个名堂。

就在他心情越来越差时，有下属禀报说靖王世子求见。

此时程茂明哪儿有心情应付一个毛头小子？他冷冷地道："就说我正处理要事，暂时分不开身。"

下属很快把话传到。

祁烁听了，没有被拒绝的不满，而是问了一句话："那两个犯人是不是出事了？"

下属一愣，看着祁烁的眼神有些异样。

祁烁微微一笑："不如替我转问一下你们大人，说不定大都督就有时间见我了。"

"世子稍等。"

下属匆匆回去，转述了祁烁的话。

程茂明一听，立刻去见祁烁。

"世子如何知道那两个犯人出事了？"程茂明目光灼灼，紧盯着祁烁。

比起程茂明的紧绷，祁烁就淡然多了："猜的。"

"猜的？"程茂明脸色一沉，"世子要知道，这不是开玩笑的事。"

"确实是猜的。"祁烁身体微微前倾，脸上多了几分郑重之色，"靖王府与将军府相邻，下午大都督的人去找程树时被我家仆从看到了，我听了禀报，发现程树迟迟未归，就猜可能是那两个犯人出事了。"

他说到这里，双目直视程茂明："不然大都督没道理把人留着不放，现在看来我猜对了。"

程茂明眸光闪了闪，语气听不出喜怒："那世子过来，是让我把程公子送回去？"

"要犯出事定是大都督不愿看到的，若把程树一直留在这里，反会引人猜测，大都督觉得呢？"

程茂明抿了抿唇。

查明两个要犯的来历前，他确实不想走漏风声，不然在皇上那里肯定会吃不了兜着走，他只打算把程树留到天黑就放了。

"没想到世子与程公子这般要好。"

"远亲不如近邻。"祁烁轻飘飘地说了一句，话题一转，"不过我过来更主要的是想看看能不能帮上忙。"

程茂明有些好笑："世子还擅长查案？"

"并不擅长。"祁烁神色诚恳，说的话莫名其妙地能让人听进去，"大都督的手下都是审讯查案的好手，如果陷入僵局，或许是被经验束缚了思绪，我这种局外人说不定能提供新思路。"

程茂明挑眉，问出疑惑："世子为何对此事感兴趣？"

正常来说，一般人都避之唯恐不及吧。

"我与程树是朋友，又参与了昨日寻人的过程，就想善始善终。"

程茂明一时没有吭声。

这个理由还算说得过去，但也没那么让人信服。

"我知道大都督不愿外人插手锦麟卫内部的事，可就如我刚刚所言，大都督不妨考虑一下旁观者清的可能,毕竟这件事我已经知道了。"祁烁唇边挂着笑意,不疾不徐地说着。

程茂明迟疑片刻才点了下头,带着祁烁过去时又暗暗懊恼自己病急乱投医。

现在反悔有些没面子,罢了,他本也不指望一个年轻小子能起什么作用,等会儿打发走就是了。

祁烁见到了两个犯人的尸体,又听程茂明讲了仵作的结论。他蹲下来打量尸体,久到程茂明暗暗皱眉,他才站起身来。

"我与大都督看法一致,这两个人应该是死于中毒。"

程茂明先是一喜,后又怀疑。

靖王世子该不会是为了多待会儿,顺着他说的吧?

"可仵作说了,没有查出中毒的迹象。"

"中毒的迹象?"祁烁沉默一瞬,吐出一个字,"有。"

程茂明脸色登时变了,急忙问:"在哪儿?"

祁烁没有回答,而是扫了一眼左右。

程茂明立刻道:"世子尽管说,在这里的都是我的心腹。"

两个犯人出事,显然锦麟卫内部有问题,现在能在他身边的都是信得过的。

祁烁蹲下来,指着一处:"大都督看这里。"

听了祁烁的话,程茂明俯下身去打量尸体。

两具尸体被并排放着,祁烁所指的是魁梧男子血迹斑斑的手指。

程茂明瞧不出头绪:"世子所说的中毒痕迹在何处?"

"大都督看他的指甲。"

犯人受过竹签钉指甲的刑罚,指甲是翻起的,程茂明只看到一片血肉模糊。

"这里,有紫色的半月形斑点。"祁烁说道。

程茂明仔细看了看,果然在其中一根手指的指甲底部看到了紫色的半月形斑点。只是这斑点混在模糊的血肉中,如果没有人特意指出,一般人根本发现不了。

"大都督再看这个人的手指,同样有这种紫色的半月形斑点。"

程茂明又看向另一具尸体,亦看到了紫斑,比魁梧男子指甲底部的斑点,颜色要浅一些。

"这到底是什么?"

祁烁站起身来,语气平静:"这是一种叫'紫信'的奇毒,只要进入体内,顺着血液流向心脏,就有极大可能引发心脏骤停,从而达到神不知鬼不觉置人于死地的目的。"

"还有这样的毒?"

"这种毒非常罕见,大都督没听过很正常。"

程茂明面露狐疑之色:"世子是如何得知的?"

祁烁迟疑了一下,才道:"这种毒曾在北地出现过,机缘巧合我才有所了解。"

"北地？"程茂明的眼神有些复杂，"世子在北地时，年纪还小吧？"

祁烁一笑："十来岁也不算小了。北地苦寒，还要面对齐人的骚扰入侵，孩子大多懂事比较早。何况这种毒如此特别，出现一次就足以令人记住。"

"这么说，这是北地特有的奇毒？"

祁烁深深地看了程茂明一眼："大都督该不会怀疑我们靖王府吧？"

"当然不会，只是两名要犯死于此毒，我对此毒又知之甚少，不得不多问几句。"程茂明说着场面话。

祁烁知道他心中怀疑，对此并没纠结，而是把话题拉回两名要犯身上："今日他们是不是受了竹签之刑？"

程茂明点点头。

祁烁重新蹲下，打量着要犯的手指："紫信奇毒的特性，就是会在开始进入的地方留下紫色的半月形斑点，斑点很淡，往往会被忽略。"

程茂明瞳孔一缩："你的意思是，此毒是从要犯的手指进入的？"

祁烁微微颔首："我猜测，毒应该是被抹在了行刑的竹签上。"

程茂明的眼神如结了冰，冷得骇人。

自己特意交代过用刑要注意分寸的要犯死在了锦麟卫里，他当然知道内部出了问题，为此，但凡与两个要犯有过接触的人都被控制了起来。可负责审问用刑的都是他信得过的，要说人有问题，他实在难以相信。

程茂明张张嘴，喉咙发涩："用刑的两个人都被审问过了，暂时没问出什么来。"

"大都督有没有想过一种可能？"

"世子请说。"到这时，程茂明对祁烁的话不得不重视了。

"有机会在竹签上涂毒的人，不是只有负责行刑的人，还有呈送刑具之人。"

程茂明一怔，很快露出恍然的神色。

靖王世子说得不错，呈送刑具的人同样有机会做手脚，只是因为没有直接与犯人接触，被忽略了。

"多谢世子提醒。"程茂明待不住了，"世子先去和程公子喝杯茶，我处理一下事情就过去。"

"大都督先忙。"

祁烁由一名锦麟卫领着去了程树那里。

程树一见他就傻了："世子，你也被带来了？"

祁烁在对面坐下，笑着解释："程兄一直没回去，我不放心，来看看。"

他把"程公子"换成了"程兄"，程树感动下压根儿没发觉称呼的变化："世子，你这是'自投罗网'啊！"

说来说去靖王世子都是为了他。

靖王世子热心又讲义气，这个朋友他交定了。

程树看祁烁的眼神当即亲近了几分。

这边两个年轻人气氛融洽地喝着茶，程茂明那边就不怎么美好了。

呈送刑具的锦麟卫没审出什么来，负责看管刑具的人却不见了。

负责看管刑具的是一个五十多岁的老头儿，属于编外人员，平时在锦麟卫中毫无存在感。

程茂明气得手抖："你们是干什么吃的？人什么时候不见的都不知道！"

一道轻笑声传来："大都督别气坏了身体。"

程茂明霍然转身，看向走来的人。

走过来的是一名三十岁出头的男子，正是他的副手赵赫林。

看着面带笑意的赵赫林，程茂明不由得冷下脸来。

他有两个副手，另一人不多事，独独这个姓赵的，总是暗中与他较劲。

到了他与赵赫林这个位置，并不是他看对方不顺眼就能换掉的，特别是这两年赵赫林颇得太子看重。

"今日这么热闹真是吓了我一跳。以前咱们锦麟卫都是抓别人审别人，没想到现在抓起自己人了。"

程茂明冷笑："尽忠职守，一心为皇上把事情办好的才是自己人，反过来行事的那是奸人细作，赵同知对'自己人'的理解太片面了。"

赵赫林露出关心的表情："咱们锦麟卫有奸细？那人找出来了吗？"

程茂明一窒。要是找到了，他会站在这儿听这个浑蛋阴阳怪气？他甚至怀疑，这个内奸八成就是姓赵的安排的。

一名锦麟卫走来："大都督，靖王世子让卑职传话说他想和程公子回去了。"

程茂明拧眉想了想，大步向招待二人的花厅走去。

行刑的竹签他已经请来擅毒理的太医检查，而对靖王世子能认出此毒，他还是有些好奇与怀疑。当然，碍于对方的身份，他不能像对寻常人那样审问，甚至因为对方帮了忙还要客气些。

其实程茂明对祁烁的怀疑并不深，这丝怀疑更多是出于谨慎。

他走了几步，忽然停下转身："赵同知跟着我干什么？"

赵赫林笑着解释："原来靖王世子在咱们这里，下官也去打个招呼。"

程茂明眉毛动了动，没有吭声。

不管共事怎么不愉快，两个人毕竟没撕破脸，他总不能说"不许你去打招呼"。

见程茂明沉着脸加快脚步，赵赫林无所谓地笑笑。

听到脚步声，程树立刻站了起来："程大人忙完了？"

程茂明微微点头："让二位久等了。"

祁烁把茶杯一放，站起身来："时间不早了，我和程兄就不叨扰了。"

赵赫林出声打了招呼。

祁烁看过去，态度客气疏离："赵大人。"

"早知道世子在这里，我就早些过来了，多有怠慢，还望世子勿怪。"

"赵大人太客气了。"

赵赫林维持着客套，不动声色地问："不知世子前来有何贵干？"

听他这么问，程茂明出于本能冲祁烁使了个眼色。

祁烁却仿佛没有察觉，随口道："我陪朋友来的。"

赵赫林这才把注意力放在程树身上："这是……？"

程茂明淡淡地道："将军府的程树程公子，在皇城当差，赵同知没见过？"

赵赫林笑笑："还真没见过。程公子今日没当差啊，怎么有空来锦麟卫喝茶？"

程树看了程茂明一眼，眼神满是无奈之意：还不是被你们大人叫来喝茶的。

程茂明并不想赵赫林知道他请程树的用意，含糊地道："程公子关心妹妹被劫持一事的进展，来问情况的。"

"原来是这样。"赵赫林一副没有怀疑的模样。

说话间，几个人已经走到了外面。

祁烁与程树驻足，请程茂明二人留步。

"世子与程公子慢走，改日等事情解决了，我请二位喝酒。"程茂明委婉地表达谢意。

祁烁安慰道："大都督不要急，说不定程树突然就想起来在哪里见过那名要犯了，到那时要犯的来历自然柳暗花明。"

程茂明愣了一下，下意识地扫了一眼赵赫林。

锦麟卫内部出了叛徒，他有些怀疑姓赵的，一点儿都不想让对方知道程树与要犯的关联，没想到被靖王世子一口道破了。

"程公子……见过劫持林大姑娘的要犯？"赵赫林吃惊地望着程树。

程树尴尬地笑笑，不欲多言："只是看着眼熟。"

"哦。"赵赫林的神色恢复如常，"那程公子可要好好想想了。"

"告辞。"祁烁拱了拱手。

到了将军府门外，程树邀祁烁去他的住处喝酒，祁烁一口应下来。

林好得知祁烁登门的消息，去了程树住处，到了门口，又有些踟蹰。

靖王世子昨日之举害她翻来覆去想了好久，现在一想到要和他面对面，她就无端生起一丝尴尬。

还是程树的小厮发现了林好："二姑娘来啦。"

林好微微颔首，走了进去。

"大哥，世子，你们喝酒呢。"

程树捏着酒盅有些意外："阿好怎么来了？"

他面色微红，看起来已经喝了不少。林好再看祁烁，他依然面皮冷白，如凝脂玉雪。

林好不由得怀疑这是单方面的灌酒。

"林二姑娘好些了吗？"比起程树的意外，祁烁就显得平静多了。

这是林好最常见到的样子，昨日那个急切的青年仿佛从没出现过。

她定了定神，扬唇一笑："只是一点儿皮外伤。

"不会打扰大哥和世子喝酒吧？"

"不会。"程树脱口而出，就见林好坐下了。

他呆了呆，低头看看酒壶，再看看妹妹春花般的笑脸，犹豫起来。

正常来说，喝着酒有人加入，就该给人家倒酒了。可要是让阿好喝烈酒，姑母会提刀来收拾他吧。

不想看程树再纠结，林好道明来意："我听说你们刚从锦麟卫回来，是不是出什么事了？"

程树的第一反应就是隐瞒："没什么事。"

阿好虽彪悍得超乎他的想象，可毕竟是个小姑娘，外头的事就不让她操心了。

林好抿了抿唇。

她就知道大哥会这样。

她把目光投向祁烁。

比起大哥，反而是靖王世子见过她特立独行的一面，不把她当不谙世事的小姑娘看待。

祁烁果然没让林好失望，很干脆地道："两个要犯死了，死于中毒，推测是锦麟卫内部出了问题。程兄瞧着其中一名要犯眼熟，所以被锦麟卫叫去了。"

程树张张嘴，看着祁烁的眼神有几分埋怨。

靖王世子不但卖人卖得快，还卖得彻底，他们还是朋友吗？

祁烁一番话无异于惊雷，震得林好好一会儿才回过神。

"大哥见过劫持大姐的人？"

"眼熟，只是眼熟。"一日内回答了太多次类似的问题，程树有些无奈，端起酒盅一口干了。

他一方面郁闷被锦麟卫缠上，另一方面高兴交了祁烁这个朋友，在林好来之前就喝了不少，这杯酒下肚，他很快就眼神迷离，昏昏沉沉。

"大哥，你没事吧？"

"没……没事。"程树摆摆手，舌头都大了。

林好看了祁烁一眼。

"程兄喝多了，让他好好休息吧。"

林好点点头，喊来小厮照顾醉鬼，自己送祁烁离开。

金乌已经从西山坠落，唯余天边一团烧透的云倔强地照亮着地上的路，也给并肩而行的一对年轻男女披上了淡淡的霞光。

林好本有一肚子话要问，可只剩下二人后，气氛突然安静下来。

还是祁烁打破了沉默："手还疼吗？"

林好抬抬手，昨日用来缠伤口的棉布手帕早就被换成了柔软的纱布。

"上了药，早就不疼了。"

"以后林二姑娘不要再以身犯险。"

林好摇摇头："有些事，不得不犯险。"

她总不能看着大姐被人劫走，那样是不会遇到危险，却会抱憾终生。

"世子应该理解我，你不也是这样吗？"

明明那么隐忍低调的人，仅仅听了她无凭无据的几句提醒，为了杜绝家人可能遇到的危险，就把方成吉杀了。

"我理解。"祁烁向前走了几步，将压在心里的话说了出来，"可我会担心。"

林好脚步一顿。

虽然朋友会彼此关心，可他俩毕竟是异性朋友，靖王世子这样直白地说出来，有些不正常吧？

她觉得……靖王世子好像喜欢她……

这个念头一起，就如夏风拂面，吹得她脸颊发烫。

林好移开眼，目光无意识地落在路边的花木上。

春寒虽在，草木却开始复苏，一株玉兰已悄悄开了花。

林好的第一感觉就是怪好看的。

她看向祁烁，骤然被吹乱的心湖恢复了平静，她大大方方地道："多谢世子关心。"

她不能慌，先不说是不是她自作多情，就算靖王世子真的对她有意，她一时还理不清自己的想法呢，急什么？

林好的淡定令祁烁心一凉。

阿好若对他有好感，总该有几分害羞之意吧，而不是这般淡定自如的模样。

若是平时，早把忍耐刻进骨子里的年轻人自是默默收起涌动的情愫，偏偏今日他喝酒了，且喝了不少。

他张了张嘴，那话就夹着淡淡的酒意随风飘进林好的耳中："我不只会担心，还会心疼。"

林好猛地停下脚步，紧紧地盯着他的眼。

那双眼亮如星月，盛着她看不懂的光。

靖王世子……好像真的喜欢她。

她本来是要细问锦麟卫那边的要紧事的，话题是怎么偏到这里来的？

"林二姑娘。"在林好久久的沉默中，祁烁再次开口。

林好心绪混乱地望着他，等他说下去。

"我可以有心疼的立场吗？"祁烁缓缓问出这句话。

刚刚二十岁的他有了青年的棱角，也留着少年的青涩，在这一刻就如路边那株玉兰，怪好看的。

心狠狠地跳了一下，林好暗骂美色误人。

到这时，她就算再迟钝也明白了对方的心意。

她没有自作多情，靖王世子喜欢她。

那她喜欢靖王世子吗？

在对方克制、安静的等待中，林好暗暗问自己。

她好像……并不讨厌这种感觉。

意识到这一点，林好突然觉得脸颊有些热。

那就是喜欢吧。

可有了这个念头的瞬间，她的脑海中突兀地浮现出一双眼睛。

那仿佛蒙了一层轻纱而看不分明的眼睛因为一柄剑贯穿了彼此的心，无可避免地在她的心里留下了痕迹。

林好不确定了。

喜欢一个人，应该是全心全意，心无其他吧？

她没办法立刻给出答案，也不想欺骗对方："我不知道……是不确定……我可能要想想。"

她的回答似是拒绝，可等待着答案的青年微微弯了唇角。

她会心乱给不出答案，本身就是一种答案了。

他抬眸，扫了一眼天边淡得几乎没有存在感的弯月。

月色果然是美的。

月缓缓往上爬，林好随着身边人的脚步，越走越慢。

这样慢，靖王世子莫非想住下？

林好悄悄拍了拍脸颊，清清喉咙，打破有些古怪、有些焦灼，又有些甜蜜的气氛："如果是锦麟卫内部的人杀人灭口，是不是意味着劫持我大姐的幕后黑手身份不简单？"

祁烁点点头。

二人对视一眼，都想到了一个人。

"是太子吧。"林好声音极低，语气却笃定。

"应该是他，不过还是要查明白。"

林好往前走着，随手拨开路边调皮探头过来的花枝："太子左手出了问题，就对魏王下手？"

她摇了摇头，百思不得其解："可我还是想不通，劫持我大姐能对魏王造成什么实质性的伤害？我大姐的名声若毁了，魏王最多是重新选一个王妃而已。"

"所以还是要查清楚。"

"世子若有消息，及时告诉我。"

祁烁含笑点头："好。"

"我大哥不会有麻烦吧？"想想锦麟卫的手段、作风，林好难以放心。

祁烁沉默了一瞬，道："或许会有一点儿。不过有我在，你放心。"

"那就麻烦世子了。"林好把祁烁送到门口。

这一夜，林好失眠了。

她时不时翻个身，于朦朦胧胧的昏暗中盯着帐顶的香球发呆。

她不讨厌与靖王世子相处，甚至不讨厌他袒露心意，可为何总忍不住想起梦中与她死在一起的那个人？

或许，她要找到那个人，才能明白自己真正的心意，而不是像现在这样，像一个左右摇摆的天平。

不想了，不想了，她把人找到再说。

林好抱着锦绣软枕翻了个身，强迫自己睡着了。

比起林好的辗转反侧，祁烁回去对手下交代了一些事，简单地洗漱了一番，一沾枕头就睡着了，一觉睡到不知什么时辰，才猛然起身。

他虽有些酒量，平时却很少喝酒，阵阵头疼让他揉了揉太阳穴，开始回想昨日的事。

他向阿好坦白心意了！

清晰地回想起每一个细节，祁烁觉得头没那么疼了。

这是脱离他控制的一件事，也是让他开心的一件事。

长顺听到动静爬起来，看着已经在洗漱的世子，揉揉眼："世子，天还没亮呢，您就起来了。"

祁烁扬起唇角："有事，叫玄一来见我。"

同样起了个大早的还有程树。

今日轮到他当值，正好是早班。程树想着死去的要犯，穿衣时心不在焉，被小厮提醒腰带忘了系才留意到。

小厮提灯把他送到府外："公子路上注意安全。"

程树接过灯笼，大步往前走去。

路是走过很多遍的，他再熟悉不过，尽管天还黑着，路上已经有不少匆匆赶路的身影。

这些人中有为生计奔波的百姓，也有如程树这样去当差的官吏。每个人都专注地赶路，无心留意旁人。

程树也是如此，一心想着事情，脚下一转进了一条小巷。

那是他每次都会走的近路。

比起宽阔的街道，狭窄的巷中黑了些，幽静得有些吓人。

程树并不在意，把灯笼提高了些。左手边靠着墙壁的一团黑让他心头生出几分异样：以前好像没见这里凸出一块……不好！

程树意识到不对劲时，那个紧紧贴着墙壁的黑影已经动了。雪亮的刀光划破黑暗，斩向程树的脖颈。

毫无疑问，这是奔着要人性命去的。

程树狼狈地一躲，勉强避开了刀光，几乎是凭本能把灯笼往那个方向一扔，拔腿就往回跑。

身后有兵戈相击的声音传来，程树一口气快要跑出巷子时，又返了回去。

不对啊，他都跑了，为什么还有对打的声音？

他小心翼翼地走近了，借着掉在地上的灯笼里晃动的灯光，才看清有两个人打在一起。

两个人都穿着黑衣，一人黑巾蒙面，另一人则没有遮挡面容。

就在这时，灯笼熄灭了，程树借着流星般消失的余光看到一人被另一人制住。

他根本分不清哪个是刚刚偷袭他的人，再次拔腿就跑。

巷子不长，程树迈着两条大长腿，使出吃奶的力气，很快看到了巷子口的光。他飞一般冲了出去，突然见到一个孩童呆呆地站在那里。

程树急忙往旁边一躲，却因为身体转得太快没站稳，一屁股跌坐在地。

受惊的孩童放声大哭。

一名男子冲过来，抱住了孩子："宝儿，你没事吧？"

男童哭声不减，伸手指向程树。

"你这人怎么回事，大清早横冲直撞？！"男子对程树怒目而视。

坐在地上的程树像是被吓住般，眼睛直直地盯着父子二人。

躲在父亲怀中哭泣的男童，怒容满面的父亲……电光石火间他想到了什么，猛然跳了起来。

男子抱着孩子飞速一躲，就见那横冲直撞的小子一脸兴奋地走过来。

男子带着孩子赶紧走了，边走边骂："一大早遇到个神经病！"

他一回头，发现那神经病居然还往这个方向疾走两步，当即脸色一变小跑起来。

程树一直盯着那对父子，直到黑衣人拖着另一个黑衣人从巷子中走出来，他才想起来要继续跑。

他一转身，险些撞上一个人。

那人伸手把他扶住："程兄。"

熟悉的声音令程树紧绷的精神骤然放松："世子，怎么是你？"

祁烁将视线投向巷子口。

程树跟着看过去，就见那黑衣人走了过来，因为带一个人，走得不算快，越发显得瘆人。

程树一手摸佩刀，一手提袍摆，做好两手准备：打得过就打，打不过就带着世子一起跑。

"世子。"黑衣人站定，冲祁烁行礼。

程树猛地看向祁烁，脸上满是震惊之色："世子，这是怎么回事？"

"他是我的手下。"祁烁解释道。

"那这个呢？"程树指着被控制住的那个黑衣人。

那人垂着头，没什么反应，看样子已经昏迷了。

祁烁一向淡定，但听了程树的问题都忍不住想笑，但想想对方与阿妤的关系还是忍住了，一本正经地回道："这个是想杀你的。"

程树："……"他觉得靖王世子在讽刺他！

"他为什么要杀我？"程树上前扯下那个男子蒙面的黑巾，看了又看，"没见过。"

天渐渐亮了，不远处有人驻足，好奇地对着这边指指点点。

祁烁道："去锦麟卫见了程大都督再说吧。"

一提起锦麟卫，程树激动地拍了拍祁烁的胳膊："世子，我想起来了！"

祁烁面上一喜，不过比之程树的激动显得分外冷静："到锦麟卫再说。"

"好。"程树没走几步又顿住，"险些忘了，我今日要当差。"

祁烁一指昏迷的黑衣人："遇到了这种事，当差时也无法安心。我打发人替程兄去告个假吧。"

程树点点头，憋着一肚子疑问赶到锦麟卫。

程茂明一听二人来了，立刻放下手头事务，看到两个黑衣人时吃了一惊："这是……？"

"今早程兄出门，在一条巷子里遭到了袭击。"祁烁指了指昏迷的黑衣人。

程茂明眼中闪过寒光，看向另一个黑衣人："那这是世子的人？"

"不错。"祁烁颔首，面色平静地解释起来，"昨日在贵衙发现两名要犯死于中毒，我就猜测有内鬼，于是故意把程兄见过要犯的消息传出，看能不能把内鬼引出来，没想到鱼儿真的上钩了。"

程树瞠目结舌："世子，你昨日就想到可能会有人暗杀我了？"

"只是试试看，是对方太心急了。"

"可你怎么知道他们会在那条巷子中动手？"

"昨日与程兄喝完酒回府后我安排手下探查过，从将军府到皇城程兄惯走的这条路上，那条巷子中是最适合动手的。"

程树尴尬地摸了摸鼻子。

同样是喝酒，他喝到最后都不知道是怎么躺到床上去的，靖王世子回去还布置了这些，这差别也太让人烦恼了。

程茂明走到黑衣人近前，打量了一番："这个人没见过，不过我心里已经有数了。世子把此人交给我吧。"

祁烁对手下点点头，手下把昏迷的黑衣人交到两名锦麟卫手上。

"把人看好了，再出差错，你们就提头来见。"程茂明警告属下。

"是。"

程茂明抬手拍了拍程树的肩头："程公子放心，回头我会安排人保护你的安全。"

"应该用不着了。"

程茂明面露不解之色。

程树下意识地挺直了腰板，压低声音道："我想起来了。"

程茂明一愣，继而大喜："那要犯究竟是何人？"

"他是玄武营的兵士。"

程茂明瞳孔一缩，显然大为震惊。

"玄武营？程公子确定？"

玄武营是京营之一，平日驻扎在京郊。

"确定。我还是遇袭往巷子外跑时险些撞到一个男童，见那男童被父亲搂在怀中哇哇大哭突然想起来的。去年我走在街上，一个男童就是因为险些被人撞到吓哭了，吓哭男童的男子就是那名要犯。我当时只是随意瞥了一眼，没留下多深的印象，所以才一直没想起来。"程树心中有种拨开迷雾的痛快感，"那人穿着玄武营的衣裳，错不了。"

"知道来历就好办了。"程茂明拊掌。

要犯既然是玄武营的兵士，就必然有认识他们两个的人，再查一查管辖他们的上峰，这条线就明朗了。

到这时，程茂明本能地感到了不安。

能动用玄武营的兵士，还能在锦麟卫中杀人灭口，他很可能查出一个大麻烦来。

可不查又不可能，首先皇上那里他就无法交代。

这时一名锦麟卫快步走进来："大都督，找到看管刑具的老王了！"

"人在何处？"

锦麟卫顿了一下，垂眼道："在衙门后院那口废弃的枯井里。"

程茂明听了，抬脚就往外走。

祁烁与程树对视一眼，默默跟上。

老王已经被拉上来，就躺在枯井边的地上，四周围着一些锦麟卫，见到程茂明，纷纷见礼。

程茂明沉着脸径直走过去，蹲下身来打量老王的尸体。

老王看起来没有明显的外伤，不过裸露在外的皮肤上有一些擦痕，应该是落入井中时造成的。

他福至心灵，用手帕隔着，抓起老王的手腕。

因为死了一段时间，对方的手已经发紫，指甲完好，不见半月形紫斑。

他想多了。

这个念头才起，他的视线就落在了老王因衣袖滑落而露出的一截手臂上。

那里赫然有数个半月形斑点。

程茂明站了起来，把手帕随手丢在地上，看了祁烁一眼。

老王也是死于名为紫信的奇毒。

"把仵作叫来，仔细检查老王的死因。"

人多口杂，程茂明没有提老王死于中毒的事，而是问一名心腹："昨日最后一个见到老王的人，问出什么来了吗？"

心腹摇头："脱了一层皮也没交代什么有用的，卑职觉得他可能真的不知情。"

程茂明皱了皱眉，冷冷地道："继续排查，看有没有漏掉的线索。"

"是。"

赵赫林走了过来："听说看管刑具的老王死了？"

程茂明睨他一眼，语气冷淡："只是听说吗？"

"大都督这是什么意思？"

"我的意思是赵同知不要只是听说，也帮我多分分忧，尽快查出锦麟卫的内鬼是何人。"

赵赫林目光一闪，面不改色地道："为大都督分忧是下官的本分。"

程茂明扬了扬嘴角，一字一顿地道："若都能如赵同知这么想，我就轻松了。"

二人之间的剑拔弩张令在场的锦麟卫不敢吭声，直到程茂明率先离开，众人才觉得呼吸顺畅了许多。

赵赫林对着匆匆赶来的仵作十分严肃地道："好好查，查不出来要你好看！"

赵赫林安排的暗杀失利，心情糟糕至极，一颗心始终悬着。

到这时，他唯一的底气就是太子。

程茂明要是动他，就是与太子过不去，他倒要看看对方有没有这个胆子。

程茂明亲自把祁烁与程树送到衙门外，态度很是亲热："最近抽不出身，等把事情查清楚了，世子与程公子一定赏光一起喝酒。"

"没问题。"程树痛痛快快地应了。

祁烁点点头，与程树一起离开。

程茂明亲自审问了暗杀程树的黑衣人，没用太多手段，黑衣人便招了。

他是拿钱办事的，出钱的人叫杨武，是一群闲汉的头儿。

锦麟卫立刻出动去拿人，结果杨武没找到，带回来一群闲汉。

平日里耀武扬威的闲汉进了锦麟卫如霜打的茄子，彻底蔫儿了，还有被吓尿裤子的。

这种人程茂明连问都没问，直接让属下打一顿。

一群乌合之众连半点儿抵抗之力都没有，刑具还没上呢，就连杨武屁股上有一块胎记这种事都说了。

程茂明坐在一旁听属下审问，越听脸色越黑：都是什么乱七八糟的！

他一个眼神扫过去，几个闲汉都挨了鞭子。

"说不出有用的，你们一个都别想走。"负责审问的锦麟卫冷冷地道。

几个闲汉冥思苦想，其中一人突然看了程茂明一眼，打了个哆嗦，又缩了回去。

程茂明起身，大步走到那名闲汉面前。

"你想说什么？"

闲汉的脸白得像纸糊的，猛摇头："没……没什么！"

程茂明看了属下一眼。

一个锦麟卫提着鞭子走过来。

"我说，我说！"闲汉看了看几个同伴，面露恐惧之色，"小民要是说了，大人您可不要生气啊。"

程茂明的脸色越发冷了。

闲汉一咬牙道："杨武还认识大人这样的！"

"放肆！"

锦麟卫扬起鞭子，被程茂明拦住："你说清楚，什么叫我这样的？"

闲汉被吓得一头汗，说话也结巴起来："就是大……大……大人这样的锦麟卫……"

程茂明见他被吓得不轻，温声道："给他杯热水喝。"

眼见同伴的待遇显著提高，又一名闲汉开口了："小民也见到了，那人穿着锦麟卫的衣裳，可威武了。"

"你们是什么时候见到的？"

"就去年，小民和马六……"闲汉指指有热水喝的同伴，"我们一起瞧见的。"

"杨武如何称呼那个人？"

两个闲汉对视一眼，其中一人迟疑地道："好像叫他……赵大人……"

程茂明眼中有喜色一闪而过，面上却没有变化："你们可还记得那位赵大人的长相？"

听完二人磕磕巴巴的描述，程茂明冷冷地吩咐下去："请赵同知过来。"

赵赫林接到话，沉默地去了审讯室。

一见赵赫林进来，程茂明不给两个闲汉考虑时间，立刻问："是不是他？"

两个闲汉异口同声："就是他！"

程茂明冷冷地看过去。

赵赫林面露困惑之色："大都督，叫下官来有何事？"

程茂明微微一笑："请赵同知来为我分忧。"

赵赫林拱手，表现得滴水不漏："下官乐意之至。"

程茂明脸一沉："赵同知认识杨武吧？"

赵赫林扫了扫那些闲汉，以随意的语气道："是认识一个叫杨武的，怎么了？"

"出去说。"程茂明负手去了隔壁。

赵赫林跟了过去："大都督要说什么？"

程茂明打量着他的神色，嘴角挂着嘲弄的笑意："赵同知真是沉得住气。"

赵赫林依然面不改色："下官不明白大都督的意思。"

"不明白？我看你是太明白了！"程茂明冷笑，"今早程树遭人袭击，偷袭者已经招认是拿钱办事，出钱的人正是杨武。"

赵赫林似是觉得好笑："可这与下官有什么关系？"

程茂明上前一步："赵同知，你我共事多年，到现在何必嘴硬？"

赵赫林两手一摊："我是真不懂大都督的意思，还请大都督说个明白。"

"那我便说个明白！"程茂明眼中射出冷光，直直地盯着赵赫林，"两名劫持林大姑娘的要犯死在锦麟卫里，杀人灭口的那个内鬼就是你，通过杨武买凶杀人的那个主使也是你，因为你怕程树想起要犯的身份！"

"我？"赵赫林笑了，"大都督是在说笑话吗？我身为锦麟卫指挥同知，为何与一个闺阁少女过不去？"

程茂明定定地看着他："这名闺阁少女还是魏王妃。"

"可我也没理由与魏王过不去啊。再者说，证据呢？咱锦麟卫对外抓人常常不讲证据，大都督该不会把这作风用在自己人身上吧？您口口声声说我指使杨武，可杨武人呢？这话是杨武亲口说的吗？如果下官仅仅因为与杨武认识就要承担这个罪名，那大都督还认识下官呢，难道说是大都督指使下官的？"

"啪啪"，鼓掌的声音响起。

"我今日才知道，赵同知这么会说话。"

赵赫林微笑："下官也是今日才知道，大都督对我有如此偏见。"

"哼！"程茂明拂袖而去。

这副恼羞成怒的模样取悦了赵赫林，让他悬着的心放了下来。

现在看来，程茂明就是气急败坏打嘴仗罢了。

玄武营就在京郊，负责调查的锦麟卫下午就回来了。

程茂明悄悄见了他。

"如何？"

"回禀大都督，两名要犯的身份已经查出来了，一个叫王虎，一个叫张山，二人同属一个小队，王虎是小队长。继续深入调查的时候，遭到了上官的阻拦……"

"哪位上官？"

"副统领窦启胜。"

程茂明变了脸色。

在京城，若提到"窦"姓，所有人的第一反应就是后族窦家。

先皇后姓窦，虽去得早，窦家的风光却不曾减过。窦氏子弟处处混得开，其中，混得最好的就是先皇后的幼弟窦启胜，也就是太子的小舅舅。

准魏王妃遭人劫持，而劫持者是太子小舅的手下，这件事太微妙了。

程茂明知道没办法查下去了，不可能把太子的舅舅绑拿审问。

但皇上那边还在等结果。

"那个杨武，找到了吗？"程茂明问另一名属下。

"已经查到他出城的线索，目前还在追查。"

"加派人手，不惜一切代价把杨武找到！"

玄武营那边暂时不能动，程茂明只能从赵赫林身上寻找突破口。

程茂明在赵赫林面前表现出气急败坏的样子，就是为了稳住对方，两天后，赵赫林越想越觉得可疑。

这两年他多次挑衅程茂明的权威，对方都忍了下来，这次怎么就冲动地撕破了脸？程茂明该不会是为了麻痹他吧？

不行，他要先下手为强！

赵赫林直接告到了泰安帝那里。

皇上最见不得自作主张的人，知道程茂明隐瞒要犯死去的消息，定会勃然大怒，说不定就让他暂代其职，负责这个案子了。

案子到他手里，想查出什么结果还不是凭他的心意。

泰安帝听后果然沉了脸，立刻传程茂明进宫。

程茂明听完内侍传信，客客气气地道："公公容我交代属下一些事情。"

内侍悄悄掂着沉甸甸的荷包，提醒道："那大都督可要快点儿，让皇上等急了可不好。"

程茂明低声吩咐了心腹几句，随内侍进了宫。

常见的殿宇楼台，熟悉的宫人面孔，程茂明却明显感觉到了压抑的气氛，而面色沉沉的泰安帝更是证实了他心中的猜测。

他忙向泰安帝行礼。

泰安帝沉默了一瞬，平静地问道："劫持林大姑娘的那两个犯人，交代得如何了？"

程茂明几乎没有犹豫就跪了下来，颤声道："臣该死！"

"哦？"泰安帝简简单单地吐出一个字。

程茂明低着头，一副羞愧自责的样子："两个犯人死在了锦麟卫，都是臣管理不力！"

"死了？"泰安帝声音微扬，"什么时候死的？"

程茂明把头埋得更低："四日前。"

"四日前，好一个四日前！"泰安帝一拍龙案，"若不是今日朕问起，你打算瞒到什么时候？"

程茂明抬起头，一脸惶恐的神情："臣不敢欺瞒皇上，臣本就打算今日进宫来向您禀报的。"

泰安帝自是不信，冷笑道："真的是这样？不是朕传你进宫问起来，你瞒不下去才说的？"

"给臣天大的胆子也不敢欺君啊！臣之所以等到今日，是因为锦麟卫出了内鬼，怕线索断了不敢打草惊蛇……"

"内鬼？是谁？"

程茂明动了动唇，一字一顿地道："锦麟卫指挥同知赵赫林。"

泰安帝眼中有冷光闪过，气得笑了笑。

赵赫林说程茂明隐瞒不报，程茂明说赵赫林是内鬼，他们两个还真是好搭档。

"叫赵赫林过来。"泰安帝冷冷地吩咐内侍。

他倒要看看，这二人谁忠谁奸。

赵赫林还留在宫里，很快就随着内侍过来了。

泰安帝懒得废话，淡淡地道："赵赫林，程茂明说那两个犯人其实是你安排人杀的，你有什么话说？"

赵赫林立刻跪了下来："程茂明血口喷人，皇上明鉴啊！"

赵赫林主动把认识杨武的事说了："皇上，仅仅因为臣认识此人，程茂明就把内鬼的帽子扣在臣头上，分明是想借机会除掉与他关系一般的下属！"

见泰安帝看过来，程茂明平静地道："杨武找到了。"

面对锦麟卫，杨武都没抵抗住，更别说在一国之君面前。这一刻，他脑子里半点儿隐瞒的念头都没有，磕巴都不打就说了出来："是赵大人让草民这么做的！"

因为杨武毫不犹豫的招认，赵赫林的心防一下子被击垮，他痛哭流涕地道："臣交代，臣交代，是太子身边的王公公让臣这么做的！"

"你说什么？"泰安帝大步走到赵赫林面前，一字一顿地问道，"是太子身边的人让你做的？"

赵赫林不敢回答，头几乎埋到地上去。

"说！"泰安帝一脚把他踹翻，声音冷硬如刀，"不然朕诛你九族！"

赵赫林狼狈地爬起重新跪好，哭着道："是……"

泰安帝深深吸了口气平复如被狂风骤雨洗礼的心情，看向另一侧跪着的程茂明。

程茂明把头垂得更低了些。

"你还查出来什么？"

程茂明忙道："回禀皇上，臣只查出赵赫林指使杨武买凶杀人，还没查到赵赫林如此做的原因。"

一道怨恨的目光射来，程茂明坦然承受。

手下败将，再挣扎也掀不起水花了。

"还有吗？"泰安帝的声音听不出波澜，却压得人喘不过气来。

程茂明心中挣扎了一瞬，老老实实地道："还查出了两名犯人的来历，他们一个叫王虎，一个叫张山，是同属玄武营某个小队的营兵。"

泰安帝多疑，关键地方用的都是信得过的人，听了这话，他第一时间就想到了小舅子窦启胜。

赵赫林承认让他杀人灭口的是太子身边的王贵，程茂明又查到两个犯人是太子小舅舅麾下的营兵，到这时可以说再无疑问，林大姑娘被劫持是太子策划的。

这个混账！

若不是有臣子在，泰安帝绝对要跳脚骂上一个时辰，再去东宫把太子的脸抽肿。

可现在他还要收拾太子弄出来的烂摊子。

缓了缓，泰安帝开口："赵赫林身为锦麟卫指挥同知，却知法犯法，因对魏王不满便指使人劫持准魏王妃，事后又杀人灭口，罪无可赦！念在你多年为朝廷做事，免去株连家人，即赐鸩酒一杯。"

赵赫林瘫倒在地，带着哭腔谢恩："臣谢主隆恩——"

很快两名侍卫过来，把赵赫林拖死狗般拖走了。

殿中骤然静下来，除了连呼吸都克制着的宫人，就只有泰安帝与程茂明这对君臣。

泰安帝打量着程茂明的神色，淡淡地开口："程卿，将军府那边该怎么说，你知道吧？"

程茂明立刻拱手："臣知道。"

"知道就好。"泰安帝紧绷的神色松了松，露出一丝笑意，"那你去忙吧，尽快把这个案子处理好。"

"臣告退。"

程茂明一走，泰安帝的脸色立刻沉了下来，刚才挂在嘴角的那丝笑意如一缕吹过的风，没留半点儿痕迹。

光线明亮的殿中，他久久地沉默着，那些光亮丝毫照不进黑沉的心里。

刘川不敢打扰，默默地倒了一杯温度适中的茶放在泰安帝的手边。

不知过了多久，泰安帝终于开口："把太子叫来。"

和掌握锦麟卫的皇帝比，太子的消息就滞后多了，到现在他只知道赵赫林办事失利，却不知人已经被一杯毒酒送走了。

接到内侍传话，太子心中就打起鼓来。

小舅舅传信说锦麟卫查到玄武营去了，父皇该不会知道了吧？

太子忐忑地去见了泰安帝。

"儿子给父皇请安，不知道父皇叫儿子来有何事？"

泰安帝神情淡漠地看着太子，内心却波澜起伏。

这是他的嫡长子，也是毫无疑问的继承人，却没想到越大越不像话，到现在竟令他产生了动摇。

可如果不是太子，就是老四。

泰安帝脑海中闪过魏王那张圆润的脸，心情越发沉重了。

"圆儿，你知道父皇最在意什么吗？"

太子愣了一下。

他以为父皇把他叫来是要骂他，怎么听起来像是谈心？

想了想，太子道："父皇最在意大周安定，百姓和乐。"

泰安帝笑了笑："作为一国之君，这确实是我最在意的事；但作为一个父亲，我最在意的是你和老四手足情深，相互扶持。"

"儿子知道了，儿子会关照四弟的。"

"你记住今日的话就好，回去吧。"

"儿子告退。"太子虽一头雾水，却松快不少。

没想到自己这么容易就过关了。

太子离去后，泰安帝保持着握着茶杯的动作一动不动，整个人看起来仿佛老了数岁。

刘川不放心，轻轻喊了一声："皇上。"

泰安帝摆摆手："让朕静静。"

他也想怒问太子这样做的目的，劈头盖脸把这逆子教训一顿，可现在他心里动摇了，就不能把窗户纸捅破。

他总要为老四留一条活路。

他要废了太子立老四？

泰安帝第一反应就是摇头。

因为从没考虑过老四，加之老四自幼痴肥，他对这个儿子几乎没要求，很难相信老四有管好江山的能力。除此之外，老四生母出身卑微，也是他不喜的。

泰安帝头疼地揉了揉眉心，吩咐刘川："传魏王进宫吧。"

赵赫林身死的消息很快就会传开，到时往赵赫林身上一推案子也就结了，他总要安抚一下老四。

很快父子见了面，泰安帝给了个赵赫林之女心悦魏王，赵赫林想让女儿取而代之的理由，算是有了个交代，泰安帝又送了不少宝物到魏王府，转而吩咐刘川："太子身边那个王贵，悄悄除了吧。"

面对宫里流水般送来的礼物，魏王只想翻白眼。

父皇给出的理由太可笑了。

这是锦麟卫查不出来真相糊弄了父皇，还是父皇糊弄他？

魏王直觉是后者。

父皇那般精明，要是锦麟卫敢这么糊弄他，程茂明的脑袋早搬家了。

可父皇为何这么做？

苦闷之余，邀了状元郎杨喆喝茶的魏王问了出来："有一个孩子受了委屈，哭着找他爹告状，他爹答应替他做主，结果一番调查后敷衍过去了，你说是为什么？"

这番话有些明显，按说不该问出口，不过魏王从杨喆这里得到减肥奇方后效果显著，私下里来往渐多，慢慢对杨喆越来越欣赏信任，这才没了顾忌。

杨喆捏着茶盅沉默片刻，轻声道："有两种可能，一种可能是让这个孩子知道情况后对他的伤害更大，还有一种可能是比起这个孩子的委屈，还有更重要的东西需要维护。"

"两种可能啊。"魏王喝了口茶。

两种可能的目的,南辕北辙。

凭良心说,父皇一直对他还行,但他还是觉得是第二种可能。

对父皇来说更重要的……魏王定定地看了杨喆一眼,心中冒出一个答案:太子?

杨喆垂眸啜了一口茶。

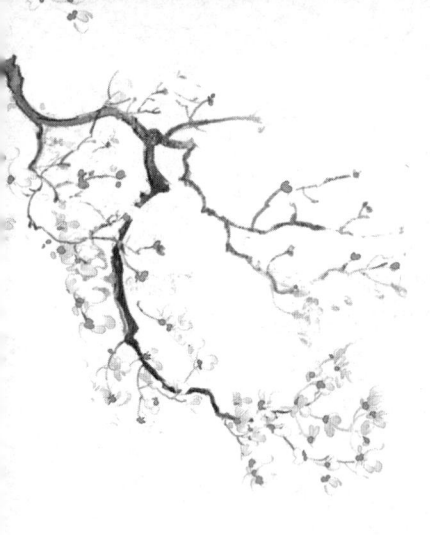

第十四章　退　婚

　　林大姑娘被劫持是锦麟卫指挥同知赵赫林手笔的消息震惊了不少人,不过对看客们来说,没有什么答案是不能接受的,尤其是锦麟卫,干出什么事都不稀奇。
　　将军府则对这个结果充满了怀疑。
　　"不能吧,还有对魏王一见钟情的小姑娘?"林氏第一反应就是不可能,至少赏菊宴那时候的魏王不可能。
　　"怎么说话呢?"扫一眼安安静静坐在一边的大孙女,老夫人横了林氏一眼。
　　"那您说,真的是那个姓赵的为了女儿的前程富贵出昏着?"
　　"未必没有这种可能。"
　　林好突然开口:"赏菊宴的情景我还有印象,当时那位赵姑娘不像对魏王有意的样子。"
　　"就是说嘛。我看是锦麟卫查不出来,随便找了个人顶罪好交差。"林氏道。
　　程树忍不住道:"可在巷子中偷袭我的人确实是赵赫林指使的。"
　　"也许赵赫林也是被人指使的呢。"林好语出惊人。
　　几个人不由得看向她。
　　"阿好,你想到了什么?"老夫人开口问道。
　　有玄武营那条线索在,林好几乎能肯定这次下黑手的是太子。
　　"如果赵赫林不是幕后真凶,那么能指使锦麟卫指挥同知,并且让皇上不再深究的人,我只想到一人……"她目光扫过外祖母、母亲、兄长,还有姐姐,把怀疑说了出来,"就是太子。"
　　把太子这个敌人摆到明面上虽然会给家人带来很大压力,但总比家人毫无提防强。
　　"太子?"老夫人的眼中有了波澜,面上还算平静,"有这种可能,却让人想不通——太子这么做最多给魏王添点儿堵罢了。"

林氏拊掌:"肯定是为了给魏王添堵!"

几个人一室,好奇林氏为何如此肯定。

林氏理所当然地道:"太子遭人刺杀还死了媳妇,魏王不但定了亲,还瘦成了美男子,唯我独尊惯了的太子能不嫉妒、不闹心?这种人嫉妒起来是没有理智可言的,不定干出什么不可思议的事来。"

林好眨了眨眼。

母亲考虑的这个角度,竟然有几分道理。

老夫人也琢磨起这种可能性。

程树瞪目结舌:"就因为看不惯兄弟顺风顺水,就折腾出这么曲折的事来?这不是有病吗?"

"可不是有病?要么说沾上天家没好事呢。"林氏为长女担心起来,"这还没成亲呢,就遇到这种事,要是嫁进去,还不知会有多少麻烦。这门亲事要是没有就好了。"

她本是随口抱怨,老夫人却心一动,喃喃道:"若真不想要这门亲事,这次的事未尝不是个机会。"

林氏登时坐直了:"母亲,怎么说?"

老夫人看了林婵一眼,吐出两个字:"装病。"

林氏一愣,下意识地反问道:"装病?"

老夫人点头:"不错。婵儿遇到劫持这么大的事,受惊病倒半点儿不会引人怀疑,'病重'的话,我们就能主动提出退亲,这样非但不是对天家不敬,反而显得将军府知情识趣。回头再慢慢'养好'就是了。"

"这样好!"林氏眼睛一亮,"婵儿,你觉得呢?"

"我……"林婵蝶翅般的睫毛颤了颤,面露挣扎之色。

老夫人拍拍她的手,语气温和:"别急,好好想,这样的大事不能草率了。我只是说如果不想要这门亲事,这是一个机会。"

老夫人其实希望孙女放弃这门亲事。

魏王只是个闲散自在的王爷也罢了,可现在被太子针对,麻烦就少不了了,甚至有杀身之祸,到时候婵儿身为魏王的妻子就要一同承担。

她可不希望孙女为了个王妃的名头有性命之忧。

林婵确实心乱了。

之前是被皇家选中,若是反抗,会给将军府招祸,她别无选择只能接受,并说服家人不要为她担忧。可平心而论,她并不憧憬嫁入皇室,无关魏王胖瘦美丑,她真正想要的是一个门当户对的夫君,安安稳稳过日子。

现在,有这么一个机会摆在眼前,她要抓住吗?

林婵看向林好。

当时被选为魏王妃,她最大的安慰就是能杜绝太子对妹妹的龌龊心思。可现在,为了给魏王添堵,太子随便出一招儿就能搅得将军府人仰马翻。

那日靖王世子找到她们时说过，太子的左手废了。废了一只手的太子对瘦下来而变得俊美的魏王会越来越忌惮吧，那魏王不可避免地会卷入与太子的争斗之中。

皇位之争伴随的都是腥风血雨，到那时，身为魏王妃的她很可能给家人带来灾祸。那样她就不是保护家人，而是害了家人。

"婵儿，不急着做决定，你考虑一下再说。"老夫人温声道。

林婵紧了紧手中的帕子，轻声道："孙女想好了，如果不会给家里添麻烦，那就称病吧，我本来就没信心能应付王妃这个身份。"

老夫人疼惜地理了理林婵柔软的发："不要担心有麻烦，皇上虽然把这事遮掩过去了，但他心里清楚对不住将军府，知道你病了，定会有所表示，而有了皇上的表示，将来再议亲时别人也不敢拿这个说事。"

"没有麻烦就好。"林婵露出真心的笑容。

林氏乐了："这样挺好，省得卷入皇家那些乱七八糟的纷争。"

程树看着神色轻松的几个人，暗道：也就将军府对王妃之位毫不在意。不过也正是因为她们这样，他这个没爹没娘的孩子才从没感觉被忽视。

"婵儿你放心，以后我也会好好干，争取给你当靠山。"程树拍着胸脯道。

林婵抿唇笑道："那我等着大哥给我当依靠。"

林大姑娘病了的消息渐渐传了出去，与林婵交好的一些贵女陆陆续续来探望，只是后面来的就见不到林婵了。

林大姑娘好像病得很厉害。

当人们意识到这一点时，探望就不再局限于小辈了，不少府上打发管事送来慰问礼品，就连宫中都送来了补品，魏王更是亲自登门探望。

看着面容俊朗的青年，林氏暗暗惋惜。

可惜了，魏王要不是皇帝的儿子就好了。婵儿善良柔顺，没法儿揽皇子妃这个瓷器活儿。

这么一想，林氏那点儿惋惜瞬间烟消云散。

"大姑娘可还好？"

林氏暗暗掐了大腿一把，露出难过的神色："还好，让王爷担心了。"

魏王见林氏如此反应，猜测林大姑娘恐怕病得不轻。

"小王听说太医院的钱太医擅治忧思惊惧之症，不知有没有请钱太医来看？"

"请过了，现在正吃着钱太医开的药。"听魏王提起钱太医，林氏就头大。

婵儿传出病倒的消息没多久，钱太医就登门了，一问原来是靖王府给请的。

好在老夫人和她有所准备，让太医隔着帘子悬丝诊脉，帘子内的人不是婵儿，而是府中一个确实生了病的婢女，这才糊弄过去。

林氏一想到那日的经历就头大。

"您放宽心，钱太医医术高明，大姑娘一定会没事的。"

"借王爷吉言。"林氏勉强露出一丝笑容。

打发走魏王，林氏转头对老夫人抱怨："母亲，我实在不擅长睁眼说瞎话，下次再有人来，还是您来吧。"

老夫人的表情扭曲了一瞬。

她不擅长睁眼说瞎话，就让自己来？

这是什么不孝女！

默默劝了自己好一会儿，老夫人淡淡地道："该来的差不多都来了，再过两日我便进宫求见太后，通过太后表达退亲之意。"

"那就好，可别再有人来了。"

两日后，老夫人递牌子进了宫。

太后对老夫人进宫有些意外："咱们可有些日子没见了。"

老夫人一听就红了眼圈。

太后一窒。

窦春草又怎么了？

老夫人上次进宫哭诉女婿是白眼儿狼的情景还历历在目，太后直觉这次不是好事。

太后虽不想管麻烦事，但对故人多少念几分旧情，何况两家如今是姻亲关系，她遂以关心的语气问道："老夫人这是怎么了？"

老夫人深深地叹了口气："老身的大孙女前些日子遇到的事，您听说了吗？"

太后点头："这么大的事，自然听说了。"

莫非窦春草是不满调查结果？窦春草要是为此来找她，就有些不知进退了。

太后不介意帮故人一把，前提是不给皇上添麻烦。

"我那孙女是个胆小的，经过这一遭就病了。"

太后面露惊讶之色："要紧吗？"

宫外的事她关注得不多，还不知道林大姑娘病倒的消息。

老夫人抹了抹眼角："原以为不打紧，没想到病得越来越重，这两日已经昏迷不醒了。老身想着，不能因为这丫头福薄耽误了魏王，所以进宫求太后来了。"

"老夫人的意思是……"

"请太后和皇上说一声，婵丫头没福气伺候魏王了。"

太后是真吃惊了。

林婵居然病得这么厉害？

太后再精明，也想不到将军府是为了摆脱魏王这桩亲事而装病。以前也就罢了，现在魏王瘦了下来，要身份有身份，要相貌有相貌，定好的亲事还装病退掉，打死太后都想不到会有这样傻的人家。

这样一来，她自是对老夫人的话深信不疑。

孙女要病死了，还想着不拖累魏王，这果然是豪爽耿直的窦春草会做的事。

"别想太多，先让孩子好好养病。"太后亲昵地拉起老夫人的手。

老夫人苦笑:"是好好养着呢,也请了不少大夫来看,只是很多事只能看天命,强求不来。"

"那也不要提其他的。"太后宽慰道。

老夫人眼圈一红,落下泪来:"婵丫头这样,我心里难受,再想想耽误了魏王,我这颗心就更难受了。求太后成全,就当让婵丫头安心,谁都不亏欠吧……"

太后沉默良久,点了点头:"那哀家对皇上说说。"

老夫人心一松。

有太后这句话,这件事就成了,说不定皇上还会给将军府一点儿补偿。将军府不缺金银,可来自皇上的关照还是不一样的。

太后很快就对泰安帝提起此事。

泰安帝听了,亦很意外。

"林大姑娘病重,将军府要退亲?"

"是啊,老夫人一提,哀家也挺吃惊。没想到她孙女病得厉害,她还能想到这个。"

泰安帝拧着眉,一时没吭声。

太后缓缓道:"平儿年纪也不小了,要是林大姑娘有个万一,确实不太好。依哀家看,这门亲事不如就退了。皇上觉得呢?"

泰安帝当然觉得退了好。

这门亲事他从一开始就不大满意。林氏与温如归义绝闹得那么难看,就算寻常人家都会在意呢,更别说皇室。

何况……泰安帝脑海中闪过一个念头。

尽管这个念头流星般一闪即逝,但泰安帝心知肚明那是什么。

对于储君的人选,他终究无法做到像最初那般坚定了。

他只有太子和魏王两个儿子,考虑到那万一的可能,对魏王妃的人选自然比赏菊宴时慎重许多。重新选一门更合适的亲事当然是好事。

太后一瞧泰安帝的反应,就知道儿子求之不得,只不过顾着在人家姑娘病重提出退亲的时候立刻答应显得有些凉薄。

"主要这是将军府的一片心意,他们也想求个心安。皇上若觉得可惜,不如从别的方面多关照将军府一些。"

泰安帝被太后递了个台阶,立刻同意了。

"母后觉得,给林氏封一个诰命如何?"

太后摇摇头:"哀家觉得不大妥当。女子得封诰命,要么靠夫君,要么靠儿子,林氏义绝归家,要是被皇上封了诰命,恐怕会让人有想法。皇上不如赏些实在的。"

"实在的?"泰安帝捏了捏眉心,想起来了,"林家老夫人有个异姓孙儿吧。刘川,那孩子叫什么来着?"

"回禀皇上,那人名叫程树,就在金吾卫当差。"

"那正好，就把他的职位提一提吧。"

很快，魏王与林婵的亲事就退掉了，与此同时，将军府收到了宫中格外丰厚的赏赐，程树也被提拔成千户。

将军府明面上因为林婵"病重"愁云惨雾，私下里，林氏乐坏了："还是母亲料得准，婵儿不当这个魏王妃，树儿竟然升职了。"

这可真是双喜临门！

老夫人瞪她一眼："别眉飞色舞的，当心得意忘形。"

林氏讪讪一笑："知道了。"

在外人看来，将军府倒霉透了。

这样好的一门亲事，林大姑娘实在福薄啊。

有那幸灾乐祸太过明显的，难免被亲近的人警告："将军府虽丢了魏王这桩亲事，但他们是主动提出来的，皇上心里定会觉得将军府忠厚，以后少不了关照。"

得了警告的人，面上自然收起了轻视。

消息传开时正好是休沐日，温峰一出家门就遇到了在门口徘徊的好友韩宝成。

"韩兄来找我？"

韩宝成点头："啊。"

"那怎么不进去？"

"我……"韩宝成犹豫着，脸色有些纠结。

温峰看出不对来："韩兄有事？"

韩宝成扫一眼左右，凑近了压低声音问："温兄，你……去看过林大姑娘吗？"

温峰看着韩宝成的眼神带了惊讶之色。

韩宝成涨红了脸，语无伦次地解释着："我知道我不该问的，可我听说林大姑娘退亲了，哦，不是，我没有趁火打劫的意思，我就是……"

似乎有越描越黑的嫌疑，韩宝成拍了一下额头，把心一横，道："我就是想知道林大姑娘如何了。"

本来如果没有退亲的事，他再想知道林大姑娘的情况也只能憋在心里，不然会给彼此惹麻烦；现在，他却忍不住了。

他怕什么都不问，再有消息就是林大姑娘香消玉殒，那他会很遗憾的。

温峰压下诧异，叹道："前两日我登门去探望过，不过没见到人。看我十婶的样子，情况挺不好的。如今连亲事都退了，恐怕……"

韩宝成攥了攥拳，唇紧紧地抿起。

"韩兄，我以为你……"他以为韩宝成早放下了。

温峰后面的话虽没说出口，韩宝成却听懂了。

他嘴角露出苦涩的笑："我没想怎么样，可毕竟曾经议过亲，哪怕无缘，想到她年纪轻轻就病重，我心里真的不好受……"

温峰拍拍韩宝成的肩膀："我明白韩兄的意思。"

韩宝成往前走着，街道两旁的垂柳已被春风裁出了迷人的风姿，这春色却入不了他的眼。

他突然停下脚步："温兄，我想求你一件事。"

"什么事？"

"林大姑娘病重，又丢了亲事，心里肯定极难过。你能不能见她一面，替我传句话？就说……就说请她放宽心，早点儿好起来。只要她好起来，我……我还想娶她！"

温峰变了脸色，低声道："韩兄，就算你怜惜我堂妹，有些话也不能随便说的。"

"我是认真的。"韩宝成正色道。

他本是爱说爱笑大大咧咧的性子，罕有这么认真严肃的时候。

温峰缓了神色，眼里却满是怀疑之色："韩兄的打算，令尊、令堂知道吗？"

"还不知道。"见温峰挑眉，韩宝成忙道，"可他们疼我啊，他们会同意的。"

温峰皱着眉，思绪有些乱。

他是个稳重端方的人，没想到身边都是跳脱的，比如议亲没成还惦记人家姑娘的好友，比如总把阿好当成妖怪的父亲……

不行，一想父亲他就更乱了。

"温兄，"韩宝成抓住温峰的胳膊，"万一林大姑娘熬不过去呢？让她知道再怎么样还是有人在意她的，她总会开心些吧？"

温峰到底被这番话打动了："好，我想办法给堂妹传话。"

"多谢温兄！"

温峰怔怔地看着韩宝成。

"怎么了？"韩宝成不解。

温峰指了指他的脸。

韩宝成抬手摸了摸，摸到一片冰凉。

他大感丢脸，胡乱道："今天风太大了。啊，我想起还有事，先走了。"

望着狼狈逃离的好友，温峰轻叹口气。没想到几个朋友中最开朗的，竟是个痴情人。

温峰直接去了将军府，招待他的是林好。

"十一哥没上衙啊？"

"今日休息。"温峰打量着林好，见她面色苍白，神情惨惨，心情不由得沉重了几分，"婵儿怎么样了？"

林好垂眸，声音轻似羽毛："不大好。"

"方不方便去看看她？"

林好苦笑："大姐不想别人看到她一脸病容的样子，还望十一哥体谅。"

温峰沉默了一会儿,艰难地开口:"婵儿清醒的时候多吗?"

据说与魏王退亲时,人已经昏迷了。

"大姐一日会醒几次,倒是比前两日好了些。"

"那就好,那就好。"温峰露出真心的笑容。

说完这话,他又沉默了。

林好也跟着沉默。

骗人是个体力活儿,太难了。

温峰犹豫了一会儿,开口道:"韩尚书的孙儿韩宝成,你还有印象吗?"

林好点头:"有印象。"

"他托我给婵儿传一句话。"

"什么话?"林好脸上难掩意外之色。

"他说……请婵儿放宽心,早点儿好起来。只要婵儿好起来,他还想娶她。"

林好听呆了。

韩宝成和大姐竟然不是单纯的父母之命媒妁之言?

韩宝成在大姐这种情况下还表露心意,可见是真的把大姐放在心上了。

那大姐呢?

见林好神色呆滞,温峰有些不好意思:"我知道这事有些出格。阿好你不要误会,如果不是婵儿与魏王退了亲,韩兄是不会说这些的……"

"我会转告大姐的。"

温峰愣了一下。

事情竟这么顺利?

"多谢。"这般顺利,让温峰觉得这句道谢轻飘飘的。

"大姐要是有回话,我会和十一哥说的。"

温峰呆了呆。还……有回话?

一时间,温峰竟不知是身边人不正常,还是他不正常了。

林好送走温峰,就跑去林婵那里了。

"二妹,你这是……?"

"大姐你老实交代,你和韩公子是什么情况?"

"韩公子?"林婵的眼神黯了一分,旋即恢复如常,"韩公子怎么了?"

"韩公子托堂兄给你传话……"

林婵听完,彻底愣住了。

"大姐——"

林婵突然掩面哭了。

"大姐,你别哭……"林好心一动,"大姐,你是不是对韩公子有意?"

林婵止了哭声,擦擦眼泪。

泪水把她蜡黄的妆容冲开,露出白皙的肌肤。那双被眼泪洗过的眸子黑沉沉的,如聚了一团愁雾。

"我对韩公子无意,只不过有些感慨罢了。二妹你让堂兄传个话,告诉韩公子别再为我费心。"

林好根本不信林婵的话:"大姐,难道你和我都不说心里话吗?"

林婵一脸平静的神色:"我说的就是心里话。"

"大姐就是对韩公子有意。"

"真没有。"

"大姐,我连同时对两个人有感觉都告诉你了!"林好干脆自黑。

林婵被镇住,好一会儿才苦笑道:"二妹觉得我和韩公子还有可能?本就错过了,何必再徒增烦恼呢?"

"那大姐就是对韩公子有意了。"林好笃定地道。

林婵无奈地笑笑:"就算有些好感,尚书府会容忍韩公子的任性?我和魏王退了亲,还'病重'过,许多府上不会认为我是合适的媳妇人选。"

"大姐为何不换个角度想?"林好拉过林婵的手,"是韩公子托人传这些话的,那尚书府会不会答应是韩公子的事啊。大姐既然对他有好感,何必急着把人推开,等一等就好了。"

"等一等?"

"对啊,是韩公子钟情姐姐,能不能成,关键看他,其实和姐姐关系不大。"

"可是这样……"

林好打断林婵的话:"大姐是担心韩公子遭受挫折?"

林婵缓缓点头。

"韩公子为了娶到心上人承受挫折,或许甘之如饴呢?难道因为大姐从一开始就夺走韩公子为了终身幸福努力的机会?"

林婵觉得脑子有些转不过来。

见鬼,她竟然觉得二妹说的有道理……

"大姐,韩公子在这个时候表明心意,他的心多难得啊。妹妹不希望你顾虑太多而错过。"

林婵垂着眼沉默良久,轻轻点了点头。

林好唇角微弯:"那我找堂兄传话了。大姐想说什么?"

"就说……我会努力活下去。"

从温峰口中听到这句话,韩宝成激动地转了一个圈,把温峰抱住:"温兄,多谢你!"

温峰赶紧把他推开,严肃地道:"我已经和阿好说了,婵儿有什么情况及时告诉我,到时候我会转告韩兄的。"

"多谢!"韩宝成张着双臂,又想抱人。

温峰忙后退一步:"那我先回去了。"

果然，除了他，周围就没有一个正常人！

太子听说林婵退亲的消息要比宫外晚了两天。

跟他提起这个事的是一个小内侍，平日里在东宫并不出挑。

这个消息无疑取悦了太子。

他喜不自禁，拍掌笑了起来，越笑声音越大。

这可真是峰回路转，柳暗花明，出人意料啊！他费了那么大劲，就是想让林大姑娘退亲，结果都是无用功，万万没想到将军府主动把亲给退了。

这岂不是说明连老天都在帮他？

父皇是天子，他是天子之子，老天帮他也是理所应当。

这一刻，太子自信满满，心头连日来的阴霾一扫而空。

"王贵呢？"

人在得意时总忍不住与信任的人分享，对太子来说这个人就是王贵。

"好像一直没见到王公公。"小内侍恭恭敬敬地道。

太子有些不满："这个王贵，一大早就不见人影，真是越来越不像话了！"

他看了小内侍一眼，随口问道："你叫什么名字？"

"奴婢叫王福。"

"王福？"太子心情正好，听了不由得乐了，"你和王贵是什么关系？难不成是兄弟？"

王福忙道："奴婢哪儿有这个福气呢？不过奴婢与王公公是老乡。"

"老乡啊——"太子笑着，"看来你们那地方还挺出人才的。"

王福嘴角一抽。

父老乡亲恐怕不乐意听这种话。

"王福，陪吾去花园里走走。"太子有了散步的心情。

王福寸步不离地跟着太子，去了花园。

东宫的花园虽不大，却幽雅精致，尤其到了这个时节，处处都是盛开的鲜花。

花园中有几个正在做事的宫人，遥遥望见太子来了，忙避至路边，垂眼低头。

太子眼中自然没有这些地位最卑微的宫人，由王福陪着随意在园中溜达，心情越发好了。

等再过段时日，父皇淡忘了林大姑娘被劫的事，他就能好好谋划一番了。

琢磨着这些，太子又想起王贵了。

王贵这狗东西到底跑哪儿去了？

他一烦，踹了一脚树。

大树的枝叶摇了摇，有人影闪过。

太子脸色骤变，猛地往后退了两步，高喊道："有刺客！"

不远处的宫人纷纷拥来，那人影却不见了。

太子盯着粗壮的树干，一脸狐疑之色。

"王福，你去看看。"

"是。"王福忙应了，小心翼翼地绕到树的另一面，随后一脸惊恐的神色，连连后退。

"怎么了？"太子问。

王福抬手指着那棵树，瑟瑟发抖。

太子鬼使神差地挪了一步，隐约瞥见一个悬挂的黑影。

他的冷汗瞬间出来了。

这时几名宫人跑到了跟前。

"保护殿下！"

"殿下，刺客在哪里？"

太子指了指那棵树，脸色有些难看。

那好像不是刺客，而是一个挂在树上的人。

几个宫人慢慢绕到树后，倒抽一口凉气。

有人吊死了！

恰在这时，那悬挂的人转了半圈，脸朝向他们。

"是王公公！"一名宫人尖叫道。

几个宫人又怕又震惊："真的是王公公！"

"是哪个王公公？"心莫名其妙地紧绷，太子问王福。

王福哽咽着道："回禀殿下，是……是王贵王公公。"

太子瞳孔一缩，下意识地往前走了几步，终于看清了吊着的人的真面目。

那是他再熟悉不过的一张脸，是王贵无疑！

"这……这是怎么回事？"太子脸色苍白。

王福挡在太子面前，劝道："殿下，您还是别看了。"

太子点点头，离远了些，一颗心却不受控制地"扑通扑通"跳得厉害。

王贵居然上吊死了！

这一瞬间，一张扭曲的面庞从太子的脑海中闪过。

太子猛摇头把那张骇人的脸甩开，呼吸粗重起来。

太子妃就是死后被挂到树上的！

他的目光缓缓移向树那边。

王贵已经被解了下来放在地上。平时那么机灵有趣的人，此时就如一条上了岸的死鱼，硬邦邦只剩恶心。

太子别开眼，狠狠地道："叫人来查，王贵肯定是被人害死的！"

养心殿中，泰安帝放下笔，侧头问刘川："那个王贵，解决了？"

346

"回禀皇上，已经解决了。"

"太子什么反应？"

"太子认定王贵是被谋杀的，要求彻查。"

泰安帝目露失望之色。

那一日的话，加上王贵的死，他以为太子会反思、会收敛，没想到还是这个样子。

"你去东宫一趟。"

"是。"

刘川去了一趟东宫，见到了因为王贵的死而心情烦躁的太子。

"刘公公，你来得正好，快帮吾查一查是谁害死了王贵！"

刘川上前一步，声音有些低："奴婢知道殿下对王贵情谊深厚，伤心之下无法接受王贵的死。可殿下想想，这里是皇宫，有真龙坐镇，怎么会有这种凶徒？王贵的死呀，是天意。"

"什么天意……"迎上刘川意味深长的目光，太子一滞。

天意，天意……他蓦地睁大眼睛，眼中满是震惊之色。

是他想的那个意思吗？王贵是父皇杀的？

冷汗瞬间布遍全身，直到刘川离开了，太子还如泥塑一般。

许久后，太子发疯般地砸起来。

珍贵的茶具、花瓶碎了一地，"砰砰砰"的声响让人的心脏跟着紧缩。

"殿下小心扎到。"王福挡住溅起的碎瓷。

"滚开！"太子红着眼，把王福踹开。

王福爬过来，一脸担忧的神情："殿下不要伤到自己啊！"

"滚！"太子又踹了他一脚。

王福又默默地爬回来。

一个毫不留情地踹，一个锲而不舍地往回爬，这荒唐的一幕放在东宫却显得极其正常。

终于，太子踹累了，盯着匍匐在脚边的小内侍问："你叫什么来着？"

"奴婢叫王福，福气的福。"

"王福。"太子虚脱般坐在榻上，无意识地念了一遍这个名字。

站在角落里大气儿不敢出的宫人悄悄看了卑微如狗的小内侍一眼，一时不知是羡慕还是感慨。

这个王福是真的被殿下记住了，以后恐怕就是替代王贵的人了。

这些宫人猜得不错，太子意识到泰安帝对他的警示后，心情极为糟糕，机灵的王福很快就成了太子离不开的人。

就在这时，百官勋贵间突然流传开一个消息：太子的左手废了。

太子可是江山社稷的继承人，废了左手虽然影响不大，可身有残疾到底不好

347

听啊!

一时间,人心惶惶,空气中流淌着难言的浮躁。

林好是从祁烁口中听说这个消息的。

二人有一阵子没见了,最近一次联系,还是靖王府热心请来钱太医给林婵看病。林好一猜就是祁烁的主意,忙打发宝珠把实情悄悄告诉了对方。

那时正是林婵"病重"的时候,保险起见,林好没有出过将军府的门,以免惹人怀疑。

自家姑娘病重,主动提出退亲是将军府懂事,省得魏王背上克妻的名声。但要是被皇上知道林婵是装病,那将军府就是找死了。

祁烁目不转睛地看了林好好一会儿,才道:"我没想到,将军府会退掉魏王这门亲事。"

这般不按常理出牌的人家,他突然觉得娶阿好的难度又大了些。

林好莞尔:"祖母和母亲确实与其他家长辈不一样,她们更在乎的是安稳和乐,而不是权势富贵。"

祁烁轻咳一声道:"我父王、母妃也是如此。"

林好看了他一眼,神色有些古怪:"主要是,王府的权势富贵已经足够了。"

他们若想再进一步,就只有那个位子了。

祁烁以喝茶来掩饰心酸。

所以他的出身在将军府看来也是个缺点了,还真是前路漫漫啊。

"太子左手废掉的消息,是世子传出去的吗?"

祁烁颔首:"嗯。太子算计魏王失利,本就心情郁闷,据说他最信任的内侍王贵死了,此时这个消息传开无异于雪上加霜。太子顺风顺水唯我独尊惯了,遇到挫折不但不会反省,反而会多做多错。"

"就是作死吧。"林好接话。

祁烁含笑点头:"对,作死。"

"那个王贵,是怎么死的?"

"传出来的消息是自杀,但我推测是皇上命人动的手。"祁烁提起茶壶给林好倒茶,"太子现在宠信一个叫王福的小内侍,这个内侍冒头很快,恰好抓住了王贵身死的时机,我觉得不简单。"

林好心一动:"世子消息好灵通。"

祁烁端起茶杯的手一顿,他面不改色地道:"储君无德,为了自保,不得不防范。"

他从袖中取出一个素面荷包,推到林好面前。

"这是什么?"林好成功地被转移了注意力。

"食肆的分红。"

林好饶有兴趣地打开素面荷包,从里面摸出一个小小的银元宝。

一阵沉默后,她叹了口气:"赚钱真不容易啊。"

靖王世子还浪费个荷包装着。

毕竟是自己投资的分红，林好虽嫌弃，但还是收了起来。

祁烁看她收起素面荷包，嘴角不由得扬了扬，提议道："要不要去看看咱们的生意？"

林好嘴角微抽。

他让她去看分了十两银子的生意……

"去看看吧。"

泰安帝从臣子闪烁的目光中察觉到不对劲，一问锦麟卫指挥使程茂明，才知道太子左手废了的消息已经传开了。

"是谁传出去的？"

程茂明不敢看泰安帝盛怒的脸："臣无能，这种流言实在难以查到源头……"

泰安帝一拍桌子，把训斥的话咽了下去，打发走程茂明后，命刘川把太子叫来。

"儿子见过父皇。"经过王贵之死的打击，太子窝在东宫没出去过，还没听说宫外的风言风语。

但这个消息早晚会传进太子耳朵里。

泰安帝已经看出太子禁不住事，与其等太子听到后胡来，还不如由他来说。

果然，太子听了后就绷不住了："谁传出去的？"

看着太子困兽般扭曲的表情，泰安帝直皱眉："老大不小的人了，能不能沉住气？"

"父皇，所有人都知道儿子残废了！"太子喊道。

这让他怎么沉住气？以后别人见到他，都会想到他的缺陷！

"只是左手用不上力而已，你若行事有度，拿出储君风范，无人会在意这点儿小缺陷。"泰安帝沉声劝道。

这既是对太子的劝告，也是对自己的劝慰。

认定了二十多年的继承人，不到万不得已，他当然不想换掉。他希望太子给他足够坚持的理由，而不是一次次令他失望。

泰安帝看着自己疼爱多年的儿子，心头空荡荡的。

他知道，那是对这个儿子缺少了信心。

"再过段时间，玉琉使者会来拜见，你可不要以这个丧气的模样出现在他国使者面前。"

玉琉中立于大周与齐国之间，哪边强就向哪边称臣示弱，典型的墙头草。

泰安帝对玉琉的立场却很重视。玉琉虽小，近来发展却不错，真要一心帮着齐国，那就会打破目前微妙的平衡关系。

"儿子知道了。"

太子虽性格暴虐，但在泰安帝面前到底收敛些，回到东宫才发泄出来。

又是令人心悸的打砸声在殿中回荡。

这个时候，只有王福敢凑过去说话："殿下，您喝杯茶润润喉。"

太子抬手打翻茶杯，心头的烦躁无处发泄："近来真是倒霉透了！"

"殿下，越是不顺的时候，越要保持好心情，这样才会转运啊。"太子盛怒时旁人说话都战战兢兢，唯独王福的语气平静温和，有种安抚人心的力量。

于是太子听进去了一些："保持好心情？这么多糟心事，吾如何保持好心情？"

王福看一眼左右，见宫人都站得远远的不敢抬头，小声道："奴婢知道一种仙药，名'五色散'，服用后会让人心情愉悦，殿下要不要试试？"

"有这种仙药？"

得到王福肯定的回答，太子不由得心动了。

他实在受够了心情糟糕的感觉，简直让他喘不过气来。

王福近来的表现早就得到了太子的信任，稍一犹豫后，太子点了点头："那吾就试试看，要是没有效果，吾要你好看！"

王福笑容满面："殿下试过就知道了。"

随着王福献药，东宫终于恢复了平静，而一些衙门则为了玉琉使者的到来忙碌起来。

从外郭到皇城的这段路，路面破损的石砖开始有人修补，洒扫次数也增加了，很快京城百姓就知道了玉琉来访这件大事。

林好对玉琉来访毫不关心，她的心思放在了寻找那双眼睛的主人上。

春日里的长春街热闹非凡，来来往往的行人穿着色彩明快的衣衫，空气里弥漫着醉人的花香。

林好缓缓走在街上，明明穿着柔软轻便的绣鞋，脚步却有些沉重。

那场噩梦里，这里太冷了，仿佛永远是那个大雪天，她的鲜血漫过雪地，冷透的躯体永远留在了这里。

那个晚上，她就是在这条街上遇到了那个人。

当时她以为他是平乐帝一方的追兵，他却为她挡了一刀。那个瞬间，她以为他是专门来救她的。可无数次回忆那一刻后，她有了别的猜测——

他们应该只是偶遇。

他当时应该受伤了，与她一样也在逃亡。她跌入他的怀里时闻到了浓浓的血腥味。

他很可能早就受了重伤，只是当时的情景容不得她多想，忽略了他趔趄的模样。

他为什么会受伤？能在京城的大街上追杀他的又是哪一方？

最让她想不通的是他为何替她挡刀？难道纯粹是人之将死想做一件善事？

他……是谁？

林好不明白明明连对方的面容都没看到，为何想到他时，心却好似被丝线缠住，有种细细密密的痛感？

她知道，这个人如果找不到，终将成为她的一个心结。

长春街不算宽，两侧林立着各种小商铺，来这里的多是寻常百姓。不过穿过一条巷子就是宽阔的大街，近来被官府重点修整的地方。

林好其实很清楚，就算她来了这里，也不可能遇到那个人。可这里毕竟是他们相遇的地方，万一有线索呢？

青石板路又硬又长，仿佛走不到尽头，林好左右打量，突然脚步一顿，整个人犹如被浇了一盆冰水，僵在原地。

她瞬间苍白的脸色让宝珠一惊："姑娘，怎么啦？"

林好回神，控制着颤抖的指尖，竭力以平静的语气道："没事。不要说话，跟着我走。"

她往前走着，看起来与先前随意闲逛无异，实则余光一直追逐着一人。

那是个三十来岁的瘦削男子，五官并不出众，组合在一起却给人一种冷厉的感觉。

那是梦中派人追杀她的人！

男子是平乐帝很信任的人，名叫陈木。与老师后来改了助平乐帝夺回帝位的念头不同，陈木一直是平乐帝最坚定的支持者，手段狠辣，行事激进。

他出现在京城，显然不简单。

林好看着对方进了一家茶肆，微一犹豫，便带着宝珠走了进去。

茶肆共分两层，大堂里喝茶的不少，而那人直接上了二楼。

"还有雅室吗？"林好问店小二。

"姑娘来得巧，楼上正好还剩一间。"

"劳烦带路。"

"姑娘楼上请。"

林好踏上楼梯，看到走到雅室门口的陈木回头扫了一眼。

她心一紧，面上不动声色。

陈木这类身份见不得光的人，远比常人敏锐谨慎，她务必要小心再小心。

幸运的是，店小二领林好进的那间雅室就在陈木隔壁。

几个铜板打发走店小二，林好指了指墙壁。

宝珠会意，立刻从随身带的布袋里取出一对竹筒："姑娘，给。"

这对以细线相连的竹筒曾在帮陈怡认清平嘉侯世子的真面目时派上了大用场，如今又到它发挥作用的时候了。

宝珠对自家姑娘为何偷听隔壁动静问都没问，反而机灵地走到门口处，防备有人突然进来。

林好把一个竹筒扣在墙壁上，另一个竹筒贴在耳边，仔细听起来。

隔壁有谈话声，显然陈木进去之前里面已经有人了。

"不赞成？他为何不赞成？这么好的机会若是不抓住，那要等到什么时候才能成事？"

短暂的沉默后，另一个声音响起："先生说，这样会让大齐与玉琉联手对付大周。"

林好瞳孔一缩。

说话的人是杜青！

陈木的冷笑声响起："那又如何？难道你们先生忘了谁才是他的主人？"

"先生没忘。可一旦玉琉与大齐联手，遭殃的是百姓。"

"主人出事时，可没见百姓替他不平。"

又是一阵沉默，杜青道："总之先生不赞成你们这样做，我这边不会提供助力的。"

"喊，难道没了你这边的助力，我就成不了事？"

接下来就是椅子被拉动的声音。

林好忙收起竹筒，轻轻走到房门口。

房门是虚掩着的，透过细小的缝隙，林好看到了快步走过的陈木。

令林好悚然的是，陈木路过时还朝这间雅室扫了一眼。

那一瞬间，她甚至以为被发现了，心狂跳了几下才恢复正常。

又等了一会儿，不见杜青出来，林好返回座位，不急不缓地喝了两杯茶，吃了一块点心，这才让宝珠下楼结账。

走出茶肆，林好余光四顾，已不见了陈木的踪影。

她一时有些遗憾没能及时跟上，却又知道以对方的警醒，她跟着进茶肆再跟着出茶肆的话，很可能被察觉。

论跟踪，她可远不如杜青。

对了，这次杜青有没有跟踪她？

林好脑中闪过这个念头，突然回头，就见杜青不远不近地走在后面，看到她回头，杜青走路的姿势明显僵了一下。

那一瞬间，林好生出一丝感慨：杜青跟踪人的本事也退步了啊。

林好对杜青的心态十分复杂。

一方面，杜青对她举过刀，在她跟着老师的那段时间里也扮演着监督她的角色。另一方面，当老师死于平乐帝之手后，她逃出那个地方也有杜青的助力。

她警惕他、提防他，却也希望他好好活着。

不过现在林好更多的是头疼。

杜青定是从雅室的窗口看到陈木与她先后进来，对她起了疑心。

当然，那个时间点走进茶肆的还有其他人，可谁让她纠缠过老师，还被杜青跟踪过呢？在这么敏感的碰面期间遇到一张熟面孔，注意到再正常不过。

头疼的不只林好，还有杜青。

虽然一瞬间就恢复如常，可他还是为刚刚的失态深深懊恼。

难道他跟踪人的本事退步了？

不对，他两次遇到这种状况，都是在跟踪这个小姑娘。

杜青借着行人的遮掩，视线落在那道纤细的背影上。

将军府的林二姑娘，那次他调查过，明明就是个成长经历寻常的大家闺秀而已，唯一特别的就是曾经是个哑子，去年突然会说话了。

　　难道当过哑子的人格外敏感些？

　　杜青越发小心翼翼，跟在林好身后。

　　先前那次跟踪只是出于谨慎，这一次他却真的开始怀疑了。一个小姑娘，出现在先生面前，又出现在陈木身后，这种巧合足以引起他的警惕。

　　然后，他跟着林好逛了无数脂粉铺子、成衣坊，两条腿差点儿逛瘸了。

　　拖着疲惫的身体回到住处时，杜青满心茫然。

　　理智上，他觉得这个小姑娘绝对有问题！感情上，他不信这么能闲逛的小姑娘有问题！

　　林好也有些累，发现杜青没再跟着，就进了一家离家不远的茶楼，并吩咐宝珠去请靖王世子。

　　她没等太久，祁烁就到了。

　　看了一眼林好红扑扑的脸颊，祁烁问："今天是不是走了许多路？"

　　"逛了不少地方。"林好摩挲着茶杯，一时不知从何说起。

　　祁烁耐心地等着。

　　对他来说，两个人哪怕只见面不说话也是好的。

　　林好抿了一口茶，开口道："我今天……无意中听到一段很古怪的对话。"

　　"古怪的对话？"祁烁配合地接腔，眼里有了重视之意。

　　以他对阿好的了解，她听来的绝对不寻常。

　　"嗯。"林好转了转手中的茶杯，说了起来，"我听到一个人说要抓住机会办一件事，另一个人不赞同，说这样会导致玉琉与大齐联手。我猜测，应该和不久后的玉琉来访有关系。"

　　祁烁着实惊讶了一下："具体什么事没说吗？"

　　"没有。"

　　"那两个人的身份……"

　　"不清楚。"林好不能明说，只把二人的对话重复了一番。

　　祁烁捏着茶壶，陷入深思："'主人出事时，可没见百姓替他不平'，这话结合他们的行动会导致玉琉与大齐联手，让我想到一个人——生死不明的平乐帝。"

　　林好一惊。

　　祁烁的敏锐让她震惊。

　　果然越是沉静低调的人心思越缜密啊。

　　这样的人怎么会对她有意呢？

　　瞥见那张清俊的面庞，林好忙喝了一大口茶。

　　这么严肃的时候，她在想什么？！

　　祁烁被林好的举动弄愣住了。

353

他啜了一口茶，仔细品味，不太确定地道："今日的茶水好像是比以前的味道好了些。"

林好："……"

"你怎么会想到平乐帝？"林好把话题拉了回去。

"从他们的对话分析，他们显然是大周人，提到百姓时又是高高在上的态度，我的第一反应就是失踪的平乐帝。不过这只是我的猜测，另有一方势力也不一定。"

"就当是平乐帝吧。你觉得他们要做什么？"这也是林好找祁烁的目的。

一人计短，二人计长，而她信得过又适合一起商量的人只有靖王世子。

"应该是趁玉琉来访时挑拨玉琉与大周之间的关系。具体行动仅凭这些含糊的话很难猜到，如果想确定，还是要悄悄盯着那两个人。那两个人谈话时有没有提及身份之类的信息，或者你能不能形容出他们的样貌？"

林好犹豫了一下，道："那个反对的人，就是曾经跟踪过我的人。"

祁烁目光微闪。

那他就知道了。

"不过关键还是另一个人。"林好替祁烁倒了一杯茶，"跟踪我的那个人，世子暂时还是不要打草惊蛇。"

祁烁垂眸，淡淡的目光落在提着茶壶的那只纤纤素手上。

阿好是怕打草惊蛇，还是为那个人考虑呢？

他觉得是后者，不过看在阿好主动给他倒茶的分儿上，就当是前者吧。

"嗯。"他轻轻颔首。

林好暗松口气，把陈木的样貌描述了一番，叹道："京城这么大，想要找到这人恐怕没那么容易。"

"这二人所谈事大，就算不欢而散，再碰面的可能性也极大。盯紧那个跟踪你的人，应该就能找到另一个。"

林好却觉得情况不乐观："他们看起来谈崩了，不一定会再见面，只能看运气了。"

祁烁笑了："咱们的运气应该还不错。"

林好被这一笑弄得恍惚了一下："哦，是，还不错。"

祁烁沉默一瞬，问了出来："你在何处听来的这番话？"

"在一家茶肆，纯粹是机缘巧合。"

祁烁识趣地没有再问："那有进展我和你说。"

回府后，祁烁立刻吩咐玄一："盯紧出现在荒宅的那个人，留意与他接触的人。"

"属下明白。"

或许是运气来了，没过两日，玄一那边就有了发现。

"世子，那个人去了一家小酒馆，与一名瘦削男子碰了面。那名瘦削男子十分警觉，属下跟踪一日才跟到他的落脚处。"

"带我去看看。"

祁烁去了陈木的落脚处，发现就在长春街背后一片不起眼的民宅中。那里有许多大杂院，鱼龙混杂，生人便不太显眼。

"重点盯着这名瘦削男子，看他有什么动作。"

又过了两日，玄一来报："与瘦削男子住在一起的有七八个人，他们以瘦削男子为首，白日看似漫无目的地在金秀街闲逛，这几日陆续运了许多东西到落脚处。"

"运了什么东西？"

玄一摇头："都用麻袋装着，看不出是什么。那些人极谨慎，属下不敢靠近。"

"继续盯着。务必小心，不要被察觉。"

祁烁约了林好见面。

"是不是有消息了？"一碰面，林好就迫不及待地问道。

"找到那个人的下落了。"祁烁把发现的情况仔细说了，"他们所谋之事的地点应该就在金秀街，这几日他们一直在金秀街活动。"

"难怪住在长春街附近。运了不明物品到住处，打算在金秀街行动，目的是破坏大周与玉琉的关系……"林好分析着，眼中露出骇然之色，"他们该不会要在金秀街炸死玉琉使者吧？"

金秀街就是近来官府重点修整的路，乃玉琉使臣必经之路。

祁烁挑眉："你是说……火药？"

林好点头，一颗心跳得厉害："我虽不知玉琉来的人中有没有身份尊贵之人，但哪怕是普通使臣，在大周京城的大街上出事，也足以令玉琉与大周交恶了。"

"有道理。"祁烁附和着，提出疑问，"你怎么会想到火药？"

大周早就有火药，主要用于制作烟花爆竹，用作杀人利器并不多见。一是制作不易，二是威力不大，再就是脱离了战场的环境携带很容易被发现。

"我就是第一反应。世子还记得平嘉侯世子出丑的事吗？不就是突然爆竹炸响，受到惊吓所致吗？"林好很快找到理由。

实际上，这一思考结果却是源于她对老师的了解。

明心真人是个有大才的人，为了助平乐帝夺回江山，把火药制成了威力极大的杀器。她曾瞧见火药炸响，活蹦乱跳的猪崽成了烤猪。

火药能炸死猪，当然能杀人。

这才是听了靖王世子带来的消息后，她第一反应是火药的原因。

"其实不管是火药还是其他，这些人计划在金秀街行事是肯定的了。"祁烁把打算说出来，"如果目的只是阻止这场阴谋，不管这些人的死活，其实很好办。"

"怎么办？"

祁烁一笑："让锦麟卫指挥使程茂明知晓此事就行了。程茂明得罪了太子，对这样一桩能在皇上心中稳固地位的功劳不会拒绝的。"

"世子要是方便，就透露给程大人吧。"林好不假思索地道。

祁烁深深地看了她一眼。

"怎么了？"

"那这些人的下场恐怕不会太好。"

林好的神情有些奇怪："这种只为一己之私，不顾百姓死活的人，下场不好不是罪有应得吗？"

靖王世子莫非还于心不忍？

祁烁默默地喝了一口茶。

他明白了，她只是护着跟踪她的那个年轻人。

"我找机会确认一下他们运到住处的是何物，再透露给锦麟卫知晓。"

祁烁要确认那些东西是何物十分困难，那些人至少有两个人留在住处，严防死守。

好在祁烁有足够的耐心，终于等到了机会。

这日留在住处的两个人，其中一人闹肚子，一趟接一趟地往茅厕跑。祁烁让玄一做的事情很简单：悄悄抽走了大半草纸。那人一阵风似的冲进茅厕，等需要时才发现草纸不够。

无奈之下，他扯开嗓子喊："老六，快给我送些草纸来，没草纸了！"

老六一脸嫌弃的神情，骂骂咧咧地送草纸去了。

祁烁乘机闪身而入，迅速打开一个麻袋，只见里面被层层包裹着，短时间内根本来不及查看。

送草纸的人随时会返回，祁烁用手指一抹，指腹上沾了黑色粉末，是里面漏出来的东西。他放在鼻端嗅了嗅，闻到了一股淡淡的特殊的臭味。

那是硫黄的味道！

有了这个发现，祁烁立刻退了出去，刚刚躲好，老六就回来了。

老六往里面看了看，坐回摆在门口的椅子上养神。

祁烁先回府换了一身衣裳，这才去了离锦麟卫衙门不远的一家茶楼。

去锦麟卫衙门传话的是小厮长宁。

"世子找我有事？"程茂明接到传话有些意外，不由得想到了林婵被劫的案子。

那桩案子被推到了赵赫林身上，瞒过百官勋贵容易，靖王世子与程树两个参与颇深的，恐怕会心生怀疑。

可让程茂明意外的是，无论是程树还是靖王世子，事情过后都没再找过他，似乎对结果毫无疑问。

难道说靖王世子后知后觉，现在开始怀疑了？

本来没有林婵被劫这个案子的交集，他完全可以借口忙而不见，现在却不好如此，毕竟在查案的过程中靖王世子和程树是帮了忙的。

程茂明揣测着祁烁的来意，准备了一肚子说辞，这才去了茶楼。

"不知世子找我何事啊？"

"大都督近来是不是挺忙的？"祁烁笑问。

"事情是不少，特别是玉琉使者很快就要到了，咱们锦麟卫虽不用像五城兵马司那几个衙门一样需要维持京城治安，可也要多上点儿心。"

祁烁点头："大都督说得是，我也是这么想的。"

程茂明一滞。

靖王世子这话说得有意思，他是这么想的有什么用？

这是没事套近乎吧？

程茂明"呵呵"笑了一声，等着祁烁说明来意。

"那日我去金秀街，发现几个人行事鬼祟，来来回回似是在踩点儿。我一想，金秀街在京城众多街道中也算是京城的脸面了，不日还要展示给玉琉来使，这几人万一搞什么破坏，岂不是让大周遭天下耻笑……"

程茂明的太阳穴跳了跳。

靖王世子到底想说什么？以前自己没发现他是一个话痨啊！

至于祁烁提到的有人行事鬼祟，程茂明也没往心里去。

京城繁华富庶，不劳而获的宵小还少吗？这是五城兵马司该管的，还入不了锦麟卫的眼。

祁烁终于铺垫完了，啜了一口茶润润喉咙，淡淡地道："既然碰上了，总不能视而不见，我就安排侍卫跟了过去，没想到有了一个惊人的发现，这些人居然在住的地方藏了很多火药……"

"噗！"没等祁烁说完，程茂明一口茶就喷了出去。

他一时被呛住，咳得眼泪都出来了，红着眼问："世子说他们藏了什么？"

"火药。"

程茂明又震惊又无语。

靖王世子是怎么做到用这么平淡的语气说出这番话的，让他一点儿心理准备都没有啊！

"世子确定是火药？"

祁烁颔首："确定。目测那些火药的分量，一旦引燃，后果不堪设想。"

"他们住在何处？"

"他们就住在长春街附近，去金秀街极为方便。"

程茂明眼神一沉。

玉琉使者来时要是真出现死伤，那就是大事了。

可他还有很多疑惑。

"世子……为何把此事告诉我？"

祁烁讶然："我第一个想到的就是大都督。还是说，有其他衙门更适合处理此事？"

程茂明沉默了一瞬。

他竟然有点儿感动。

"所以世子认为他们意图炸金秀街？"

祁烁正色道："我只是猜测他们可能会作恶，炸金秀街也算一种可能吧。也可能是我猜错了，他们或许只是喜欢囤火药玩儿。"

程茂明："……"

好一会儿后，他道："世子能发现这些，也是不简单。"

祁烁想起林好的说辞，唇边溢出笑意："纯粹是机缘巧合。"

程茂明默默地移开眼。

靖王世子笑得好奇怪！

祁烁端起茶杯喝了一口，语气淡然："我是觉得多注意一下没坏处，要是弄错了，赔个不是就行了，万一这些人真的意图不轨而被大都督提前扼杀，那可是大功一件。"

程茂明心一动，面上不动声色地道："那也是世子的功劳。"

祁烁笑笑："我一个清闲富贵的世子，要什么功劳？大都督不要吓我。"

程茂明深深地看了祁烁一眼："若有情况，我会及时告诉世子。"

靖王世子越来越令他刮目相看了。

再想想世人对靖王世子的印象，程茂明心生唏嘘。

很多人和事，果然不能只看表面。

不过这和他有什么关系呢？如靖王世子这样的聪明人，他能交好显然不是坏事。

"那就多谢大都督了。"祁烁起身离开。

程茂明立刻安排最信任的属下带人突袭陈木等人的落脚处。

陈木脚下不停，风声在耳边呼啸。明明已是吹绿人间的春风，对他来说却是凛冽的寒风，令心头结了坚冰。

"咚咚咚"的敲门声透着急促之意，里面传来询问声："谁？"

陈木咬牙："是我。"

里面的人稍一迟疑，拉开了门。

陈木闪身而入。

杜青插上门闩，对陈木的狼狈有些吃惊："你怎么……？"

一只手快如闪电，冲着他的喉咙抓来。

短短时间就交手了好几招儿，杜青又怒又惊："你发什么疯？"

陈木更怒，招儿招儿不留情："我倒要问你，为何告密？！"

杜青一把抓住陈木的手腕："什么告密？"

他眼中的困惑之意不似作假，陈木却不信："你还装！如果不是你告密，我们怎么会被一锅端？！"

"你把话说清楚……"

二人边交手边对话，门外传来急促的脚步声。

"看着往这边来了。"

"把这几家的门敲开！"

"咚咚咚。"

很快就响起拍门声，从那越来越大的动静能感觉到门外人的急躁，杜青顾不得多问，一指柴房："里面有个米缸可以藏身！"

这种关头，陈木也只能选择听杜青的，闪身钻进柴房。

杜青整理一下衣衫，上前把门打开："谁啊——"

后面的话戛然而止，他露出受惊的神色。

"有没有看到一名穿深色衣的瘦削男子？"

夜幕已经降临，陈木跑得又快，追他的锦麟卫并没看清他穿的衣裳是什么颜色，只能看出是深色，身材偏瘦。

"没看到啊，你们是……？"

"锦麟卫。"开口的锦麟卫一把推开杜青，大步走了进去。

几个锦麟卫紧随其后。

"仔细搜一搜！"

"是。"

眼见几个锦麟卫奔向各处，毫不留情地翻箱倒柜，杜青有些急了："大人，小民这里没有旁人啊，您……"

"闭嘴！"

杜青闭嘴了，面上惶恐不安，心中道声"侥幸"。

作为近身保护先生的人，他和其他人一直是分开住的，连联系都很少，必须联络时，地点是那个废弃的宅子。自从先生进宫，他重新换了住处，这里找不出第二个人生活的痕迹。

他现在好奇的是陈木惹了什么麻烦，怎么会被锦麟卫追杀。

为首的锦麟卫站在杜青身旁，显然是把他放在眼皮子底下。其他人进进出出，很快有一人直奔柴房。

简陋的柴房低矮昏暗，堆着不少柴火，角落里放着两口大缸。

逼仄的空间与充斥鼻端的潮湿气味令锦麟卫下意识地皱眉，不欲多待。他刚想转身，一眼看到了那两口大缸。

略一思索，他大步走了过去，猛然掀起一个缸盖。

缸中放着几棵腌菜，散发出刺鼻的酸味。

锦麟卫嫌弃地把缸盖放下，又掀开另一个。

另一口缸中盛着糙米，还没超过大缸的一半。这样的高度，显然藏不了什么。

锦麟卫连一丝怀疑都没升起，把缸盖随便一丢，再扫了几眼柴房，抬脚走了出去。

"柴房没有人。"

检查其他地方的锦麟卫也陆续回来，没有任何发现。

为首的锦麟卫面对杜青，脸色缓和了些："如果见到那样的人，及时报给我们。"

"好，好，好。"杜青连连应了，一脸恭敬地把人送到门口："几位大人慢走。"

几名锦麟卫头也没回，直奔下一家。

不大的院落已被锦麟卫翻得一片狼藉，杜青大步跨过一个倒地的木桶，走向柴房。柴房中悄无声息，随意躺在地上的缸盖提醒着有人来过。

他走到米缸旁边，轻轻敲了敲缸身："出来吧。"

短暂的安静后，缸中的米突然流动起来，仿佛骤然有了生命，紧接着冒出一个脑袋。

陈木以手撑着缸底钻出来，顺手拉了一下缸底的板子。

原来这口米缸的缸底是一个小小地窖的入口，底板是能活动的。遇到紧急情况需要藏身时，只要拉开底板人就能躲进去。唯一的缺点就是作为掩盖的米有些重量，力气小的压根儿拉不开。

当然，对杜青这类人来说这就不是问题了。

陈木往地上吐了一口唾沫，吐出几粒糙米，看向杜青的眼神有着疑惑与探究之意。

如果说刚碰面时他满心怀疑是杜青告密，被掩护后又有些不确定了。

还是说，杜青的目的只是阻止他们炸金秀街？

陈木目中闪过厉色，手如闪电般探出。

杜青早有准备，当即避开，怒道："你还有完没完？真的拼命，你可不一定能占上风！"

在这之前，二人没交手过，但对彼此的身手都有数。陈木知道杜青这话不错，真要拼死搏斗，他们定会两败俱伤。

他深深吸了口气，冰冷的目光紧锁杜青："今日数十名锦麟卫突然冲进我们的落脚处，把我的人都抓住了。我回去时察觉不对劲，躲在一旁暗暗观察，这才逃过一劫。这事和你有没有关系？"

杜青面露震惊之色："你是说你的人都出事了？"

见陈木被锦麟卫追杀，他虽料到不好，却没想到只有陈木逃出来了。

"不然我怎么会出现在这里？"陈木上前一步，眼中杀机毕露，"回答我的话，是不是你走漏了消息？"

杜青一脸莫名其妙的神情："你是不是疯了，我们不是一边的吗？"

陈木冷笑："可明心真人并不赞成这个计划！"

杜青翻了个白眼："先生只是不赞同，可也不会对自己人下手。是不是你们不慎暴露了行迹？"

"不可能！"陈木断然否认，"这么大的事，谁都不敢大意，白日去踩点儿都小心翼翼。那些锦麟卫早有埋伏，一直等到人回来差不多了才动手，显然是早就盯上了我们。我思来想去，问题最可能出在与你碰面之后。"

"等等，你是说问题很可能出在与我见面之后？"

"不错。"

杜青皱着眉，来回走了几步又停下，看向陈木的目光有了几分凝重之意："你有没有想过，或许那日你被跟踪了呢？"

"不可能！"陈木第一反应就是否认。

"怎么不可能？不管你信不信，消息不是我这边透露的。再说真要是我，刚刚为何替你掩护？好让你回去向主上告状吗？"

陈木被说动，回忆起那日的事。

"那日我从长春街出来，去约好的茶肆找你，一路十分小心，也没见到可疑的人……"陈木仔细回忆着那日的情景。

他这样的人，小心谨慎是第一位，对四周的地形和遇到的人远比普通人印象深刻。

随着回忆加深，他的语气有了变化："不过，我进茶肆时有个姑娘跟着进来了。"

杜青心一动："姑娘？"

陈木点头："嗯。其实当时进来的还有其他人，我之所以不自觉地留意那个姑娘，是因为……"

他停顿了一下，坦然地道："她很美。"

杜青微微挑眉，并没有误会。

出门时留意周围的情况对他们来说是本能，而那些长相或举止特别的人，无疑更容易被注意到。

"那个姑娘很好看，让我下意识地觉得与那家茶肆的环境有些违和，更巧的是，她也上了二楼，进的雅室就在我们隔壁……"

杜青听着陈木的话，心中的怀疑如野草般疯狂生长。

他怀疑那个姑娘当然不像陈木这样仅凭直觉。

一个小姑娘，哪怕看起来无害，先是与先生有交集，后又与陈木出现在同一个地方，不久后陈木就出事了，他再认为这纯粹是巧合就太蠢了。

"可就算怀疑，想要找到那个小丫头无异于大海捞针。"陈木沉声道。

尽管他还记得那丫头的模样，可京城这么多人，去哪里寻呢？

"确实不容易找到。"杜青不动声色地附和。

他暂时不打算把那个小姑娘的身份说出来。

陈木本就怀疑先生，再知道那个小姑娘与先生打过交道，那事情就更说不清了。

他先查一查再说。

杜青暗暗打定主意，面上不露声色："那你有什么打算？"

陈木对杜青的怀疑没有完全打消，含糊地道："暂时没有打算。给我准备一套衣裳，我在你这里避两天风头就走。"

"好。"

这个时候，锦麟卫指挥使程茂明已经接到了属下的禀报。

"真的是火药？带我去看看！"

程茂明在暂时存放火药的地方，看到了一个个木桶。木桶外结结实实地绑着麻绳，有引线伸出来。

见他靠近，属下急忙阻拦。

"让开。"程茂明没理会属下，走到近前查看。

他不是没见过火药，这么放着不会炸。

程茂明摸了摸木桶，看着指腹上沾染的黑色，变了脸色。

这果然是火药！

他虽然无法估计这些火药的威力，可看数量，一旦集中在一起点燃，后果不堪设想。

幸亏有靖王世子提醒！

"带回来几个活口？"

属下的神色有些紧张："只有两个活口。其余六人有四人死于打斗，还有两个人见逃不掉，自尽了。"

程茂明眼神一冷。

逃不掉就自杀，这是死士的做法，可见这些人的来历不简单。

或许真如靖王世子提醒的，他们的目的是炸死玉琉来使。那这些人很可能是齐人或者平乐帝余孽。

程茂明精神一振。

无论是齐人还是平乐帝余孽，对阻止了这场阴谋的他来说，都是大功一件。

靖王世子真是给他送了一件大礼。

程茂明默默地领了祁烁的情，决定亲自审问两个活口。

这次的事，哪怕与齐人或平乐帝余孽无关，他也要让它与他们有关系。

这个功劳他领定了。

翌日一早，程茂明急匆匆地进宫禀报。

泰安帝听了大为震怒："真是他的人？"

程茂明神色凝重："其中一人用尽刑罚都没开口，好在另一个人的嘴被撬开了。确实是平乐帝的人，他们的计划就是在玉琉使者经过金秀街时引燃火药，把玉琉推向大齐一方……"

"岂有此理！"泰安帝狠狠一拍桌子，恨得咬牙。

程茂明微微垂眼："皇上息怒，不要为了这些小人气坏了身体。"

泰安帝看着程茂明的眼神带着赞赏之意："你这次做得不错，辛苦了。"

"为皇上分忧，臣荣幸之至。"

"你的能力，朕向来信得过。"泰安帝表扬完，转回最在意的事，"让五城兵马司配合锦麟卫，近日彻查京城的陌生面孔，务必把那些人揪出来。"

"臣领旨。"

"还有，加强对玉琉来使的暗中保护。"

"是。"

程茂明出了皇宫，第一时间打发人去请祁烁。

二人约在一家酒肆见面，程茂明热情地敬酒："多谢世子提供的线索，阻止了一场惊天阴谋。"

祁烁笑笑："我只是误打误撞遇上了，真正挽救百姓于水火的还是大都督。"

尽管知道这是客气话，程茂明还是听得愉快。

靖王世子也太会说话了。

"这么说，那些人都被抓起来了？"

程茂明面露遗憾之色："跑了一个。经过审问，跑掉的还是他们领头的。"

祁烁的神情严肃起来："那要尽快把漏网之鱼找到。领头者定有其他路子，说不定又弄出别的事来。"

程茂明深以为然。

接下来，街头随处可见盘查的官差，外乡人大都遭到了盘问，对有些言辞可疑的，直接就被扔进了大牢里。

一时间，宵小销声匿迹，牢饭供应量陡增。

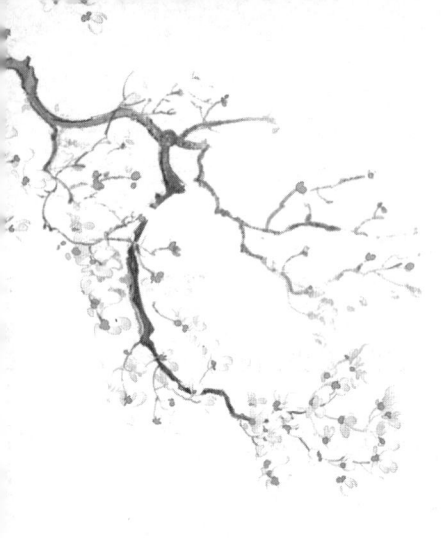

第十五章　相　拥

林好与祁烁碰了一面,得到了最新消息。

"这么说,主谋还没抓到?"林好想到总是阴沉着脸的陈木,暗暗可惜。

在她看来,这种盲目忠君不择手段的人没有丝毫可取之处。

"废弃的宅子那里,这几日也没了动静。"祁烁看着林好,说出猜测,"他应该与跟踪过你的那人见过了,说不定就是那人的掩护,才让他躲过了锦麟卫的搜索。"

林好虽然不想为难杜青,却不能忽视陈木可能带来的危害:"这种可能性不小。世子知道那人的落脚处吗?"

祁烁摇头:"暂时没还摸到。那人太谨慎了。"

负责盯着荒宅那边的人试探着跟踪了杜青两次,一次跟丢了,一次险些被发现,就没敢再跟。

"现在各衙门都有了防备,这人又躲了起来,短期内应该不会搞什么阴谋了吧?"

"应该不会。不过你最近还是小心些,不要再让跟踪过你的那个人见到。"

林好点头:"我知道。"

以杜青的敏锐,她确实不能再频繁地在他面前晃了。

林好决定少出门,林氏去天元寺上香时,她就找了个借口拒了。

林好练了拳脚,喂了林小花,陪老夫人用了午饭,又去皎月居陪林婵聊了一会儿天儿,眼看着到了下午,林氏还没回来。

她刚准备打发人去天元寺看看,陪林氏去上香的一个侍女带回来一个消息:太太在天元寺发现了一具无头女尸。

林好带着宝珠出了门,直奔天元寺。

此时的天元寺从外面还看不出异常,只是林好要进去时,被守门僧人拦了下来:

· 364 ·

"女施主留步，今日天元寺不对外开放。"

林好客气地福了福身子："家母是将军府的林太太，此时正在贵寺中。我担心母亲，过来看看，还望师父行个方便。"

听林好自报家门，守门僧人没有再拦。

天元寺位于西城，常有富贵人家来上香，僧人难免多了些圆滑，轻易不会得罪人。

一个小沙弥给林好领路，林好就向他打听起来："小师父，听说贵寺发现了一具女尸，知道身份了吗？"

小沙弥一脸恐惧的神情，摇了摇头："不知道呢，没有头。"

林好沉默了。

这里还真有无头女尸，母亲发现时也不知道被吓成了什么样子。

穿过道道月亮门，林好遥遥瞥见一群人围在一处，便知林氏就在那里。

原来女尸是在外边被发现的。

官差已经到了，林好走近，就听林氏向一名官差讲述着发现女尸的经过："我上完香，没心情用斋饭，就决定出门走走……"

实际上是斋饭太香，她却要做出因为女儿生病吃不下饭的样子，只好眼不见嘴不馋。

"我无意间发现一只鞋子，半截在土里，半截在外头，好奇之下就用脚踢了踢……"

"然后就发现了尸体吗？"捕头问。

林氏摇头："没，就是一只鞋子。"

官差纳闷儿了："那您是怎么发现尸体的？"

林氏指了指还放在地上的鞋子："我发现了一只鞋子啊。"

官差一时没反应过来。

林氏叹气："刘捕头你看，这明显是一只女鞋对吧？"

刘捕头点头。

埋在土里被风吹雨打的鞋子已经很破了，连原本的颜色都分辨不出来，但看轮廓，绝对不会被错认成男鞋。

林氏扫了一眼四周，发现了林好，一时把刘捕头抛到了脑后："阿好，你怎么来了？"

林好走过去，站在林氏身边："我听说这里出事了，担心您。"

急着了解情况的刘捕头眼角抽搐。

他就没见过这么配合查案，说得这么仔细的贵夫人，他可半点儿看不出来这位太太需要担心。

"咳咳，林太太，请您继续说。"

林氏捏了捏林好的手，接着道："这天元寺的园子里怎么会有一只女鞋呢？我觉得不对劲，就让丫鬟找来花锄，在发现鞋子的地方随便挖了挖，没想到挖出来一具尸体……"

刘捕头的目光下意识地落在林氏身后的丫鬟脸上，那丫鬟一张脸惨白惨白的，显然还没从挖出尸体的惊恐中缓过来。

他又看向林好，从少女的眼里看到了无奈之意。

林好确实无奈。

这哪里是母亲发现了女尸，分明是母亲挖出来女尸……

刘捕头了解得差不多了，对林氏拱手："多亏林太太心善，这女尸才有得见天日的机会。"

林好微微动了动眉梢。

听这位捕头的意思，母亲没有丝毫嫌疑了。

许是母女间心有灵犀，林氏低声解释："尸体烂了大半，死了有些日子了。"

林好恍然。

"刘捕头还有要问的吗？"

刘捕头忙摆手："暂时没有了，多谢您配合。"

林氏笑笑："那我就带着女儿先回府了。希望刘捕头早日找出凶手，让这可怜人沉冤昭雪，我也算为长女积福，说不定长女就能大好了。"

林大姑娘因"病重"主动退亲的事刘捕头是知道的，闻言道："林太太放心，令爱一定会好起来的。"

"承你吉言。"林氏点点头，带着林好离开了天元寺。

回去的路上，林好问："娘，您没吓到吧？"

乍然见到烂了大半的无头女尸，母亲哪怕胆子大，受到的冲击也不小。

林氏的脸色确实不大好，她深深地叹了口气："倒是没被吓到，就是有点儿恶心，眼前总晃过那女尸的样子。本来还有些饿呢，现在晚饭都吃不下了。"

"那您先回，我去常吃的那家铺子给您买几样开胃的零嘴儿。"

"早去早回。"林氏叮嘱一声，先回了府。

林好常去的那家铺子开在胡同口，店面虽小，各种小食的味道却格外好。

马车停靠在路边，她带着宝珠走过去，就见队伍排到了门外。

"姑娘，您在这儿等着，婢子去排队。"

林好点点头，站在一边想着无头女尸的事。

无头女尸，还是出现在富贵人家常去的天元寺，影响无疑很恶劣，接下来人们议论的话题除了即将到来的玉琉使者，恐怕就是这事了。

林好对查明女尸的身份并不乐观。

那人死了这么久，头又不见了，很难找到线索了。

这样一想，她便有些唏嘘。

她将视线投向那些闲聊着排队的人，悠闲热闹的气氛让她收回思绪，心情微松。

就在这时，马儿的嘶鸣声响起，突兀又凄厉。

人们下意识地看过去，纷纷色变。

"不好，惊马了！"

林好的脸色也变了。

受惊的马是她家的！

前蹄高高扬起的马儿很快狂奔起来，带走了竭力控制它的车夫。

"姑娘！"宝珠冲到林好身边。

零嘴儿自然顾不得买了，林好带着宝珠往马儿疾驰的方向赶去。

惊马在大街上狂奔很容易撞到人，说不定会闹出人命来。林好一颗心高高悬起，越走越快。

可她的心头突然升起一丝古怪之感。

或许是出于说不清道不明的直觉，她往某个方向飞快地扫了一眼。

这一眼，犹如一道重锤砸在了她的心头。

杜青！

林好瞬间反应过来：杜青对她起了疑心，来找她麻烦了。

街上人的注意力都被惊马吸引了，有追着跑的，有高声议论的，混着时不时响起的惊叫声，闹哄哄犹如菜市场。

以她和杜青的距离，她最多喊上两声杜青就会到她面前，这种混乱情形下的呼救很难引起别人的注意。

而且，就算她被人注意到，还要那人正好有一副热心肠，还要身手胜过杜青，她才有希望脱困，想想就令人绝望。

林好从不把希望寄托在虚无缥缈的运气上。

"宝珠——"

林好有这个自信，哪怕场面再乱，宝珠都会听到她的喊声。

果然，一心追赶惊马的宝珠扭了头，声音带着疑惑之意："姑娘？"

"去找靖王世子！"林好匆匆交代一句，拔腿就往一个方向跑。

说来也巧，这里离她与靖王世子合开的食肆不远。她打不过杜青，跑起来还是有机会逃脱的，只要跑进食肆，总能支撑一阵。

林好第一反应是找祁烁求救，就是相信以对方的聪明，能猜出她逃去的地方。

在她看来，就算靖王世子打不过杜青，他还有手下啊。

宝珠愣了一瞬，就看到一个男子向林好追去。

她面色大变："姑娘！"

听到这声惶急呼喊声的少女没有回头，而是跑得更快了。

宝珠下意识地去追，跑了两步又急急停住。

姑娘让她去找靖王世子一定是有原因的，她盲目去追说不定会害了姑娘！

宝珠扭头就跑，边跑边哭。

姑娘一定要等到婢子带靖王世子来啊！

林好冲进了一条巷子。

巷子长而窄，比之街上的光亮，巷中昏暗了许多，仿佛两个世界。从巷子中穿过，去食肆的距离会缩短很多，林好别无选择，只能走这条近路。

身后是急促却不乱的脚步声，前方的光亮越来越近了。可就在这时，意外发生了，林好脚下一滑，摔倒在地。

脚边是一个破损的小坛子，她刚刚就是踩在坛子上滑倒的。

林好扭头看去。

昏暗的巷中，杜青的面容看起来模糊不清。

恐惧如寒流，窜向四肢百骸。

林好很清楚杜青不是梦中取走她性命的人，可这一幕何其相像，让她恍惚以为回到了那个夜深雪也深的街头。

唯一的不同，便是不会出现那个让她困惑至今的蒙面人了吧。

脑海中瞬间转过无数思绪，林好突然听到了另一种脚步声。

她看到杜青抬起头，视线越过她落在前方。

林好下意识地回过头去，就见她刚刚竭力奔跑的方向，一个人大步而来。

那道身影瘦高挺拔，尽管还看不清面容，林好却一眼认出那是祁烁。

可当他更近时，看清了他俊朗的眉眼，林好又觉得那张再熟悉不过的脸变得陌生起来。

靖王世子为何来得这么快？

他怎么会是靖王世子呢？

杂乱无序的念头冲击着她的心神，让她一时忘了反应，直到交手的动静响起。

那是金石相撞的声音。

杜青持着匕首，祁烁亦持着匕首，这是最方便掩藏的杀人利器。

林好从没想到，靖王世子与杜青交起手来竟然不落下风。

这真是她认识的靖王世子吗？

不，她真的认识过靖王世子吗？

脚腕传来钻心的疼痛，但林好还是扶着墙壁一点点站了起来。

墙壁又冷又硬，反而让她恢复了理智。

现在不是想这些的时候。

林好目不转睛地盯着交手的二人，判断着胜负。

如果靖王世子落了下风，她会毫不犹豫地先跑，跑去找人。

林好是认真跟着林老将军练过的，虽然比起杜青这样的高手身手只能算平平，眼力却不错。

观察了片刻,她稍稍安心。

靖王世子占了上风。靖王世子竟然占了上风!

林好扶着墙,慢慢往前方挪动。

既然靖王世子占了上风,她可以走慢点儿。

前方有声音传来:"世子!"

祁烁挥出匕首,冷喝一声:"不用插手。"

站在巷子口的侍卫没了动作。

林好彻底放下心来,不走了。

占了上风也可能出现意外,但有侍卫在,她就不用担心了。

她把注意力重新投向交手的二人。两个人就在这时分出了胜负。

祁烁手中的匕首横在杜青的颈部,声音冷厉:"你为何追她?"

杜青看了林好一眼,剧烈的打斗使他的声音有些哑:"只是顺路,这位姑娘误会了。"

祁烁也看向林好。

他知道林好对此人有些不同。

出乎意料的是,林好并不看杜青,而是紧紧地盯着他。

祁烁察觉有异,扬声道:"玄一,先把人带走。"

很快一名年轻侍卫走来,带走了被制住的杜青。

祁烁看着怔怔的少女,问:"怎么了?"

短暂又漫长的气氛凝滞后,林好伸出颤抖的手,轻轻遮在祁烁眼睛下方。

昏暗的巷子中,那双眼睛如星辰,明亮纯粹。

林好怔怔地落下泪来。

那个人是他!

那双眼睛于她来说,模糊又深刻。

林好遮住祁烁面部的手轻轻颤抖着,唇也颤抖着。

那个人是靖王世子。

这个发现,这个认识,让她仿佛受了巨浪的冲击,有震惊,有茫然,还有水落石出的欢喜。

好像,他就该是靖王世子——祁烁。

祁烁望着近在咫尺的少女,眼神沉静又温柔。

不知过了多久,林好放下手,那张俊朗的面庞没有了遮掩。

眼前这个人是她熟悉的人,也是她并没有那么了解的人。

她的掌心似乎还残留着一点儿痒,是刚刚把手放在他眼下时感受到的浅浅鼻息造成的。

林好努力睁大眼睛,想把眼前的人看得更清楚。

祁烁看着她无声地落泪，有些无措："林……"

突然，他的胸膛被狠狠地撞了一下，一双手紧紧地环住他的腰。

林好抱着祁烁，哭得彻底忘了形象。

祁烁浑身僵硬，好一会儿才小心翼翼地把手落在她的后背上。

"阿好？"他试探着喊了一声。

林好仰眸，如扇羽睫挂着晶莹的泪珠："嗯？"

祁烁突然忘了说辞，甚至生出一丝后悔。

阿好抱着他呢，他为什么要说话？

林好终于反应过来，胡乱地在他的衣裳上蹭了一把泪，往后退了一步拉开距离，目光却一直落在他的脸上。

"我有话想问你。"

"你问。"

"那个人……是不是你？"林好问出这句话，不是为了再确认那个人的身份，而是想知道靖王世子是不是如她一样，也做了那个梦。

在少女紧张又小心的目光中，祁烁沉默片刻，轻轻点头："是我。"

林好深吸一口气，压抑着激荡的情绪："你是什么时候……什么时候做的那个梦？"

"应该和你同一时间。"

林好一拳打在他的手臂上，面上带了气恼之色："那你怎么不说？"

祁烁不躲不避，唇边一直挂着笑。

林好停了手。

"怎么不打了？"祁烁笑问。

"累了。"林好没好气地回了一句，依然有满肚子疑问。

祁烁看着面带嗔怒的少女，却从没这么踏实过。

刚刚那个拥抱，让他终于确定了她的心意，给了他底气与勇气。他凝视着心悦的姑娘，扬起的唇角一直没有落下。

林好一颗心被各种情绪塞得满满的，好一会儿才冷静下来。她睨了眼面前的人，目光落在地上。

长巷中的地面有着常年不变的潮意，春寒似乎格外眷顾这里。

林好却不觉得冷，轻声问道："那个晚上，你为何……会出现在那里？"

"我在逃命。"

猜测得到证实，林好又问："为什么逃命？"

短暂的沉默后，祁烁靠近一步，声音低得只有二人能听到："我杀了太子。"

林好猛然抬眸，撞进那双深不见底的眸子里。

那双眸子很快有了笑意，里面是毫不掩饰的畅快与喜悦："那一日对我来说是幸运日，大仇得报，还与你重逢。"

林好一时受不住那双眼眸中的炽热，视线飘到别处，双颊悄悄爬上红霞："那还真巧。"

冬日雪夜的街头，恰好他们遇到了。

等等。

林好抬眸与祁烁对视，反应过来。

他的意思，是他很久之前就喜欢她吗？

气氛刚刚好，让她问了出来。

祁烁定定地看着她，毫不犹豫地回答："是。"

得到这个答案，林好微红着脸向前走了两步，突然顿住。

"怎么了？"

"不对啊。"林好拧着眉，"那我梦里掉下墙头那一次，我记得你连看我一眼都没有就走了，任我跌了个狗吃屎。"

祁烁嘴角抽了一下："也没这么惨，你摔下来的样子也挺可爱的。"

"不要转移话题。"林好斜睨着他。

梦里梦外摔下的不同，让她一度怀疑靖王世子对她热情友好是因为她会说话了，进而险些质疑他的人品。

"我担心让人议论，影响你的闺誉。"

林好挑眉，似笑非笑地问："现实中就不怕影响我的闺誉了？"

祁烁深深地看着她，也笑了："梦里担心那么多，可我们都死了。"

那他还在意太多旁的干什么呢？那是错过她之后，他才懂得的事。

听了这话，林好鼻子一酸。

"那你呢？怎么会被人追杀？我以为……你早就不在了。"

"我没死，而是逃出了京城……"林好讲起梦中那段特别的经历，"后来平乐帝对明心真人痛下杀手，我为了活命逃离那里，重新回到京城。可对平乐帝来说，我知道的太多了，所以派人一路追杀，其中领头的就是这次要炸金秀街的陈木……"

二人站在长巷中，悄声说着梦中的事，直到天色暗下来，林好突然懊恼地扶额："糟了，宝珠肯定急着找我呢，还有惊马也不知道怎么样了。"

"惊马别担心，我发现出事时就打发人去帮忙了，若有事，早就来报了。"

"那就好。"林好后知后觉地想起来，"你怎么来得那么快？"

"我担心漏网之鱼会对你不利，就让手下多留意，所以来得比较及时。"

"原来如此。那我们先出去吧。"林好指指巷子口。

"好。"

二人往前走去，前方是华灯初上的热闹长街。

祁烁余光扫着林好，垂下的手悄悄靠近，试探地握住她的手。

林好的脚步明显慢了一拍，被包裹的手动了动，下意识地想挣开。

祁烁目不斜视地往前走着，手却收紧了。

371

那只没有挣脱的手安静下来。

林好抿了抿唇，余光飞快地扫了身边的人一眼，又飘回前方。

巷子口越来越近了。

祁烁突然停了下来。

林好目露疑惑之色："怎么了？"

"阿好——"朦胧的夜色中，能明显看出比少女高了大半个头的青年明此刻很紧张，以至于他的声音比平时紧绷不少。

林好抬眸，静静地等他说下去。

巷子口有幼童跑过，好奇地往巷中看了一眼，又笑闹着跑开了。

祁烁用力地握了握拳，握到的是少女柔软纤细的手指。

他没再犹豫，将盘旋在心头的话说了出来："阿好，我请冰人去你家提亲可好？"

林好一怔，被握住的手不由得往回缩，却被那只大手坚定地攥紧了。

她看着他的眼睛，看到的是满满的认真和期待。

她的心突然一软，没等想明白，她就点了头："好。"

一直屏息等待答案的青年嘴角扬起，心情也瞬间飞扬："那我们快回家吧。"

"那个杜青……你的手下把他带到哪里去了？"

巷子口，杜青与祁烁的侍卫都不见了。

"先带回了王府。"祁烁语气平静，眸光却如夜色一样深沉，"阿好，你打算如何处置那人？"

林好眉头拧起："我一时没想好。"

迎上祁烁不解的目光，她揉了揉眉心："好头疼。"

"就这么让你为难？"青年恍如被夜色沁过的眸子有了笑意，仿佛盛了细碎的星光。

尽管正在说的话题他不怎么喜欢，可阿好抱怨的模样让他莫名其妙地欢喜。

林好也不知道祁烁高兴什么，葱绿色的绣鞋随意地踢倒地面上一撮冒出头的野草："梦中我能从那个地方逃脱，有杜青的帮忙，所以现在心情挺矛盾的，既不想他出事，又不想看他搞事。"

她在那个地方待了三年，反而让她越发肯定平乐帝不是一个合格的君主。他若夺回那个位子，遭殃的是百姓。

"那也好办，先这么关着吧，这样他就不会出事也不能搞事了。"

林好摇头："杜青肯定有不少手下，把他关在王府，那你以后少不了麻烦。再说，一旦将来让人知道靖王府长期关着平乐帝的人，很容易被人做文章。"

祁烁一笑："还是你想得周到。"

"那怎么处理呢？"

他们杀了杜青良心上过不去，关着又成了烫手山芋。

祁烁还是一脸轻松的神情："那就换个地方关吧。"

"关在哪儿？"

"锦麟卫怎么样？"

林好的神情有些复杂。

他这副和她商量的语气，好像锦麟卫是他开的。

"以别的由头先关在那里，那些人真要找麻烦，自有锦麟卫应对。对了，其他人还有你在意的吗？"

"没了，只有明心真人与杜青。"林好忍不住问出来，"锦麟卫中有你交好的人？"

"交好谈不上，锦麟卫指挥使程茂明欠我一个人情。"

将杜青暂时安排妥当，二人走出了巷子。

林氏从天元寺回到将军府就等着闺女给她买开胃的零嘴儿回来，然而左等不回来，右等也不回来，等来等去等到了惊马的消息。

她都没顾上对老夫人说，就带着人急匆匆地往外赶，在大门外遇到了报信的人。

报信的人是靖王府的。

"林太太别担心，惊马已经被控制住了，没有伤到人。"

林氏大大松了一口气，急忙问："那我女儿呢？"

"二姑娘也没事，我们世子正好送二姑娘回来。"

"那就好。"林氏拍了拍心口，突然愣住，过了一会儿才反应过来，"怎么是你们世子送阿好回来？"

报信的人笑道："贵府的马儿受惊狂奔时，恰好我们世子在附近瞧见了，就安排人去帮忙控制惊马，并打发小的来给您报个信，省得您担心。"

"原来如此。"林氏点点头，心道：靖王世子做事挺周到。

"那就多谢世子了。"林氏领了情，这才顾上去老夫人那里把惊马的事说了。

老夫人一听就皱起眉："咱们家的马都是受过调教的，好端端怎么会受惊？"

林氏也觉得不对劲："要等阿好回来了才知道。"

林好带着宝珠回到将军府，直接去了老夫人的院子。

一听侍女说二姑娘到了，老夫人与林氏齐齐放下茶杯，林氏心急之下站起来迎了上去。

"阿好，你可回来了！"

被林氏抓住的手腕有些疼，林好却不在意，笑道："祖母、娘，我没事。"

林氏把她拉过去坐下，憋了好久的疑问冒了出来："好端端怎么会惊马呢？"

有车夫在，林好知道瞒不住："马屁股上被扎进去一个尖石片，马儿吃痛之下就受惊了。"

林氏脸色沉下来，一拍桌子："这肯定是人为的！"

老夫人布满老茧的手无意识地摩挲着茶杯，杯中的茶水早已凉透："这就奇怪了，难不成还是太子？可咱们家已经与魏王退了亲，太子就算针对魏王，也不该算计阿好吧？"

林氏一扶额头，有了别的看法："会不会与我今日在天元寺遇到的事有关？那具无头女尸是我无意间发现的，说不定凶手得到了消息，报复我呢。"

老夫人飞了个眼刀过去："女儿都到了嫁人的年纪，以后能不能收收你的好奇心？"

她去上个香让人拿花锄挖出了尸体，这好意思叫无意间发现？

林氏的思绪跳得快，听老夫人这么说，她嘀咕道："说来也怪，刚开春时，来向阿好提亲的媒人险些把咱家的门槛踩破了，最近怎么一个都不见了？"

老夫人倒是看得清楚："这有什么奇怪的？现在全京城都知道劫持婵儿的歹人是被阿好制伏后拖回来的，大多数人家不想见到儿媳妇是全家武力最高的吧。"

林氏叹气："也是。"

那阿好的亲事岂不是又要拖后了？两个闺女的亲事真是一波三折啊。

见母亲为她的亲事发愁，林好不动声色地把话题拉回来："我觉得惊马与天元寺的事无关。从发现无头女尸到惊马，连半天时间都不到，就算凶手在天元寺中，第一时间得到了消息，这么短的时间也来不及设计惊马。"

"阿好说得对，两者应该没有关联。"老夫人扫了一眼棒槌女儿，心情有些沉重，"莫非真是太子？"

林好不愿两位长辈在这件事上纠结，含糊地道："靖王世子送我回来的路上，提到最近很多官差在街上巡视，发现有歹人想趁着玉琉使者来访作乱，这次惊马说不定也是他们的手笔。"

林氏不解："惊马能影响到玉琉使者什么？"

"娘，您想想，要是惊马这样的乱子多了，玉琉使者说不定就会觉得咱们大周京城治安太差，那不就损害了大周的威名？"

"这些人真是可恶！"

老夫人则若有所思："靖王世子消息倒是灵通。说起来，这次多亏了靖王世子才没有出事。婉晴，你准备好谢礼，明日亲自去一趟靖王府。"

林氏立刻应了。

此时的靖王府，祁烁正在靖王夫妇屋中说起林好。

"儿子见到将军府的马儿受惊，突然发现一件事。"

"什么事？"靖王妃好奇地问。

祁烁面露赧然："那时我突然发现，我很担心林二姑娘。"

他说得还算平静，却如一道惊雷把靖王和靖王妃砸蒙了。

夫妇二人面面相觑，好一会儿靖王妃才迟疑着开口："远亲不如近邻，你与林二姑娘认识这么多年，担心她有危险也是人之常情……"

祁烁打断靖王妃的话："儿子的意思是，我发现我心悦林二姑娘。"

这话让人再没有曲解的可能。

靖王妃茫然地看向靖王。

靖王轻咳一声："烁儿你想娶林二姑娘为妻？"

祁烁眼帘微垂："可儿子担心将军府嫌弃我有心疾。"

靖王妃生气了："他们凭什么嫌弃……"

"倒不是没这个可能。林家老夫人与林太太都是疼爱孩子的人，不像寻常人家那么在意门第富贵……"靖王理智地分析着。

祁烁不动声色地递话："那父王说，该如何是好？"

靖王下意识地宽慰儿子："今日将军府的马惊了，幸亏有你帮忙才没出事。将军府对你正是感激的时候，要是去提亲，说不定能成……"

靖王妃越听越不对劲："等一下，就要去提亲了？"

他们好像跳过了一个很重要的步骤。

她苦苦思索着是哪个步骤，就见丈夫与儿子齐齐看向她。

"时机很重要，趁热打铁去提亲最有可能成功。"靖王认真地道。

祁烁点头："父王说得对。"

"那什么时候去提亲？"靖王妃觉得脑子有点儿乱。

靖王看向祁烁。

祁烁贴心地提醒："趁热打铁。"

靖王："明日就去！"

等祁烁扬着唇角离开，靖王妃喝了一口放凉的茶水，猛然反应过来："不对吧，怎么就变成明日去提亲了，不应该是咱们先好好商量一下林二姑娘适不适合当咱们的儿媳妇吗？"

靖王一滞，坚决不肯承认自己把这个重要步骤给忘了，语气深沉地道："谁让你儿子喜欢呢？"

靖王妃哑口无言。

她不过是普通富户之女，在那些名门贵女面前顶多算是小家碧玉，能成为王妃的理由再简单不过：靖王喜欢。

这是最简单也最复杂的理由。

为此，靖王宁愿挨先皇的骂，失去先皇的欢心。

经历了这些的她，又怎么会阻止儿子娶心悦的姑娘呢？

翌日一早，春光洒遍平安坊的角角落落，枝头的鸟儿欢快地叫着，靖王妃打发人去将军府送帖子。

林氏接到靖王妃要来做客的帖子，有些意外。

两家虽然住得近，其实来往并不多，靖王妃怎么突然来串门？难不成靖王妃是主动来要谢礼的？

这个猜测闪过，林氏摇摇头。

她这些年瞧着靖王妃也是个爽利人，不至于不至于。

林氏来了好奇心，等靖王妃上门时，明显比往常热情不少。

靖王妃顿时有了信心，看林太太这样子，亲事铁定能成。

姿容秀丽的婢女奉上茶水后退下，林氏招呼靖王妃喝茶。

"我还说今日去王府，向世子好好道声谢呢。"

"林太太说昨日惊马的事？"靖王妃笑着摆摆手，"这哪儿用得着道谢？任谁见到那种情况，有能力的话都会帮忙的，何况咱们还是邻居。"

"对世子来说可能是举手之劳，却帮了将军府大忙。"林氏说着客气话，越发纳闷儿了。

既然与昨日的事无关，靖王妃登门是为了什么？她总不能是来单纯串门的吧？

二人又客气地寒暄了一阵，就在林氏的好奇心快要控制不住的时候，靖王妃终于说出了此行的目的："昨日烁儿送二姑娘回来，恰好让我瞧见了，我突然发现两个孩子挺般配的。烁儿今年二十岁，二姑娘也有十七岁了，都到了论婚嫁的时候，林太太觉得把两个孩子凑成一对怎么样？"

林氏愣住了。

靖王妃上门是为了替儿子求娶阿好？

难道是她的记忆混乱了吗？她明明记得靖王府曾提过亲，被她回绝了。

所以这是第二次……林氏突然有些骄傲，又有些感动。

看看人家靖王府，儿子那么体弱，都不怕娶个能打的媳妇回去，可比那些人家强多了。

可惜靖王世子体弱。

林氏及时想到这一点，暗暗掐了一把大腿。

冷静！

"两个孩子品貌、家世、年龄皆相当，难得又知根知底，林太太也算是看着烁儿长大的，应该知道烁儿是个靠得住的……"

林氏听靖王妃细数儿子的优点，默默叹气：可惜靖王世子体弱。

"林太太的意思呢？"靖王妃说完，端起茶杯抿了一口。

该说的她都说了，姿态也放到了最低，将军府若还不愿意，那只能说儿子与林二姑娘无缘。

林氏没有直接拒绝："世子确实是京城年轻一辈中一等一的人才，只是这等大事，我还是要与家母商量一下。"

更重要的是她要问问女儿的意思。

任靖王世子有千般优点，只体弱多病一条，林氏就看不中。但她不会擅自替女儿做主，特别是发现女儿比她思虑周全后。

"这是自然,那我等林太太的消息。"靖王妃放下茶杯,起身告辞。

林氏等靖王妃一走,立刻去了老夫人那里,美滋滋地把靖王妃来提亲的事说了:"我还担心没人再来提亲呢,没想到今日就有人上门了。"

老夫人比林氏看得通透:"别得意,短期内可能只有靖王府。"

林氏嘴角的笑意一收:"怎么说呢?"

"如果我没记错,这是靖王府第二次来求娶阿好吧?"

林氏点头。

"那你觉得,靖王妃是非阿好这个儿媳妇不可?换了别的儿媳妇,连吃饭都不香了?"

"不可能。"林氏这点自知之明还是有的。

老夫人睨着闺女:"那你说,靖王府在被你拒绝后,为何又来提亲呢?"

"是啊,为什么?"林氏陷入了茫然。

老夫人恨铁不成钢:"因为靖王世子啊!"

林氏还在茫然中。

老夫人无奈,只好点破:"最大的可能便是靖王世子心悦阿好,靖王妃为了儿子,才有了这第二次提亲。"

林氏恍然:"原来如此。"

事情竟然是这样!

"各方面都般配,更难得的是真的喜欢阿好,说起来也算是一门好亲事。"老夫人道。

林氏忍不住提醒:"可靖王世子身体不好。"

老夫人瞪她一眼:"你该不会直接回绝了吧?"

"没有,总要跟您商量一下,再问问阿好的意思。"

老夫人严厉的表情缓和下来。

闺女虽然不灵光,好在不会乱做主。

老夫人喊了一声:"多福,请二姑娘过来。"

大丫鬟多福很快赶到落英居,把林好请了过来。

"祖母找我有事?"林好心中隐隐有了猜测,面上半点儿不露。

老夫人看了林氏一眼,道:"今日靖王妃过来,想替靖王世子求娶你。阿好,你怎么想?"

少年男女,正是情窦初开之时,动心的难道只有靖王世子吗?

老夫人可不这么认为。

门第相当,两情相悦,那才是真正的好姻缘啊。

在老夫人与林氏的注视下,林好不受控制地红了脸,乖巧地道:"我听祖母和娘的。"

林氏狐疑地盯着女儿。

377

不对啊，上一次阿好可不是这么说的。

"阿好，你先说说你的想法，这毕竟是你的终身大事，不能一味听长辈的。"

老夫人白了林氏一眼："这话的意思就是她愿意，当长辈的快点儿把亲事给定下来。"

"祖母，娘，我去看看大姐。"林好因老夫人的话落荒而逃。

林氏掐了自己一把，终于反应过来："阿好喜欢靖王世子？"

这是什么时候的事？！

林氏还在犹豫："靖王世子确实不错，可他身体不好，这是个大问题。"

万一靖王世子不能和阿好白头偕老怎么办？

老夫人语气淡淡地道："可阿好喜欢。"

"喜欢也不能草率决定终身大事啊。"

"可阿好喜欢。"

"母亲！"

老夫人的神色郑重起来："你给阿好找个牛犊子一样壮实的夫婿，可她不喜欢，能开心吗？"

脑海中突兀地闪过一头牛，林氏忙摇头。

如果那人长那样谁能开心啊？

"这些年我冷眼看着，靖王世子的身体不像世人以为的那么差，最多就是体弱些。他各方面都不错，最难得的是两个孩子两情相悦，依我看，就顺了阿好的心意吧，千金难买心头好。"老夫人波澜不惊地道。

她到了这个年纪，又经历了这许多风雨，很多事早就看开了。即便靖王世子寿数不长，阿好与喜欢的人有滋有味地生活过，也比嫁一个毫无感觉的人浑噩度日强。

林氏被老夫人的话触动了。

是啊，千金难买心头好，她当初执意嫁给温如归可是什么都没顾过。比起姓温的，靖王世子至少对阿好真心实意。

"那行吧，母亲向来比我眼光好，您觉得可以，那就行。"

既然愿意结这门亲事，将军府也不是拿乔的人家，等到下午的时候，林氏就打发人给靖王妃送去了帖子。

靖王妃收到帖子时，心情居然有点儿紧张。

帖子来得也太快了！

先喝了两口茶，靖王妃才缓缓把帖子打开，快速扫视完上面的字，不由得露出了笑容。

帖子上邀请靖王妃得闲的时候去将军府做客，这就是委婉答应亲事的意思了。

将军府还算有眼光。

靖王妃长舒一口气，吩咐侍女："去请世子过来。"

不孝子大半天的时间来给她请好几次安了，真是没出息！

想到平日稳重的儿子如此沉不住气，靖王妃心里就有点儿酸。

没等多久，帘子被人挑开，祁烁大步走了进来。

"母妃找我？"

"嗯。"靖王妃不紧不慢地应了一声，决定看看儿子着急的样子。

祁烁余光往靖王妃手边的素雅帖子上落了落，心跳如擂鼓，面上却一副平静的神情。

理智告诉他，将军府应该答应了，不然母妃不会是这个反应。

"将军府回信了——"靖王妃拉长声音。

祁烁越发肯定了心中的猜测，可还是紧张起来。

明确结果前，再理智的判断都无法令他安心。

"那将军府的意思是……？"祁烁配合地问下去。

靖王妃的唇边有了笑意："自然是答应了。"

喜悦如烟花在青年如墨的眸子中绽开："多谢母妃！"

靖王妃白了他一眼："老大不小了，稳重点儿，别让人看了笑话。"

傻小子是觉得自己娶不上媳妇吗？这可气死她了。

祁烁扬起的唇角压根儿无法放下："儿子知道了。"

靖王妃一指门口："回去吧。"

她看着就心烦。

"那儿子告退。"祁烁走了两步，突然转身，顶着靖王妃的白眼问，"母妃，咱们家什么时候正式去提亲？"

最终祁烁是在靖王妃的笑骂声中逃走的，回到院子打了一套拳才把飞扬的心情勉强压下去。

长顺挠挠头，和长宁嘀咕："世子看起来好高兴啊。"

长宁眨眨眼："是吗？"

长顺再瞄一眼，越发肯定："绝对错不了。可世子今日都没出门，怎么突然这么高兴呢？"

长宁附和地发出疑问："是啊，为什么呢？"

很快，靖王府请的冰人去了将军府正式提亲，又把女方答应的好消息带了回来，长顺听说后，一屁股跌坐在台阶上，仿佛被雷劈了。

靖王府与将军府结亲的消息一传开，震惊如长顺的人不在少数。

林氏对外的说辞再周全不过："两个孩子是两家看着长大的，早就有结亲的意思。长女生着病，沾沾妹妹定亲的喜气说不定就好起来了。"

不少贵夫人私下里难免泛酸。

林大姑娘"病重"，主动退了与魏王的亲事，她们还以为将军府要衰落下去了，没想到林二姑娘又结了一门好亲事。

那可是亲王嫡长子，年纪轻，长得好，更难得的是靖王连个侍妾都没有，与靖王妃是出名的恩爱，有这么正的上梁，下梁肯定歪不了。

宜安公主回寇府看望母亲时，就听到了母亲的感慨。

陪在寇母身边眉眼与宜安公主有几分相似的少女一脸不耐烦的神情："母亲，这话您都说了好几次了，姐姐难得回来，您怎么还提？"

母亲不就是羡慕林二姑娘得了一门好姻缘，觉得她不争气吗？可这是她争气就行的吗？

"您觉得靖王世子是良婿，十年前就该搬到靖王府隔壁去。"少女没好气地道。

寇母气得拍了女儿的胳膊一下："你这丫头，就知道气我。"

少女是宜安公主的同胞妹妹，闺名寇婉。

她别过头，不想说话。

"这林家姐妹真有意思，时不时就成为人们热议的话题，连我这常年待在宫中的人都听了不少。"宜安公主淡淡地开口。

"可不是，我耳朵都长茧了。先前林大姑娘与魏王定亲，风光是风光，不过那时候魏王太胖，母亲念叨得不多。这次林二姑娘与靖王世子定亲，在母亲口里仿佛嫁了个绝世佳婿，别人拍马都及不上。"寇婉乘机抱怨。

寇母作势欲打她："女孩子家一张嘴这么厉害……"

宜安公主的眼中有不耐烦之色闪过，她阻止寇母数落下去："我听说靖王世子是个病秧子，这世上品貌出众的男子多的是，母亲就不要总对妹妹说这些了。"

"就是嘛，姐夫不就很好？"寇婉笑嘻嘻地道。

寇母也笑了："那是当然，这可是太后替你姐姐看好的夫婿。"

宜安公主的特殊情况让寇母在她面前端不起母亲的架子，反而都是哄着她。

宜安公主笑了笑，打算回宫。

自幼就进宫陪伴太后，她很难和母亲亲密起来，只是太后常说让她回家看看，她不得不这么做。

听到女儿要走，寇母有些不舍："好歹用了午饭再回去。"

"太后近来身子有些不爽利，我还是早点儿回去多陪陪她老人家。"

"那赶紧回宫吧。"寇母不敢再留："婉儿送送你姐姐。"

寇婉陪着宜安公主往外走。

寇府宽敞气派，奇花异草在春日里争奇斗艳，宜安公主的曳地长裙缓缓地拂过被打扫得纤尘不染的青石地面，她淡淡地道："那个林二姑娘，妹妹以后打交道时注意点儿。"

寇婉的眸子睁大几分："她怎么啦？"

宜安公主冷笑："一个才被劫持过，不知用什么手段从歹人手里逃脱的女子，转眼就能攀上靖王世子，能是那么简单的？"

何况还不止靖王世子……宜安公主想到那盏琉璃花灯，上元节那日扎进心里的刺就越扎越深。

"妹妹知道了。"寇婉乖巧地应着，再想到林好，心中就多了一层厌恶之意。

与宜安公主一样心情不好的还有听闻林好定亲的太子。

只有新宠王福一人侍立的内室中，太子提脚踹翻一个小机子泄愤："怎么总是和吾过不去？！"

王福默默地看着小机子被踢得来回翻滚，直到太子住了脚，才凑上前去："殿下，您若有烦心事就说出来，别憋在心里。"

太子往椅子上一坐，脸色铁青："没什么。"

他那些心思，只有王贵知道。

想到死去的王贵，太子更烦了，狠狠地踢了茶几一脚。茶几滑出去老远，果盘中的鲜果滚了一地。

王福绕到太子身后，安安静静地替他揉捏肩膀，过了一会儿，太子反而主动开口了。

"吾看中一个女子，可她定亲了。"

王福按捏太子肩膀的动作没有丝毫变化，他笑着道："奴婢还以为是什么大事。那女子只是定亲，又没成亲，要是知道得您垂青，还不定多高兴呢。"

"与她定亲的是靖王世子。"

王福眉梢一挑，神色有了变化："您中意的是林二姑娘？"

太子扭头看向他："你也知道？"

王福忙道："林二姑娘与靖王世子定亲的事，宫里也有不少人说。"

"那你说，吾该怎么办？"

王福面露难色："这个……"

"你怎么想的就怎么说！"

王福不敢再迟疑："要是寻常人家还好说，靖王世子是宗室子弟，确实不好办啊……"

"吾就知道！"太子一拍椅子扶手，心头仿佛有火在烧，烧得怒气上涌。

老四与林大姑娘的亲事退了，他还以为机会来了，没想到这么快林二姑娘就与靖王世子定了亲！

老天是不是故意捉弄他？

太子起身来回踱着步，怒气越来越盛，连脸都变得赤红。

困意袭来，身体却燥热得难受，太子忙喊王福："拿五色散来。"

王福很快奉上五色散，见太子服用后一脸意犹未尽的神情，他体贴地道："殿下若还觉得心烦，不妨多用一些，这五色散最能开阔心胸。"

太子发现五色散的好处有些日子了，闻言毫不犹豫地点点头。

东宫悄悄恢复了祥和。

祁烁等惊马之事过去几日,才约了锦麟卫指挥使程茂明见面。

程茂明因阻止歹人炸金秀街有功,得了泰安帝褒奖,正是心情大好的时候,见到给他送功劳的靖王世子,态度就更好了。

"还没恭喜世子觅得良缘。"

一句客气话令祁烁扬起唇角:"多谢。"

程茂明看了一眼祁烁的神色,心有所悟:看来靖王世子对亲事很满意。

"今日来找大都督,是有一事相求。"

程茂明的神色认真起来:"世子请说。"

"是这样,有个人我看着就烦,可他总是纠缠,我就把人给抓起来了……"

程茂明听着,神色古怪。

有女子对靖王世子死缠烂打,靖王世子居然把人给抓了?他也太不懂得怜香惜玉了。

"世子需要我做些什么?"

祁烁面露无奈之色:"人被关在王府也不适合,能不能在锦麟卫借个地方?"

程茂明愣了一下:还要把人关到锦麟卫来?

祁烁微微皱眉:"大都督若是觉得为难……"

程茂明回过神,忙道:"世子太见外了,这有什么为难的?不过我多问一句,只需要把人关着吗?"

程茂明会痛快答应早在祁烁的意料中,他立刻给出想好的说辞:"不需要做别的,要是不麻烦,在饮食居住上待遇好一些,别跑出来就好。"

程茂明眼里的异样几乎遮掩不住了。

这肯定是与靖王世子有牵扯的女子,靖王世子定亲后打发不掉,居然想到把人关到锦麟卫,不得不说靖王世子行事与常人不同。

"不麻烦,不麻烦。"程茂明一副理解的表情。

祁烁虽觉对方神色怪怪的,但还是笑着道谢:"多谢大都督。那我这就让家中侍卫把人送来。"

"没问题。世子想把人关多久?"

"先关着吧,等他想明白再说。"

程茂明点头:"好。世子放心,我会约束属下管好嘴巴。"

杜青被塞进马车,直接送到了锦麟卫。

程茂明早就等着了。

本来关个人这种小事他不用出面,可挡不住好奇啊。他非要看看让靖王世子不胜其烦的女子长什么样。

"人到了?"程茂明去了关押杜青的地方。

那儿不是阴暗的牢房，反而更像普通客房，在锦麟卫，这种房间不少，主要用来关一些有身份又尚未定罪的人。

见程茂明进来，下属纷纷行礼。

"大都督。"

程茂明对这些招呼充耳不闻，视线落在了杜青的脸上。

是……是个男人？

犹不敢相信见到的事实，他看向左右："这是靖王世子送来的人？"

程茂明得到属下肯定的回答，神色更古怪了。

"大都督……"

程茂明回过神，面上恢复了严肃的神情："不要把人饿着，也不能让他逃了。"

"是。"

程茂明再次深深地看了杜青一眼，转身离开。

是夜，一处死气沉沉的废宅中却有了动静。几个人聚在厅中商议事情，只桌案上有一盏如豆油灯。

"最新消息，杜头儿已经不在靖王府了，被送去了锦麟卫。"一个眼角有疤的人小声道。

其他几个人的脸色都不怎么样。

"没想到靖王世子这么狡猾，简直不按常理出牌！"

"是啊，白费了这几日的布置。"

这几日他们停了别的事围着靖王府打转，一心要把杜青救出来，没想到做了无用功。

"这个靖王世子，找机会要他好看！"

"疤痕眼"看了说话的人一眼："不要再多事了，能让杜头儿栽跟头，你以为找靖王世子麻烦那么容易？现在最重要的是把杜头儿救出来。"

"那可难了，锦麟卫的牢房像铜墙铁壁一样，再说咱们一旦出手，就会落进锦麟卫的眼里，将来行事就更难了。"

几个人沉默了。

锦麟卫干的就是搜捕侦查的活儿，他们躲着还来不及，去劫狱惹得锦麟卫盯上，以后就麻烦了。

许久后，有人试探着提议："要不……等机会再看？"

"只能这样了。"其他人陆陆续续表示赞同。

如豆的灯光熄灭了，厅中陷入了黑暗，几个人乘着月色悄悄离开废宅，散向四面八方。

随着玉琉使者来访的时间临近，京城的主要街道增加了洒扫次数，青石板铺就的路时刻都是干净的，特别是金秀街，连两旁的花木都被修剪得漂漂亮亮。

朝廷的意思很明确，要向玉琉使者展现一个繁华的大周京城。

这不只是出于好面子，也是一种另类的威慑。无论是个人还是国家，都免不了慕强的心理。玉琉人认识到大周的繁盛，在大周与大齐之间做选择时就会慎重一些。

时间进入初夏，终于到了玉琉使者进京的日子。

不少百姓挤在街边围观，祁烁与林好也在其中。

二人定亲后，终于能光明正大地一起出去了。

周围都是人，笑闹声不绝于耳，祁烁悄悄握住那只柔荑。

林好飞快地看了他一眼，小声道："让别人看到了！"

"别人都在看玉琉来使。"祁烁面不改色，死不松手。

林好垂眼看了看握在一起被衣袖掩住的手，抿了抿唇，只好随他去。

定亲后她才发现，靖王世子的脸皮特别厚！

"来了，来了！"欢呼声响起，人群骚动起来。

祁烁侧身挡住挤过来的人，望向发声处。

一支穿着玉琉服饰的队伍从城门的方向走来，队伍很长，有骑马的，有步行的，还有马车。

走在中央的两辆马车一前一后，皆是由四匹骏马拉着。骏马毛色一致，威武不凡，不用想就知道坐在两辆马车中的定是此次玉琉来使中地位最高的两人。

祁烁在林好耳边道："听说这次玉琉来使中有一位王子。"

走在前面的那辆马车，两边的车窗帘都是卷起来的，因为行驶速度缓慢，众人能清楚地看到里面坐着一个年轻男子。

林好瞧了一眼就没了兴趣，看向那辆被遮得严严实实的马车。

那是一辆车身描绘着美丽花纹的华丽马车，青色锦帘遮着车窗，随着马车前行微微晃动。突然，两根纤长白皙的手指压在青色锦帘上，窗帘被掀起，露出一张芙蓉面。

无数人为车中女子的容光所摄，发出抽气声。

帘子旋即落下，惊鸿一瞥的美人却给人们留下了深刻印象，围绕车中女子的议论声不断。

林好拉了拉祁烁："看到没，那辆车中是个难得一见的美人。"

"看到了。"祁烁的语气有些冷，"她是玉琉王的小女儿，灵雀公主。"

林好看热闹的神情一收，看向祁烁的眼神带了疑惑之意。

"热闹也看了，去茶楼里坐坐吧。"

"好。"

等进了茶楼喝上茶，林好好奇地道："你刚刚提到玉琉公主时，语气有些不对。"

她险些忘了，梦中这个时候，她已经不在京城，祁烁却还过着正常生活。也就是说，这样的热闹他早就看过一次了。马车里的人，他也可能早就打过交道。

街上的笑闹声从临街的窗口飘进来，让雅室少了几分幽静之意。

"嗯，我差点儿成为玉琉公主的夫婿。"

"喀喀喀。"林好被茶水呛了一下，咳嗽起来。

祁烁放下茶杯，轻拍她的后背："别激动，没成。"

林好眼泪都咳出来了，看那张云淡风轻的俊脸莫名有些不顺眼。

"怎么没成呢？"她按了按眼角，淡淡地问。

祁烁看着她，一时没说话。

林好推了推他的胳膊，是与女子的纤柔截然不同的触感。鬼使神差，她改用手指戳了戳。

一只手伸过来，把她的手指捉住。

"不喜欢。"他说得很简单，语气也淡，看过来的眼神却溢满温柔之色。

"那成为玉琉公主夫婿的是谁？"

祁烁的神色有些怪异："魏王。"

林好一脸意外的神情："魏王？"

尽管梦中她曾重回京城，奈何时间太短，许多信息不知道。

"也算是暂时稳定了大周与玉琉之间的关系吧。"祁烁淡淡地评价了一句。

"不知道如今玉琉公主会不会嫁给魏王。"林好提起魏王，心情有些复杂。

差一点儿，魏王就成为她姐夫了。

梦中姐姐按部就班地嫁给了平嘉侯世子，自然没有与魏王定亲的事。原来魏王命定的妻子是玉琉公主吗？

祁烁伸手揉了揉林好的头，明明冷硬的面部线条却透着柔软："所以说，和我们关系不大的事，知道太多其实没什么好处。你不要想太多，如今变化那么多，早就是全新的人生了。"

"对谁会成为魏王妃，我还是有点儿好奇。"林好一手护着发髻，一手拍开那只不老实的手。

祁烁听她这么说，神色多了些认真："从玉琉公主能不能成为魏王妃，可以判断皇上对太子的态度。太子废了左手，又惹了不少事，皇上如果在储君的选择上有所动摇，就不会让玉琉公主成为魏王妃。"

一个异国公主，可以成为大周宠妃，却不能成为大周皇后。

林好突然更期待了，笑道："那就看看吧。"

看一看她的努力，有没有用。

祁烁想起来一件事："会有一场赏花宴，邀请年龄相当的贵女尽地主之谊陪玉琉公主游玩，你应该会接到帖子。"

林好笑了："那我提前把衣裳准备好。"

祁烁的神色却没这么轻松："这场赏花宴出了点儿事故。"

"什么事故？"林好嘴角的笑意收起。

"对这类宴会我没太关注。"祁烁揉揉眉心，回忆道，"好像是假山上的石头突然滑落，砸伤了一名贵女。"

"还记得是谁吗？"

"隐隐听说是威武侯府的二姑娘。姑娘家出了事情都是低调处理，不会大肆宣扬，所以再具体的就不知道了。"

"严重吗？"

祁烁摇头："不太清楚，不过没闹出人命，且正是玉琉使者来访期间，事情没闹开。"

林好若有所思。

威武侯府的寇二姑娘是宜安公主的妹妹，太后的侄孙女。事情就这样过去了，可见皇上对玉琉的重视，从中也能推测出这个时期大周与大齐的关系相当紧张了。

"那日你小心些，别往假山旁边凑。"

"知道啦。"

玉琉的队伍直奔皇城而去，玉琉王子和公主，还有一位使臣，在大臣的带领下走进了大殿，其余人则在殿外的广场上等候。

泰安帝早就端坐在龙椅上等待，两侧是屏气凝神的文武百官。

"小王见过陛下。"玉琉王子向泰安帝行礼。

在大臣们面前大多严肃的泰安帝，面对玉琉王子时，神色温和了许多："不必多礼，你们远道而来，辛苦了。"

三人闻言起身。

先是玉琉使节滔滔不绝地向泰安帝表达了玉琉王的思念与祝福，然后就到了介绍玉琉公主的时候。

玉琉王子笑着道："小妹名叫灵雀，一直仰慕大周风华，这次有机会来拜见陛下，就带她来看看。"

"回头让我朝贵女陪灵雀公主多玩儿玩儿。"泰安帝面上不动声色，心中却猜测起来。

玉琉来访，带一个美貌公主来是何意？难不成他们要献美结盟？

"摆宴。"

很快，美酒佳肴流水般被摆到每人面前，动听的丝竹声响起。

泰安帝唇边沾了沾酒，余光扫到目光总往灵雀公主那里瞟的太子，气得手一哆嗦，险些把酒泼了。

这个丢人现眼的东西，以前也没这么不知遮掩！

太子确实被灵雀公主的美貌迷住了。

绝色他见过不少，许是近来不顺的缘故，而灵雀公主出现的时间刚刚好，竟莫名其妙地吸引了他。

泰安帝轻咳一声提醒太子。

太子心一凛，忙端起酒杯欲喝酒遮掩，匆忙之下伸出了左手。

酒杯刚被拿起，太子就知道坏了，但整只手的无力让他来不及做出反应，酒杯就掉了下去。

"咣当"一声脆响，在大殿里显得格外清晰。

殿中一静，无数道视线投过来，看到了一只乱滚的白玉酒杯。

本来失手摔了杯子只是小事，可这是在招待玉琉使节的接风宴上，摔杯子的还是储君，那滚动的白玉酒杯仿佛滚在了每个要面子的大周官员心上，尴尬的气氛在安静下来的殿中蔓延。

太子强撑着露出笑容："抱歉，刚刚不小心手滑，大家继续，继续。"

百官眼神微妙，忍不住悄悄瞄向太子的左手。

传言居然是真的，太子的左手真的废了！

这个发现让众臣心情各异，一时无言。

泰安帝眼神沉如深渊，看了太子一眼，而后向玉琉王子举杯："此番旅途遥远，王子辛苦了。"

玉琉王子含笑举杯，仿佛什么都没发生过："一路欣赏贵邦的大好风光，小王丝毫不觉得辛苦。"

几位臣子亦举杯，轮流向玉琉使节敬酒，场面恢复了热闹。

接风宴散后，泰安帝把太子叫去御书房一顿骂，入住鸿胪客馆的灵雀公主等没了外人亦沉了脸："王兄你看到没，那个大周太子总往我脸上瞄，一副下作猥琐的模样！"

玉琉王子微微一笑："大周太子这个样子不是挺好？要是聪慧能干自制力强，对咱们玉琉才没好处。"

不是实力所限，哪个国家愿意一直当小弟呢？身为玉琉王子，他巴不得大周与齐国都烂成一锅粥。

灵雀公主赞同地点点头，庆幸地道："还好父王没有让我嫁给大周太子的打算。"

玉琉王子看了妹妹一眼，意有所指："真有这个打算，王妹难道会不听父王的？"

灵雀公主勾了勾唇角，淡淡地道："父王的话，我当然会听。"

玉琉王子笑了："难怪父王最疼爱妹妹。"

这一次来访，他和妹妹都是带着任务来的，他要替父王看一看大周的虚实，妹妹则要利用她的婚事搅一搅浑水。等选出最适合的目标，父王可由不得妹妹挑拣。

"王兄放心吧，我知道轻重。"灵雀公主五官精致，表情灵动，是那种柔弱甜美的气质，这一刻却露出冷酷之色来。

在玉琉，女子格外低贱，哪怕她是备受宠爱的公主，等嫁了人，对夫君也只能唯唯诺诺。难得有这样的机会为国效力，父王还许诺以后给她不低于王兄们的地位，她只会努力抓住，才不会觉得委屈。

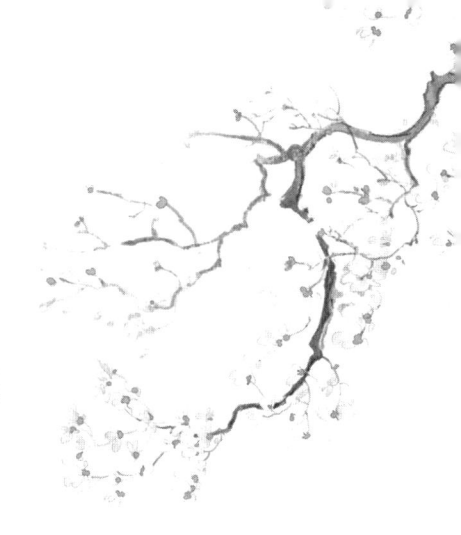

第十六章　灵　雀

　　玉琼公主绝色倾城的消息随着接风宴的结束很快传开了，各府的公子、贵女收到将要在馥香园举办宴会的帖子时，难免生出一睹异国公主芳容的期待之心。
　　靖王府这边赴宴的是祁焕与祁琼，祁烁直接以生病为由避开了。
　　祁琼上了林好的马车，不忘替兄长描补："大哥近来身体挺不错的，就是不小心着了凉……"
　　林好微笑。
　　真没想到，祁烁连亲妹妹都忽悠，也难怪她被骗了这么多年。
　　祁琼见林好不在意，暗暗松了口气。
　　大哥虽好，身体却弱了些，难保有些人会嫌弃。阿好这般体贴大哥，她以后要对阿好更好些。
　　林好突然发现小郡主看她的眼神炽热起来。
　　二人说话间，馥香园到了。
　　馥香园占地不小，一年四季都有对应的美景，是游玩的好去处。可惜这里是皇家园林，非皇家邀请不得进入。她能来馥香园游玩，本身就是件值得高兴的事。
　　林好与祁琼来得不早不晚，将军府的马车停下时，吸引了不少视线。
　　无论是林婵退掉与魏王的亲事，还是林好与靖王世子结亲，都是人们热衷谈论的话题，对有些日子没在正式场合出现的林好，众人难免好奇。
　　锦帘被轻轻卷起，车厢中走出一名个子高挑的黄衫少女。
　　宁华郡主？
　　看过去的人以为眼花了。
　　这不是将军府的马车吗？
　　很快又从车中走出一名着绿裙、鹅蛋脸的少女。

那是林二姑娘。

留意那边的人这才反应过来，宁华郡主与林二姑娘是坐一辆车来的。

"看到没，靖王府小郡主和林二姑娘关系不是一般好。"有贵女小声对好友道。

好友亦点头。

这就是祁琼不着痕迹的体贴了。

她想和林好同乘一车，但要是喊林好上靖王府的马车，落在旁人眼里，难免觉得林好扒着靖王府，反过来就是截然不同的看法。

林好其实没想这么多，自然而然地握住了祁琼伸出来的手，两个人一起向前走。

"宁华。"一道不高不低的喊声响起。

宜安公主被人簇拥着款款走到近前，连一个眼神都没分给林好，目光只浅浅地落在祁琼的面上："靖王府的马车坏了吗？刚刚我找了半天都没瞧见。"

她是笑着说的，心思玲珑的贵女们却从宜安公主对林好视而不见的模样明白了宜安公主对林二姑娘的态度。

这个发现，让不少有心与林好拉近关系的贵女歇了心思。

她们与未来的靖王妃多说两句也成不了朋友，却会得罪宜安公主，这可得不偿失。

祁琼从小混在这些人中，玲珑心思只多不少，却仿佛什么都不知道，笑吟吟地道："靖王府好几辆马车，都结实着呢。主要是我想和阿好路上说说话，就挤到她的车上去了。"

冷淡的目光往林好面上一落，宜安公主依然跟祁琼说话："我说呢，原来是这样。"

气氛微妙时，一个绝色美人由人陪着摇曳生姿地走来。

"不好意思，我来迟了。"灵雀公主对宜安公主笑道。

在这之前，二人已见过一面。

宜安公主下巴微仰："没什么，我也刚来。"

趁众人的注意力放在灵雀公主身上，林好终于可以打量一下站在不起眼处的威武侯府二姑娘寇婉。

那是个与宜安公主眉眼相似的美丽少女。

头疼，宜安公主对她这么不友好，她救不救宜安公主的妹妹是个问题。

寇婉若有所觉，视线与林好相撞，她翻了个大大的白眼。

林好收到白眼，默默地还了回去。

她明白了，寇婉因宜安公主而不喜欢她。

作为东道主，宜安公主面上亲亲热热地邀请灵雀公主入席。

宴席就被摆在园中长廊上。长廊四面没有遮挡，坐在任何一处都能欣赏园中美景，还能看到成群结队的仙鹤在大片草地上优雅地踱步。

玉琉没有仙鹤，灵雀公主难免多看了几眼。

宜安公主笑道："姐姐若是喜欢，等你回国时送你一对。"

灵雀公主先是一怔，而后微笑："不用了，只是看个稀奇。我的宫中养了许多孔雀，开屏时能令百花失色，混入一对仙鹤反倒奇怪。"

此话一说出口，轻松愉悦的气氛一滞。

灵雀公主是什么意思，心无城府还是目空一切？

众女盯着灵雀公主那张绝美的脸蛋儿，默契地达成共识：一定是后者！

站在大周的地盘上看不上大周人珍爱之物，这分明是故意羞辱人。

众女默默地看向宜安公主。

这种场合她们不好多话，就看宜安公主的了。

宜安公主暗暗皱眉。

这个灵雀公主太没分寸了。她算是这场宴会的主人，若与异国客人针锋相对，皇上定会觉得她不懂事。可正是因为灵雀公主是异国人，她若毫无反应，这些贵女会如何看她？

灵雀公主美目盼兮，瞥了一眼宜安公主，端起酒杯抿了一口。

白玉酒杯中盛着琥珀色的果子酒，是最上等的梅酒。灵雀公主却一副奇怪的表情，明显很勉强才咽下去。

这个反应更是勾得众女怒火腾腾升起，再次齐刷刷地看向宜安公主。

宜安公主刚刚不着痕迹地挤对林二姑娘不是很厉害吗？怎么她对上灵雀公主就哑口无言了？

宜安公主知道不能再沉默了，纤纤玉指捏着酒杯，表情似笑非笑："姐姐不惯饮酒？"

灵雀公主嫣然一笑："那倒不是，我只是更习惯饮玉琉盛产的葡萄酒，喝不惯这梅酒。"

她本就生得美，这一笑犹如春花盛开，摄人心魄。

宜安公主突然觉得更烦了，纤指用力地捏着酒杯，她淡淡地道："正好有贵国进献的葡萄酒，来人——"

随着她声音微扬，很快有宫女端来葡萄美酒，摆在灵雀公主面前。

灵雀公主垂眸，遮住眼中的冷光。

她还可惜大周公主是个厌包，好在还有点儿脾气。

晶莹剔透的琉璃杯，装着石榴红色的酒液，比之琥珀色的梅酒，更迷人。

宜安公主举起白玉杯："姐姐来者是客，我敬你。"

灵雀公主握着琉璃杯没有动作，声音娇娇软软："这样喝酒可不行。客人只有我一个，主人却有这么多，若是一个个敬我，我可受不住。"

"那姐姐觉得该怎么喝？"

灵雀公主的视线轻飘飘地扫过众女，微挑的嘴角显出几分娇憨之意："当然是一起喝啊。"

"一起喝的意思是……？"宜安公主微微皱眉。

灵雀公主端着酒杯，笑盈盈地道："主人们一杯，客人一杯，这样才能喝得宾主尽欢呀，妹妹说是不是？"

众女听了，不由得面面相觑。

灵雀公主喝一杯，她们所有人都要喝一杯？

她说的什么屁话？！

宜安公主暗骂一句"无耻"，面上勉强带着笑："其实这场赏花宴，主人只有我一个，其他人都是陪客。"

她酒量尚可，可在场贵女中难免有酒量不行的，这种场合要是酒醉出丑，既会害她这个负责的丢脸，又会丢了大周的脸面。

这个灵雀公主，看着娇娇弱弱，实则处处挖坑，不怀好意。

灵雀公主掩口笑了起来。

银铃般的笑声飘进众女耳中，莫名其妙地有些刺耳。

她笑够了，对着宜安公主举杯："可我是玉琉人，对我来说，你们大周贵女都是主人。"

说完这话，灵雀公主一饮而尽，眼波从宜安公主面上拂过，缓缓扫过众女，在落到林好脸上时明显停得久了一些。

绝色倾城的女子本能地生出警惕：先前竟没有留意，大周贵女中也有如此美人。

"我先干为敬啦。"灵雀公主对宜安公主举起空了的酒杯。

宜安公主面色变化，绷直唇角端起酒杯。

见宜安公主喝了，灵雀公主看向端着酒杯为难的众女。

话说到这个分儿上，她们似乎不得不喝了。

大部分人犹豫着，等着其他人的反应。终于有人受不了灵雀公主讥诮的目光，仰头把酒喝了。

不就是一杯果子酒，她们不能让玉琉公主看低了大周贵女。

酒杯被放在桌上的清脆声响似乎打破了某种平衡，先是一人，紧跟着又一人，很快，就连没怎么沾过酒的贵女都咬牙喝了。

果子酒酸酸甜甜，很好入口，饮了这第一杯，再喝几杯似乎也没什么了。

美酒被一壶壶端上，众女的脸蛋儿渐渐就比开在廊外的那丛蔷薇花还娇艳了。

突然一声响，一名贵女眩晕之下没拿稳酒杯，酒杯滚到了地上。

宜安公主咬了咬舌尖，让自己清醒些：不能再喝下去了！

"只喝酒多没趣，馥香园最出名的是美景，我陪姐姐四处转转。"

灵雀公主余光扫过几张带着醉意的脸庞，含笑放下酒杯："好啊，那就劳烦妹妹了。"

这些人彻底喝醉了才没趣。她的酒量，便是把男子都算上，也罕有人能比，因此见过醉酒的人各种意想不到的丑态。

果子酒喝多了，余威可不比烈酒差。不知道这些平日端庄温婉的大周贵女会给她怎样的惊喜呢？

园中虽比廊中开阔,可随风送来的馥郁花香让人的头越来越发沉了。

祁琼走路有些飘,她紧紧地抓住林好的手。

林好扶了一把祁琼。

"是不是喝多了?"

祁琼水润的眸子望着林好:"是有点儿多。阿好,没想到你的酒量这么好。"

"我的酒量也一般。"林好实话实说。

祁琼微微侧头:"你看起来比我强多了。"

林好抬袖,指了指里面:"我有这个。"

赴宴的衣裳大多华丽,以大袖长裙为主,林好也不例外。

祁琼顺着林好所指望进她的衣袖,瞳孔骤然放大。

那是什么?

她伸出春葱般的手指,戳了戳鼓鼓的袋子,袋子凹进去一点儿。

因饮酒变得有些迟钝的思绪让她好一会儿才反应过来:这竟然是一个水囊!

"这……这是……?"

林好压低声音:"一种特制的鱼皮囊,可以藏在衣袖里,若是倒水进去,就能撑起来。"

"所以,那些酒都在这鱼皮囊里了?"祁琼大为震撼。

"小半吧,我还是喝了不少的。"林好左手横在身前,任宽大的衣袖垂下把水囊遮得严严实实,可这么举着到底有些累人,"我们去湖边吧,我好把水囊处理一下。"

祁琼恍恍惚惚地点了点头,直到走到人工修葺的湖边,才有了点儿真实感。

"阿好……"

"等我把酒倒了再说。"

随着林好的动作,祁琼下意识地挡住了另一侧。

琥珀色的果酒与一湖碧水交融,随着水波荡开,很快没了痕迹。

祁琼这才松了一口气,再看林好云淡风轻的模样,有些鄙视自己。

阿好都不紧张,她紧张什么?

"阿好,你为何会带着那个?"祁琼指了指林好的衣袖,心情复杂极了。

"有备无患吧,还挺好用的。郡主需要的话,我回头送你一个。"

"不用了。"祁琼忙拒绝。

她要是喝酒的时候用这个,当场就会露馅儿,她丢不起那个脸!

"好吧。"林好有些遗憾,"我们去那边吧,湖边湿滑,万一摔着就不好了。"

这种容易出幺蛾子的地方,远离为妙。

祁琼点点头,离开湖边的时候时不时瞄林好一眼。

她还是无法理解林好赴宴随身带水囊是怎么想到的。

"怎么啦?"林好侧头。

"就是吃惊你怎么想到带这么稀奇的东西。"

林好笑了："还有比这更稀奇的呢，都是宝珠替我装着。"

宝珠陪林好出门会挎一个布袋，里面装着不少实用的玩意儿，比如那对专门用来偷听的竹筒。

祁琼刚想追问，见林好神色有异，顺着对方的视线，看到了不远处的寇婉。

与众星捧月的宜安公主不同，一身粉衣的寇婉一个人走着，比之那些三三两两聚在一起说笑游玩的贵女，难免显得有些孤单。

"阿好你和寇二姑娘熟悉？"祁琼低声问。

"不熟，只知道她是宜安公主的妹妹。"

祁琼眼中闪过讥讽之意，声音压得更低："宜安公主可不乐意别人提起这个，特别是在异国公主面前。"

林好恍然。

难怪寇二姑娘之前站在角落里，现在落了单。宜安公主不喜寇婉的出现提醒别人她并非真正的皇家公主，又避不开手足关系，在二人同时出现的场合，贵女对寇婉最稳妥的态度就是敬而远之。

再想到小姑娘因为姐姐而对她生厌，林好心一软。

罢了，自己找机会提醒一句，听不听就看这小姑娘自己了。

她才这么想，机会就来了。

寇婉突然提着裙角往这边走来，离着丈余远时停下，冲祁琼颔首打了招呼，对林好道："林二姑娘，能不能借一步说话？"

"郡主等我一下。"林好走了过去。

二人走到一丛鲜花旁停下。

开得正艳的芍药花在满园奇花异草中显得平平无奇，并无贵女前来赏玩，是个方便说话的地方。

"不知寇二姑娘找我什么事？"

盯着林好那张比芍药花还娇艳的脸庞一瞬，寇婉开门见山："林二姑娘为何总盯着我？"

林好没想到她这么直接，当即露出高深莫测的表情。

寇婉皱眉："林二姑娘是不是对我有意见？"

听出小姑娘语气中的怒火，林好一脸诚恳的表情："不是，我只是觉得说了你不信。"

寇婉没忍住又甩了个白眼："你不说，怎么知道我不信？"

"那我说了啊。"

寇婉："……"你倒是说啊！

林好打量着寇婉："我之所以留意寇二姑娘，是因为无意中发现你印堂发黑，翻白眼时眼白过多，血丝交错，此为有血光之灾的征兆，今日最好避开山石等处……"

寇婉先是震惊，后是恼怒："没想到林二姑娘还抢算命先生的饭碗。"

这种坑蒙拐骗的勾当，一个高门贵女也做得出来！

林好无奈："我就说寇二姑娘不会信的。"

"傻子才信。"寇婉撂下这话，甩袖走了。

祁琼走过来，望了一眼寇婉快步离去的背影，有些好奇："你们说什么了，她那么生气？"

"我说她印堂发黑，眼白多，恐有血光之灾。"

祁琼张张嘴，到底相信好友的人品，抱着探讨的心态问："怎么看出她印堂发黑，眼白多啊？"

林好一本正经地解释："主要看印堂是否晦暗，至于眼白多嘛，谁翻白眼都眼白多。"

祁琼沉默了。

难怪寇二姑娘气成那样。

"那寇二姑娘有血光之灾……"

"我瞎说的。反正多加小心没有坏处。"

祁琼："……"

这边寇婉越走越快，不知不觉间走到了宜安公主逗留处。

宜安公主正与灵雀公主站在一株牡丹花前。牡丹有一人高，令人称奇的是一株上有红、粉、白三种花色，碗口大的花形状各异。

饶是灵雀公主一心挑衅，也不由得为这罕见的牡丹所吸引。

宜安公主得意之余，说起这株牡丹的语气越发骄傲。

寇婉不自觉地停下，怔怔地望着对旁人笑语盈盈的姐姐，突然升起强烈的不甘。

这是她的亲姐姐，她从小仰视、羡慕的存在，可每当这样的场合，姐姐都无视她这个妹妹，仿佛她们是陌生人。

酒能带来勇气和冲动，等寇婉反应过来时，她已经站在宜安公主面前。

才十四岁的少女因为喝了酒，带着婴儿肥的脸颊红红的，起伏的胸脯显出她此时的不平静。

宜安公主的语气比平日冷淡许多："有事吗？"

"姐姐，我有话和你说。"

宜安公主下意识地皱眉，余光飞快地扫了灵雀公主一眼："现在在陪贵客，有什么话回头再说吧。"

若是往常听姐姐这么说，寇婉早就退缩了，可此时酒意冲撞着那颗不平的心，把情绪放大了数倍。她微微仰着下巴，紧绷的弧度显出几分倔强之意："我就说几句话。"

灵雀公主好奇的眼神让宜安公主恨不得寇婉立刻在眼前消失，可见她这样子，明显是喝多了，为避免闹出什么事，宜安公主只好答应下来："去那边说吧。"

她对灵雀公主说声"抱歉"，向一个方向走去。

寇婉提着裙角快步跟上，可走着走着就慢了下来。

宜安公主走向一座假山。

假山奇险，有水流从山壁流下，溅到光滑的石头上，发出"哗哗"的声响。

鬼使神差，寇婉耳边响起林好的话："此为有血光之灾的征兆，今日最好避开山石等处……"

馥香园中有那么多美景，她怎么也不会去看一堆石头，可姐姐偏偏去了假山旁……

她一犹豫，宜安公主就不耐烦了："你还愣着干什么？"

"我……"寇婉回过神，暗骂自己脑子抽风，把林好的鬼话当了真。

她刚要过去，耳边一个声音响起："还没请教妹妹芳名，你是哪个府上的啊？"

灵雀公主不知何时来到寇婉身旁，一双充满好奇的美眸打量着她，随后眸子微微眯大，似是发现了什么："咦，这位姑娘瞧着有些面熟……"

宜安公主心中一"咯噔"，情急之下脱口而出："灵雀公主，你可知这假山之石是从何处运来的？"

她可不想被玉琉公主当面追问她这个公主为何与威武侯府的姑娘是亲姐妹。

灵雀公主似笑非笑地看了寇婉一眼，款款走向假山，笑盈盈地道："妹妹这么问，可见这假山之石来历不凡了……"

寇婉停在原处，愣愣地望着宜安公主与灵雀公主有说有笑，心中只剩后悔和懊恼。

自己好不容易找姐姐说说心里话，却因为林二姑娘的一番胡言失去了机会。

她犹豫着却不敢再过去，先前鼓起的勇气不知不觉消失了，准备转身时，忍不住又往那边看了一眼，眼睛猛地瞪大。

"小心……"

随着这两个字脱口而出，一块石头从假山上飞下，好巧不巧砸中了灵雀公主的脑袋。

一声惨叫声响彻云霄，附近的人闻声四处张望。

出什么事了？

声音好像是从假山那边传过来的。

有人好奇，有人不安，不少人往假山的方向赶去。

看着捂着脑袋，鲜血顺着指缝流淌的灵雀公主，宜安公主傻了眼，短暂的呆滞后高喊道："快来人，快请御医！"

听到这声喊声，更多人潮水般拥来。

寇婉呆呆地看着数不清的人从她的身边走过，耳朵里充斥着各种声音，让她有种不真实感。

灵雀公主被石头砸破了头……

她死死地盯着被侍女扶着已经昏过去的灵雀公主，反应过来一件事：刚刚她若不犹豫，走过去与姐姐说话，正好就站在灵雀公主的位置。也就是说，被石头砸到脑袋的本该是她……

林二姑娘说的竟然是真的！

寇婉猛地转头，寻觅着那道身影。

人太多了，她根本看不到林好在哪里。很快，几个人从她的身侧挤过，把寇婉挤出了围成一圈的人群。这样一来，她反而看到了站在不远处的林好。

腿不受控制地抬起，寇婉一步步走到林好面前。

"林二姑娘……你说的是真的……"

林好拍了拍寇婉的胳膊，用了一些力气："寇二姑娘，你是不是喝多了，在说什么呢？"

"你刚刚……"寇婉声音一扬，迎上林好清澈的目光，突然清醒了几分，这才发现了近在眼前的小郡主，也看到了更多往这边赶来的人。

她缓缓回头，层层包围下已见不到灵雀公主的身影。

"寇二姑娘是不是吓到了？"林好声音轻柔。

寇婉用力握拳，指甲陷入掌心的刺痛感让她越发清醒，她把声音压得极低："林二姑娘，你真的会看相？"

林好微笑："皮毛，只懂皮毛。"

那里发生了什么事，为何被砸破脑袋的变成了灵雀公主？

"寇二姑娘，你是怎么避开的？"林好低声问。

震惊、后怕、不解……种种情绪交织，让寇婉忘了她与林好的冷淡关系，不由得道："姐姐在假山那里站着，没等我过去，灵雀公主就走了过去，然后一块石头从假山上掉了下来……"

微凉的手握住寇婉的手腕，林好一脸郑重的神情："寇二姑娘，这话你可不能随便对人说啊，不然别人会觉得灵雀公主是替你受伤的！"

寇婉连忙捂嘴，猛点头："我知道，我知道！"

一直默默无语的祁琼实在忍不住了："你们……"

寇婉这才想起还有小郡主，忙抽回手，不安地看着她。

林好的语气越发温柔："寇二姑娘放心，郡主也会保密的。"

在二人的注视下，祁琼下意识地点点头。

寇婉松了口气，似是怕被人发现她与林好交谈，匆匆挤进了人群中。

祁琼定定地看着林好："阿好，你之前说是瞎说的……"

林好面不改色："我就是闲来无聊看了一本有关相法的书，见到寇二姑娘，照本宣科说了两句，万万没想到我如此有天赋。"

祁琼："……"

今日在馥香园中的宴会以一座石桥相隔分了两场，一边是以宜安公主为首的贵女们招待灵雀公主，另一边是以魏王为首的贵公子们招待玉琉王子，灵雀公主受伤的消息很快传到了男子那边。

"什么，王妹被石头砸了？"玉琉王子把酒杯往桌案上一摔，匆匆起身，"带小王去看看！"

玉琉王子赶到时，御医也才到，正指挥宫人将灵雀公主抬到屋里。

"王妹！"玉琉王子高喊一声，冲到玉琉公主跟前。

此时的灵雀公主还在昏迷中，双目紧闭，满面鲜血，看起来极为骇人。

玉琉王子没想到妹妹伤势如此严重，声音更凄厉了："王妹，王妹你醒醒啊！到底发生了什么事？"

难不成大周贵女嫉妒妹妹的美貌，企图将她毁容？

众人看着灵雀公主被抬走，忍不住想：灵雀公主的伤势看起来很严重啊，该不会不行了吧。

宜安公主显然也忍不住这么想，眼里噙了泪花，无助地看向魏王："四哥——"

魏王暗暗头疼，面上还不得不摆出关心的神色："宜安，灵雀公主是怎么受伤的？"

这话立刻引得众人竖起耳朵，玉琉王子更是死死地盯着宜安公主。

在无数道目光的注视下，宜安公主白着脸道："吃过酒，我陪着灵雀公主随意逛逛，不知不觉走到假山这里，便向灵雀公主介绍假山之石的来历，谁想到一块石头从假山上落下，正好砸中她的头。"

来得晚的人听了这话，面面相觑。

这纯粹是意外啊，灵雀公主也太倒霉了。

不少贵女默默垂眸，遮住眼里的情绪：不知怎的，竟然有点儿高兴……

知道是意外，魏王稍稍放心了。

他还以为是哪个贵女把灵雀公主的头打破了呢，那麻烦就更大了。

"王子，小王在这里陪你等灵雀公主醒来，其他人先散了，你看如何？"魏王温声征求玉琉王子的意见。

玉琉王子点了点头。

魏王看向宜安公主："宜安，你先把贵女们安排一下，免得人多忙乱，影响灵雀公主治疗。"

宜安公主点点头，视线无意中与人群中的杨喆对上。

那一瞬间，她突然有点儿想哭。

她一个人人敬着的金枝玉叶，莫名其妙地就沾上了这种晦气事。

杨喆微微颔首，语气温和："公主不必太担心，相信灵雀公主吉人自有天相。"

"嗯。"宜安公主带着鼻音应了一声，看着温润如玉的青年，心莫名其妙地安定了许多。

二人这番互动落在旁人眼里，引来不少羡慕。男子羡慕杨喆能娶到金枝玉叶，女子羡慕宜安公主嫁得才貌双绝的状元郎。

宜安公主的情绪稳定下来，走向众女："今日招待不周，改日我再请各位吃酒。"

"公主放宽心，灵雀公主定然没事的。"众女纷纷安慰，忍着不舍离去。

她们还想看看被砸得一脸血的玉琯公主到底如何呢，可惜了。

寇婉站着没动，怯怯地喊了一声"姐姐"。

宜安公主感觉怒火直冲脑门儿，碍于这种场合只能勉强压下，淡淡地道："你先回去吧。"

感受到宜安公主语气中的冷淡，寇婉张张嘴，别的话都说不出来了："那我回去了。"

她微微垂着头，跟着其他人往外走，走出丈余远忍不住回头看，却见宜安公主早已与魏王交谈起来，根本没往这边看。

回去的路上，祁琼的眼神充满了崇拜之色："阿好，因为你的话，寇二姑娘没受伤，石头把灵雀公主给砸了，你真是给咱们大周贵女出了口气。"

宴会上灵雀公主那般作态，但凡有点儿气性的都忍不了。

林好笑道："这话可不能随便说。"

"你放心，我肯定不会说的。"

做出这般保证的小郡主回到王府就去找大哥了。

嗯，阿好只是不让她随便说，和大哥说可不叫随便说。

"小妹怎么这么早回来？"见是祁琼，祁烁心中有数。

威武侯府二姑娘受伤的事看来依旧发生了。

"灵雀公主被石头砸伤了。"

祁烁一愣，下意识地问道："谁？"

"就是那个玉琯公主。"祁琼一脸轻松的神情。

始料不及的变化令祁烁有点儿乱："受伤的是玉琯公主？那你们……"

"我们当然没事啊。"祁琼目光灼灼，急于和兄长分享秘密，"大哥你知道吗？阿好会看相！"

祁烁一脸迷惑的神情。

"大哥，你听到我说话了吗？"祁琼戳了戳祁烁的胳膊。

祁烁回过神："哦，听到了。"

看来阿好又忽悠人了。

祁琼两眼放光："真没想到，阿好竟然会看相。"

祁烁难得心疼妹妹一瞬，好心提醒："或许只是凑巧。"

祁琼一听，不乐意了："谁说的？人家阿好是有天赋！"

祁烁摸摸鼻子。

行吧，那就阿好有天赋吧。

"大哥——"祁焕风风火火地走进来，看到祁琼，愣了一下："小妹你也在啊。"

刚刚回到王府，他去告诉了父王、母妃馥香园发生的事，没想到小妹直接来大哥这里了。

祁焕兴冲冲地走到祁烁旁边："大哥，小妹和你说了吗？玉琉公主被石头给砸了。"

他早就觉得各府公子之间的聚会没有小姑娘的聚会有意思，什么落水啦，摔倒啦，这都不新鲜了，没想到能被石头砸了。

"说过了。"

祁烁看了祁琼一眼，祁琼忙给了个"大哥你放心"的眼神。

虽然保守秘密很难受，但她暂时是不会把阿好会看相的秘密告诉二哥的。

祁焕敏锐地察觉不对劲："大哥、小妹，你们是不是有事瞒着我？"

"没有。"二人异口同声。

祁焕："……"他又被排挤了！

比起各府知道此事时的震惊，泰安帝更多的是恼火。

一个赏花宴都能出这种事，最近是怎么了？

他让庄妃为代表前去馥香园探望，御医更是派去好几个，心中则开始做最坏的打算。

玉琉公主若是死在大周，就算纯属意外，麻烦也小不了，搞不好就是一场战争。

灵雀公主能让玉琉王为了她开战吗？泰安帝当然知道不可能，可眼下形势本就微妙，很多时候需要的是一个借口。

庄妃乘着宫轿匆匆赶到馥香园，见到了等在外面的一群人。

"灵雀公主如何了？"

魏王微微摇头："还没醒。"

"太医怎么说？"

"太医说伤口不深，但伤的是脑袋，受到冲击震荡之下这才一时醒不过来。"

庄妃点点头，柔声细语地安慰玉琉王子。

玉琉王子脸色很不好看，一副极为担忧妹妹的模样："父王最疼爱王妹，若是王妹有个好歹，我可无法交代。"

庄妃心中冷笑。

没见哪个真心疼爱女儿的父母忍心让女儿千里迢迢去个全然陌生的地方。

不过她面上还是挂着无懈可击的体贴之色："灵雀公主是有福之人，定会平安醒来的。"

"只能等着了。"玉琉王子哑声道。

这一等，就等到了金乌西坠。

庄妃不好再等了，说起了体面话："皇上与太后都很挂念灵雀公主，本宫先回去说下情况，好叫皇上与太后安心。"

话音才落，屋门猛然被拉开了，灵雀公主的婢女含泪喊道："公主醒了，公主醒了！"

等在外面的人潮水般拥进去，把太医都挤到了一边。

"王妹（公主），你怎么样了？"

躺在床榻上的灵雀公主头上被缠着层层纱布，被清理过的小脸儿白净无瑕，没有一丝伤痕。

玉琉王子的心彻底放下了：她没有毁容就好！

宜安公主庆幸之余，心里又冒出一丝不可对外人所道的婉惜之情。

"王妹，你觉得如何？"玉琉王子关心地问道。

灵雀公主的眼神缓缓扫过众人，最后带着茫然落在问话的玉琉王子脸上："你……是谁？"

这话如一道惊雷，炸蒙了众人。

"王妹，你在说什么？"

灵雀公主眨了眨眼睛，神情间是全然的陌生："你是谁？我不认识你。"

玉琉王子惊呆了："我是你四王兄啊，你怎么会不认识我？"

灵雀公主缓缓摇头："我真的不认识你。"

"那她呢，你认识吗？"玉琉王子指着灵雀公主的婢女问，见她还是摇头，又指向宜安公主，"这位也不认识吗？"

"不认识……"灵雀公主眉头一皱，面露痛苦之色，"头好疼……"

"太医，我王妹是怎么回事？"玉琉王子看向被挤到角落里的几位太医。

一位太医顶着压力道："公主伤及头部，可能出现了失忆的症状。"

玉琉王子惊呼一声："失忆？那她何时能想起来？"

几位太医互相看了一眼，一时无人回答。

"难道说，我王妹就一直这样了？"太医的缄默让玉琉王子的语气听起来有些咄咄逼人。

几位太医看向庄妃。

庄妃示意他们吱个声。

还是那位太医道："头部向来是人体最复杂的地方，公主何时能恢复不好说，短则三两日，长则……"

"怎么样？"

"数年想不起来也是有可能的。"

玉琉王子一拳打在了墙上。

时间确实不早了，灵雀公主也醒了过来，庄妃、魏王、宜安公主安慰过玉琉王子，心情各异地离开了馥香园。

很快，屋中除了灵雀公主主仆，只剩下玉琉王子。

盯着灵雀公主安静的睡颜，玉琉王子叹了口气："王妹啊王妹，你的运气也太差了，怎么就失忆了呢？"

一个失去记忆的玉琉公主，还能按照父王期待的那样在大周搅动风云吗？

没了外人在场，玉琉王子看起来冷静多了，眼神晦暗深沉。

就在这时，灵雀公主睫毛微颤，睁开了眼睛。

玉琉王子见灵雀公主这么快醒来，有些意外："王妹，你醒了。"

"嗯。"灵雀公主动了动唇。

"你感觉如何？"

"还好，头有点儿痛。"

"你头上受了伤，养一段时日就好了……"玉琉王子话音一顿，狐疑地盯着灵雀公主，"王妹，你……是不是想起来了？"

"想起什么？"

玉琉王子指了指她的头："你被石头砸了脑袋，不是失忆了吗？现在是不是想起我是谁了？"

灵雀公主一双美眸看着玉琉王子，突然一笑："我没忘啊。"

"没忘？"玉琉王子拧眉琢磨了一下，陡然睁大眼睛，"王妹，你没失忆？"

灵雀公主点了点头。

玉琉王子的思绪有点儿乱："那你刚刚为何说什么都不记得了？"

灵雀公主挑了一下眉梢，唇角勾起，冷笑道："总不能白挨一下砸吧。王兄你说，一个养上半个月就好了的我，和一个受伤失忆的我，哪个提出的要求更容易得到满足？"

玉琉王子眼睛一亮，拍了拍灵雀公主的胳膊："王妹，你真聪明。"

还好这丫头来大周了，若是在玉琉，也是个不容小觑的。

"王兄，我出事后他们都是什么反应？"

"大周的皇帝与太后都送来了礼品，还来了一个掌管后宫的妃子探望，其他人要么紧张要么好奇，就无关紧要了。"玉琉王子把各方的反应一一说了。

"那个宜安公主呢？"

"看起来有些害怕，毕竟是她负责的宴会。王妹怎么格外留意她？"

灵雀公主笑笑："王兄不是说了吗？这场赏花宴是她负责的，我一直都是由她陪着。说起来，我受伤也是拜宜安公主所赐。"

"怎么说？"

"是她喊我过去的。现在想来，是为了阻止我打探一个小姑娘的来历。"灵雀公主把当时的情形说了，"那个小姑娘喊宜安公主'姐姐'。王兄，你悄悄派人打听一下那小姑娘的身份，这其中定有蹊跷。"

玉琉王子一口应下，没费什么力气就打听到了。

"王妹你肯定想不到，宜安公主并非大周皇帝的亲生女儿。"

"不是亲生的？"灵雀公主来了兴致，"王兄说说，具体是什么情况？"

玉琉王子说起打听到的信息："这宜安公主本是威武侯府的大姑娘，名叫寇娇，王妹提到的那个小姑娘是她一母同胞的妹妹寇婉。宜安公主还小的时候被大周太后接到宫中抚养，大周皇帝孝顺母后，就封她为公主。"

灵雀公主"扑哧"笑了："这不和养个小猫小狗差不多吗？"

难怪宜安公主唯恐自己知晓她与那个小姑娘的关系，这是心虚呢。

玉琉王子摇头："那可不是。听说大周太后是真的喜欢宜安公主——威武侯府是太后娘家，宜安公主是她的侄孙女。至于大周皇帝，看在太后的面子上也爱屋及乌。"

"这样吗？"灵雀公主摆弄着修剪得漂亮的指甲。

她养了两日，头没那么疼了，有精力多想想了。

"应该错不了，大周皇帝对太后十分孝顺，就连宜安公主的婚事都是太后一句话的事。"

灵雀公主撩了下眼皮，眼中有了涟漪："驸马是谁？"

"是去年的新科状元郎杨喆。这个杨喆虽出身寒门，却才智出众，相貌更是一等一的好，听说很得重臣赏识，前途无量。"

"那日宴会，杨喆去了吗？"

"去了，王妹受伤时他也过去了。我冷眼瞧着，宜安公主与他的感情挺不错的。"

"呵。"灵雀公主笑笑。

如果说一开始与宜安公主的对立只是出于立场不同，那么现在她对宜安公主的反感就掺杂了更多私人情绪：厌恶对方给她带来无妄之灾，鄙夷一个冒牌货在她面前端大周公主的架子。

"公主，该换药了。"侍女走过来，恭敬地提醒。

因为还没聊完，灵雀公主请玉琉王子去外间稍等，两名侍女一人替她解纱布，一人端着药膏、纱布等物。

长长的青丝披散而下，灵雀公主闻到了淡淡的怪味，是汗味、油味、血腥味混合在一起的味道。

前两日顾不得，她对这种味道自然没感觉，现在伤口不怎么疼了，头发散发的怪味对灵雀公主来说就无法忍受了。

"拿镜子来。"

侍女默默地捧来镜子。

珍贵的琉璃镜把人照得纤毫毕现，灵雀公主扫了一眼，发出一声惨叫声。

等在外间的玉琉王子冲了进来："怎么了？"

玉琉公主慌乱之余，随手抓起一个物件就扔过去了："出去！"

玉琉王子一个转身就出去了，听着身后东西落地的声响，脸色有些古怪。

虽然只是匆匆一瞥，他还是看到了，王妹的头顶有一块秃了！秃了！

里屋中，灵雀公主的情绪几乎是崩溃的："我的头发呢？我的头发呢？"

"公主，您冷静点儿，扯到了伤口会疼的。"

"我问你，我的头发呢？"灵雀公主指着脑袋上最显眼的地方问。

一名侍女战战兢兢地回答:"太医给您处理伤口的时候,剪……剪掉了。"

又是一阵闹腾,屋中才恢复了安静,灵雀公主死死地盯着琉璃镜,脸色阴得能滴出水来。

不知过了多久,她冷冰冰地喊道:"王兄。"

等在外间的玉琉王子迫不及待地走了进去。

他知道,不管兄妹是不是真亲厚,在异国他乡都不该有看热闹的心态,可面对头顶秃了一块的王妹,他忍不住。

令玉琉王子遗憾的是,灵雀公主已恢复了先前的模样。

她头上缠着纱布,散落下来的青丝随意地垂在白皙的脸颊旁,比之往日多了一种精致的脆弱感。

玉琉王子压下嘴角安慰道:"王妹不要害怕,头发还能长出来的……"

"我找王兄说正事,别的就不要提了。"灵雀公主咬牙道。

无论是谁,再提她的头发她都要弄死他!

玉琉王子很识趣:"王妹你说。"

"我发现合适的驸马人选了。"灵雀公主面无表情的样子似是在说与她全然无关的事。

玉琉王子颇为意外:"谁?"

灵雀公主挑眉一笑:"王兄觉得大周的状元郎杨喆怎么样?"

玉琉王子愣住了,随后便是不解:"他出身很一般,还与宜安公主定了亲。"

玉琉选他做驸马好像无利可图。

灵雀公主勾着唇角,心中仿佛有火灼烧,她一字一顿地道:"就是与宜安公主定了亲,才合适。"

"怎么说?"玉琉王子做出愿闻其详的样子,隐隐怀疑灵雀公主是为了报复宜安公主。

就因为头发秃了一块,王妹便要抢别人的夫君,啧啧,她的报复心也太重了。

灵雀公主根本不在意兄长怎么想,说出自己的理由:"王兄也打听到了,大周太后很疼爱宜安公主,状元郎杨喆就是太后亲自为宜安公主挑选的驸马,而大周皇帝呢,对太后又十分孝顺。"

她垂着眼皮,语气微凉:"王兄你说,当失忆的我提出这个请求,大周皇帝是会出于孝顺拒绝呢,还是会为了平息可能造成两国反目的这次事故而伤太后的心呢?"

玉琉王子眼睛微亮,虽然没有说话,却显然被灵雀公主说动了。

灵雀公主的唇边挂着讥笑:"要是拒绝,我都'失忆'了还懂什么,定要闹个天翻地覆。要是答应……呵呵,大周皇帝与太后的母子情深该打个折扣了吧。我听说在如今的大周皇帝之前还有一位皇帝,是大周太后的长子,这位皇帝只是失踪,或许还在世呢。我选驸马若能让大周皇帝与太后生了嫌隙,将来说不定就会有一场好戏。"

"王妹想得真长远。"玉琉王子叹道。

这丫头从装失忆开始就憋了一肚子坏水儿，还好这是他妹妹，祸害的是大周。

玉琉王子开始考虑抢宜安公主驸马的可行性："虽然同在馥香园吃酒，可王妹并没见过状元郎杨喆，突然提出要他当驸马，不合情理啊。"

灵雀公主早就想好了："这不难。杨喆不是以才华著称吗，王兄莫非忘了天鸣他们？"

这次出使大周，兄妹二人特意选了三名才子随行，为的就是找机会灭一灭大周才子的威风。

"让他们挑衅一下大周才子，把事情闹大些，杨喆身为年轻才子中的翘楚定会参与，到时候王兄以带我散心的名头去看他们较量，我被状元郎的才华折服不是顺理成章的事吗？"

玉琉王子叹服："王妹想得真周到。"

之后灵雀公主闭门养伤，各方送来的礼品堆满了客馆，这场风波似乎就这么过去了。宜安公主暗暗松了口气，终于有闲心回威武侯府了。

"妹妹呢？"一见寇母，宜安公主就问起寇婉。

"婉儿一早上街去了，说是买些胭脂水粉。"寇母打量了一下女儿的气色，放下心来，"那个玉琉公主出了事，母亲还替你捏了把汗，好在没什么事。"

宜安公主沉下脸来："母亲不要再提这个了。"

"好好好，不提。"寇母吩咐婢女："打发人去二姑娘常去的铺子看看，把二姑娘找回来。这么大了，一出门就像脱了缰的野马……"

宜安公主对寇母的念叨充耳不闻，勉强耐着性子等到寇婉回来，淡淡地道："我去妹妹那里说说话。"

姐妹二人去了寇婉的闺房，屏退伺候的人。

寇婉的心情有些复杂。

赏花宴那日姐姐的冷淡让她难过、不甘，灵雀公主出了事又让她暗暗自责是不是给姐姐惹了麻烦，这几日，她被各种情绪煎熬，很不好受，今日上街是想买些女孩子喜欢的东西送给林二姑娘表示一下谢意，没想到姐姐回来了，还主动找她说话。

几日来浮在心头的阴霾似乎消散了，寇婉笑问："姐姐什么时候回来的？"

宜安公主盯着笑盈盈的妹妹，扬手打了她一个耳光。

十四岁的少女肌肤柔嫩，只是这一巴掌来得如此突然，震惊压过了火辣辣的疼。寇婉捂着脸颊，被打蒙了："姐姐，你为何打我？"

"为何打你？"宜安公主一边眉毛高高挑起，明明柔美的面容，这一刻却显出尖刻来，"那日若不是你发酒疯非要找我说话，我怎么会去假山那里？这也就罢了，偏偏你又磨磨蹭蹭，害得灵雀公主被石头砸了脑袋。你知不知道这给我带来了多大的麻烦……"

寇婉听着宜安公主滔滔不绝的数落，一颗心越来越冷，终于忍不住问："姐姐的意思，宁愿被石头砸的是我？"

宜安公主被寇婉质问的语气激得火气更大，不假思索地道："什么叫我宁愿？原本就该是你！"

"可是姐姐，灵雀公主是你叫过去的啊……"

"寇婉！"事实被戳破，宜安公主恼羞成怒，"你还学会顶嘴了是吧？"

看着她蠢蠢欲动的那只手，寇婉突然什么都不想说了。

"以后少给我找事。"宜安公主训够了，掉头就走。

"砰"的一声大力关门的声音传来，寇婉扑在床榻上，"呜呜"地哭了起来。

宜安公主离开威武侯府时寇婉没有露面，寇母心有不满，命侍女把寇婉叫来。

"母亲找我。"寇婉进屋后，神色木然地说了一句。

寇母见她这样子，不由得拧眉："你姐姐回宫，你怎么连面都没露？"

"不舒服。"寇婉垂眼，心里满是悲凉之意。

她就知道，只要对姐姐有一点儿怠慢，便全是她的错。

寇母声音微扬："不舒服？早上不还出去逛街了，你姐姐回来，你就不舒服了？"

"对，她回来我就不舒服！"寇婉哭着喊出来。

寇母被这话气坏了："我早就说过，你姐姐能进宫陪伴太后，那是她命里有这个福气。你当妹妹的不为姐姐高兴，还有这么多小心思，我是这么教导你的？"

"母亲教导我什么了？"寇婉仰着脸，一边脸颊还能看出指印，"教导我对她唯唯诺诺，明明是她妹妹，却像个小丫鬟吗？母亲总说她进宫陪伴太后能给家里带来无尽的好处，可她给家里带来什么好处了？她不进宫，威武侯府也是太后的娘家；她进宫了，明明只有她一人享受当公主的好处，我看母亲才是糊涂……"

"啪"的一声，一个巴掌落在寇婉的脸上。

熟悉的疼痛伴随着眩晕传来，寇婉捂着脸一步步后退，在寇母张嘴说话前扭身飞快地跑了。

"这个孽障！"寇母气得拍了拍桌子，并没当回事。

在她看来，小女儿还是孩子脾气，是该管管了。

寇婉却没回房，哭着一路冲出了垂花门。

见她一脸泪痕，守着角门的门房问了一句："二姑娘，您去哪儿？"

寇婉理也没理，从角门跑了出去。

"二姑娘，二姑娘——"门房没想到寇婉会直接冲出去，一不留神人就不见了，想想不对，忙给里边传了信。

接到信的大丫鬟赶紧禀报寇母："夫人，二姑娘出府了。"

寇母更生气了。

她说几句就往外跑，小女儿太任性了！

一个大家贵女哭着跑出去到底不合适，寇母忙吩咐下人出去寻人。

威武侯府位于繁华之地，街上人来人往，威武侯府的人分了两队寻找寇婉，颇有种大海捞针的感觉。

这时,一个乞儿跑过几条街赶到一处民宅前,敲响了大门。

"阿星公子在吗?我发现了一个情况。"

守门的一听,把乞儿放了进去。

偏厅里,阿星问乞儿:"什么情况?"

"我靠着墙角休息时,无意间发现一个哭鼻子的小姑娘,好奇之下就多看了几眼,没想到那小姑娘被人捂住嘴拖走了……"

阿星静静地听乞儿说完,面上并无太多表情:"拖走她的有几个人?看到她被拖到哪里去了吗?"

"一男一女两个人。我悄悄跟上去,看到他们带着小姑娘进了一处民宅……对了,阿星公子,那小姑娘应该是威武侯府的姑娘。"

他乞讨的地盘就在威武侯府附近,见过几次那小姑娘带着侍女从威武侯府出来。

"威武侯府?"阿星冷淡的表情这才有了变化。

天下不幸的人多了去了,管是管不过来的,知道拐子的藏身处对街上巡逻的官差说一声于他而言已是仁至义尽。不过,得知那小姑娘是威武侯府的姑娘,阿星改变了想法。

他不懂这些高门大户之间的关系,只知道威武侯府的姑娘与阿好应该是同一个圈子的贵女,说不定还有交情,那就要问问阿好的意思了。

他从荷包里摸出几个铜板递给乞儿,算是得到情报的答谢,又叫了院中一个少年随乞儿去确认拐子的藏身处,然后匆匆赶回将军府。

得到门房"二姑娘没出门"的回答,阿星直奔落英居。

林好闲来无事,正拿着一把梳子有一下没一下地替林小花梳毛。林小花一副享受的样子,咧着嘴啃胡萝卜。

视线往林小花身上落了落,阿星走向林好。

每次见到林小花,他都觉得这是一头好命的毛驴,也太会投胎了。

"刚刚从一名乞儿那里得到一个消息。"阿星在林好身边坐下来。

管理林宅收容乞儿的各项事宜,与各色想占便宜的乞儿打交道,一个冬日过去,阿星成长了不少。给那些常年混迹街头的乞儿些许好处让他们去搜罗信息就是阿星想到的,他甚至利用筛选后的一些消息赚到了银钱,让他心中的傻妹子不至于入不敷出。

"什么消息啊?"

"你和威武侯府的姑娘是朋友吗?"阿星先问了一句。

林好实话实说:"不是啊。"

她还记得那姑娘对她翻白眼呢,后来虽然对她的提醒领了情,可也算不上她的朋友。

"那没事了。"阿星轻松下来，摸了林小花一把，准备走人。

林好拉住他："哪儿有说了一半就走的？到底什么事呀？"

"一名乞儿瞧见威武侯府的姑娘落进了拐子手里……"阿星把了解的情况说了，"既然你们没什么交情，就别管了，我安排个乞儿对街上巡逻的衙役说一声。"

"寇二姑娘落进了拐子手里？"林好站起来，顺手把梳子插在林小花的毛发间。奈何小毛驴的皮毛太光滑，梳子只坚持了一瞬就掉在了地上。

林小花用驴唇拱了拱梳子，又去拱林好的手。

它的梳子掉地上了！

林好揉了一把林小花的脑袋，注意力全放在了阿星带来的消息上："还是不要报官。"

衙役的人品参差不齐，不是听说有少女遇险就会管的，再者寇婉落入拐子手中的消息一旦传出去，对她的名声也不好。

"那找个人去她家说一声？"

林好想想觉得不妥："要是威武侯府把报信的人盘问到底，扯到你头上呢？"

那些不在林宅收留范围内的乞儿，与阿星顶多算是互利互惠，可没有忠诚度可言。

她是想帮寇婉一把，可也不想把阿星乃至她牵扯进去。阿星借着流浪街头的乞儿搜集消息一事终归有点儿敏感，不宜进入某些人的视线。

阿星狐疑地打量着林好："你的意思该不是我们直接去救人吧？"

林好眨眨眼："不行吗？"

阿星难以理解："可你不说你们不是朋友吗？"

"虽然不是朋友，可我们都是女孩子啊。"

对一个女孩子落到拐子手里会有什么遭遇，哪怕被救出又会面对什么困境，阿好同为女子，更能感同身受。

阿星望着少女清澈的眼睛，冷硬的心突然被触动了一下，他收起了事不关己的态度："那你打算怎么办？"

"现在已经知道拐子的落脚处了，保险起见，先去摸摸底，看看有几个同伙。"

这个打算得到了阿星的认同："那我去探探。"

林好把他拦住："阿星你别去了，还不知道有没有危险呢，我去找靖王世子借个人。"

本来刘伯也合适，可他每天忙着调教那些从乞儿中挑出来的好苗子，自己就不给他找事了。

阿星听了前半截，还没来得及感到暖心，就被后面的话弄得心凉了一半。

这是嫌他不如靖王世子的手下厉害？

低头看一眼自己称得上纤细的身板，阿星叹了口气。

算了，以后自己跟着刘伯多练一个时辰吧。

与阿星商量好后，林好吩咐宝珠去给祁烁送信。不久，二人在将军府外的茶楼见了面。

"玄一跟着你义兄去了，放心吧，很快就消息了。"

玄一回来得比想象中要快："探清楚了，一三个人，其中一对中年男女应是夫妻，还有一个老婆子，三个人看起来不像练过的，除了他们，还有四个年龄不大的小姑娘。"

"四个？"林好一惊。

"是，都被堵着嘴巴关在一间厢房里，其中一个穿戴不凡的少女应该就是您找的人。其他三个人状态不太好，看起来被关了一段日子了。"

"安排人盯着了吗？"祁烁开口问。

"安排了。"

祁烁示意玄一退下，问林好的打算。

林好思索片刻，有了决定："既然只是三个普通人，干脆直接打上门去斩乱麻。"

事不宜迟，林好很快带着七八个下人赶过去。

两头都能通往大街的巷子中，有一家大门紧闭，似乎无人在家。宝珠暗气，上前一步拍了拍门。

听到敲门声，院中正喂鸡的老婆子警惕地看了一眼门口，没有出声。

门外一道脆生生的声音传来："有人吗？"

听到清脆的少女声音，一名身材壮实的中年男子从屋中走出来，对老婆"去看看什么情况。"

老婆子缓缓走到大门口，隔着门缝往外瞄了瞄，瞧见一名俏丽的少女立。

她扭头对男子比画了个手势。

男子眼一亮，走了过去。

"谁啊？"老婆子苍老的声音响起。

"路过的，想讨口水喝。"

老婆子看向男子。

男子凑到门缝处看了看，呼吸登时急促了。

来人竟然又是个容貌出众的小姑娘！

这是天上掉馅儿饼了？

谨慎起见，他又往外看了看，只见俏生生的少女脸颊红红的都是汗水，一副赶了很久的路的样子。

他再往后看，因为门缝的限制，他看不到太大范围，只能确定小姑娘周围没有别人。

能干拐卖这种事的，都心黑胆大，男子实在无法拒绝这个太过美味的"馅儿饼"，往旁边一躲，对老婆子使了个眼色。

老婆子上前拉开了门。

"大娘,能不能给我口水喝?走了久的路,实在太渴了。"宝珠抬手擦了一把汗,露出光洁饱满的额头。

老婆子扫一眼左右,让开身:"进来吧。"

宝珠摆摆手:"就不进去麻烦了,我在这儿等着。"

听她这么说,躲在一侧的男人放下心来。

小姑娘还挺警惕的。

"那你稍等。"老婆子说完,蹒跚地向里走去。

男子见宝珠将注意力放在老婆子身上,果断伸出手把她拽了进来,另一只手熟练地捂住她的嘴。

"啊"的一声惨叫声响起,男子捂着下边,疼得来回跳,却还记得喊:"别让她跑了!"

听到动静,从厢房冲出一个中年妇人,拿着水瓢的老婆子也赶过来。

做出逃跑姿态的宝珠松了口气。

狼特意交代了要把三个人都引出来,以免对方狗急跳墙,伤害被困的女孩子。

宝珠一脸惶恐地往外跑,脚下被门槛绊了一下,这一耽搁,中年妇人就跑到了近前。

宝珠任由妇人拽住她的胳膊,喊道:"来人啊——"

三个人控制着宝珠往里拖时,有男有女的一队人冲了过来。

众人中为首的是个方脸婆子,她一个箭步冲到宝珠身边,薅住了中年妇人的头发:"敢动我们宝珠,看我抽不死你个恶妇!"

婆子先发制人,拽着妇人的头发,"啪啪"抽了十几个耳光,把妇人抽得晕头转向,杀猪般惨叫。

杀猪般的惨叫声很快把四邻八舍引了出来。

"怎么回事?"

"不知道啊,瞧着像是男人在外面养了人,婆娘带人打上门来了。"

"不对吧,这对夫妇平时虽然不怎么和人来往,可我瞧着就是真正的两口子,真要在外养人,不得养个好看点儿的啊。"

说话的人一看五大三粗的妇人,连连点头:"也是。"

这时中年男子和老婆子都被控制住了,刚刚还娇滴滴的小丫鬟一手叉腰,一脸没好气神情:"你们好大的狗胆,居然敢拐我们姑娘的丫鬟!说,你们把人藏哪里去了?"

这话一说出口,议论声登时大起来。

"咦,他们是拐子?"

"嚯,一点儿都看不出来啊。"

"我就觉得这家有问题,平时常关着大门,也不和人打交道……"

被控制住的中年男子面色大变："你们到底是什么人？"

宝珠"呸"了一声："你也配问！快点儿把小花交出来，不然要你好看！"

"你们不要血口喷人，我们可是规规矩矩的老实人……"

方脸婆子直接给了中年男子一个嘴巴子："老实人个屁！我们小花上街给姑娘买胭脂水粉，有人瞧见被你给拖走了，就进了这里。你们还愣着干什么，快进屋找找看！"

除了控制着三个人的下人，其他人冲向各处的屋子。

中年妇人骇得魂飞魄散，埋头就要往墙上撞："街坊邻居们瞧瞧，随便来几个人扣个罪名就能私闯民宅打砸抢夺，这天下还有王法吗？我不活了啊——"

这话说得看热闹的街坊犹豫起来。

是啊，这些人来势汹汹，谁知道是不是真的来找丢失的丫鬟？

方脸婆子一脸淡定的神情，拽住妇人的头发："急什么？要是在这里找不到小花，你们可以报官啊。"

看热闹的街坊歇了帮忙拦人的心思：对啊，不着急。

"在这里！"被踹开门的厢房里传来喊声。

宝珠飞一般跑了进去。

不大的厢房，窗子被封起来了，明明外面阳光明媚，却照不到里边。几个小姑娘挤在一起，望着闯进来的人，一脸惊恐的神情。

宝珠一眼就认出了寇婉。

比起披头散发、衣衫脏污的其他三个小姑娘，寇婉的情况要好得多。

宝珠扑过去，抱住寇婉就哭了起来："小花，可找到你了，姑娘都要急死了！"

被宝珠抱住头的寇婉头脑有些迟钝。

小花？

"姑娘还在外面等你呢，快走吧。"宝珠把寇婉拉起来，半拖半扶着她往外走。

她突然落在拐子手里，反抗时还吃了苦头，让寇婉这个娇养着长大的贵女到现在脑子还是混沌的，浑浑噩噩地被宝珠拖到外面，迎着阳光瞥见中年男子那张脸，尖叫一声就要躲。

"小花别怕，他们伤害不了你了。"宝珠抬起一条胳膊挡住寇婉的脸，一边往外走一边喊："里面还有好几个小姑娘呢，你们快去看看！"

有散下的青丝遮盖，再有宝珠有意遮挡，看热闹的人根本没看清被拐的小姑娘长什么模样，寇婉就被宝珠带走了。

他们只好把好奇的目光投向院子里。

巷子外的路边静静地停着一辆马车，宝珠直接把寇婉送进了马车里。

随着车门帘落下，四周瞬间暗下来，寇婉如梦初醒，苍白着脸就要往外跑。

"寇二姑娘。"

温温淡淡的喊声令寇婉动作一顿，看看车厢里的少女，猛然睁大眼睛："林好？"

林好嫣然一笑："是我。"

"怎么会……？"寇婉下意识地靠近她，满眼不可置信之色，"你怎么会在这里？"

林好眼珠微转，笑道："这是我的马车呀。"

"我知道，我是说……我是说……"寇婉语无伦次，或许是见到林好让她意识到彻底安全了，她突然崩溃痛哭。

林好没有打断寇婉的发泄，只是轻声吩咐车夫让车子动起来。马车载着她们很快远离了是非之地，向将军府驶去。

寇婉哭了一路，一直到马车停下来。

"这是哪儿？"她红肿着眼睛，茫然四顾。

"我让车夫把马车直接拉进了后院，落英居是我的住处。"林好边说边把寇婉带进落英居，吩咐侍女带她去沐浴更衣。

寇婉稀里糊涂跟着两个小丫鬟去了沐浴室，等整个身子浸入装满热水的大桶里，才终于有了真实感。

她真的得救了！

林好等了小半个时辰，焕然一新的寇婉被侍女领进来。

到这时，寇婉才算冷静下来，红着眼对林好深深一福："林二姑娘，大恩不言谢，我……我不知道说什么才好……"

林好拉着她坐下："这种事任谁遇上都会帮忙的。寇二姑娘不要担心，外面的人都认为是一个大家闺秀的丫鬟走丢了，不会想到你头上。等一会儿我安排车马送你回府，事情就算过去了……"

至于要不要和家人坦白今日的遭遇，就是寇婉自己的决定了。

寇婉听着，眼泪又忍不住落下来。

她知道不是这样的，许多人怕惹麻烦才懒得管闲事，能对街上巡逻的官差说一声已经是心善，而林二姑娘不仅亲自带人去救她，还安排周到，让她不被卷入名门贵女被拐卖的流言蜚语中。

"你的衣裳有破损不能再穿，我吩咐丫鬟悄悄去处理掉。"林好指了指寇婉身上的衣裳，"这套衣裙我还没上过身，颜色、款式与你所穿类似，应该不会让人注意到。真要有人留意问起，可以推说是逛街时买的新衣裳。"

"我知道，我知道。"寇婉连连点头，恨不得抱着林好再哭一场。

她到底忍住了，问出疑惑："林二姑娘，你怎么知道我落入了拐子的手里？"

见林好迟疑，寇婉恍然。

林二姑娘一定是算出来的！

寇婉握住林好的手，心中满是感激之情："林姐姐不用说了，我都明白的！"

林好一头雾水。

寇二姑娘明白了什么？还有，"林二姑娘"怎么突然变成"林姐姐"了？

寇婉打消了疑惑，又担心起与她有着同样遭遇的女孩子："林姐姐，和我关在一起的还有三个小姑娘！"

412

"我家的人会暂时先照顾她们,等把拐子送官,再助她们回家。"

寇婉想到那三个拐子,就恨得牙痒:"那个老婆子也不是好人,盯我们盯得特别紧……"

小姑娘不知道想到什么,眼中闪过恐惧之色。

林好轻轻拍了拍她的手:"你放心,一个都跑不了。"

"那就好。"寇婉的神情放松许多。

"寇二姑娘知道那三个小姑娘的来历吗?她们应该被拐有一段时间了吧?"

"林姐姐叫我'婉儿'就行了。"寇婉摇摇头,"我一醒来就发现嘴巴被堵着,她们三个也是一样,根本无法交流。不过看她们的样子,被关有段时日了。"

寇婉回忆起在那间阴暗窄小的屋子里的情形就有些反胃。她想,她这辈子都不会忘记那种发霉的气味。

林好见寇婉如此,没再多问,柔声道:"我让人送你回去吧,省得家里着急。"

寇婉再次道谢,乘着一辆没有标识的马车回了威武侯府。

对威武侯府来说,寇婉只是任性跑出去半日,事情连一点儿涟漪都没起就这么过去了,林好却遇到了一个小难题。

拐子被送官自有牢饭招待,三个小姑娘却只送走了一个。剩下两个,一个是卖身葬父时被拐子盯上的,家里早就没人了;另一个同样没了父母,无意中听到哥嫂商量着要把她卖去青楼,偷跑出来,却落进了拐子手里。

两个小姑娘眼巴巴地望着林好,不敢流泪,不敢乞求,眼神却说明了一切——她们想留下来,想活命。

林好吩咐小丫鬟带她们去洗漱、吃饭,自己思索着如何安置二人。

"姑娘,您要留下她们吗?"宝珠忍不住问。

靠着美人榻的林好微微抬头:"宝珠怎么想呢?"

宝珠没有掩饰对两个小姑娘的同情:"婢子觉着姑娘虽然不缺丫鬟,但咱们将军府这么大,安排两个人也不难。"

林好点头:"是啊,是不难。"

宝珠歪着头,有些不解。

姑娘也这么想,那还犹豫什么呢?

"走,去我大姐那里。"

林婵还在"养病",一直没出过皎月居的门,院中花木早已郁郁葱葱。

"二妹来了。"

"有件事,想请姐姐和我一起拿个主意。"

林婵拿过一个软枕,示意妹妹靠着坐下:"什么事?"

林好把偶然从拐子手中救下几个女孩子的事说了,略过寇婉不提:"现在有两个小姑娘无处可去,一个十二岁,一个十四岁,我正头疼如何安排。"

"她们年纪都不大，在管事手下学上两年就能用了。"林婵和宝珠想的一样，而后反应过来，"二妹没打算留她们当丫鬟？"

林好点点头："我知道咱们家多养两个丫鬟不难，可以后要是再遇到这样的女孩子呢？"

以前她不会想这么多，可一时动了恻隐之心有了收容乞儿的林宅，让她渐渐意识到，靠一己之力养那么多人是不可能的，如果想善心持续，必须有更妥善的安排。

林婵有些惊讶林好的想法："二妹的意思是，以后还可能有这样的女孩子？"

"若是碰上，总不忍袖手旁观。"林好轻声道。

林婵笑着抚了抚林好的头发："二妹考虑得对，若是还要帮更多遇到困难的人，一味收留不是解决之道，要授之以渔才好。"

林好的眼里有了笑意："我也是这么想的，就是不知道怎么安排最好，想和姐姐商量一下。"

"要是有刺绣的手艺，可以开一家卖绣品的铺子。前不久我听管事说咱们家在万青街上的那家店面经营不善，打算做些别的，铺面都是现成的。"林婵提议。

"那两个小姑娘都是穷苦出身，应该没学过刺绣这种精细活儿，现在开始学的话，没个三两年，连帕子都绣不了……"林好说着，心一动。

刺绣这种手艺一时半会儿学不会，有些却可以，比如制香。

京城女子很喜欢花露，街上各色花露铺子有不少，无论是名门贵女，还是小家碧玉，都能买到适合自己的花露。她在看老师制药时曾听老师随口提起，若是用他提纯药汁的法子提纯花露，那可要比市面上见到的花露强多了。

开一家从采花到售卖每一步都需要人手的香露铺子，就能安置不少人了。

姐妹二人就此讨论许久，临走时，林好手里多了一个装银票的小匣子。用林婵的话说，零花钱放着也是放着，就当投的本钱。

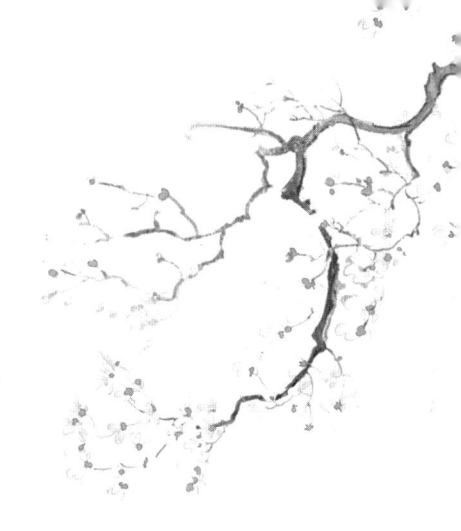

第十七章 夺 夫

　　将军府有许多产业，万青街上那间卖脂粉的铺子只是众多铺子里毫不起眼的一间，林好甚至都不知道还有这么一间铺面在这里。
　　这日她带着宝珠去考察铺子情况，瞧见茶楼前围满了人，一时好奇心起，刚走近，就听到两个人在议论。
　　"岂有此理，弹丸小国，居然跑到大周来放肆！"
　　"就是，咱大周才子无数，京城更是会聚四方英才，还怕玉琉人不成？"
　　有刚凑过来的好奇地问："两位兄台，发生了什么事啊？"
　　一人激动得脸色发红，指着茶楼，气愤地道："有几个玉琉人在喝茶，口口声声说咱大周才子对对子拍马难及他们玉琉人。恰好几个书生在喝茶，听了这话，忍不住与他们理论，就比了起来。"
　　"赢了吗？"刚来的人问。
　　另一人叹口气："输了。"
　　刚来的人急了："怎么会输了？"
　　先前开口的人更气愤："还不是玉琉人太狡猾？！那几个书生只是普通学生，而玉琉人中有三人据说是他们一等一的年轻才子，这怎么比得过？！"
　　"那……那就让玉琉人比下去了？"
　　另一人兴奋起来："那怎么能呢？刚刚咱们这边有几个才子进去了，是去年的新科进士呢。"
　　刚来的人松了口气："还好，还好。"
　　平时看热闹无所谓，与玉琉人对上，大周绝不能输！
　　林好默默听着，了解了大概。
　　文人相轻，这跨国的文人就更不用说了。

突然人群一阵骚动:"有人出来了!"

几个穿青色直裰的年轻男子快步走出来,有的抬袖掩面,有的面皮通红,在无数道目光的注视下落荒而逃。

看热闹的人面面相觑。

这是……比输了?

这个发现如一盆冷水泼在人们的头上,气氛凝滞时,从茶肆中传出来的说笑声就越发刺耳了。

"哈哈哈,都说大周底蕴深厚,惊才绝艳者辈出,如今看来不过如此嘛,连一个小小的对子都对不出来。"一名身穿玉琉服饰的年轻男子从茶肆中走出,摇着折扇,目光含笑扫过众人。

另一名玉琉男子摇头叹气:"见面不如闻名,大周才子,真是令人失望。"

一番话说得看热闹的人面红耳赤。

"你们不要太过分!"茶肆中走出几个怒目而视的年轻人。

拿折扇的玉琉男子露出夸张的惊恐神色:"你们大周该不会文斗比不过,就要打人吧?"

这话把几个面皮本就不厚的年轻人臊得好一会儿说不出话来。

看热闹的百姓心里也不是滋味。

论武力,对上野蛮的齐人,大周人有些畏惧倒是正常;可和玉琉人比才华都比输了,这就让人想不开了。

大周沦落到这个地步了吗?

沉默让在场的读书人都倍感羞辱。

丢人丢到异国去了,这怎么能忍?!

一名年轻人冷冷地道:"你们不必得意,听说你们是玉琉有名的才子,而刚刚与你们比试的只是我们大周最寻常的读书人……"

"寻常?"玉琉男子好笑地打断年轻人的话,"刚刚我听到你们大周人说,那几个人是你们去年的新科进士。贵国春闱三年一次,考生数千,榜上有名者不过十一,而这数千考生又是从数万参加秋闱的举人中录取而来。新科进士若都算寻常读书人,那贵国对读书人的要求未免也太高了。"

这番话一说出口,其他玉琉人"哈哈"大笑起来。放肆的笑声传出老远,如无形的巴掌,打在在场的大周人脸上。

一人大步走出人群,在几名玉琉男子面前站定,将手中的描金折扇"唰"的一下打开,轻描淡写地道:"不就是对对子赢了几个人吗?这也值当笑出猪叫声?你们把上联说出来,我朋友用脚趾都能对出来。"

他说前面的话时,众人不由得心潮澎湃,听到后面,差点儿背过气去。

合着这是替朋友吹牛不用负责!

宝珠轻轻拉了拉林好的衣袖,小声道:"姑娘,是韩公子。"

林好望着韩宝成，眼里有了笑意。

姐姐那种情况还愿意捧上一颗真心的人，她瞧着就顺眼。

韩公子也在的话，那……林好看向韩宝成走出来的方向，果然在人群里看到了堂兄温峰。

难道韩公子说的朋友是堂兄？

这个念头闪过，很快被林好否定。

以她对堂兄的了解，事关大周读书人的尊严，堂兄若能对出来，早就站出来了，不会无动于衷。

那个朋友应该是状元郎杨喆。

林好往那个方向多看了几眼，没有发现杨喆的身影，反而被温峰瞧见了。

温峰面露意外之色，挤过人群来到林好身边。

"阿好，你也在啊。"

"出来买了点儿东西，瞧见这边热闹就过来看看。十一哥和韩公子两个人吗？"

温峰的语气有些无奈："对，不过韩兄已经打发小厮去喊杨状元了。"

林好不由得一笑："是韩公子会做的事。"

温峰心一动。

看来阿好对韩兄印象不错，这么说，韩兄很可能得偿所愿。

温峰有心问问林婵的身体情况，又被玉琉人的哄笑声引开了注意力。

与看热闹的人一样，几个玉琉人认为韩宝成在吹牛，其中一人笑问："你朋友在哪儿？"

"我朋友马上就到。"

"人不在？"玉琉人互看一眼，笑得更大声了。

看热闹的人忍不住埋怨起来。

"这人怎么这么不靠谱儿啊？朋友都不在这里，还替朋友把牛吹出去。"

"就是啊，这不是上赶着让玉琉人看笑话吗？"

在一片指责声中，一名年轻人却激动起来："我见过他，他是去年的新科进士！"

新科进士？

议论声一停，但很快就有人反驳："新科进士也没用啊，刚才不是好几个新科进士与玉琉人比试，结果败下阵来？"

年轻人紧攥着拳克制激动的情绪："他的朋友是杨状元！"

听到的人都激动起来。

去年御街夸官，他们可都见过高头大马上状元郎的风采。那可是文曲星下凡，到现在他们还记得喧天的锣鼓声和被高举的"连中三元"大旗。

那真是数十年难见的风光场面。

"没错，状元郎来了肯定让玉琉人灰头土脸！"

人们突然有了信心，一扫先前的愤懑尴尬，翘首以待状元郎的到来。

"天鸣，你们这是在干什么？"

嬉笑的玉琉人见到来人，纷纷行礼。

玉琉王子走过去，语气透着好奇之意："谁能说说发生了什么事？为何这么多人？"

一人得意地笑道："王子，我们与大周才子比对对子，谁知他们才智平平，没有一个对出来。"

他这么一说，其他人又笑起来。

玉琉王子摆出不赞成的神色："不可如此，咱们是客人，对主人要客气些。"

"没有不客气啊。是他们总觉得咱们玉琉比不过，大周人文才天下第一呢。"

"行了，不要说这么多，随我回客馆。"

几个人面露遗憾之色，不情不愿地应了。

见他们要走，看热闹的人反而不干了。

"别走啊，对对子的人马上就来了。"

"是不是听说我们状元郎要来，就不敢留下了？"

不怪看热闹的人拱火，今日真让这些玉琉人走了，大周的脸面就丢尽了。等状元郎来了，大周还有扬眉吐气的机会。

听到这些喊声，玉琉人站着不动了："王子您听，他们说咱们没胆子留下呢。"

玉琉王子眉头一皱，脸色沉了下来："既然这样，那就等一等吧。"

"来了，来了！"

不知谁喊了一声，人群自觉地分出一条路，一名身穿月白色直裰的年轻男子走了过来。

青年眉眼如画，身姿如松，明明身边跟着人，人们眼里却只有他一人。

"状元郎，是状元郎！"人们激动地喊着。

头戴帷帽，静静站在玉琉一行人中的灵雀公主一双灼灼美目透过轻纱，望向来人。

原来他就是大周的状元郎。

原来宜安公主的夫君是这个样子。

她抬手理了理遮住尖尖下颌的轻纱，微微笑了。

"杨兄，你可算来了。"韩宝成见杨喆过来，松了口气。

刚刚他是真担心这些玉琉人就这么走了。好友的才华他再清楚不过，不让玉琉人长长见识太憋屈了。

玉琉王子看着走近的青年，脑海中难免闪过一个念头：王妹该不会是纯粹看上状元郎这个人吧？

不，不，王妹之前都没见过这位杨状元。

玉琉王子并不想承认他一个大男人都险些被大周状元郎的风采折服，忙挥去杂念："那日宴会，本王见过你。"

杨喆神色淡然地介绍了自己，看向几个玉琉人："听闻这里有比试对对子的趣事，不知杨某能否参与？"

玉琉才子一听，暗暗恼火。

明明是两国文斗，怎么到了这人口里就成了趣事？一句话就把今日之争归为不入流的玩闹，这个大周状元郎实在可恶。

他们想到先前王子叮嘱最后要让这人胜出，越发窝火了。

"自然可以。"一名玉琉才子沉声道。

杨喆笑着拱拱手："请说上联。"

"你听好，上联是南通舟，北通舟，南北通舟通南北。"

"东当铺，西当铺，东西当铺当东西。"杨喆不假思索地给出下联。

对出来了！人群登时一片叫好声。

玉琉才子的脸色有些凝重。

堂堂大周状元，对出来不可怕，可怕的是对方的速度。

"望江楼，望江流，望江楼下望江流，江楼千古，江流千古。"

"印月井，印月影，印月井中印月影，月井万年，月影万年。"

"好！"

震耳欲聋的叫好声中，玉琉才子们额头冒汗，终于意识到眼前的青年才思何等敏捷。

就在这时，头戴帷帽的少女越众而出，柔婉的声音响起："我也有一联，请状元郎给出下联。"

杨喆客气地拱手，语气温和："姑娘请说上联。"

灵雀公主紧紧地盯着青年，轻启朱唇："上联是因荷而得藕。"

杨喆毫不犹豫地道："有杏不须梅。"

灵雀公主扬唇一笑："状元郎对得真好。"

站在林好身边的温峰喃喃念着："因荷而得藕，有杏不须梅……"

他突然变了脸色。

因荷而得藕，有杏不须梅。稍一思索他便反应过来，这是一副谐音对：因何而得偶，有幸不须媒。

那姑娘莫非看中杨喆了？

场中的青年平静地将目光从灵雀公主身上移开，看向几位玉琉才子："还有吗？"

几个人脸色尴尬，说不出话来。

那几个上联在玉琉本是绝对，没想到被大周的状元郎轻松对了出来。

杨喆微微一笑，对玉琉王子拱拱手："对对子在我大周只是游戏玩乐，谈不上输赢。贵国才子若有兴致，杨某随时可以奉陪。"

明明大周占了上风，玉琉王子却笑得爽朗："不愧是状元郎，让他们几个心高气傲的见识到了什么叫'人外有人'。"

"那杨某先告辞了。"

看热闹的人听了这番对话，顿感扬眉吐气，对走过来的杨喆用力拍掌。

杨喆谦逊地颔首，视线往人群中扫了扫。

韩宝成走在他身边，低声道："我瞧见温兄去那边了。"

二人脚下一转，向温峰与林好所在的方向走去。

"温兄……"

韩宝成才开口，就被温峰拦住："离开这里再说吧。"

几个人快步走出去，转了个弯后终于摆脱了无数追逐的目光。

"林二姑娘，你也在啊。"韩宝成竭力摆出稳重的神色，却不知嘴角翘得老高，简直没眼看。

温峰心道：知道的人明白你是为了娶到心上人想给阿好留个好印象，不知道的还以为你看上阿好了。

比如面对灵雀公主隐晦示好面不改色的杨喆，此时明显愣了一下，微起波澜的目光落在林好面上："林二姑娘，好久不见。"

林好唇边挂着疏离客气的笑："杨状元、韩公子，好久不见。我出来挺久了，先回去了，你们慢慢聊。"

韩宝成一听林好要走，心下一急："林二姑娘……"

后面的话被温峰一个眼刀吓了回去。

眼巴巴望着林好走远，韩宝成叹了口气，心道：还没来得及问问林大姑娘身体怎么样了呢。

杨喆敛眉看着韩宝成。

温峰一见杨喆如此，便知他误会了，可偏偏不能解释——总不能说韩宝成是为了婵儿吧，毕竟八字还没一撇呢。

转而想到杨喆曾送过阿好一盏琉璃灯，温峰顿时更觉得头大。

为什么他的朋友都是这种人？！

韩宝成可不知道他没控制好表情引起了好友误会，替好友担心起来："杨兄，那个站出来出对子的姑娘，该不会看上你了吧？"

因荷而得藕，有杏不须梅。这分明是委婉传递情意啊。

温峰神色一怔。

果然不是他想多了。

比起两个好友的担忧，杨喆还是云淡风轻的样子，微垂眼帘反问："那又如何？我快成亲了。"

韩宝成扶额："险些忘了，你是驸马爷，谁看上都没用。"

温峰却没这么乐观："那姑娘是玉琉人，能站出来出对子，身份恐怕不简单，杨兄还是注意些。"

杨喆微微颔首。

林妤回到将军府，直奔皎月居。

"二妹看过店面了？"

"看过了，位置还不错。"

"听管事说，那间铺子对面就是一个特别大的脂粉铺，二妹要卖花露，和对面有些重复了，位置算不上好吧？"

林妤一笑："这样才好。那家已经有了稳定的客流，登门的客人都是为了买胭脂水粉去的，只要咱们家的花露更胜一筹，便不愁客源。"

与对面琳琅满目的货物比，林记香粉铺以后打算专卖花露，其实两家算不上竞争对手。

见林妤一脸自信的神情，林婵不忍打击她，笑道："那就试试吧，反正用不了多少本钱。"

比起损失本钱，她更担心信心满满的妹妹赔了钱会哭鼻子。

林妤笑盈盈地挽住林婵的胳膊："大姐，我在街上还遇到了韩公子。"

林婵脸一红，没了刚才的淡然："遇见就遇见了。"

"哦。"林妤笑着。

一会儿后，林婵的声音低下来："那你们说了什么？"

回到客馆后，灵雀公主扯掉帷帽，心情大好，连青丝还没长出来的苦恼都淡了："没想到计划如此顺利。王兄可要好好奖励天鸣他们。"

玉琉王子不冷不热地笑着："王妹对大周状元郎还满意吧？"

灵雀公主微仰下巴，面上是毫不掩饰的势在必得之色："本就是满意的人选，见到人更觉满意了。王兄你快些去和大周皇帝提，免得那对子传到宜安公主耳里，让她有了防备。"

在灵雀公主的催促下，玉琉王子很快进宫求见泰安帝。

泰安帝一听说玉琉王子求见，第一反应就是灵雀公主的伤情有变。

"传他进来。"

没多久，玉琉王子走进殿中，冲泰安帝行礼。

"王子不必多礼。"泰安帝示意内侍搬来锦凳请玉琉王子坐下，问起灵雀公主的情况。

玉琉王子面露忧色："王妹其他都好，就是至今想不起来过往，让人发愁。"

泰安帝目光闪了闪。

看来玉琉王子是来讨要好处了。

两国之间本就只讲利益，玉琉要是不借着灵雀公主受伤讨些好处反倒奇怪。从灵雀公主出事起，他就知道会有这一出，端看对方如何狮子大开口。

泰安帝歉然地道："出了这种事，实在让人想不到。不过朕相信灵雀公主吉人自有天相，早晚会想起来的。"

玉琉王子叹了口气："小王也相信王妹是有福气的，只是等返回玉琉，让父王知晓王妹的情况，小王实在无法交代啊！"

泰安帝静静地等玉琉王子演下去。

玉琉王子顿了顿，道："王妹自幼喜爱、向往贵国文化，临行前父王曾笑说，若遇到大周出色男儿，只要王妹开心，留在大周也可。许是天注定的缘分，王妹虽失去记忆，却对一名大周男子一见倾心，小王想着，若能让他们喜结良缘，也算两全其美。"

"不知灵雀公主倾心何人？"泰安帝不动声色地问。

玉琉王子眉一挑，面上有了喜色："王妹心悦的是贵国去年的新科状元郎。"

饶是泰安帝城府深，听了这话都不由得愣住了。

默默侍立一旁的大太监刘川险些忍不住咳嗽出声。

这是来和皇上抢女婿了？

一阵尴尬的沉默后，泰安帝开口："王子说的是杨喆杨修撰吗？"

玉琉王子露出单纯的笑容："小王只知道他姓杨，是贵国去年的新科状元。"

刘川眼角抽搐。

连名字都不知道就看上了，玉琉人真是不讲究。

泰安帝盯着玉琉王子，琢磨着对方的无知是真是假："王子初来大周，可能还不知道，杨修撰与宜安不日就要大婚了。"

"杨状元与宜安公主定亲了？"玉琉王子大为意外。

泰安帝笑道："王子多留些时日，还能喝上他们的喜酒。"

玉琉王子难掩失望："那是王妹与杨状元没有缘分了。王妹若知道这个消息，定会难过的。"

"大周好男儿很多，等灵雀公主养好伤，可以慢慢挑选。"

玉琉王子深深一揖："到时还请陛下掌眼。"

泰安帝笑着应了，等玉琉王子离开，他立刻收起笑容，陷入深思。

殿中一片安静，只有那漂洋过海来的大钟传来轻微而持续的"当当"声。不知过了多久，泰安帝看向刘川："你去打听一下，灵雀公主与杨喆何时有的接触。"

"是。"

刘川领命而去，很快就打听出来。

"回禀陛下，今日几个玉琉才子在茶楼与咱们这边比对对子，言辞十分嚣张，最后是杨修撰出面灭了玉琉人的气焰，当时灵雀公主就在场，应该是那时对杨修撰倾心的……"

听刘川仔细说了打听来的事，泰安帝摇了摇头："朕看他们是太闲了。"

在泰安帝看来，这不过是个小插曲，知道杨喆已经定亲，灵雀公主总不能硬抢，而玉琉王子回到客馆时，早没了失望的模样。

"现在大周皇帝知道王妹对杨状元有意了。"

灵雀公主黛眉微挑:"这么说,大周皇帝很快就会知晓今日我见到杨喆的事了?"

"那是肯定的。"想到灵雀公主的打算,玉琉王子有些不放心,"王妹真的觉得那样做会得偿所愿?"

灵雀公主赏玩着修剪齐整的指甲,漫不经心地笑笑:"我一个失忆的可怜小姑娘可以不要脸,堂堂大周皇帝也好意思不要脸吗?"

"那祝王妹一切顺利。"玉琉王子举起茶杯,真心实意地佩服灵雀公主如此豁得出去。

翌日,杨喆刚走到衙门口,就被喊住:"杨状元请留步。"

杨喆闻声望去,就见一名身穿玉琉服饰的少女走来,身后跟着两名玉琉侍卫。

少女走到近前,行了个玉琉礼,用清脆的声音道:"奴婢是灵雀公主的贴身宫婢,今日来找杨状元,是替公主转交赠礼的。"

赠礼?

身穿异国服饰的少女本就引人注目,听了这话,进出衙门的人不由得放慢了脚步。

杨喆的视线从玉琉宫婢举着的精美小匣子上扫过,淡淡地道:"杨某与公主素无交集,不敢受公主赠礼。"

玉琉宫婢错愕地扬眉,提高了声音:"怎么没有交集呢?昨日杨状元还与我们公主互通了情意,有那么多人看着呢!"

这话一说出口,停下来的同僚互相交换了一下眼神。

杨喆的神色冷下来:"我与贵国公主从未打过交道,姑娘何出此言?"

玉琉宫婢一脸怒容:"昨日在茶楼前与杨状元对对子的就是我们公主。公主对杨状元一见倾心,以上联试探杨状元的心意,杨状元给出了下联回应,这在我们玉琉就算互许终身了,怎么转头您就不认了?"

"昨日杨某只是对对子,绝无其他想法。还请姑娘转告公主,杨某已有婚约在身,勿再开这种玩笑。"杨喆说罢,快步走进了衙门。

"你等等!"

玉琉宫婢想要追进去,被守门的拦住:"衙门重地,姑娘请留步。"

"你们大周人不讲诚信!"玉琉宫婢跺跺脚,扭身跑了。

看热闹的人面面相觑,满腹疑惑最后转为了对状元郎的羡慕。

状元郎即将迎娶大周公主,还引来了玉琉公主,也就他有此等艳福了。

至于灵雀公主会把状元郎抢过去,倒是没人这么想,大家只是抱着看乐子的心思把衙门前发生的事传了出去。

这种八卦消息向来传得快,才过一日,就传到了威武侯府中,寇母急忙打发人给宜安公主送信。

宜安公主接到信,匆匆赶回了侯府。

"母亲,您信上说杨喆被卷入了流言,究竟是什么事啊?"

寇母把听来的消息说了，宜安公主面罩寒霜，重重一拍桌子："真是不要脸！"

"可不是？就没听说直接打发贴身宫女找上门去的，还是在大街上。"

虽然听说杨喆毫不犹豫地拒绝了，寇母还是觉得丢脸。

"也是怪了，难道那个玉琉公主不知道杨喆与你定了亲？"

宜安公主冷笑："她分明是知道，才故意给我添堵！"

见她起身，寇母忙问："娇娇，你去哪儿？"

怕寇母啰唆，宜安公主没说要去找灵雀公主算账，敷衍道："我回宫告诉皇祖母去。"

"不要对太后哭闹——"寇母急忙叮嘱一声。

宜安公主上了轿子，吩咐一声："去鸿胪客馆。"

没过多久，轿子在客馆门前停下，宜安公主下了轿，被人簇拥着走过去。

宜安公主前两日才来探望过伤了头的灵雀公主，守门人一眼就认了出来，赶忙行礼。

"我来探望灵雀公主，麻烦通报一声。"从威武侯府到客馆的工夫，宜安公主把火气压了下去——至少她明面上不能打上门去，以免落人口实。

守门人面色有异："灵雀公主一早出去了，玉琉王子出去找了，此时都还没回来。"

"都不在？"宜安公主一听，火气就蹿了上来。

这是做贼心虚躲起来了，还是又去纠缠杨喆了？

她冷着脸转身往外走，迎头遇见了玉琉王子。

"灵雀公主没和王子一起回来？"

玉琉王子盯着宜安公主，眼里闪着怀疑之色："宜安公主找我王妹？"

"灵雀公主受伤，我一直很担心，所以前来探望。"宜安公主说着场面话，心中越发恼火。

玉琉王子这是什么眼神？

玉琉王子的语气意味深长："我王妹不见了。"

宜安公主一愣，下意识地问道："'不见了'是什么意思？"

玉琉王子两手一摊："她一早出去，一直没回来，小王出去找，也没找到人。"

被玉琉王子莫名其妙意味的目光打量，宜安公主暗暗恼怒。

难不成他怀疑灵雀公主失踪与她有关？

他真是可笑！

"既然这样，那我改日再来探望，不耽误王子找人了。"

见宜安公主要走，玉琉王子向前一步："公主有没有见过我王妹？"

宜安公主登时沉下脸来："王子这是什么意思？"

玉琉王子微微一笑："公主别多心，小王就是问问。一直找不到王妹，我实在担心。"

"那王子快些去找人吧。我出宫久了,太后会担心的。"宜安公主说罢,快步走向停在不远处的宫轿。

玉琉王子看着宜安公主的身影消失在轿帘后,冷冷地吩咐侍从:"继续去找公主。"

侍从领命而去,王子本人行色匆匆地去找鸿胪寺卿。

"欧阳大人,欧阳大人,出事了!"

鸿胪寺卿复姓欧阳,是个年逾五旬的胖老头儿,一听玉琉王子的叫喊声就觉得脑壳疼。

这是又出什么事了?

自从这些玉琉人来了他就没睡过好觉,都瘦了。

尽管心中不耐烦,欧阳寺卿面上还是立刻露出关心之色:"王子,出什么事了?"

"我王妹失踪了!"

欧阳寺卿惊得胡子一抖:"灵雀公主失踪了?"

"对,到现在还没找到人。"

欧阳寺卿扫了一眼外头明晃晃的日头,不大相信:"会不会是逛街去了?"

"她人生地不熟,逛街的话去的定是你们提过的地方,可那些街道我都派人找过了,没有找到人。"玉琉王子脸色难看,"再说我王妹伤还没好,又失去了记忆,怎么可能有心情逛街?"

听他这么一说,欧阳寺卿也紧张起来:"王子勿急,我这就多喊些人来一起寻找。"

"最好是这样。王妹受伤失忆,要是再失踪,我可无法向父王交代。"

欧阳寺卿抬袖擦了一把汗。

灵雀公主要是在大周京城就这么不见了,可不止是玉琉王子无法向玉琉王交代啊!

这边人仰马翻到处找人,顺天府衙门前,陪在头戴帷帽的少女身边的一名婢女走上前去,敲响了大鼓。

浑厚的鼓声立刻把衙门内外的人都惊动了。

衙门断案允许旁听,积累了丰富经验的百姓立刻拥过来,抢占了最佳位置。

顺天府尹听到鼓声匆匆赶到公堂,看向堂下明显是一对主仆的两名少女,一拍惊堂木:"堂下何人——"

少女把帷帽一摘,露出真容。

身穿异族衣裙的少女容颜倾城,头上缠的纱布衬着巴掌大的白皙小脸儿,越发有种惊心动魄的美感。

顺天府尹眼睛睁大了些,认出了少女的身份:"你是……玉琉公主?"

灵雀公主微微点头,声音如出谷黄莺:"他们都说我是灵雀公主。"

这话听着古怪,顺天府尹顺口问了句:"他们?"

"对啊。我在馥香园伤到了头，不记得了，他们告诉我，我是灵雀公主。"

望着堂下一脸单纯的少女，顺天府尹心中有一种不祥的预感：总觉得要有大麻烦了！

"喀喀，不知灵雀公主来这里有什么事？"顺天府尹尽量使声音听起来温和。

任何事情一旦扯上两国都不简单，扯上的还是皇室中人的话，那和挖个坑把他这个顺天府尹推下去没多大区别。

灵雀公主美眸轻扫左右，带着疑惑之意："这里不是顺天府吗？"

"是。"顺天府尹颔首。

"那应该和玉琉一样吧，来这里自然是告状的。"

顺天府尹挪了挪屁股，总觉得今日的椅子有些扎人："公主状告何人？"

灵雀公主下巴微仰，一字一顿地道："我要告贵国的状元郎杨喆。"

顺天府尹险些站起来，但还是强作淡定问道："公主为何状告杨状元？"

刚刚还神色决绝的少女突然眼圈一红，落下泪来："他明明当众与我互表情意，转头却不承认，始乱终弃！"

"这……这从何说起啊？"顺天府尹听傻了。

他只听说杨修撰前两日在茶楼前以对对子压下了玉琉人的嚣张气焰，可没听说这个！

他错过了什么吗？

灵雀公主轻轻拭泪，姿态我见犹怜："那日我见杨状元风采无双，心生仰慕，便以一个上联试探他的心意，问他'因何而得偶'，而他也给出了回应，说'有幸不须媒'。他当众许下白首之约，转头又反悔，难道不是始乱终弃？"

"这……公主误会了，杨状元只是对对子，没有其他意思。"顺天府尹听得头大，忍不住替杨喆解释。

这不是硬赖吗？

灵雀公主含泪质问："大人身为主审官，不但不传被告前来与我对质，还替被告辩驳，你们这是官官相护吗？"

顺天府尹头大如斗，忙吩咐手下去找杨喆，再打发人去鸿胪寺报信。

不多时，鸿胪寺卿费力地穿过一群仿佛被打了鸡血的百姓，第一个赶到。

"灵雀公主，你真的在这里，令兄正到处找你呢！"一见灵雀公主，鸿胪寺卿先松了口气。

顺天府尹咳嗽一声："欧阳大人，玉琉王子没与你在一起？"

"我让人去给王子报信了。"鸿胪寺卿以眼神询问顺天府尹：这是闹的哪一出？

顺天府尹简单说了，问陷入震惊中的鸿胪寺卿："欧阳大人，你看这事是不是要你们鸿胪寺调解一下？"

鸿胪寺卿登时回过神来，当即就开始推托："黄大人，鸿胪寺不管审案啊。"

"可你们管外宾啊。"

两个人推诿一番，最终达成一致：去请皇上定夺。

泰安帝万万没想到这事还有后续，一时险些维持不住帝王的淡定。

灵雀公主站在玉琉王子身边，眼圈微微泛红，好似受了惊吓的无辜小鹿。

泰安帝眼神微沉，看着玉琉王子："朕记得和你说过，杨喆已经和宜安公主定亲，不日就要大婚了。"

玉琉王子一脸尴尬无奈的神情："小王知道，小王回去就对王妹说了。今日小王与欧阳大人一直到处找人，还以为王妹失踪了，没想到她会跑去顺天府告状。"

说到这儿，他深深一揖："王妹失去了记忆，如彩绘褪成白纸，性情和以往大有不同，还请陛下原谅。"

泰安帝扫了一眼楚楚可怜的灵雀公主，面色和缓许多："公主看中杨喆是他的荣幸，但他已定亲，不能再与公主结成连理。大周出众的男儿很多，朕相信公主定能觅得佳婿……"

听着泰安帝的话，灵雀公主泪落如雨："我只看中他一人，他在大庭广众之下也答应了。"

泰安帝皱眉："那只是对对子，公主误会了。"

"我没有误会。"灵雀公主向前一步，被泪水洗过的眸子明亮逼人，"请问陛下，杨喆的学识、才华在贵国年轻才子中是不是出类拔萃的？"

尽管知道这话有坑，泰安帝还是点了头。

状元郎三年会有一个，可连中三元的状元郎数十年都不一定出一个，他要是昧着良心说杨喆只是一个平平无奇的年轻才子，传出去只会让人笑话。

"我当时出的上联并不隐晦，以杨喆之才，他不可能没反应过来我在问什么。他若是无意，大可说对不出，那我绝不纠缠。他既然给出下联，就是给了我许诺，转头不认把我置于何地？"

泰安帝太阳穴突突直跳，忍不住睨了杨喆一眼。

杨喆垂头拱手："当时玉琉才子轮番出上联，是以灵雀公主说出上联时，微臣没往旁处想，只当成双方较量罢了。"

"公主你看，这只是个误会。"泰安帝耐着性子道。

灵雀公主神情激动起来："他一句误会就能把对我的侮辱抹去吗？王兄，你为什么不说话？在玉琉，年轻男女当众以对对子定情意味着什么，难道你不清楚？"

玉琉王子讪讪地笑笑，对泰安帝解释道："我们玉琉对对子之风盛行，有一个不成文的规矩，若年轻男女出了一道藏有爱慕之情的上联而对方给出下联，就是互许终身的意思，回头不认的话等同于始乱终弃。"

泰安帝默默地听着，拧了一下眉。

鸿胪寺卿会意，开口道："我们大周可没这样的风俗，杨状元更不知晓贵国有这样的风俗，王子还是好好开导一下公主。"

有些话皇上不方便说，他这个负责与外宾打交道的鸿胪寺卿可以说。

"小王早就劝过了，若能开解，今日就不会烦扰到陛下了。"玉琉王子一副无可奈何的样子，"王妹没了记忆，其实小王在她心里与陌生人无异……"

"喀喀。"一直默默听着的顺天府尹咳嗽一声，问出关键问题，"公主既然失忆，为何记得这些风俗？"

玉琉王子面不改色地道："王妹只是不记得人了，对众所周知的常识还是记得的，不然岂不是连说话都不会了？"

顺天府尹摸摸胡子，没了话说。

"王兄，你别说了。"灵雀公主突然开口，定定地望着杨喆："杨状元，我再问你一次，那日的许诺你可承认？"

杨喆语气淡淡："抱歉，杨某并无他意。"

"好，我知道了。"灵雀公主抿了抿唇，眼里划过决然，突然对着朱漆柱子冲去。

玉琉王子手疾眼快，在灵雀公主刚碰上柱子时死死地把她抱住："王妹，王妹你不能做傻事啊！"

倒在玉琉王子怀中的灵雀公主紧闭双目，额头一片青紫。

泰安帝霍然起身："快传太医！"

鸿胪寺卿等人都被吓傻了。

这灵雀公主真是个狠人啊！

一番混乱后，太医检查过被安置到偏殿的灵雀公主，前来禀报："公主受到的撞击不重，应该没有大碍。"

泰安帝听了，心下松了口气。

玉琉王子对着泰安帝深深一礼，语气沉重："陛下，小王厚颜请您成全王妹吧。王妹失忆后情绪十分不稳定，不能以常理待之。她能撞柱一次，就能撞第二次，若真在异国他乡出了事，小王回去无法交代啊！"

泰安帝静静地听着，眼神沉如深潭。

玉琉王子时不时提及灵雀公主失忆，无非是提醒他灵雀公主现在这样是大周有错在先。原来玉琉借灵雀公主受伤想要的补偿在这里。

泰安帝是个理智的帝王，不会让感情影响对利益取舍的判断。他很清楚，不管灵雀公主是当真寻死还是做戏，真的出了事，大周会陷入不小的麻烦，因而当灵雀公主表露出不达目的不罢休的决心时，他也就有了决断。

长久地沉默后，泰安帝低缓的声音响起："朕从未见过灵雀公主这般痴情的女子……罢了，最是难得有情人，朕便做主成全这段姻缘吧。"

此话一说出口，玉琉王子大喜："小王代王妹谢过陛下！"

泰安帝看向殿中长身鹤立的青年："杨修撰，你觉得如何？"

鸿胪寺卿等人听了这话，嘴角悄悄抽了一下。

您都这么说了，还要杨修撰如何？

杨喆面上看起来还算平静，垂眸道："微臣听皇上安排。"

泰安帝朗声笑了，等玉琉王子离去，才叹了口气："委屈杨修撰了，只是这灵雀公主闹得厉害，不好因她坏了两国关系。"

"能为皇上分忧，是微臣的荣幸。"

"你也退下吧。"

殿内安静下来，泰安帝缓缓揉了揉眉心，对伴在身边的刘川说了一句："杨喆确实不错，难得没有年轻人的执拗。走吧，陪朕去太后那里。"

对泰安帝来说，令人头疼的还有太后那一关。

慈宁宫中，不知宜安公主说了什么，太后的笑声响起。

"母后有什么高兴事，给儿子说说。"泰安帝走进来。

"听宜安讲笑话呢。皇上怎么这时候过来了？"

泰安帝看了宜安公主一眼。

在太后与皇帝面前，宜安公主可没有回威武侯府时的骄矜，立刻乖巧地道："皇祖母，我回房换身衣裳，您和父皇慢慢聊。"

等宜安公主退出去，太后笑问："皇上这是有事？"

泰安帝面上浮现出为难之色。

太后坐直了身子，示意给她轻轻捶打双腿的宫婢退下："有什么事皇上不能对哀家说？"

泰安帝以拳抵唇咳嗽了一声："说了怕母后打我。"

太后乜他一眼："多大的人了，还在哀家面前耍贫嘴。"

"那您保证别生气，儿子就说。"

"说吧。"太后面上笑着，心却沉了下来。

以她对儿子的了解，儿子这种说话方式，要说的事很大可能会妨碍到她，但对朝廷没多少影响。

泰安帝做好铺垫，开了口："这事和宜安有关。"

太后挑眉："和宜安有关系？"

"母后听说玉琉公主在馥香园受伤的事了吧？"

"这个哀家听说了。怎么，玉琉公主要找宜安的麻烦？"

"倒不是找宜安的麻烦。玉琉公主失忆后性情有些变化，那日机缘巧合与杨喆有了接触……"

听泰安帝讲完，太后好一会儿没说话。

泰安帝小心翼翼地打量太后的神情："母后，您是不是生儿子的气了？"

太后眼皮颤了颤，声音听起来苍老了许多："皇上是为了江山社稷，哀家怎么会生你的气？只是这种事皇上为何不先说一声？毕竟是宜安一辈子的大事。"

泰安帝露出苦恼的神色："玉琉公主当着儿子的面就撞了柱子，实在禁不住她闹腾了，万一真的闹出事，玉琉定会投向大齐，或借机狮子大开口，让我们承担更大的损失。"

太后冷笑："她还真能寻死不成？"

泰安帝的目光闪了闪。

母后为了宜安，真的动怒了。

"就算是假的，她这样闹腾不休，两国公主争夫婿的事会越传越广，会成为百姓一直热议的话题，这对宜安来说也是伤害。母后您说呢？"

太后绷着嘴角，从鼻孔中喷出一道冷气。

"母后放心，儿子定会给宜安找个比杨喆还出色的夫君。"泰安帝拿起放在琉璃果盘中的荔枝，剥了皮，喂到太后嘴边。

太后微微把脸别开，淡淡地道："哀家年纪大了，吃不了太甜的，皇上吃吧。"

泰安帝举着晶莹饱满的荔枝肉，讪讪地塞进嘴里。

"母后不喜欢吃太甜的，回头儿子让人送些菱角、莲子来。"

太后"嗯"了一声，算是没再扫儿子的面子。

"那您先歇着，儿子回去处理点儿事。"泰安帝离开慈宁宫，明媚的阳光疏疏地落在他的脸上，却驱不散眼眸深处的冷意。

母后对他的芥蒂终究是埋下了。

对此他早有所料，却不得不这么做。

想一想案头堆积的一道道关于北齐的折子，泰安帝轻叹口气，加快了脚步。

在天家的有意压制下，状元郎从大周公主驸马变成玉琉公主驸马的事没怎么传开，百官勋贵的圈子却很快尽人皆知。

韩宝成拉着杨喆几个人去喝酒，喝到最后，眼泪汪汪地抓着杨喆的手道歉："杨兄，都是我的错，那日若不是我把你喊来，你就不会落到异国妖女手里。"

温峰轻咳一声提醒："韩兄，你喝多了。"

事情已经尘埃落定，韩宝成管灵雀公主叫"妖女"，不是扎杨喆的心吗？

"我是真的难受，这两天觉都睡不着。"

杨喆一笑："韩兄不必如此。即便没有那日，也会有其他遇到的时候。该发生的，躲不掉。"

"你真的不难受？"韩宝成睁大眼看着云淡风轻的好友。

杨喆垂眸，修长的手指搭在白瓷酒杯上，语气淡得像被风吹散的轻烟："倒也没那么难受。"

"杨兄……"

温峰抬手搭在韩宝成的肩头："韩兄，喝酒吧。"

林好听说这件事时正在花园中溜达。开花露铺的事已经被提上日程，除了市面上常见的蔷薇露、桂花露，她还要看看什么花适合做香露。

她听后愣了半天,环顾四周,然后向围墙处走去。

这变化太大了,她必须找祁烁讨论一下。

"姑娘,您要找世子吗?"宝珠跟在后面问。

"嗯。"林好在衣裙上蹭蹭手,纵身一跃。

她打算先看看祁烁在不在。她双手扒住墙头,探了探头。

墙的那一边,穿着素青色长袍的青年扬唇,眼里藏着惊喜。

"这么巧,我就是看看。"林好干笑。

祁烁伸出手来:"下来时小心。"

林好利落地向他跳下去。

祁烁稳稳地抓住了林好的手。

林好感觉到脚落在实地,随意地扫了眼四周:"只有你一个人啊?"

她以前翻墙,都有小厮在的。

祁烁一笑:"我随便走走,没带小厮。"

这时一道声音传来:"姑娘——"

林好飞快地抽出手。

宝珠扒着墙头,认真地问:"婢子要下去吗?"

林好若无其事地点头:"下来吧。"

小丫鬟露出个笑脸,利落地跳了下来。

"我和世子有些话说,你在这里等着。"

宝珠脆生生地应了。

"去那边吧。"林好指指不远处的蔷薇花架。

二人走过去站定,对视一眼,林好忍不住笑了:"时间真快,去年也在这里聊过天儿。"

那时候她何曾想到,她以为的病秧子世子会成为她的心上人。

"灵雀公主抢了宜安公主的驸马的事,你听说了吧?"

"听说了。"祁烁拨开挡在眼前的花枝,露出一条长凳,"坐下说吧。"

林好疑惑地拍了拍凳子面,顺势坐下:"之前没留意,这里还有凳子吗?"

"早就有了。"祁烁面不改色地道。

去年春日与阿好在这儿说过话,他就觉得这里缺一条长凳。

"灵雀公主本该是魏王妃,因为被石头砸了头,杨状元成了驸马,这改变也太大了。"林好托着腮,问坐在身边的人,"世子,你说灵雀公主与杨状元的事,还会有变故吗?"

"说不好。"祁烁扬起唇角,"阿好不能算算?"

林好先是一愣,而后拳头捶了过去:"祁烁!"

祁烁抓住她的手,笑道:"'祁烁'比'世子'好听,以后就叫我的名字。"

林好的嗔怒连一瞬都没坚持到,红霞就爬上了双颊:"叫名字不大好。"

她生气的时候不算。

"反正不要叫'世子'。"外人前稳重内敛的靖王世子，此时难得露出几分孩子气。

林好移开眼，视线落在盛开的鲜花上，有彩蝶绕花飞舞。

"那我叫你'阿烁'吧。"

祁烁弯唇："好。对了，你来找我有什么事要说？"

林好无语："刚刚不是说过了？"

祁烁："……"

"这几日在家里忙什么？"他飞快地转移了话题。

"做花露。"提到正在忙的事，林好目光灼灼，抬起手来。

宽大的碧色衣袖如水波滑落，一截欺霜赛雪的皓腕出现在祁烁面前。

祁烁一时僵住了。

阿好要干什么？

"闻到了吗？"见他没有反应，林好收回手，低头嗅了嗅。

淡淡的蔷薇香在鼻端萦绕，久久不散。

"留香比市面上的花露持久很多，还更好闻一点儿，到时候肯定受欢迎……"林好兴致勃勃地说着。

她的香露铺子，将来肯定比和阿烁合开的食肆赚钱，说不定在食肆经营不下去的时候还能支持一下。

对至今分红还没超过二十两银子的食肆，林好素来不抱多少期望。

祁烁面上毫无变化，实则根本没听进去几句话，满心只有两个字：后悔。

再给他一次机会，他绝对不会傻愣着。

"不香吗？"林好再把手腕递过去，见祁烁的表情更木了，她疑惑地将手腕收回来，"难道你的嗅觉有问题？"

宝珠和姐姐都说香的。

祁烁狠狠掐了自己一下。

要是再给他一次机会……罢了，他还是不敢。

祁烁认清自己老实人的本质，脑子恢复了转动。

"很好闻。香露铺子什么时候开起来？想好名字了吗？"

"最快也要下个月了，店名我想叫'无香'。"

"无香？"祁烁觉得这名字有些怪，"卖花露叫无香，客人会来吗？"

"你知道原本的店名叫什么吗？"

祁烁摇头。

林好叹气："林记香粉铺！"

祁烁忍不住笑了："那确实还是无香好。"

"可不是？"

二人低声说笑着，突然听到一声喊声："你不是林二姑娘身边的宝珠吗？你怎么在这里？"

那是长顺的声音。

林好与祁烁对视一眼，透过花叶的间隙看过去。

长顺快步走到宝珠面前，一脸警惕的神色。

被抓包的小丫鬟神情淡定："我找东西呢。"

"找什么？"长顺一脸狐疑之色。

他怀疑林二姑娘又跳墙头了！

"找毽子。刚刚我在花园踢毽子，不小心把毽子踢过来了。奇怪，在哪儿呢？"宝珠没再理会长顺，弯腰找着。

长顺揣着手，嘴角噙着冷笑。

我就看你装！

"找到了！"一声欢呼声响起，宝珠提着个色彩斑斓的鸡毛毽子对长顺晃了晃。

长顺目瞪口呆。

她还真是把毽子踢过来了？

"那我先回去了，打扰啦。"宝珠摆摆手，助跑几步攀住墙头，很快，灵巧的身形就消失在长顺的视线中。

长顺的心情复杂至极。

虽然是为了找鸡毛毽子，可这丫头翻墙也太利落了吧，真是仆肖其主啊！

"长顺，愣着干吗呢？"长宁走过来，拍了拍发呆的小伙伴。

长顺指指围墙："刚刚林二姑娘的丫鬟过来找毽子……"

长宁似是没听进去，打断他的话："赶紧去找世子吧，太子还等着呢。"

"对，对，找世子去。世子不在花园会去哪儿呢？"

两个小厮匆匆走了。

花架后，林好推推祁烁："我回去了，你快去见太子吧，也不知道太子找你有什么事。"

"我猜来找我下棋。"

林好一想太子所为，面露同情之色："难为你了。"

"还好，多接触不是坏事。"

人要对敌人多些了解，才能做出恰当的判断。

"宝珠哪儿来的毽子？"分别时，祁烁忍不住问起。

林好嫣然一笑："宝珠喜欢随身带些小玩意儿。"

祁烁点头："难怪。"

难怪宝珠把长顺忽悠傻了。

"那我走啦。太子要是有什么情况，记得和我说。"

林好翻墙回了将军府，宝珠就等在那里。

"姑娘，要不要踢毽子？"小丫鬟举着漂亮的鸡毛毽子，笑呵呵地问。

· 433 ·

"好。"

宝珠露出个笑容,把毽子一抛,踢向林好。

林好稳稳接住,用力往上一踢。

祁烁站在墙的另一端,看到彩色的毽子高高飞起,转瞬又不见了踪迹,再一瞬又飞起,起起落落,似踢在他的心头。

他不由得弯了唇角,大步向前院走去。

太子等得不耐烦,手指轻叩桌面:"王弟不是在府中吗?"

"不知去哪儿溜达了,要不我把王爷喊回来陪你下棋?"陪坐一旁的靖王妃笑得温柔,心中却杀气腾腾。

一个个的到处逛荡,把她留下应付倒霉太子。

"不必了,我还是等王弟吧。"

正说着,祁烁走了进来。

"让殿下久等了。"

太子定定地看着走进来的青年,把茶杯往桌案上一放,站起身来:"我还想王弟是不是从后门出去了?"

祁烁笑笑:"怎么会?我身体才好,要是出门,母妃第一个不答应。"

太子听了这话,眼里闪过一丝鄙夷之色。

就这么个病秧子,有爹娘疼,还娶了个绝色当媳妇,也不怕福薄受不住。

"走,陪我下棋去。"太子拍了拍祁烁的肩头,先往外走,"这么好的天就别待在屋子里了,咱们就在花园下吧。"

祁烁冷眼看着太子往前走,越来越靠近与将军府相隔的围墙。

这是对阿好还不死心?

他的眼神沉了下来。

"殿下,就在这儿的凉亭对弈如何?"

太子脚下一顿:"哦,行。"

凉亭中的石桌上很快铺开棋盘,瓜果茶水被摆在一侧。

太子的心思显然不在下棋上,他随意地落了一子:"以前还没留意,王府与将军府仅一墙之隔。"

"嗯。"

太子撩起眼皮看了祁烁一眼:"那以后王弟去岳丈家太方便了。"

"是。"

太子嘴角抖了抖,心里的烦躁之火腾腾往上冒。

这么一个闷葫芦,连头发丝他都瞧着不顺眼!

"有时候我还真羡慕王弟,能有一个青梅竹马的妻子。"

祁烁微笑,声音波澜不惊:"都是父母之命媒妁之言。"

太子更气了。

病秧子什么都没做，就得到了他心心念念的女子！

要是没有这个病秧子……

太子看了对面云淡风轻的青年一眼，突然冒起的这个念头如火星点燃野草，压都压不住了。

林二姑娘要是守了望门寡，说不定等他登基还没嫁人，他的机会就来了。

太子越想越激动，口干舌燥，抓起杯子灌了几口水。杯子里的水见了底，可干渴的感觉还是挥之不去。

守在一旁的王福立刻接过王府下人端着的茶壶，把水杯倒满。

太子"咕噜咕噜"喝完，额头冒出汗水。

"宫外比宫里热多了。"太子把棋子一丢，站起身来。

祁烁轻轻咳嗽一声，笑道："可能是我素来体弱，倒是觉得亭中很阴凉。"

"王弟身体不好，就别陪着我了，快些回去休息吧。"太子急着回宫享受五色散，往外走去。

祁烁起身跟上："我送殿下。"

"不用这么客气，咱们堂兄弟又不是外人。"

饶是太子这么说，祁烁还是送到府门外，目送太子急匆匆上了马车。

华丽不凡的车子疾驰而去，马蹄声渐远。

祁烁站了一会儿，向将军府走去。

"世子来啦。"将军府门房一见祁烁，满面笑容。

这可是未来的姑爷。

"麻烦通传一声，我找二姑娘有点儿事。"

祁烁在厅中等了约莫两刻钟，终于等到了林好。

"换了身衣裳，让你久等了。"一天内第二次见到祁烁，林好心情很不错。

祁烁视线在林好身上一扫，陷入了短暂的沉默：好像没有区别啊。

"找我什么事啊？"林好一条胳膊搭在桌上，随意地问着。

祁烁的目光又忍不住往横在眼前的那条胳膊上瞄。

他不是没有自制力的人，可总觉得那幽香近在鼻端，让他连呼吸都不敢用力。

林好见状没有多想，反而高兴起来："我沐浴后重新洒了花露，是不是香味更浓了？"

祁烁松了口气。

原来是新洒了花露，不是他胡思乱想。

"阿烁——"见他不语，林好喊了一声。

祁烁猛然回过神，明明心跳如擂鼓，面上却一副淡定的神色："太子刚刚离开，我发现他有问题。"

"有问题？"林好立刻坐直身子，收起了随意。

"他的身体很可能出了问题……"祁烁仔细讲了太子下棋时的反应,"这个天气,再热也不至于那个样子,他这个反应倒像是患了某种疾病,或者……"

"或者什么?"

"或者服用某种药物导致……"

"五色散。"林好脱口而出。

祁烁一怔,下意识地问道:"什么?"

"阿烁,你说会不会是曾风靡的五色散?"

平乐帝在位那两年外交软弱,许是出于逃避、发泄的心理,风气远比如今奢靡堕落,不少贵族以服用五色散为荣。

她之所以第一反应是这个,是因为逃亡在外的平乐帝依然离不开五色散,老师多次劝阻说此物伤身,每次都惹得平乐帝不快。

祁烁对五色散亦有耳闻,喃喃道:"太子的反应,还真像服用五色散所致。"

林好难以按捺激动的心情,脑袋凑了过去:"五色散服用多了有性命之忧。阿烁,咱们这算不算是不劳而获了?"

她一直等着接连遭到打击的太子作死,没想到对方给了她这么大一个惊喜。

"服用此物会不会丢了性命和个人体质有很大关系,但可以肯定的是太子下场好不了。"祁烁语气微凉,"当今皇上初登位时就禁了五色散,太子能得到此物,给他提供的人总不会是盼着他长生不老。"

林好露出笑容:"不管怎样,太子倒霉就好。"

"阿好,给太子提供五色散的人会不会是明心真人?"

如今的明心真人化身王先生,可是泰安帝面前的红人了。

林好不假思索地否定:"不可能。明心真人对五色散深恶痛绝。"

祁烁却不这么想:"明心真人是对平乐帝服用五色散深恶痛绝吧,若是其他人呢?若是平乐帝欲除之而后快的当今太子呢?"

林好仔细想了想,还是摇头:"明心真人是那种有所为有所不为的人,不然也不会落得被一心效忠的君主痛下杀手的结果。"

祁烁听了林好的话,神色凝重:"若是这样,除了明心真人,还有一方人渗透进了宫里。"

"会不会是陈木那一方?"

陈木密谋炸金秀街败露后逃脱了锦麟卫的追捕,至今还没落网。

"有这个可能。还记得我和你提过王贵死后太子的新宠王福吗?"

林好点头。

"他的得宠,说不定就与太子的不对劲有关。回头我让人多留意此人,看有什么线索。"

林好不放心地叮嘱:"阿烁,以后你尽量避开太子,五色散会使人行事癫狂,没有理智的人最可怕。"

436

祁烁应了，想到凉亭对弈时太子眼里藏不住的杀机，只想冷笑。

没有理智的人就如发了疯的野兽，虽然可怕，但也好对付。

回到东宫的太子迫不及待地享用了五色散，终于舒坦了。

"王福，吾遇到了一个难题。"太子卧在榻上，眼神迷离。

王福忙道："奴婢愿为殿下分忧。"

太子左手搭在扶手上，无力的感觉让他生出毁灭一切的冲动："你说，怎么才能让一个人死得神不知鬼不觉呢？"

王福愣了愣。

太子眼神微冷："怎么，吓到了？"

"没有，奴婢是在想这人是什么样的身份。"

"身份不低，若是横死会比较麻烦。"

王福沉默了一瞬，压低声音问："殿下说的，莫非是靖王世子？"

太子笑了："不枉吾看重你，你果然懂吾的心思。"

一次次由王福服侍着享用五色散，不知不觉间，太子早把王福看成了最信任的人。

王福眼珠一转，小声道："靖王世子体弱多病，病重而亡的话定无人怀疑。"

"病重而亡？"

王福一笑："有些毒可以达到这种目的。"

用毒，太子并不陌生。先前他派人灭口劫持林婵的人，就是用了紫信奇毒。

"一般人难以接近靖王世子，而吾不想亲自动手。"

他亲自下手，终归是有风险的。

王福眨了眨眼："殿下莫非忘了，有个最合适的人？"

"谁？"

"孙选侍。"王福低声吐出这三个字。

太子一怔，而后拍着王福的肩膀笑了起来。

真是妙啊，最合适的那把刀恰恰好就在东宫。

乘着五色散的余兴，太子去了孙秀华那里。

"几日不见，华儿好像更好看了。"太子拉着孙秀华的手走进里屋，等宫婢奉了茶退下，轻轻吸了吸鼻子，"华儿这里好香。"

"新换了熏香。"

太子不是沉得住气的人，聊了两句便转到正题："华儿许久没回王府了吧？"

孙秀华睫毛微颤，点了点头。

"你与靖王妃情同母女，应该常回去看看。"

孙秀华微微低头，露出修长纤细的脖子："妾进了东宫，本分就是服侍殿下，哪儿有常回去的道理？"

"不，你该回去。"

孙秀华抬眸看着太子，目露不解之色。

太子从袖中掏出一个小瓷瓶，推到孙秀华面前。

"这是……？"

"华儿，我需要你帮个忙。"

太子的声音温柔似水，孙秀华听了却莫名其妙地感到心慌。

"殿下要妾做什么？"

"想办法让祁烁吃下这里面的东西。"太子指了指小瓷瓶。

孙秀华浑身一颤，瞳孔骤然放大："殿下！"

这一声喊声满是惊恐之意，太子那张算得上俊美的脸在她的眼中变了形。

"怎么，不愿意？"

"殿……殿下……吃下这里面的东西会如何？"孙秀华颤声问道。

太子笑笑："你别怕，吃了这个只会让人腹泻受点儿罪罢了。我每次去王府找祁烁下棋，他都让我输得难看，一点儿都不懂事。我就是想让他吃吃苦头。"

见太子把瓷瓶向前推，孙秀华猛然缩回手，眼泪簌簌直落。

"殿下，妾做不来……"

她除非是傻子，才信瓷瓶里的东西只是让人腹泻。

"做不来？"这三个字如导火索，引爆了太子的怒火，他一把揪住孙秀华的衣襟，把她拉近，"这个你都做不来，那你能做什么？"

那双猩红的眼彻底把孙秀华骇住了。

这一刻，她无比清楚地意识到，她的性命掌握在这个疯狂的男人手里。

"殿下，妾……妾可以试试……"

太子松开手，神色恢复了温柔："我就知道华儿最体贴了。"

孙秀华努力挤出个笑容，冰凉的指尖抖个不停。

太子伸手搂住她的腰："你的好，我都记着，将来不会亏待你的。"

"谢殿下。"

太子离去后，孙秀华死死地盯着静静躺着的小瓷瓶，不知过了多久，伸手把它抓在手中。

再过两日正好是小郡主祁琼和二公子祁焕的生辰，考虑到灵雀公主搅起的风雨，王府都没给亲朋下帖子，只是各自约了特别要好的朋友中午去外面小聚，等晚上再一家人聚一起吃顿长寿面。

孙秀华的到来令靖王妃大为意外。

"秀华怎么出宫了？"尽管对这个外甥女大为失望，靖王妃却做不到完全不理。

"今日是表弟和表妹生辰，我特意和殿下说了，回来给表弟表妹庆生。"

"又不是什么大生日，还值当你专门出宫一趟。他们两个都不当回事，一大早就跑出去玩儿了。早知道你回来，就让琼儿在家里了。"靖王妃说着，被外甥女冷透的心多少有点儿回暖。

孙秀华笑笑:"生辰开心最重要,我能多陪陪姨母,也不白回来。"

"那秀华多待一会儿再回宫,咱们也有些日子没一起吃顿饭了。"

"嗯。表哥也出去了吗?"

"烁儿素来不爱热闹,倒是在家。"

"那中午叫表哥一起吧,我也许久没见表哥了。他和林二姑娘定了亲,我都没机会当面道喜。"

"行。"靖王妃没多想,应了下来。

孙秀华乖巧伶俐,一心哄人时能把人哄得舒舒服服。她知道提起东宫的事只会勾起靖王妃的怒火,半个字都不说,专把话题往亡母身上引。

靖王妃与孙母姐妹情深,自是乐意听。二人聊着共同的亲人,不知不觉就到了用午饭的时间。

靖王妃打发丫鬟去叫祁烁。

听了丫鬟的传话,祁烁想了想,换了件外衣去了正院。

孙秀华一见祁烁,站起身来:"表哥。"

"表妹来了。"祁烁唇角含笑,向靖王妃打了招呼:"母妃。"

靖王妃指指一旁的椅子:"快坐。秀华特意出宫给琼儿他们庆生,他们两个出去野了,咱们一起吃顿饭。"

祁烁依言坐下,看向孙秀华:"二弟、小妹不是大生日,表妹出宫不便,其实不用麻烦的。"

"我也想姨母了,难得有出宫的机会。"孙秀华柔声笑着。

祁烁寒暄后,默默吃菜。

孙秀华端起摆在一旁的茶壶,给靖王妃倒了一杯茶水:"我知道惹姨母生气了,今日以茶代酒敬您一杯,您就原谅我吧。在这里,我只有姨母了……"

听了孙秀华的话,靖王妃有些难受。

孪生姐姐走得早,又是嫁给小户人家,外甥女憧憬权贵一时犯了糊涂也很正常。要是自己就此不管,任她一个人在宫中无依无靠,将来恐怕难有好结局。

到那时,自己心里对早逝的姐姐也过意不去。

罢了,自己还是向前看吧。

见靖王妃端起茶杯喝了,孙秀华有些失神。

姨母这是不生气了?

她想到要做的事,心紧紧地揪着,被巨大的恐慌感笼罩,她却无法拒绝。

太子言下之意,药效不会当场发作。她照做了,好歹能脱身;若是不照做,以后在东宫哪儿还有活路?

对不起,我只是想好好活下去罢了。

孙秀华默默说服自己，轻轻拿起杯子倒了茶，递给祁烁。

"还没恭喜表哥与林二姑娘喜结良缘。"

祁烁垂眼看了杯子一瞬，笑着接过来："多谢表妹。"

孙秀华举杯喝了，视线不自觉地落在对面。

祁烁举了举杯子，刚凑到唇边，突然咳嗽起来。

见他把杯子放下，孙秀华心中一紧，抓住杯子的手不由得收紧。

"抱歉，前些日子着了凉。"祁烁歉然地解释。

孙秀华强忍着不去看祁烁手边的杯子，露出关心的神色："表哥好些了吧？"

"已经好了，就是偶尔喉咙会有些痒，失礼了。"祁烁说着，再次把杯子拿起来。

孙秀华直直地看着他把茶水喝了，紧张得忘了呼吸，直到亲眼确认被放回桌面的杯子空了大半，那颗高悬的心才落下了。

事情成了！

心跳得厉害，她有些坐不住了。

万一太子是哄她的怎么办？万一祁烁直接吐血而亡怎么办？

她喝了口茶平复要窒息的感觉，恨不得立刻逃回东宫去。

"表妹是不是不舒服？"喝下茶水的人看起来没有任何异样，关切地看着孙秀华。

孙秀华的视线不敢与那双清澈如水的眸子对上，垂眼摩挲着茶杯："没有，就是一直在宫中，很少与人说话，回来后才有家的感觉，心里有些说不出来的滋味。"

靖王妃听了，握住她的手："秀华，这本来就是你的家。"

祁烁陪着又坐了一会儿，放下筷子："母妃、表妹，我吃好了，就不打扰你们说体己话了。"

"表哥去忙吧。"孙秀华迫不及待地道。

靖王妃也笑着道："去吧。"

祁烁深深地看了孙秀华一眼，起身离去。

第十八章 废 储

孙秀华熬到下午回了宫。

祁烁用过的茶杯刚被婢女撤下,就被守在那里的小厮长宁拿走了。长宁揣着茶杯匆匆回到祁烁住处:"世子,拿来了。"

祁烁接过茶杯放在桌上,盯着杯中剩余的茶水出神。

"世子,这杯子有问题吗?"

"取一根银针来。"

长宁身体一震,被祁烁扫了一眼才反应过来,飞快地取来银针。

"试试吧。"祁烁对着茶杯仰了仰下巴。

长宁暗吸一口气,捏着银针,小心地放进茶水中,过了片刻取出,见银针的颜色没有变化,不由得松了口气。

"世子您看。"

祁烁拧眉思索片刻,捏着茶杯走到窗台处。

窗台上摆着鱼缸,里面两尾小鱼游得正欢。

几滴茶水落入缸中,砸出小小的涟漪。小鱼受惊游开,很快又游回来。

一个时辰后,长宁瞪大了眼睛惊呼:"世子,两条鱼都死了!"

静静看书的祁烁放下书卷,走了过去。

不久前还灵动活泼的小鱼翻了肚皮,在水中没了动静。

"去请朱大夫来。"

朱大夫是外地名医,去年被靖王府请来给祁烁看心疾,就此留了下来。

长宁匆匆出去,没过太久就领着朱大夫回来了。

"世子找老夫何事?"

祁烁把杯子推到朱大夫面前:"我想请朱大夫查一查,这杯中的是什么毒。"

朱大夫听了这话，表情一点儿变化没有，把水杯拿了起来。

杯中的茶水看起来并无异样。

朱大夫观察片刻，把杯子微微倾斜，露出杯底来。

杯底光滑，没有残留物。

他又把杯子凑近鼻端闻了闻，问祁烁："世子如何确定杯中有毒？"

祁烁示意朱大夫看窗台上的鱼缸："倒了几滴茶水进去，一个时辰后，两条鱼儿都死了。"

"世子要等一等，我需要借助器具来分辨杯中是何毒。"

"不急，朱大夫慢慢来。"

朱大夫打开随身带的药箱，取出长针等物，这一查就是一个多时辰。

朱大夫动了动僵硬的脖子，来到祁烁面前。

"如何？"

朱大夫摇摇头："世间毒物万千，此毒溶于水中后，味道被茶水盖过，一时难以确认是何毒物。不过可以确定，此毒并非剧毒，不会立刻要人性命。"

祁烁面上并无失望之色，问道："人若服用会如何？"

"这就是此毒的奇特之处。此毒若是服用恰当，可起强心之效；可若服用不当，反会造成心跳紊乱，致人死亡……"

祁烁默默听着，面不改色。

反倒是朱大夫面露异样，低声问道："这毒是冲着世子来的吧？"祁烁点头。

"那对方就是利用世子的'心疾'做文章了。"

靖王世子究竟有没有心疾，朱大夫自然清楚，提醒后不再多言。

"辛苦朱大夫了。"祁烁道了谢，让长宁送朱大夫离开。

长宁回来时，祁烁还默默盯着茶杯出神。

"世子，是不是表姑娘……"长宁恨得咬牙切齿，眼里冒火。

这杯子是世子在王妃那里用过午饭撤下的，下毒的除了表姑娘不会有别人！

比起长宁的愤怒与不可置信，祁烁看起来就淡定多了。他没有回答长宁的话，拿起杯子向外走去。

长宁见状急忙跟上，发现世子去的是王妃的院子。

世子打算直接找王妃告状？长宁大为震惊。他一直以为世子是特别含蓄的人！

祁烁到时，正碰上刚回来的小郡主祁琼。

"大哥。"祁琼见到祁烁，高高兴兴地喊了一声，不忘拿出一个琉璃瓶炫耀，"阿好送我的花露，她亲手做的。"

祁烁不由得多看了那瓶花露一眼。

不大的琉璃瓶呈淡青色，里面盛着浅粉色的花露，色泽旖旎迷人。

"我试过了，味道特别好闻。"祁琼神采飞扬，脸上满是收到合心意礼物的欢喜之色。

442

靖王妃亦笑道："确实比常用的花露好，没想到阿好还有这手艺。"

就是只送了琼儿一瓶，她不好要过来用。

"晚饭估计还早，到现在都没见你二弟的影儿。"靖王妃以为祁烁过来用晚膳，数落起小儿子，"一出去就玩儿野了，白长一岁……"

祁烁静静地听着，却知母亲虽抱怨，实则心情很好。

一双儿女过生辰，外甥女还特意出宫探望，母亲的心情如何能不好呢？

只可惜，他很快要破坏母亲的好心情了。

虽这么想，祁烁却没有犹豫，等靖王妃说完便开了口："儿子过来不是为了吃饭，而是有事要对您说。"

"什么事啊？"靖王妃笑着问道。

祁烁把被宽大衣袖掩住的杯子往桌上一放，特意放得离靖王妃远些，平静地道："午饭时表妹以茶代酒敬我，我觉得不大对劲，就带走了这个杯子，然后从杯中剩下的茶水里验出了毒。"

靖王妃的脸色陡然一变："茶水中有毒？"

祁琼比靖王妃反应要快："表姐在大哥的杯中投毒？"

靖王妃看向祁琼："琼儿你在说什么？"

祁琼面罩寒霜，提起孙秀华，语气冰冷："大哥，孙秀华为何下毒害你？"

"等一等……"靖王妃一把拽住祁烁："烁儿，这到底是怎么回事？为何说秀华下毒害你？"

"儿子也想知道表妹为何下毒害我。"祁烁苦笑。

靖王妃突然想到什么，脸上瞬间毫无血色："是什么毒？你喝了多少……"

"母妃不要急，我没喝。"

靖王妃松了口气，无法相信的感觉又冒了出来："烁儿，会不会是弄错了……"

祁烁语气淡淡的，说的每一个字却如重锤，一下下砸在靖王妃的心头："这杯茶是表妹亲手倒了递给我的，若不是她下的，难道是母妃身边的婢女？"

"不可能！"靖王妃不假思索地否定。

能进她屋子伺候的婢女，一家老小的命都握在王府手里，绝不可能做这种事。

"母妃，您就别替孙秀华开脱了。大哥是什么样的人您还不了解吗？难道他会冤枉孙秀华下毒？"祁琼气得浑身颤抖。

亏她还曾真心把孙秀华当姐姐，没想到这人竟是一条毒蛇。

想到这儿，她眼圈一红，抱着靖王妃"呜呜"地哭了："母妃，大哥要是出事，咱们可怎么办啊？"

女儿冰凉的泪打湿了肩头，如冰珠子般砸得靖王妃的心生疼。后怕似潮水般涌来，彻底冲走了她对外甥女的亲情。

无数疑惑冒出来。

"烁儿，你是怎么察觉秀华有问题的？"

祁琼也紧紧地盯着兄长，显然有一样的疑问。

"前两日太子来找我下棋，母妃还记得吗？"

靖王妃自然不可能忘。

"太子无意间流露出来的杀意，被我察觉了。"

靖王妃大惊："就因为你下棋赢他，他就想杀人？"

这是什么疯狗？

祁烁沉默了一瞬，眼神深沉："我猜测，太子可能是听说了我出生时的传闻……"

他总不能说太子觊觎阿好，又偏偏吃药吃疯了吧。

靖王妃浑身一震，声音都哑了："什么？！"

"母妃、大哥，你们在说什么？"祁琼茫然地问。

靖王妃握住女儿的手，恢复了几分冷静，对太子想杀长子的原因再无怀疑："琼儿你不要问这么多，总之太子有杀心就是了。"

祁琼胡乱地点点头，担心地看着兄长。

"察觉太子有杀机没两日表妹就突然来了，以茶代酒敬我时明显不那么自然，谨慎起见，我就没喝那杯茶，带回去洒了几滴到鱼缸里，两条鱼儿都死了，之后又请了朱大夫来查验，果然验出茶水有毒……"

祁烁看着神色木然的母亲，心中轻叹，道："母妃可以试探一下，就知道表妹是否心虚了。"

靖王妃回神："如何试探？"

"您就打发人往宫里递个话，说您突然梦到了姨母，总觉得心里不安，想见她一面，看表妹是拒绝还是答应。"

"好，我明日就让人去传信。"靖王妃一口应下，心情再也轻松不起来。

"母妃，我回来了。"祁焕大步进来，一见祁烁和祁琼都在，讪讪一笑："大哥、小妹，你们都在啊。"

以他的经验，他定然要挨批了。

靖王妃此刻哪儿有数落儿子的心情：她勉强挤出个笑容："回来就开饭吧。珍珠，去请王爷过来。"

大丫鬟珍珠领命而去，祁焕冲祁琼挤挤眼。

这是发生什么事了？他害怕！

祁琼默默地移开目光。

祁焕更迷惑了。

忍了忍，没忍住，他眼巴巴地看着靖王妃："母妃，家里是不是有事啊？"

"没事。"靖王妃下意识地否认。

她虽然信了长子的话，对外甥女失望透顶，可娘家亲戚如此太让她难堪，她自然不想多说。

祁焕还想再问，被祁琼拉了一把。

没多久，靖王过来了，一家人围在一起吃了顿饭，天彻底黑下来时散了场。

刚走出正院，祁焕就迫不及待地问祁琼："到底怎么了？"
总不会是他和几个朋友偷着去金水河玩儿的事被母亲知道了吧？
不能不能，真要如此，哪怕是他的生辰，他也免不了吃顿竹板炒肉。
祁琼看向祁烁。
祁焕："……"所以又是只有他不知道？
祁烁没有隐瞒的打算，淡淡地道："不是什么大事。表妹给我的茶水中投毒，我察觉后告诉了母妃。"
祁焕一个趔趄险些栽倒，看向兄长的眼睛瞪得老大。
这还不是什么大事？
祁烁伸手在他的肩头拍了拍："我知道你有很多疑问，其实只要记着一条——远离太子。"
兄长深沉如夜色的眼神让祁焕没有再问下去，他点了点头，收起平时的嬉笑随意："我知道了。"

靖王妃一夜未眠，翌日一早就打发人去给孙秀华送了信。
孙秀华一听说靖王府来人，第一反应就是祁烁发作了，对叫她回去的理由连一个字都不信，急忙扯了个借口婉拒。
靖王妃听了回禀，那颗揪了一夜的心落了下去，落进了冰窟里。
"烁儿，你打算如何对秀华？"
"儿子什么都不打算对表妹做。"
靖王妃不由得错愕。
祁琼更是气得不行："大哥，难道就任人伤害你？"
祁烁不以为意地笑笑："真正想伤害我的人是太子。至于表妹，伴在太子这样的人身边，恐难有好结局。把她做的事告诉母妃，只是不愿母妃以后为她伤心。"
祁琼眨眨眼，明白了兄长的意思。
太子倒了便是对孙秀华最大的惩罚。母亲早早认清孙秀华的真面目，就不会为那个白眼儿狼伤心难过甚至被利用了。
大哥没有隐瞒这件事，说到底是为母亲考虑。
"可是太子……"巨大的不安在靖王妃心头升起，压过了外甥女带来的伤害。
"太子的事就交给儿子吧，母妃不用担心。"
靖王妃点点头，但哪里能真的放心："秀华的事，我还没对你父王说。"
"先不必对父王提起。"
皇帝心思缜密，对常与其打交道的父王来说，不知情反而好些。至于太子，来而不往非礼也，自己是时候为他自取灭亡助力一把了。

· 445 ·

翌日天晴，明媚的阳光洒落在大街小巷，街道上开始热闹起来。

祁烁约了林好去看花田。

花田在京郊，当林好看到望不到尽头的蔷薇花海时，震惊得好一会儿忘了开口。

"阿好你看，这些蔷薇的品质还不错吧，用来做花露应该没问题。"祁烁随手摘了一朵大红的蔷薇花，递给林好。

林好看着色泽艳丽、香味馥郁的蔷薇花，点了点头："比在外面采买的品质要好。"

她站在花田中四顾，仿佛置身梦幻中："你怎么发现的这处花田？"

祁烁一笑："这是靖王府的产业。"

见林好吃惊，他给出解释："母妃喜欢蔷薇，刚来京城时父王就买了这片花田，专种蔷薇、玫瑰，等花开时选最好的送到王府插瓶。"

林好："……"她突然觉得眼前人不顺眼了怎么办？

太子那边。

从昨日就安排人盯着靖王世子的动静，于是太子等到了回禀："靖王世子带林二姑娘去看花了。"

又过了一日。

"靖王世子带林二姑娘去采花了。"

再过了一日。

"靖王世子带林二姑娘去逛街了。"

左等靖王世子不死，右等靖王世子也不死的太子大怒，去了孙秀华那里。

孙秀华一连几日没睡好，眼下的青色用粉都遮不住，一听说太子来了，心就揪了起来。

她在东宫对外面两眼一抹黑，完全得不到消息，太子这时过来，应该是表哥出事了吧？

"见过殿下。"

太子从她身边走过，在椅子上坐下，这才开口："过来说话。"

孙秀华垂着眼看不到太子的脸色，却直觉不妙。

她小步走过去，抬眸去看太子，看到的是一张阴沉沉的脸。

"那日你真的把药放进茶水里了？"

孙秀华心一沉，忙点头："真的！"

"你看着祁烁喝下的？"

"嗯，妾眼睛都没眨，看着表哥把茶水喝下大半。"

"那为什么祁烁一点儿事都没有？"太子伸手把孙秀华拽到面前，眼睛发红，"不但没事，还有精力带着女人到处玩儿！"

他时时刻刻盼着祁烁的死讯，结果等来的全是祁烁和林二姑娘"鬼混"的消息，

446

真真是气死他了!

孙秀华被太子揪着衣襟,呼吸有些艰难:"殿……殿下,您不是说那药不是立刻见效吗?许是还要再过一两日……"

"那药如何,我比你清楚!"太子一只手掐住孙秀华的脖子,加大了力气,"你说实话,是不是你因为害怕,根本没给祁烁下药?"

孙秀华的脸陡然涨红了,眼泪横流:"妾……妾真的把药投在茶水里了……妾不敢违背殿下的意思啊……"

太子松了手,孙秀华瘫软在地上,捂着脖子咳嗽起来。

"你最好没有骗我。"太子冷冷地扫她一眼,大步离去。

珠帘乱晃,转眼已不见太子的身影,孙秀华坐在冰凉的地上,无声地痛哭。

第一次,她后悔了。

她不怕深宫高墙、明争暗斗,却没想到太子是个疯子。

太子又忍耐了两日,当听说靖王世子带着准世子妃骑马游玩去了,他再也忍不了了。

他要去瞧瞧,靖王世子到底怎么回事!

太子特意等在必经之路上,果然等到了牵着马往这边走的祁烁与林好。

"王弟,这么巧。"

"殿下这是去哪儿?"祁烁客气地问道。

"刚从西苑回来,没想到遇到了王弟。你们这是出门了?"

祁烁含笑点头:"前些日子着了凉,一直闷在家里。如今觉得好多了,就带阿好出来散散心。"

"王弟真是好兴致。"太子扫了林好一眼,险些没控制好表情。

这可真是见鬼了,祁烁的气色怎么比前些日子还好了?

"殿下要不要来王府坐坐?"

"不了,时候不早了,我也该回宫了,改日咱们再聚。"太子说着,似是突然想起来,"端午泛舟,王弟会去吧?"

祁烁微微一笑:"近来身体挺不错,应该会去的。"

太子眼皮抖了抖,露出个笑容:"那到时候见。"

等太子由一群侍卫簇拥着离开,林好"扑哧"一笑:"阿烁你看出来没,太子要被你气死了。"

祁烁望了一眼远去的一行人,低声道:"太子快要控制不住情绪了。"

这样的太子就如一个火药桶,弹进去一点点火星就会炸掉。

"阿烁,端午那日,太子很可能再对你下手。"

"别担心,太子或许会自顾不暇。"

447

太子回到东宫一番摔打发泄后,吩咐王福:"把那个药再准备一份,这一次吾要亲自来。"

转眼就到了端午。

每年端午,不只民间会有各种庆祝活动,皇家也会举办龙舟游湖的活动。

这日一早,百官勋贵云集殿中,陪着泰安帝前往西苑。

浩浩荡荡的人群中还有玉琉王子和灵雀公主兄妹。

太后以乏困为由没有参加,宜安公主自然要留下陪太后解闷。后宫陪着泰安帝登上龙舟的便只有庄、静二妃和小公主。

"贵国龙舟真是气派。"见到碧波无垠的湖中停着的十数艘巨大的龙舟,玉琉王子由衷地赞叹。

玉琉虽然不差,但是地方小了,有些方面终究有所欠缺。

泰安帝听了这话心情不错,笑道:"王子难得来一趟,正好体验一下大周的端午风俗。"

众人按官职、地位登上不同的龙舟,能与泰安帝上同一龙舟的,要么是各部重臣,要么是顶级勋贵,再就是靖王这些皇室中人。

"都坐吧。"泰安帝坐下后,抬了抬手。

鼓声琴音响起,身着宫装的美貌宫婢鱼贯而来,把佳肴美酒一一摆在众人面前。

龙舟开动,习习凉风涌进来,令人心旷神怡。

随着一声"赐粽",一串串粽子被呈上来。

"来,众卿同饮此杯,安康顺遂。"

众人齐齐举杯:"祝陛下安康顺遂。"

此后众人互相敬酒,场面越发热闹。太子见时候差不多了,不着痕迹地去了祁烁那里。

太子从宫婢捧着的托盘上拿起一杯酒,递给祁烁:"王弟,来,咱们喝一杯。你定亲我还没道喜呢。"

祁烁伸手接过,嘴角勾起微妙的弧度:"多谢殿下。"

两只酒杯相碰,发出清脆的声响。

太子一手举杯,一手挡在杯前慢慢喝着,眼睛眨也不眨地盯着祁烁的动作。

祁烁一饮而尽,冲太子亮了亮杯底。

太子笑起来:"王弟好酒量。"

祁烁顺手从宫婢端着的托盘上拿起一杯酒递过去:"我也敬殿下一杯。祝殿下安康顺遂,事事如意。"

太子见目的达成,痛快地喝了。

"我去那边,王弟自便。"

祁烁目送太子脚步轻快地离开,默默地把空了的酒杯放回宫婢端着的托盘里。

宫婢很快把空酒杯撤下,换上满满的酒杯。

锣鼓声中，龙舟向湖心驶去，舟上的气氛越发热闹。

太子瞥见魏王与玉琉王子谈笑的一幕，心中蓦地升起一股怒火。这股火来得如此突然，压都压不住，烧得他整个人暴躁起来。

他才是太子，老四是个什么东西，凭什么与玉琉王子聊得风生水起？

太子大步走了过去，一开口就带着热气："四弟、王子，你们聊什么呢？"

太子不知道的是，此时的他额头冒汗，双颊通红，一副喝高的样子。

"在聊玉琉的风俗人情。"魏王不愿招惹太子这个大麻烦，语气十分温和。

"哦，我也听听。"太子也想像魏王这样表现得风度翩翩，奈何燥热席卷全身，令他的表情有几分狰狞之色。

玉琉王子见太子"喝多了"，乐得看对方出丑，热情地搭了话："不知太子殿下对我们玉琉什么感兴趣？"

太子余光瞥见美貌无双的灵雀公主，脱口而出："你们玉琉女子看到中意的男子，就给对方出对子吗？"

这话一说出口，玉琉王子的笑容凝滞了，周围竖着耳朵听的人也惊呆了。

太子疯了吗？

虽然让玉琉王子难堪有点儿爽，可皇上与两位娘娘都在呢，要是打起来怎么办？

魏王转了转脚尖，很想走人。

"当然不是随便出对子……"玉琉王子缓了缓情绪，斟酌着合适的说辞。

太子再次语出惊人："令妹不是一见杨喆就给他出对子吗？"

什么"因荷而得藕，有杏不须梅"，让他来也能对出来。

总是这样，他感兴趣的女子费尽心思也得不到，每次都便宜了别人。

他这个太子当得有什么意思？！

玉琉王子沉下脸来："太子殿下，我们玉琉的规矩，不好当众议论已有婚约的女子。"

"玉琉女子可以当众找男人，旁人却不能当众说，你们的规矩还挺奇怪的。"太子脑袋发胀，已经管不住舌头。

众人："……"太子可真敢说！

"王兄，他就是大周太子吗？"灵雀公主上前一步，美目锁定太子。

玉琉王子暗暗松了口气。

王妹是小姑娘，又豁得出去，比他出面要好。

"那日接风宴，你不是见过？"太子开口。

"我不记得了。"灵雀公主杏眼微睁，看起来单纯又无辜，"原来大周太子是这样的啊——"

她拉长了声音，众人虽然听不出语气中有嘲讽之意，却大感难堪。

太子浑然不觉，因为燥热又扯了一下衣襟："想起来了，你被石头砸了脑袋。"

众人："……"他们一时竟不知该替太子觉得丢脸，还是该替玉琉公主觉得丢脸。

灵雀公主也险些维持不住表情。

她只以为大周太子是个色胚，没想到还是个毒舌的色胚！

她咬咬唇，捂着脸哭了："我就知道会被人笑……"

呵呵，她一个失忆的小姑娘怕什么？动静传到大周皇帝那里，看谁挨训。就是大周百官，见太子言语戏弄一名女子，对储君也会失望吧。

灵雀公主算盘打得响，却不知此时的太子受五色散药力冲击，理智已经完全崩塌。

"哭什么？"太子热得难受，不自觉向前一步。

魏王担心闹得太难堪，忙抓住太子的胳膊："大哥，你喝多了，我扶你去躺躺。"

"放开！"被魏王一碰，好似火星溅进火药桶，太子彻底炸了。

"怎么回事？"一道沉沉的声音传来。

魏王下意识地扭头："父皇……"

泰安帝冰冷的目光越过魏王，落在太子的身上。

若是往常，泰安帝冷冷的眼神足以令太子老实下来，可此刻的太子什么都看不见，只看到一团火。

热，他太热了！

他用力扯了扯衣襟，有风吹进来，带着湖水的凉意。那把他逼疯的热意似乎找到了出口。

在众人目瞪口呆的注视下，太子飞快地脱光了衣裳，向船边跑去。

这举动太惊世骇俗，包括泰安帝在内的所有人，一时间都忘了反应。

"扑通"一声，不知哪个内侍扯着嗓子尖叫："不好了，太子跳进湖里去啦！"

碧波荡漾的湖中，一道白花花的身形起起伏伏。

龙舟上，黑压压一群人挤在船边，急得面红耳赤。

"快救太子！"

"赶紧救太子殿下啊！"

泰安帝愕然发现，这些人喊了半天，没一个跳下去救人的。

他铁青着脸吐出两个字："混账！"

就在这时，终于有人脱了外衣跳了下去。

"扑通"的入水声令场面静了静。

谁跳下去了？

泰安帝看了一眼在水中奋力向太子游去的人，厉声道："救太子！"

那些或是出于震惊，或是出于恐惧而反应变得迟钝的人终于如梦初醒，陆陆续续有人跳了下去。

当然，跳水救人的总共也没几个，毕竟京城地处北方，懂水性的人本就不多。

最先跳下去的人游到太子身边，伸手去抓太子的胳膊。

未着寸缕的太子在水中犹如滑不溜秋的泥鳅，他竟没抓着。

年轻人吐了一口水，无奈地揪住了太子的头发。

这下抓稳了。

他一手拖着半死不活的太子，一手奋力划动，就这么一点点靠近龙舟。

抻着脖子看的人群中有人认了出来："是将军府的程树！"

泰安帝对这些议论声充耳不闻，死死地盯着水里越来越近的人。

程树带着太子游到船边，用力把太子往上一托。

好几只手把太子拽了上去。

太子已陷入昏迷，赤条条地躺在船板上，如一条翻了肚皮的鱼。

先前的担忧、紧张化为尴尬，不少人纷纷抬袖遮眼，目光又忍不住往太子身上瞄。

他们打死也想不到一个人能这么丢人，还是他们的太子殿下！

从不吃亏的灵雀公主也惊呆了，不自觉地用力抓着玉琉王子的衣袖。

大周太子竟如此豁得出去吗？

她输了……

总算有人反应过来给太子盖上衣裳，几个内侍抬着太子冲进了休息室，两名太医紧随其后。

接下来就是令人窒息的等待。

龙舟上过节的热闹气氛荡然无存，只剩眉来眼去的沉默。

太子要是淹死了可怎么办啊？

太子要是没死，之后可怎么办啊？

就连玉琉王子和灵雀公主，在太子生死难料的当下都明智地闭了嘴。

不知过了多久，一名内侍冲到泰安帝面前："皇上，太子殿下醒了！"

泰安帝先是松了一口气，而后滔天的怒火涌了上来。他大步走进去，一瞧见太子那张脸就控制不住手发抖。

太子虽醒了，却表情呆滞，仿佛丢了魂。

"混账，你今日发什么疯？！"

太子动了动眼珠，没有回答。

沉稳如泰安帝，此刻也控制不住地伸手揪住了太子的衣领。

还好，太子已经穿上了衣裳，泰安帝稳稳地揪住了！

不知联想到什么，太子被这个动作刺激到了，一把推开了泰安帝的手。

泰安帝膨胀的怒火如被浇了冰水，骤然熄灭，看着状若疯傻的太子，心中只剩下失望。

对一个发了疯的人，他还生什么气呢？

泰安帝深深地看了太子一眼，走到外间，面无表情地问太医："太子情况如何？"

"回禀皇上，太子暂时来看身体应该没有大碍，就是要提防落水着凉……"

另一位满头银丝的太医动了动唇，欲言又止。

泰安帝一眼瞧出老太医的异样，问道："马太医，你有什么看法？"

马太医扫一眼左右，压低声音："微臣不敢妄下结论。"

"朕问你，你就说，不必想太多。"

"殿下今日的举止……"马太医顿了顿，看了里边一眼，"倒像是服用了曾风靡的五色散所致。"

泰安帝霍然变色："五色散？"

对五色散，他自然不陌生。

到现在他都忘不了，服用五色散的那些人毫无体面可言，聚会玩乐时披头散发不足为奇，喝着喝着放声高歌乱扯衣裳的也不在少数。

因此，他一登基就禁了此物。

"当真是五色散？"

马太医微微低头："微臣给殿下把了脉，脉象也如服用五色散后发作之人。"

"这个混账！"泰安帝咬牙，大步走了出去。

龙舟已经靠了岸，众人站在船上，谁都不敢动。

人群里，祁烁掏出手帕递给程树："还好吧？"

浑身湿透的程树随便擦了擦脸上的水，体力还没恢复："还行。"

也是倒霉，护卫龙舟安全的差事被分给了他。看着太子在水里挣扎，他是很想视而不见的，奈何职责所在，太子真要被淹死了，那些高官无事，受处分的是他与一众手下。

程树拧了拧衣摆的水，压低声音问："世子，太子……一直有这个爱好吗？"

要是皇室中人都这么不拘小节，对阿好这门婚事，他可就有意见了啊。

"这就不清楚了。"祁烁听到脚步声，望了过去。

泰安帝面无表情地走出来，一言不发地上岸离去。

"皇上——"几名有话要说的臣子追了两步，被大太监刘川拦住。

"各位大人先散了吧，皇上累了。"

百官勋贵一时没有人动，就见庄妃与静妃拉着小公主飞奔而去。

玉琉王子清清喉咙，对鸿胪寺卿露出客气的微笑："欧阳大人，我和王妹先回客馆了。哦，今天的粽子很好吃。"

众人："……"

他们的脸没了！

听回到将军府的程树眉飞色舞地讲了龙舟上发生的事，林好直奔花园。

阿烁既然回来了，此时很有可能在花园里等她。

林好所料不错——她才从围墙上探了探头，就见祁烁单手持着书卷，清澈的目光看了过来。

没等祁烁伸手，她就利落地跳了下来。

"我猜你就在。"林好微微仰头，冲比她高出大半个头的青年笑着。

二人去了花架后坐下。

"皇上什么反应？"林好最关心的是泰安帝的打算。

"今日在龙舟上的两位太医，其中一位姓马的太医是太祖时期就在太医院当差的，对服用五色散过量的症状颇有诊断经验。皇上离开时面上没什么表情，但应该知道太子服用五色散了。太子当众出丑，又触犯皇上的忌讳，想保住储君之位，除非魏王出事。"

林好双手合十："老天保佑魏王平安顺遂。"

祁烁被她的反应逗得弯了弯唇角。

"阿烁，太子今日发作……不是巧合吧？"

祁烁的语气十分平静："礼尚往来罢了。"

五色散在体内日积月累，对身体的侵害越来越深，服用的分量便要渐渐增加，若是某次突然服用过量，就会打破勉强维持的平衡，让人言行失控。

只是祁烁没想到，太子的言行失控如此惊世骇俗。

"要尝尝吗？"说完晦气的太子，祁烁把一串小粽子提到林好面前。

端午惯例，皇帝会赏赐百官勋贵粽子、蒲酒、羽扇、珠翠等物。

"将军府也有。"林好虽这么说，还是伸手拿了一个缠着绛红丝线的粽子剥开，吃得津津有味。

于是祁烁知道了，阿好喜欢吃蜜豆红枣粽。

吃完粽子，林好拿出帕子擦擦手："先回去了，有消息再联系。"

"那个……"祁烁委婉地提醒，"端午是不是要佩戴五毒荷包？"

林好诧异地看了他一眼："当然啦，你不戴着了吗？"

祁烁低头扫一眼腰间的荷包，陷入了沉默。

每日从头到脚的衣裳饰物都是小厮成套准备的，他只负责配合穿好，端午节自然也换上了五毒荷包。

林好从随身荷包中摸出一个用珠翠穿成的蜈蚣，笑里带着炫耀之意："精致吧？我大姐亲手做的。"

祁烁："……"这要是换成二弟，他就打了。

"精致。王府就没人做。"打是不可能打的，礼物他也是真的想要。

林好又从荷包里摸出一只小蝎子："这个是我做的，送你。"

祁烁伸手接过，对珠翠穿成的小蝎子爱不释手："这个更精致。"

"走啦。"林好提着祁烁送的小粽子，利落地翻过墙头。

不久，长宁凑过来："世子，您看以后要不要在墙根放架梯子，省得世子妃崴了脚。"

祁烁扫他一眼："多事。"

长宁马屁拍到马腿上，目光一飘，嘴上赞美起来："哟，这小蝎子真可爱。"

祁烁把小蝎子收进荷包，大步走了。

长宁："……"定了亲的世子不是以前的世子了，太难讨好了！

此时的宫中一派死气沉沉。

泰安帝把前来安慰的庄妃拒之门外，召了锦麟卫指挥使程茂明进宫。

"刘川、程茂明，朕命你们二人协作查案，把太子如何得到五色散仔仔细细查出来。记住，此事暂不要声张。"

他们要查太子如何得到五色散，自然要从太子身边的人查起。宫里的人都知道，王贵死后，太子面前的大红人是王福。这一查，他们才发现王福不见了。

大太监刘川负责宫内，锦麟卫指挥使程茂明负责宫外，共同查起王福的踪迹。

"去西苑。"问明今日登龙舟时王福陪伴在太子左右，程茂明果断带人赶往西苑。

西苑占地广阔，波光粼粼的湖水难以望到尽头，仿佛一片汪洋。

湖边停着十几艘龙舟，披红挂彩的装饰还在，威武的龙首却显得无精打采。

程茂明吩咐下去："把所有龙舟检查一遍。"

他亲自带了人，检查泰安帝登上的那艘龙舟。

龙舟内部除了极为宽敞的大厅，还有十多个各有用途的房间以及用作储物的船舱，仔细检查下来，一个多时辰就过去了。

程茂明一无所获，负手望着其他龙舟上进进出出的属下。

"大都督，没有发现。"一名属下奔来禀报。

"搜查一下西苑其他地方。"

直到天黑，锦麟卫依然没有发现。程茂明留下一队人守在西苑，回了衙门。

"宫里也没动静？"问过留在衙门的属下，程茂明揉了揉眉心。

一个宦官，除了宫里与西苑两处，不大可能躲到别的地方。

是不是他忽略了哪里呢？

这个疑惑持续到天明，他终于有了答案。

匆匆赶到西苑的程茂明看着躺在湖边的尸体，神色凝重。

他最担心的结果还是出现了，想调查的人成了一具冷冰冰的尸体，死无对证。

"进宫吧。"

程茂明进宫与刘川碰了面，告知了王福的死讯。

刘川这边也查出了一些线索。

"这个王福是从小进宫的，人脉颇广，拜了采买局的太监为干爹。从两年前开始，他每个月都会托负责采买的内侍替他从宫外捎带药物进来，说是治疗咳疾的……"

"从宫外什么地方拿药？"

"一家叫仁义堂的药房。"刘川拱了拱手，"这是刚查出来的，还没来得及派人过去。大都督对宫外比较熟悉，还要拜托大都督查一查这家药房。"

程茂明一听就知道刘川想踢皮球，但这件事皇上本就是交给二人一起查，若是推托，对自己也没好处。

他亲自去了那家叫仁义堂的药房，随他一同前去的还有那个采买内侍。

仁义堂大门四开，不时有人进出，一见一支队伍气势汹汹地走来，众人赶忙避开。

"谁啊……"听到不小的动静，埋头整理货物的药房先生皱眉抬头，脸色登时一变，"你们是……？"

程茂明走上前来，把腰牌一亮："锦麟卫查案。你们这里有个叫胡芒的人，现在何处？"

"大人要找胡芒啊？他昨天告假了，今天没过来。"

程茂明自是不会听信一面之词，对属下一挥手："搜！"

一队锦麟卫立刻里里外外搜查起来。

药房先生和伙计战战兢兢，缩在角落不敢吭声。

要是换了旁人，他们还敢言语拦一拦，可这是锦麟卫啊，连那些官老爷都能抓起来的，他们哪儿敢出声？

"大都督，发现一人。"一名锦麟卫从后边回来，提着一个年轻人。

药房先生鼓起勇气道："这是看火的药童，不是胡芒……"

程茂明看向跟来的内侍。

内侍摇摇头。

"胡芒家住何处？"

药房先生说了一个住址。

"你们几个，把他们带回去审一审。"程茂明吩咐完，带着属下往外走。

留下的锦麟卫立刻把药房先生三人控制起来。

药房先生吓得腿软，哆哆嗦嗦地冲程茂明的背影喊："大人，大人，草民什么都不知道啊——"

程茂明赶到胡芒的住处，却扑了个空。

"大人问住在这里的人啊？"隔壁的妇人捏着帕子，看着人高马大的几个人，又是紧张又是好奇，"昨天提着个包袱出门了。"

"出门？"程茂明眉一皱。

妇人语气笃定："出远门。我随口问了一句'去哪儿'，他说到外地买药材去。大人找他什么事啊？他是不是犯事了？"

程茂明迎着妇人好奇的眼神，心情有些差。

昨天人就跑了，出了京城，道路四通八达，找一个人无异于大海捞针。

"胡芒住在这里多久了？"

"有几年了吧。他是租户，又是一个人，平时和街坊邻居没来往。"

"这么说，没人知道他的来历？"

"有街坊好奇问过，他说是南边来的，老家受了灾，父母亲人都没了，一个人来京城讨生活。"妇人撇了撇嘴角，"听他说得这么惨，谁都不好意思多问了。"

"平日见过他与谁常打交道吗？"

妇人摇摇头："没见过。"

"大姐再仔细想想。"

妇人拧眉思索起来，突然眼睛一亮："对了，年前有个年轻女子来找他，我瞧着不像正经地方出来的，特意留意了一下，听胡芒喊她'小金铃'。"

"大姐还记得这名女子的模样吗？"

妇人立刻来精神了："那肯定记得啊，个子比我矮一寸吧，小鼻子小眼的，凑在一起看着还挺清秀。喏，这里还有颗小痣……"

听妇人滔滔不绝地形容着女子的长相，程茂明突然陷入了怀疑：锦麟卫的组成是不是有问题？或许应该招一些如大姐这样的编外人员。

盘问过这一片的人，程茂明调来更多人手，先从最近的胭脂巷查起。

幸运的是，他们还真在胭脂巷这一片的青楼中找到了名叫小金铃的女子。

"他是奴家的一个恩客，两个月前还说过要为奴家赎身的。"听闻胡芒跑了，小金铃一脸愤愤的神情。

"他一个药房伙计，说的话你也信？"

小金铃下意识地扫一眼左右，小声道："他说有来钱的路子。"

"什么路子？"程茂明追问。

"卖货。到底卖什么就没和奴家说了，不过他有一次来这里遇到了一个人，随口说过货是从那人手里拿的。"

"那人是谁？"

小金铃不吭声了。

程茂明脸一沉："金铃姑娘是要耽搁锦麟卫查案吗？"

小金铃打了个哆嗦，低声道："是位姓窦的大爷，您可以去问问花魁娘子，那人是花魁的恩客。"

姓窦？

程茂明直觉不大好，把花魁叫来盘问。

与小金铃的清秀不同，花魁娘子是个妩媚多姿的美人，一见程茂明便送来盈盈秋波。

程茂明脸一板："有位姓窦的客人常来找你，他叫什么名字，是什么身份？"

花魁娘子"扑哧"一笑："姓窦的恩客多了，奴家不知大人问的哪个。"

程茂明把腰刀往桌上一拍，冷冷地道："不要和我耍花枪。"

"大人——"

程茂明挑眉："还是说把你带回锦麟卫问？"

花魁娘子暗骂一声"榆木疙瘩"，不敢再推托："是有一位姓窦的恩客，奴家不知道他叫什么名儿，每次见了都叫他'窦爷'。"

"身份来历也不知？"

"身份倒是知道的……"花魁娘子抿了抿唇，虽不甘愿，还是说出了那人的身份，

"他说他是窦家三爷,太子是他外甥。"

程茂明神色微变,心道:但凡不大好的预感往往是对的。

"带走。"

随着他一声吩咐,两名锦麟卫立刻上前。

花魁娘子脸色大变:"大人,奴家都说了,为何还要去锦麟卫?"

程茂明边往外走边甩下一句话:"与案子相关者都要先去锦麟卫坐坐。"

于是花魁娘子、小金铃,还有鸨母,都被请去了锦麟卫"做客"。

程茂明带人直奔窦府所在的如意坊。

窦府是先皇后的娘家,窦氏一族围绕窦府聚居,几乎占了大半如意坊。

窦三对外说太子是他的外甥,实际上他在窦家只是旁支,算是先皇后的堂弟。

打听到窦三的住处,程茂明敲开了门。

"窦三老爷可在家?"

出面接待的是个三十多岁的妇人,样貌寻常,穿戴还算体面,是窦三的妻子。

问清程茂明的身份,妇人迟疑地回答:"他不在。"

"太太可知他在何处?"

妇人神色紧张:"不知道,一早就出去了。"

"若是这样,那我们只好在这里等了。"程茂明施施然坐下,"令郎什么时候从学堂回来啊?到时候问他也是一样的。"

一听这些锦麟卫要找宝贝儿子,妇人脸色大变,心一横,说出了窦三可能在的地方:"白日他在那边的时候多,大人或许可以去看看。"

运气还算不错,程茂明在妇人提供的住处找到了窦三。

因为门房在程茂明表明身份后还死死地拦着,他是直接带人闯进去的,进去后一眼就看到几名男子七歪八扭地坐着,身边环绕着穿着清凉的美貌女子。

室内杯盏狼藉,气味浑浊。

"你是谁?"一名身形清瘦的中年男子怒问,不忘骂追进来的下人:"混账东西,怎么看门的?!"

程茂明的视线落在男子手边的圆盘上,因为强闯而有些忐忑的心定了定。

聚众服食五色散,单这一项罪名,别说他闯进的地方是先皇后堂弟的,就是先皇后胞弟的,皇上也不会怪罪。

定了心的他把腰牌一举,亮明身份。

清瘦男子一听,第一反应就是往盛着五色散的器具上扑,其他几个人或是拔腿往门口跑,或是翻身跌落在地,缩身抱头。

不用程茂明吩咐,他带来的属下立刻把几个人控制住。

清瘦男子大喊:"你知不知道我是谁?告诉你,我可是太子的舅舅!"

"堂舅。"程茂明平静地纠正。

窦三眼睛圆睁:"那你还不把我放开?!"

"窦三老爷若是不打算毁灭证据,那咱们可以好好说说话。"程茂明指了指小几上的五色散,示意属下先松手。

窦三目光一闪:"什么毁灭证据?我们几个朋友私下聚聚不行吗?"

程茂明一笑:"窦三老爷该不会说,不知道这个是违禁之物吧?"

窦三气势一低,脸上露出讨好的笑,伸手把荷包扯下来往程茂明手里塞:"我们就是想尝尝新鲜,以后不会了,还望程大人通融一下。"

程茂明把荷包推开,淡淡地道:"恐怕不只是尝新鲜吧?"

窦三笑不下去了:"大人这是什么意思?当真一点儿面子都不给?"

"大都督,有发现!"两名锦麟卫进来,把两个大坛子摆在程茂明面前。

饶是程茂明早有准备,此时也忍不住倒抽口凉气。

这么多五色散,他们是打算卖给全城的人吗?

"窦三老爷,这些也是尝新鲜吗?"

窦三的脸色变了又变,不得不服了软:"程大人,请您理解则个,我这说得好听是太子舅舅,其实只是旁支,既无权又无钱,总要谋个生计养活一家老小……"

程茂明懒得听这些废话:"胡芒你认不认识?"

"胡芒?"窦三微微一愣,目光有些飘。

程茂明冷冷地提醒:"我会来这里,就是因为此人。"

窦三一听变了脸色,咬牙切齿地道:"原来是这个浑蛋害我!"

接下来不等程茂明催,窦三就一股脑儿说了:"他是两年前从我这里买药的,一次拿的不算多,但陆陆续续一直到现在……"

"窦三老爷是从什么时候开始卖这个的呢?"

"也就两年多。"不知是怕说久了罪名更重,还是实话实说,窦三含糊地道。

程茂明对此不太在意——等把人带回锦麟卫,自能问个清楚明白。

"劳烦几位随我走一趟了。"

"程大人,您既然找的是胡芒,何必为难我一个生意人呢……"

程茂明没理会几个人的喊叫声,负手向外走,走了几步突然顿住,回头看了一眼被属下控制住的窦三。

不对劲,他非常不对劲。

太子服食的五色散是心腹内侍从一名叫胡芒的药房伙计手里买到的,胡芒又是从先皇后的族弟窦三这里拿的货。也就是说,太子的五色散来自外祖家的人。

但凡窦家不傻,都不会让太子吃这种东西,而看窦三的表现,显然也不知道胡芒从他这里拿的货进了太子嘴里。

程茂明摸着下巴,一个念头清晰起来:这是针对太子及其母族设的一个局吧?

"程大人,程大人——"

窦三的疾呼声打断了程茂明的思绪,他回过头来继续往外走,刚到院门口,就看

458

到了带着家丁赶来的先皇后胞弟窦启盛。

这才是太子的亲舅舅。

窦启盛原本是玄武营副统领，前不久被调入右军都督府，官职虽有提升，实权却被大大削弱，起因就是太子策划劫持林婵一事有窦启盛相助，这在泰安帝看来，是绝不能忍的。

"听家里人说程大都督找我三哥，不知道发生了什么事？"

这时窦三也被带出来了，一见窦启盛就喊开了："六弟快救我！"

窦启盛皱了皱眉，看着程茂明。

对这位堂兄他没么在意，但不管感情亲疏，对外他们都是一族人，一损俱损，一荣俱荣，听闻锦麟卫来找窦三，他自然坐不住。

上一次锦麟卫去玄武营，可是害他不浅。

"程大都督，我三哥犯了什么事，还劳烦你亲自来一趟？"

程茂明面上不动声色，心里却被对方不自觉流露的优越感惹恼了。

这么多年来，因为太子地位稳固，哪怕先皇后早逝，窦家的人对人对事也底气十足，包括对他这个专为皇上办事的锦麟卫指挥使。

人人知道，太子以后会继位，窦家到时候会更风光。

程茂明想到了对他态度淡淡的太子。

这一瞬，他有了决定：什么局不局的，他能力有限，只把查到的事实禀报皇上就好。

下了决心后，程茂明对窦启盛微微一笑："这个不大方便透露，还望窦大人体谅。"

"程大都督，不至于如此不通融吧？"程茂明的果断拒绝令窦启盛的脸色有些难看。

"真不方便。程某还要赶回去向皇上禀报，失陪了。"程茂明拱拱手。

窦启盛只好侧身让开，听着窦三的大呼小叫，面色阴沉。等人走远了，他一踢墙砖，愤愤地道："混账，竟拿皇上压我！"

他大步走进去，抓起一名瑟瑟发抖的侍女问："到底怎么回事？"

"老爷和朋友一起喝酒……服……服了五色散……"侍女哆哆嗦嗦地道。

一听"五色散"三个字，窦启盛面色微变。

这个糊涂东西！

可他很快又觉得不对劲：服食五色散虽然违例，但也不至于锦麟卫指挥使亲自来抓人。京城繁华富庶，偷偷服用五色散的人并不罕见，要是每个都这么大声势去抓人，锦麟卫可抓不过来。

"是不是还有别的事？"

面对窦启盛的逼问，侍女的脸色白得吓人："还……还……还被锦麟卫发现了两坛子五色散……"

"多大的坛子？"窦启盛咬牙问道。

"这么大……"侍女伸出双手比画着。

窦启盛眼前一黑，险些昏过去。

售卖和偷偷服食就是两个性质了。

这个害人的东西！

他铁青着脸快步往外走，不忘吩咐带来的下人："把这里的人都给我带回窦府！"

程茂明把窦三带回锦麟卫进一步审问，刚挨了一鞭子，窦三就交代了货物来历。

那是一个看起来寻常的小村子，只有二十多户人家，实际上整个村子的人都参与了五色散的制作。

令程茂明心惊的是，这些人售卖五色散有五六年了。

那个针对太子与窦家的局，按说不会这么早就谋划才是。

心念一动，程茂明忍不住问了窦三一个问题："你是怎么走上这条发财路的？"

窦三早没了在外宅的意气风发，垂头耷脑地说起心酸往事："您别看我现在穿罗着锦，放到干这个前，穷得都快吃不起肉了……"

程茂明耐心听窦三哭完穷，总算等到了重点，他说："有一次和朋友吃酒，喝多了说起手头拮据，朋友就给我指了这么一条路。这可真是一条财路啊，从此以后终于可以大口吃肉了……"

窦三眉飞色舞，触及程茂明阴沉沉的眼神，才猛然反应过来：他正挨审呢，这儿可不是炫耀的场合。

窦三闭了嘴，程茂明不动声色地问："这个朋友叫什么？现在何处？"

"叫贾敬，他说排行老五，让我叫他'贾五'。一年前他就离开京城了，到现在都再没见过。"

"这个朋友是怎么认识的？"

"他是京城、外地两头跑的行商，有一次折价卖了一块毛皮给我，一来二去就熟悉了……"

程茂明默默地听着，只觉不寒而栗。

说话的人一无所觉，可在他看来，这哪儿是什么朋友，纯粹就是在一个恰好的时机出现，把窦三引上那条路的人。

这个人甚至什么都不需要做，只要让窦三知道有这么个制售五色散的地方就够了。

再然后，成了二道贩子的窦三在一无所知的情况下，把五色散通过胡芒卖给了内侍王福，最终送到太子口中。

一个消失的"朋友"，两年多前就这么轻轻一推，便把太子和窦家推入了两年后的万丈深渊。

程茂明越想越觉胆寒。

锦麟卫继续调查下去，那个小村庄反而没什么可深挖的，就像许多地方产出某些特产或机缘巧合全村人都从事了某个行当一样，这个村子就靠制售五色散为生。

这个村子走上这条路的缘由，是其中一个村民多年前本就是一名为平乐帝宫廷里配置五色散的药童，泰安帝登基禁止服食五色散后，此人回到村里，苦日子熬久了，忍不住重操旧业。

就在程茂明调查的时候，窦启盛进宫求见。
泰安帝以为窦启盛是为太子说好话来的，虽然有些心烦，还是见了人。
窦启盛一见到泰安帝就"扑通"跪下了："臣有罪！"
泰安帝下意识地坐直了身子："这是怎么了？"
"臣的一位族兄背着家里居然做了不法之事，都怪臣没有及时察觉，求皇上恕罪——"
泰安帝挑眉，慢悠悠地问："做了什么不法之事啊？"
"他……他偷偷服食五色散……"
在窦启盛想来，窦三已经落在锦麟卫手里，他主动请罪总比被姓程的告状要强。
服食乃至售卖五色散虽然犯了忌讳，但他不知情，最多就是窦三吃点儿苦头罢了。
窦启盛想得乐观，却不知"五色散"三个字犹如一根长针，狠狠地刺进了泰安帝的心里。
"五——色——散——"泰安帝一字一字念着，看向窦启盛的目光阴沉又陌生。
窦启盛跪在地上，抬起头，冲泰安帝露出一个讨好的笑："姐夫，他也是一时鬼迷心窍，以后弟弟一定严加约束族人，不让他们再做不法之事……"
"滚！"泰安帝吐出一个字。
窦启盛的表情僵住："姐夫……"
泰安帝霍然起身，脸色铁青："朕让你滚，没听到吗？"
见皇帝如此，窦启盛连窦三被锦麟卫抓走的事都没敢提，灰头土脸地出了宫。
外面骄阳如火，他心头却迷雾重重，百思不得其解：皇上为何发这么大火？
冥思苦想半天，他只能归结于皇上因为太子出丑心情不好。
罢了，等过两日皇上心情好些了再说吧。

没等两日，程茂明就与大太监刘川碰了头，二人一同去向泰安帝禀报。
刘川先说起宫里的调查情况："回禀皇上，太子殿下的近身内侍王福的尸体在西苑湖边被发现，经仵作验尸，并无挣扎痕迹和外伤，由此推断自杀的可能性最大。经过审问东宫其他人，王福是在王贵死后入了太子殿下的眼的，越来越得宠的原因就是向太子殿下献了五色散……"
"混账！"泰安帝一拍桌子。
刘川闭了嘴，默默地后退一步。
泰安帝看向程茂明："你那边如何，查出五色散的来源了吗？"
"查到了……"程茂明顿了顿，垂眼说下去，"太子殿下服食的五色散，是王福从一个药房伙计那里得来的，那个药房伙计的货来自窦三……"

"等一等！"泰安帝抬手，打断程茂明的话，眼睛紧紧地盯着他，"哪个窦三？"

程茂明扛不住皇帝慑人的目光，微微垂眼道："先皇后的堂弟，族中排行第三……"

泰安帝额角青筋暴起，抓起桌案上的翡翠貔貅摆件砸到了地上。

程茂明与刘川立刻跪下，谁都不敢出声。

他们许久没见皇上发这么大脾气了。

二人对视一眼，不约而同想到一处去了：窦家要完。

泰安帝背着手来来回回走着，调整着快要脱缰的心情，走着走着一个趔趄，吓得刘川冲过去："皇上当心！"

泰安帝缓缓低头抬脚，看到了插进鞋底的碎片。

被竭力控制的怒火彻底爆发，整个书房响彻着皇帝的怒喝声。

许久后，暴风雨归于平静，泰安帝继续问起窦三的事。

程茂明把查到的情况说了，不过没有提窦三说到的那个朋友。

他承认，人都是有私心的。

运气也好，命运也罢，不管他愿不愿意，终究被推到了太子与窦家的对立面上。既然这样，为了自己这条小命，他只好不客气了。

泰安帝往椅背上一靠，摆摆手："退下吧。"

程茂明躬身倒退着出了门。

屋内安静了，泰安帝枯坐着，一动不动。刘川不敢劝，默默立在一旁。

不知过了多久，泰安帝哑声问："有没有提及太子当众失仪的奏章？"

"回禀皇上，没有。"

泰安帝冷笑起来。

是啊，文武百官认定了太子是将来的新君，谁会不开眼弹劾太子呢？

哪怕太子当众裸奔，令大周成为他国笑柄，这些人也不会与太子作对。

这一刻，泰安帝彻底下定了废储的决心。

"刘川，传六部九卿及诸王觐见。"

刘川浑身一震，忙低头应下："是。"

各部重臣陆陆续续赶往宫中，有半路遇上的交换一下眼神，各怀心思。

这几日，弹劾太子的折子他们一直揣在袖中，等着别人的动静，万万没想到，没有一个无私奉献的！

泰安帝闭目养神，等人都到齐了，才慢慢睁开了眼睛。

"太子端午所为，诸卿有何想法？"

众臣面面相觑，一时无人出声，实则心里有点儿着急。

太子当众裸奔啊，怎么就没一个人站出来骂呢？这是不是显得他们太没正气，太懦弱了？

这其中，靖王是最淡定的。

他躲在人群最后头，揣着手垂着眼，装木头人。

裸奔的又不是他儿子，他什么想法都没有。

泰安帝冷眼看着众臣挤眉弄眼都等着别人出头，只想冷笑。

"看来众卿都觉得不是什么大事。"

一听泰安帝这么说，众臣便知皇上对他们三缄其口不满了。这时若是有人第一个站出来把太子痛批一番，定会赢得皇上欢心。

有心思灵活的大臣越众而出，高声道："臣有话说。"

站出来的是礼部尚书。

"陈卿说说吧。"泰安帝淡淡地道。

陈尚书立刻义愤填膺地痛斥起太子，慷慨陈词一番后总结道："太子所为实属荒唐，望皇上严惩！"

见泰安帝的脸色还算平静，又有几个人站出来附和。

太子和皇上比起来，肯定还是皇上更重要啊。现在自己骂太子一顿能让皇上痛快点儿，将来等太子坐上这个位子的时候，估计他早就把这件事忘了。

有了带头的，出声附和的人越来越多。没办法，不吭声显得自己屈服于皇权，有点儿脸上无光。

至于靖王，依然老神在在不吭声。

泰安帝的目光冷淡如水，从出声的臣子面上一一扫过。

被扫过的人不自在地抖了抖眼皮。

皇上这个样，倒跟要把他们记住似的，好奇怪。

良久，泰安帝缓缓开口："众卿这么说，朕知道怎么做了。"

众臣不由得抬眼，好奇皇上会如何责罚太子：禁足是肯定的，说不准会把东宫上下都换了，甚至殃及太子母族。

泰安帝沉默了一会儿，一字字道："朕决意废太子。"

此话一说出口，众臣大惊，特别是刚刚开过口的人，个个犹如五雷轰顶，摇摇欲坠。

啥？皇上把主张废太子的屎盆子扣到他们头上了？

众臣想到这一点，热血就往脑门儿冲，眨眼间地上跪了一片。

"皇上，这可万万不能啊！"

看着跪了一地的大臣，泰安帝面沉似水，淡淡地问道："怎么不能？"

不能就罢了，还万万不能。这意思，哪怕太子再扶不上墙，将来会败了祖宗的基业，大周也是离了这个太子就活不了？

听着众臣的哀求，泰安帝越发心冷，反而坚定了这个念头。

什么时候当皇帝的反被太子掣肘了，而原因仅仅是他子嗣少？

泰安帝觉得悲凉又可笑，一言不发地看着众臣。

比起大臣们的强烈反应，几位亲王就平静多了。对他们来说，谁当太子都一样，反正不可能是自己儿子，多嘴的话，说不定就要被皇帝记在小本本上。

463

"三哥，你怎么看？"泰安帝突然开口问宁王。

宁王头皮一紧，下意识地捋了捋胡子："喀喀，要说起来，太子端午所为确实荒唐，不过废储是关乎社稷安稳的大事，皇上是不是再好好考虑一下？"

听宁王这么说，不少大臣纷纷点头，高呼道："请皇上三思！"

泰安帝懒得看这些人，视线落在靖王的面上："五弟的看法呢？"

靖王一脸茫然的神情："皇上问我什么？"

泰安帝暗吸一口气："问你对废储的看法。"

靖王恍然："皇上问这个啊，那弟弟没什么看法，管教儿子当然是当父母的决定。"

泰安帝点了点头，这才看向那些大臣，沉声道："子不教，父之过。太子失德，众卿都建议朕严惩，朕这个当父亲的怎么能一味纵容呢？若是此次轻轻放过，太子得不到应有的惩戒，将来闹出更难看的事情来，岂不是陷朕于不义，让朕对不起祖宗社稷，对不起黎民百姓，亦对不起众卿？"

众臣："……"皇上这是铁了心把主张废储的屎盆子扣在他们头上了？

"皇上三思啊！"

泰安帝面露痛苦之色，长长地叹了口气："众卿不要再劝了，朕知道你们心里对太子所为很不满，只是体谅朕这个当父亲的，不愿朕为难罢了……"

众臣齐齐抽了抽嘴角。

皇上真是睁眼说瞎话啊！

"朕意已决，就这样吧。"泰安帝起身，脚步沉重地走了。

众臣面面相觑，最后围住最先出头的礼部尚书："陈尚书，这可如何是好啊？"

陈尚书老泪纵横："为人臣者当为君分忧，咱们怎么能陷皇上于不义呢？"

他还能怎么办，就算他们今日拼死劝皇上改了主意，可皇上有心废储的消息定然会传入太子耳里，等将来继位，太子绝对会记恨他们这些说自己坏话的臣子，尤其是他这个第一个站出来的。

事到如今，哪怕觉得皇上废太子太过草率，他们也只能坚定地跟着皇上走了，甚至还要替皇上压住那些反对的声音。

这是一不留意上了贼船啊！

这么一想，陈尚书哭得更厉害了。

其他人也想哭，但想想陈尚书这只出头鸟，又觉得好受点儿了。

翌日早朝，废太子的诏书一出，震惊了朝廷上下。

随着诏书一同宣告的还有对窦家的处置：窦三被判了流刑，窦启盛管束族人不力，直接被罢官夺爵。

太子继妃的娘家原本还想上蹿下跳一番，一见先皇后的娘家落得如此下场，立刻老实得跟鹌鹑似的。

废储风波竟然就这么平平静静地过去了。

当然，知道自己被废的太子可不平静："我要见父皇，我要见父皇！"

宫人死死地拦住往里闯的废太子，苦口婆心地劝道："现在皇上正恼着，您等皇上消了气再来吧。"

"滚开，你是个什么东西，也敢拦我？！"废太子一脚踹过去。

被踹得后退几步的宫人脸色白了白，却不敢顶嘴。

太子虽然被废，可还有着"凉王"封号呢，可见皇上对太子还是有感情的，而不是真当彻底没了这个儿子。

这时刘川走出来，对拦着废太子的宫人道："皇上让凉王进去。"

几名宫人听了退至一旁，由着废太子冲了进去。

废太子脚步踉跄，扑到泰安帝面前："父皇，您为什么这样对我？！"

他仰着头，眼里满是怨恨与不可置信之色。

泰安帝被那怨恨的眼神刺痛了心，也因此更觉得这个决定是对的。

"你在怪朕？"

废太子自认为是怕这个父亲的，而事实上，多年来难以撼动的储君地位让他根本没意识到自己的任性。

他是太子，这个认知对他来说犹如生来便会呼吸一般理所当然。

他察觉不到泰安帝的失望与审视，只知道自己很委屈、很不甘、很愤怒。

"父皇，我是您的儿子啊！您怎么能废了我？！"

侍立一旁的刘川暗暗叹气。

难怪铁板钉钉的储君之位都能弄飞了，都这个时候了，凉王对皇上居然还如此理直气壮。

泰安帝的火气腾地冒了起来，面上越发淡漠："你是朕的儿子，就能当众裸奔吗？"

废太子的脸涨成了猪肝色："儿子喝多了，不是有意的。"

泰安帝深深地看了他一眼："你不是喝多了，你是五色散吃多了。"

废太子往前跪行两步，却被内侍拦住。

内侍的举动瞬间刺激了他，让他怒火高涨："父皇，就因为儿子吃了五色散，您就废了我？"

"就因为吃了五色散？"泰安帝声音微冷，加重了语气，"你还当众裸奔。"

他可不想让天下人耻笑未来的大周皇帝曾经当众裸奔还被异国公主看见了，史书上还明明白白写着是他的儿子。

他丢不起这个人！

太子的裸奔之举让他决意废储，而太子被查出服用五色散让他的决心不可动摇。

"儿子知道错了啊，以后不会了啊，您为何连一个悔过的机会都不给？"

泰安帝闭了闭眼，已经不想和废太子说下去，淡淡地道："你要是有悔过之心，就不会在王贵死后沉迷五色散了。"

废太子一听，委屈极了："呜呜呜，要不是王贵死了，儿子也不会吃王福给的五色散……"

泰安帝气了个倒仰。

这是说都怪他了?

这个儿子真是不可救药!

"送凉王出去。"泰安帝垂着眼,不愿再看废太子一眼。

很快两名内侍一左一右架住了废太子。

废太子激烈地挣扎起来:"父皇,您不能这么对我,我是太子,我是太子——"

废太子被架了出去,远远地还有嘶喊声传来。

刘川无奈地摇了摇头。

凉王是真的凉了。

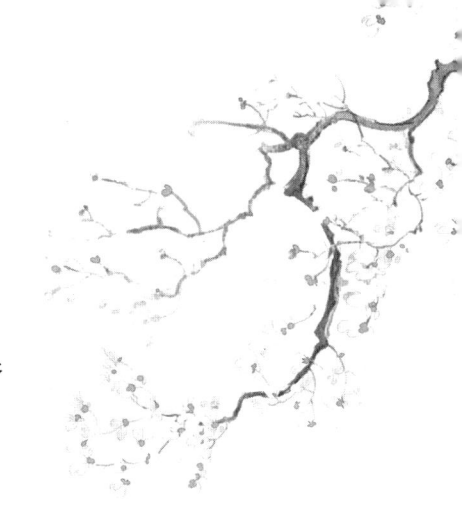

第十九章　无　香

林好得到太子被废的消息，第一时间拎着酒坛子翻过墙头。

这种时候，她必须与有着同一个目标的小伙伴分享喜悦！

祁烁从不辜负她的期待，果然正在墙的另一边等她。

"跟我来。"少女洋溢着喜悦的脸比夏日最艳的鲜花还要娇艳，令祁烁不由自主地展开笑颜。

蔷薇花爬满花架，红的、粉的、黄的，与绿油油的叶子一起，把花架遮得严严实实。

林好随祁烁走到花架后，发现石桌上摆着一套酒具，还有一个荷叶包。

凭经验，她觉得里面是一只叫花鸡。

"咱们想到一块去了。"她把酒坛子往石桌上一放，戳了戳带着热气的荷叶包，"这是叫花鸡？"

狗太子被废，当浮一大白！

"嗯。"祁烁笑着点头，"正好拿来下酒。"

林好坐下来，有些纳闷儿："要是我来晚了或者明日才来，不是坏了？"

祁烁忍不住轻笑。

"笑什么？"

唇边噙笑的青年指了指围墙方向："墙头我也能爬上去的。"

林好摸摸鼻子。

这倒是。

"喝酒吧！"她说着喝酒，手却向叫花鸡伸去。

骨酥肉嫩的叫花鸡滋味鲜美，唇齿留香。二人一口烧鸡一口酒，一口烧鸡一口酒……

林好两颊微红，望着祁烁傻笑："阿烁——"
祁烁身体微微前倾，靠近她："怎么了？"
"狗太子被废了，我们都不会死了吧？"她说得有些含混，明显喝多了。
祁烁握住她的手。
这只手是热的，与梦中那个大雪纷飞的街头在他怀里逐渐冷却的身体完全不同。
"不会了。"他的声音很轻，语气却坚定。
"阿烁——"林好又靠近了些，眼前是那个放大的男人，"现在可真好啊——"
后面的话被对方微凉的唇堵在喉间，化作细碎的呢喃。
林好震惊得睁大了眼睛，就看到他单薄白皙的眼皮与浓密纤长的睫毛。
一只手突然遮住她的眼。
"傻姑娘。"
眼前陡然暗下来，她听到他微微喘息着说出这三个字，一双无处安放的手悄悄环上他的肩。
风吹蔷薇动，送来馥郁花香，不知谁的手无意间碰倒酒杯，瓷器碎裂的声音惊动了二人。
林好猛然推开祁烁，连看他一眼都不敢，急慌慌转身就跑，跑了几步又折返，拎起石桌上早已喝空的酒坛子，飞一般跑了。
她一路跑到围墙边翻了过去，抱着空酒坛靠着墙壁站了好一会儿才清醒过来。
清醒后，她盯着酒坛子，表情有些呆滞：她抱个空酒坛子回来干什么？
不对，这不是重点，重点是祁烁刚刚亲她了！
林好捂着额头，觉得有点儿晕，酒劲好像又上来了。

一墙之隔，宝珠狐疑地盯了蔷薇花架一会儿，感到了深深的困惑：她守在这里，看着姑娘和靖王世子过去的，怎么只有姑娘一个人出来了？
姑爷该不会消失了吧？
这一瞬间，奇奇怪怪的念头充斥着小丫鬟的脑袋，让她生出一探究竟的冲动。
一步，两步，三步……
一道熟悉的声音响起："宝珠？"
宝珠淡定地转身，露出一对小虎牙："是长顺啊。"
长顺的眉毛拧得能夹死苍蝇："这一次，该不会又来捡毽子吧？"
他就不信每次都这么巧！
"不是，不是。"宝珠摆摆手。
"那你为何在这里？"
宝珠手一扬："我来捡沙包啊。"
圆滚滚的沙包是湖蓝色的，在阳光下显眼又可爱。
长顺的表情缓缓凝滞了。

这丫头哪儿来这么多小玩意儿？！

"你会玩儿沙包吗？"宝珠问。

或许是少女的声音太甜美，长顺下意识地点头："会。"

"接着！"宝珠把沙包一抛。

湖蓝色的沙包在半空中划出优美的弧线，"啪"的一声砸在了长顺的脸上。

"哼，多管闲事的胖子。"宝珠低低地说了一句，利落地翻墙跑了。

太子被废，人心浮动，林好的心却踏实了，于是有了更多精力投入制香、调香、店铺开业这些事情上。

小郡主祁琼对好友开花露铺子表现出十足的兴趣，特别是了解开花露铺是为了安置无家可归的女孩子后，拿出丰厚的零花钱逼着林好收下，那架势活像银子会咬手。

林记香粉铺对面的花想容新上了一款花露，二人约好了去"探察敌情"。

"说是新香，也没什么特别，就是颜色更好看了些。"坐在林记香粉铺的后堂里，祁琼摩挲着淡青色的琉璃瓶，摇了摇头。

对见识过无数好东西的小郡主来说，这款正被花想容大力向顾客推出的新香露连让人眼前一亮都算不上。

一个清秀的小姑娘端着托盘进来，把两个小碗分别放在二人面前。

祁琼扫了一眼，不由得愣住，下意识地问道："这是什么吃食？"

半透明的琉璃小碗中盛着似脂非脂、似玉非玉的洁白之物，一颗颗殷红的樱桃点缀其中。

"这是……甜酪？"打量了一会儿，祁琼试探着猜测。

甜酪是由牛乳炼制而成，从北地流传而来，因牛乳难得，在寻常百姓家算是稀罕物，当然对小郡主来说就不稀奇了。

林好笑着点头："对。这道甜品叫糖酪浇樱桃，用甜酪浇上樱桃做成，还浇了蔗浆，郡主尝尝味道如何。"

祁琼用小匙舀了一勺甜品放入口中，乳酪冰凉鲜甜，樱桃酸甜爽口，交织在一起便成了这夏日最迷人的味道。

"太好吃了！"祁琼直接把一碗甜酪吃完，发出满足的感叹，"要是我，哪怕买不到喜欢的花露，为了这碗糖酪浇樱桃也会来。"

林好心一动，喃喃道："这倒是个好主意。"

"什么好主意？"祁琼用帕子擦擦嘴角，有些意犹未尽。奈何这糖酪是冰过的，她不敢贪嘴。

"凡是买了花露的客人，都送一碗糖酪浇樱桃，郡主觉得怎么样？"

看着好友期待的表情，祁琼一时有些为难。

无论是甜酪还是樱桃，都不是便宜物，买花露就送一碗，该不会把铺子送垮吧？

她倒不是心疼自己资助的银钱，主要是担心铺子如果撑不了几日就垮了，那些女孩子就没着落了。

"这样不会亏吗?"祁琼忍不住提醒一声。

林好微微一笑:"不会,咱们的花露卖得贵。"

这叫羊毛出在羊身上,不对,这叫劫富济贫。

小郡主呆了呆。

阿好说得可真直接。

"现在人手少,产量不高,正好走精品路线;等以后人多了有了余力,再推出适合寻常女子的花露。"

这也是林好特意请教过将军府负责打理商铺的管事得来的经验。林记香粉铺与花想容仅一街之隔,货品与对方重合越少,越容易相安无事。

林记香粉铺虽有将军府当靠山,毕竟和气生财。

"也是。"祁琼点点头,不忘提出要求,"开业那日记得喊我。"

林好一口应下,二人走出林记香粉铺。

"阿好,我知道一家面馆,虽不是大酒楼,但面条筋道爽口,汤头更是美味,凉拌小菜也好吃,今天正好带你去尝尝。"祁琼炫耀着宝藏面馆,没留意林好忍笑的表情。

如果她没有猜错,小郡主说的应该是一家叫"刘麻面馆"的食肆,阿烁曾带她去过。

当然,和好友一起去吃一顿也很好。

"喏,就是这里!"下了马车,祁琼伸手一指。

说是面馆,却不是那种小小的门面,而是一座两层小楼。此时里面已亮起灯光,进去的人多,出来的人少,正是生意红火的时候。

迎风招展的幌子上写着"刘麻面馆"四个大字。

"两位姑娘里边请。"伙计热情地迎上来,把二人引到临窗的位子。

祁琼点了几道小菜,然后陷入了选择困境。

"上次吃的是牛肉汤面,但我觉得卤肉拌面应该也不错,有点儿想试试……"

林好点头:"卤肉拌面好吃。"

祁琼疑惑地看过去。

林好坐直身子,一本正经地道:"肥瘦相间的卤肉,筋道的面条浸在汤汁里,一想就好吃。"

"那就卤肉拌面。"祁琼总算做了选择。

林好就很利落了:"牛肉汤面。"

上次和祁烁来吃的卤肉拌面,她早就打算再来时尝尝汤面了。

不多时,两碗香喷喷的面并几道爽口小菜被端上来。

祁琼讲起店名的来历:"听说这家面馆以前生意没这么好,也没这么大,就是个能坐三四桌的小馆子。后来店家续弦,再娶的老板娘有一手擀面条的好手艺,就渐渐把馆子做大了……"

这些事林好也听过,所以她将注意力放在一名招呼客人的妇人身上。

妇人三十岁出头,头发被一块碎花蓝布包起,耳朵上挂着小小的银耳坠,看起来清爽利落,只是神情间的憔悴有些明显。

妇人就是面馆的老板娘。除了她,大堂中还有一位伙计和一个时不时去后厨端面的十三四岁小姑娘。

林好记得上次来时这位老板娘一直在后厨忙碌,只出来了一次,精神饱满。

看来老板娘遇到了不顺心的事。

不过人活在世间哪儿有没烦恼的:林好虽有这种推测,却没想太多,低头吃了一口面。

面条筋道顺滑,很入味,可她隐隐觉得没第一次来时惊艳了。

难道是人不对?

看一眼好友,林好暗暗摇头。

她才不是那种重色轻友的人,和小郡主一起来,按说会吃得更香。

或许这面条和许多美食一样,第一次吃总是印象深刻并会不自觉美化的。

林好不紧不慢地吃起面条。

就在这时,突然走进来几名男子。

走在最前面的少年看着十七八岁的样子。他重重地咳嗽了一声,以引起众人的注意。

老板娘脸色一变,立刻迎了上去:"大郎,你怎么来了……"

少年伸手一推,敷衍地冲食客们拱了拱手:"各位吃完了麻烦先回吧,有点儿家务事要处理。"

跟在他后面的几个人都五大三粗,一看就不好惹的样子。食客见状,纷纷放下碗筷走了出去,出了店门就不走了,拢手看起热闹来。

一名大汉登上楼梯去赶人,木质楼梯被踩得"嘎吱"响,眨眼间,在楼上吃面的客人也几乎走光了。

林好与祁琼一时没有动。

少年走过来,眼中闪过惊艳之色,对二人"呵呵"一笑:"咱们有些家务事要处理,二位姑娘赏个脸,改日再来,到时候我刘大请客。"

林好坐着没动。

见她没动,祁琼也坐着没动。

"二位……"

林好不想听这油腻腻的声音,淡淡地道:"可我的面条还没吃完。"

刘大郎脸上没了笑:"我说了,姑娘下次再来,我请客。"

林好坐着,纹丝不动:"可我就想现在吃。"

刘大郎一挑眉,被旁边一名眉眼和他有几分相似的中年男子拉了一下:"大郎,让人家小姑娘把面吃完，也花不了多少时间。"

刘大郎看了眼中年男子，对方使了个眼色。

高涨的气势缓了缓，刘大郎注意到不知何时靠近的几个人。

那几个人有男有女，一看就是下人打扮，显见这两名少女出身富贵，不好招惹。

他也是个能低头的，立刻拱了拱手："那二位姑娘慢慢吃。"

直到林好二人细嚼慢咽吃完，带着丫鬟、侍卫走出去，刘大郎才暗暗骂了一声"晦气"。

林好走出店门时，听到了踢凳子声，不由得回头看了一眼。

刘大郎站在老板娘面前，一脸狰狞的神情："你到底知不知道什么叫妇道？我爹病得都要死了，你还抛头露面来店里，是不是恨不得我爹病死，你好把这家店据为己有？告诉你，有我在，你休想！"

"大郎，你不要闹了，面馆就指望这时候赚钱呢……"

"赚钱赚钱，你就知道赚钱，你就是不想管我爹死活是不是？"刘大郎把老板娘推了个趔趄。

负责上菜的小姑娘跑过来，挡在老板娘面前："你干吗推我娘？！"

店内闹腾不休，店外亦一片议论。林好与祁琼站在看热闹的人群中，很快就把情况听了个大概。

面馆的店家姓刘，因出天花脸上落了几个痘坑，久而久之，人们都叫他"刘麻子"，"刘麻面馆"这个店名便是由此而来。

刘麻面馆本是一家夫妻小店，味道平平，生意平平，只能勉强维持一家人的生活。刘大郎八九岁的时候，刘妻病逝了，后来刘麻子娶了填房，就是如今的老板娘。

老板娘是寡妇再嫁，带着才几岁大的女儿。当时人们都觉得这家人以后日子不好过，没想到老板娘做面条手艺一绝，面馆的生意越来越好，刘家竟由一户特别普通的人家变成了小富之家。

"这个刘大郎不像话啊，刘家的虽是后娘，对他可一点儿不比亲娘差。我记得他亲娘刚死那段时间，这孩子整天挂着大鼻涕，脸上就没干净过，衣裳更是破破烂烂，自从刘家的来了，才有了人模样，没想到长大了闹得这么难看……"

也有人看法不同："话不能这么说。刘麻子眼看要不行了，这么大一个面馆呢，换你，你甘心让后娘里里外外全抓着？刘大郎是前头生的大儿子，继承面馆天经地义。"

"也是。"

林好默默地听着。一部分人觉得刘大郎对待后娘太过分，另一部分人则认为继母、继子有纷争不稀奇，但是双方对面馆由谁继承的看法却惊人地统一：刘麻子若是没了，面馆当然该给刘大郎。

也因此，听着面馆里越闹越大的动静，街坊邻居并无出面劝一劝的，倒是有不少人担心面馆的口味："刘家的要是不操持面馆了，面条的口味就不行了吧？"

"没听说吗？自打刘麻子病了，刘家的在面馆的时间没那么多，已经找了个师傅替她了。"

林好恍然。

怪不得她这次来觉得面条的味道差了一点儿，原来是换了人。

"赶紧回家照顾我爹！"随着刘大郎的吼声，老板娘被推了出来。

小姑娘跑出来去扶老板娘，声音带着哭腔："娘，你没事吧？"

老板娘站直身子，理了理乱了的鬓发："娘没事。朵儿，咱们回家吧。"

妇人牵着小少女往外走，身后再熟悉不过的面馆中传来笑声。

有与妇人关系还不错的街坊劝了一句："刘家的，回去多陪陪朵儿她爹也好。大郎大了，早晚要管事的。"

老板娘笑着："是……我是想着让新来的师傅再熟悉一下……"

林好望着妇人有些落寞的背影，想了想，追上去。

"大婶等一等。"

老板娘牵着女儿，疑惑地看着她。

"我刚刚在面馆吃面。"

老板娘点点头："我记得。姑娘叫我有什么事啊？"

林好顿了一下，匆匆道："大婶以后万一遇到过不去的坎儿，可以到林宅……"

她报了林宅的详细地址后，在老板娘错愕的眼神中回到祁琼身边。

坐上马车回去的路上，祁琼好奇地问："阿好，你与老板娘说了什么？"

"就是让她有难处找我们家的人。"林好想着刘大郎凶神恶煞的样子，就觉那对母女的前程不乐观，"那个刘大郎不是有良心的，等他爹一死，别说面馆，就是家里都不见得容得下她们母女。当然，走不到那一步最好。"

为了利益，有血缘的都可能算计得死去活来，何况只是继母。她既然遇上了，不过多说一句话的事。

"阿好你可真心善。"

祁琼回到王府就把这事对靖王妃说了。

靖王妃忙吩咐婢女："把庄子上新送来的枇杷和桃儿给将军府送几篮子去。"

要不说不是一家人不进一家门呢，这个媳妇找得好。

时间到了六月过半，万青街上林记香粉铺换了招牌，一家名叫"无香"的铺子开张了。

鞭炮"噼里啪啦"炸响，吸引着来往行人与附近商户的注意。

"无香？这店名好奇怪啊，是卖什么的？"

世上从不缺好奇的人，尤其专门来逛街的，好奇心更是格外多。众人观望了一会儿，就陆陆续续有人踩着一地鞭炮皮走了进去。

柜台后是风韵犹存的女掌柜，靠门口站着两个打扮清爽利落的小姑娘，还有一个老妇人默默坐在角落里。

"这里是卖什么的啊？"

"卖花露。"开口的小姑娘叫春妮，是林好从拐子手里救下的女孩之一。

一听卖花露，进来的人"呼啦啦"走了大半，剩下图新鲜的问道："有什么花露？"

这次开口的是那个更年幼的小姑娘："有蔷薇露和茉莉露。"

一听只有两种花露，人又走了不少。

都是卖花露，他们何不去对面买？人家花想容可不只有花露，还有胭脂石黛、香囊香球，想买什么都有。

铺子里空荡了不少，又有人问："怎么卖啊？"

"蔷薇露五两银子一瓶，茉莉露二两银子一瓶。"春妮脆生生地道。

"比花想容还贵，这是抢钱吗？"剩下的人骂骂咧咧地走了，包括刚刚一脚迈进来的人。

其中混着对面派来打探情况的，回到花想容就乐了："就专卖花露，一种蔷薇露，一种茉莉露，再多一样都没有，卖得还贵。"

花想容的掌柜听完，彻底放了心："不用管了，该干什么干什么去。"

就这种花露铺，能撑过一个月算他输。

更令掌柜高兴的是，对面放鞭炮吸引了不少人过来，却没能把人留住，有不少顺便走进了花想容。

掌柜的好心情没持续多久，就有伙计跑进来报信："掌柜的，来了一辆华丽的马车停在路边，从马车上下来的姑娘去了对面。"

"不要大惊小怪。"

不一会儿，伙计又跑进来："又来了一辆马车！"

掌柜皱了皱眉。

又过了片刻，伙计神色茫然地跑进来："掌柜的，来的马车都停不下了！"

掌柜坐不住了。

不行，他要去看看！

路边停了一水儿的马车，或精致低调，或华丽不凡，一看就是富贵人家女眷出行的车驾。

那些抱着好奇进了新店又出去的人"呼啦啦"又进去了。

花想容的掌柜探着头张望，神情惊疑不定。

这家叫"无香"的花露铺是什么来路？

来捧场的有小郡主祁琼，怀安伯府大姑娘陈怡，以及陈怡的两个好友朱佳玉和陶晴。

早在试香阶段，林好就给这些朋友送去了花露，于是她们都知道林好要开一家花露铺。这对用绣花、弹琴、扑蝶打发闲暇时光的少女们来说无疑很有意思，开业这日，她们都跑来捧场。

林好没以东家的身份示人，而是与祁琼几个人混在一起，笑看她们挥金如土，买的花露连跟来的丫鬟都拿不下了。

见进来的人越来越多，祁琼几个人陆陆续续走出去。

花想容掌柜看着一个接一个贵女出来，每个贵女身边的丫鬟都提着个装满花露的篮子，登时沉不住气了，打发伙计装成顾客去买花露。

他倒要看看，是这家花露铺的东家来头大，还是花露好到令这些大家闺秀疯狂。

伙计不一会儿就跑了回来："掌柜的，没买着！"

掌柜一愣，很快又问道："他们认出你来了？"

同行是冤家，这是自古不变的真理。

"没认出。是他们铺子的花露都卖完了。"

"都卖完了？"掌柜说这句话时，胡子都抖了。

一家籍籍无名的新店，东西还卖那么贵，开业不过半日就都卖完了，这是真实存在的吗？

林好对这个结果并不意外。

都说酒香不怕巷子深，可在她看来，开店没有必要刻意低调。今日祁琼等人的出现让附近的商铺意识到花露铺有背景，就能免去不少恶意竞争的手段；而普通顾客看到这些高门贵女争相买花露，就会跟风购买，从而让花露铺顺利打开销路。

她的目的是通过花露铺安置陷入困境的女子，铺子越早盈利越好，而不是与万青街上的商家玩儿什么扮猪吃虎的游戏。

正如林好所料，见了无香的开业盛况，附近的商铺选择了谨慎观望，而不少买了花露的人回到家就开始后悔了：怎么就脑子一热买了呢？

"多少？二两？"年轻妇人拔高了声音，瞪着带花露回家的男人。

男人露出讨好的笑容："一家新开的香露铺，好多人买呢，我挤进去，好不容易抢到一瓶……"

年轻妇人气得拧了他一下："人家花想容都开了十几年了，花露味道好，还比这个便宜，就这我还不舍得买。你可倒好，跑去一家新开的铺子糟蹋钱！"

男人被骂了一顿，灰溜溜地去了西屋。

这是一对闹了别扭的小夫妻，为了让媳妇消气好搬回东屋，男人跑去买花露哄媳妇开心，没想到对方更生气了。

年轻妇人入夜梳洗后看了一眼摆在桌上的花露，虽然气还没消，想想买都买了，总不能浪费，于是打开瓶塞往手腕上滴了几滴。

茉莉花的芳香幽幽散开，又似乎混了别的香味，比之前用过的茉莉露好闻许多。年轻妇人虽还嫌贵，却没那么生气了。

直到第二日，她惊奇地发现手腕上的香味竟没变淡，男人回来后，她就笑脸迎了上去。

　　那些用了花露的女子如年轻妇人一样,很快发现了花露的长处——香味好闻留香久。既然如此,这种花露一瓶用的时间就比别家同分量的花露要长不少,这样算下来,稍贵的价钱她们完全能接受。

　　就这样,万青街上专卖花露的无香花露铺短短时间就为京城大多爱俏的女子所知。

　　这日林好来铺子看了看情况,才回府,就接到林宅那边报信,说有一个妇人找她。

　　林好第一时间就想到了刘麻面馆的老板娘。

　　等到了林宅,看到老板娘的模样,林好吃了一惊。

　　原本清爽秀气的妇人憔悴不堪,乍一看似是胖了,细瞧就能看出水肿来。她身边站着个十三四岁的小姑娘,怀中抱着个五六岁大的男童。

　　林好在刘麻面馆见过小姑娘,是老板娘的女儿;男童头枕在母亲的肩头,一时看不到面容。

　　"大婶……"

　　林好一开口,妇人就拽着女儿跪下了:"姑娘救救我们娘儿仨吧,我们实在没活路了……"

　　原来,那日之后没多久,刘麻子就病死了,等人入了土,刘大郎就翻脸了,把母子三人赶去了杂物间住。老板娘的女儿是前头带来的,老板娘嫁过来后,忙乎面馆累滑了胎,过了好多年才又生了小儿子,这个儿子却自幼体弱多病,吃药食补费了不少银钱。

　　小儿子本就体弱,在杂物间住了没几日就病了,眼看着病越来越重,老板娘求刘大郎拿钱给孩子请大夫,结果大夫没请,娘儿仨还被赶出了门。

　　绝望之际,老板娘想到了林好。

　　那日她听林好说那些话时并没当真,如今身陷绝境,只能把林好的话当救命稻草试着抓住。

　　让她没想到的是,听她说完,这里的人真的去传了信,而那个姑娘再次出现在她面前。

　　林好把人拉起来:"既然孩子病了,先给孩子看病要紧。"

　　她没把人留在林宅,而是带去了无香花露铺——铺面后面就是住人的院子,尚有空余房间,她将母子三人安置在那里。

　　老板娘姓胡,等大夫给小儿子问了诊,她结结实实地给林好磕了几个头:"姑娘的大恩大德,小妇人愿当牛做马报答。"

　　"胡大婶不必说这些,你们安心住着,最主要的是把小石头的病养好。"

　　花露铺生意不错,正缺人手,而胡氏有做面条的手艺,将来若开一家小面馆也能过活,这对林好来说不过是给几两银子当本钱的事。到时胡氏无论如何选择,总归不愁母子三人的安置。

没几日，林好就从春妮口中听到了对母子三人的评价："胡大婶和朵儿可勤快了，不照顾小石头时就在铺子帮忙，小石头也很乖，从不哭闹。"

见胡氏恢复了生意人的从容与灵光，林好问起她将来的打算："胡大婶要不要开一家小面馆？你做的面好吃，生意肯定不愁的。没有本钱也不怕，我先拿给你，就当借的。"

胡氏听了沉默许久，苦笑了一下："不开面馆了。"

她又强调了一句："再也不开面馆了。小妇人瞧着花露铺事情不少，姑娘若是不嫌弃，留我们母子三人在这里干活儿，给口饭吃就行。"

"胡大婶愿意留下正好，花露铺正要招人。"林好一句话令胡氏放下心来。

后来了解了胡氏的遭遇，春妮气鼓鼓地问："胡大婶，难道你就这么算了？要是我，非要跑去对面开一家面馆，把他的食客全抢过来！"

另一个被从拐子手里救出的小姑娘叫玲儿，听了这话使劲点头。

"还是这里好。"胡氏笑着说，心中一声叹息。

那个孩子再没良心，也是她带了多年看着长大的，以后当陌生人就是了。

京城能去无香花露铺消费的女子很快发现，买了花露后，除了糖酪浇樱桃，还多了一道牛肉凉面的选择。

糖酪浇樱桃好吃，牛肉凉面也好吃，最气人的是居然只送不卖！

一时间，无香花露铺竟因为两道赠品小食名声更大，大到连灵雀公主都听闻了。

玉琉王子已经于三日前离开京城，踏上了回玉琉之路。

废储是大事，大周皇帝是什么样，废太子是什么样，将被立为新太子的魏王又是什么样，玉琉王子要赶紧回去，把所见所闻说给玉琉王听。

灵雀公主虽对玉琉王子没什么依赖，可真的只剩她留在这异国他乡，心头难免生出几分惆怅来。

她召来侍女，询问近来有没有有意思的事。

先前在灵雀公主的示意下，她从玉琉带来的这些婢女、侍卫会刻意与周围人打交道，以此探听各种消息。侍女正好听来无香花露铺的事，就对灵雀公主说了。

"听着倒是有趣。"灵雀公主抚摸着指甲，站起身来，"走，去瞧瞧。"

她说去瞧瞧，却并没有直奔万青街，而是先去了一趟翰林院。

灵雀公主来这里找过杨喆几次了，守门的早已认识，都知道这位异国公主惹不得。

杨喆接到传话，放下手头的事走出去。

"杨喆。"见他出来，灵雀公主扬唇喊了一声。

杨喆走过去，语气温和："公主找我有什么事？"

"你不忙吧？"

"在忙。"

灵雀公主眉梢轻轻挑了一下："就算忙，中午也可以出来吃一顿饭吧？我请你吃午饭，饭后陪我去逛逛如何？"

"实在抱歉，有个资料上峰等着要，中午没时间出来。"杨喆依然客气有礼，"等我休沐再陪公主如何？"

灵雀公主虽心有不满，但对方的态度没什么可挑剔的，她便没再纠缠："那到时再说。"

杨喆目送灵雀公主离去，转身走进衙门，对旁人的打趣付之一笑。

已经出来了，灵雀公主当然不会等杨喆休息了再去逛，带着婢女、侍卫去了万青街。

"就是这家吗？"站在街头，灵雀公主以审视的目光打量着花露铺。

铺子从外面看不算大，门口的石板路明显比旁处干净，称得上纤尘不染。

"公主，就是这里。"灵雀公主点点头，走了进去。

一排不高不低的货架靠墙立着，上面陈列着高高低低的琉璃瓶，瓶中盛着各色花露，颜色瑰丽梦幻。

店里的陈设除了一排货架与柜台，就是散落有致的四套桌椅。竹质的桌椅小巧雅致，显得店中开阔了许多。

此时有两张桌边都坐了一名少女，正斯文地吃着什么。还有一位靠窗而坐的女子，正侧头看着窗外。

灵雀公主目露困惑之色。

她走错了地方吗？这是茶肆而不是什么花露铺吧？她甚至看到其中一位少女的婢女咽口水！

"姑娘要买花露吗？"春妮迎上来，热情地招呼。

灵雀公主打量一眼甜美可人的少女，矜持地点头。

春妮请灵雀公主在最后一张空桌旁坐了，笑盈盈地问："咱们这里有蔷薇露、茉莉露，还有新上的木樨露，不知姑娘喜欢哪种味道？"

站在灵雀公主身后的侍女开口道："你都拿过来就是了。"

春妮点点头去拿花露，玲儿端了一杯花茶放在灵雀公主面前。

灵雀公主瞥了一眼茶水，余光忍不住往一旁扫了扫。

这茶怎么和端给别人的不一样？

林好在灵雀公主进来时就看到了，想一想这位公主的破坏力，她果断面朝窗外，装作赏风景。

这一看风景，她就看到了正往店中走的新客人：宜安公主。

林好淡定的神情变得有些复杂。

灵雀公主与宜安公主狭路相逢绝对能激起所有人的八卦之火，她也不能免俗，可这是她的店啊！

万一两个公主打起来……

林好扶额，觉得脑仁儿疼。

"姑娘请进。"胡氏的女儿朵儿招呼着。

小姑娘虽然来的时间不长，可愁苦已经从脸上退去，只剩甜甜的笑容与看什么都觉得新鲜的一双大眼睛。

宜安公主压根儿没看朵儿，漫不经心的目光落到灵雀公主身上后陡然变得犀利，她大步走了进去。

尽管只是个背影，可她一眼就认出来是那个贱人！

灵雀公主听到动静，转过头来。

"这么巧。"她意外地扬了扬眉梢，弯唇浅笑。

大周太子被废后，她与宜安公主见过两面，对方的敌意可瞒不过她的眼睛。

在失败者面前，她不介意表现得大度些。

"是没想到在这里能遇到姐姐。"宜安公主扫一眼左右，皱眉问朵儿："你们怎么待客的，没有坐的地方吗？"

到这时，林好没法儿再装隐形人了，站起身来露出意外的表情："原来是……"

宜安公主和灵雀公主同时使了个眼色，不想暴露身份。

林好乐得如此，接着道："原来是二位姑娘，我刚刚想事情想得出神没留意。寇姑娘，你坐我这里吧。"

"不必了。"宜安公主干脆拉开灵雀公主对面的椅子坐下来。

一个是抢她男人的，一个是勾她男人的，都不是什么好的。

如果说宜安公主对林好是厌恶，那么对灵雀公主就是憎恨了。在这么一间小小的铺子里遇上，她不但不想躲，反而生出一股非要碰一碰的戾气。

"姑娘，三款花露您想先试哪一种？"春妮端着个托盘走来，上面摆着三个形状各异的琉璃瓶，见灵雀公主与宜安公主之间的气氛有些古怪，她迟疑地问道。

宜安公主扫一眼花露，轻轻一笑："早知道姐姐缺花露，我就送几瓶给你了，比这里的种类多不少。"

这是暗讽灵雀公主窘迫。

灵雀公主仿佛没听出来，笑着指了指门口："我听说对面铺子的花露种类很多，来这家，当然是看品质。"

宜安公主越发不屑："品质好的花露，可不在这么一家小店里。"

这话太不中听了，春妮忍不住看了林好一眼。

林好微不可察地摇头，示意她不要多话。

灵雀公主一双美眸微微睁大，眸中满是纳闷儿之色："那妹妹来这里干吗呢？"

宜安公主被问得一滞，余光扫到隔壁桌上摆着的白瓷小碗，找到了说辞："我是听说这里有一道甜品特别美味才来的。"

她看向朵儿："上两份甜品。"

"抱歉，我们这里的甜品要买了花露才……"

林好打断朵儿的话："去端两碗糖酪浇樱桃来。"

迎着二人不解的眼神，林好解释："这家店是我家的。"

"原来是林二姑娘家的。"宜安公主听了，没有多少惊讶。

富贵人家有许多产业，除了良田屋舍，铺子当然也不会少。

灵雀公主吃了一口糖酪，看向林好的眼神越发充满兴趣："这道甜品叫糖酪浇樱桃吗？我来大周这么久，还是第一次吃。"

宜安公主睨她一眼，明明为尝到的甜品所惊艳，面上却绝不表露出来："这糖酪没什么稀奇，在我们这里是常吃的。姐姐若喜欢，可以多吃几碗。"

灵雀公主把小匙一放，语气透着漫不经心："再好吃也不过是一道甜品，尝过觉得不错，有个好心情就够了。这些东西都是贵精不贵多，其实人也是一样，妹妹说呢？"

宜安公主被刺了一下。

她是在炫耀把杨喆抢了去？

灵雀公主颇满意宜安公主的反应，施施然起身："多谢林二姑娘的招待，三样花露我都买了。"

见她要走，宜安公主也站起身来，不甘示弱地道："把花露给我装好。"

林好暗松一口气，把二人送到门口，眼看着二人一前一后走进一家茶楼，才转身回去。

春妮是个活泼的，趁店中暂时没有客人，好奇地问："姑娘，刚刚那两位姑娘是什么来历啊？瞧着好威风。"

花露铺开业那日来了那么多贵女，都不像这两位一样高傲呢。

"不用打听她们的身份，以后要是再来，别得罪就是了。"

林好找掌柜说起正事："木樨露是新品，留意一下顾客的反应。"

无香的掌柜还是将军府的人，林好有意让胡氏接手，不过一来小石头还在养身体，二来花露铺刚开不久，因而她并不急。

林好这边心情轻松地聊着生意，不远处的一家茶楼迎来了两位一看就身份不凡的少女。

"二位姑娘里面请，是一起的吗？"

伙计的话让灵雀公主顿了一下，宜安公主则笑着看她："姐姐不介意一起吧？"

她的眼里涌动着挑衅之意，反而令灵雀公主笑了："当然不介意。"

有意思，宜安公主还想找她麻烦不成？

她正嫌日子无聊，没有个阿猫阿狗逗弄一下打发时间。

"有雅间吗？"宜安公主问。

"有，二位姑娘楼上请。"伙计躬身做出请的手势。

灵雀公主交代跟来的侍卫在大堂喝茶，带着一名侍女走上楼梯。

宜安公主也只带了一个婢女上去，留其他人在楼下。

雅室不大，好在还算干净，灵雀公主当先坐下，姿态悠闲。

宜安公主就没这样的好心情了。

被抢了夫君后，她与灵雀公主见面的机会不多，即便碰面，场合也不合适多说，有些话真是憋了好久。

"去外面候着吧。"等伙计端来香茗茶点，宜安公主吩咐婢女。

婢女依言退了出去。

灵雀公主也对侍女点了点头，示意她出去。

雅间的门开了又关上，只剩两位公主捧着清茶对视。

袅袅热气升腾，朦胧了二人或秀丽或绝美的面庞。

"姐姐还没有想起来吗？"宜安公主摩挲着茶杯，眼神意味深长。

她怀疑这贱人的失忆是装的！倘若不装失忆，这贱人如何能不顾公主的脸面抢别人的夫君？

灵雀公主眉梢一挑，漫不经心地回答："没有呢。"

"姐姐没失忆的时候，和现在不大一样。"

灵雀公主一手随意地搭在桌上，身体微微前倾："哦，哪里不一样？"

"脸皮的厚度不大一样吧。"宜安公主直视着灵雀公主那双波光潋滟的眸子，终于把憋了许久的这句话痛快地说了出来。

雅间内气氛剑拔弩张，雅间外的两个侍女也正针尖对麦芒。

"都说十里不同俗，以前还没什么感觉，现在是真的长见识了。哎，你们玉琉女子都这么放得开呀？"

玉琉侍女也不示弱，立刻反唇相讥："我们玉琉女子都相信缘分，来得早不如来得巧。哎，你们大周女子都这么放不下吗？"

"抢别人的还理直气壮，不要脸！"

"自己的东西护不住，没能耐！"

…………

两个侍女唇枪舌剑，吵得热火朝天，后来吵累了，嗓子冒了烟，这才停下来，气鼓鼓地瞪着对方。

雅间内突然传来椅子摩擦地面的声响，尖锐刺耳，紧接着就是一声惊叫声。

两个侍女皆变了脸色，几乎同时去推门。

门开了，令人不适的气味扑面而来，如果是上过战场或常与人命案子打交道的人，一闻便知是血腥味。

宜安公主一步步往后退着，看到门口的人，如梦初醒，尖叫一声扔掉了手中的匕首就往外冲。

"公主——"宜安公主的侍女情急之下追了出去。

灵雀公主仰靠在椅背上，胸前的血洞正汩汩地流着血，把华美的衣衫都染透了，一双美丽的眸子大大地睁着，失去了迷人的神采。

灵雀公主的侍女短暂失语后放声尖叫："快来人啊，宜安公主杀了我们公主！"

她踉跄着扑过去，抱着灵雀公主哭喊："公主，公主您醒醒啊！"

楼下大堂中喝茶的人听到动静，就见一名少女冲了下来，如一阵风般跑了出去。

再然后，就是灵雀公主侍女的哭喊声。

两方的护卫几乎同时起身，有的往外面跑，更多的是往楼上冲。

一群茶客面面相觑。

杀人了？好像还是公主？杀人的和被杀的都是公主？

"呼啦啦"一群人跟着上了二楼。

林好问过花露铺的情况，吃了一碗凉面，准备回家，才走出店门，就见一名少女慌不择路地跑来。

宜安公主？

宜安公主神色惊慌，仿佛身后有猛兽在追她。

林好好奇地往后看了看。

追在宜安公主身后的是一名侍女，才在花露铺中见过的，再后面追着的是护卫打扮的人。

管是不可能管的，她可不是多管闲事的人。

让林好没想到的是，她不想多管闲事，宜安公主却直冲过来，她下意识地往旁边一避，眼睁睁看着宜安公主冲进了花露铺。

这番变化太出人意料了。

宜安公主的侍女紧随其后从林好的身边跑了过去，追来的护卫气势汹汹："让开！"

林好微微皱眉，刚要拦下护卫问是怎么回事，就听茶楼的方向一片喧哗："杀人了，杀人了！"

杀人？

林好回头看了看花露铺，生出一个猜测：难道杀人的是宜安公主？

她这般想着，向茶楼走去。

茶楼就在花露铺不远处，林好走过去时，茶楼门口已经里三层外三层围了不少人，正热闹地议论着。

"听说里面杀人了？"

"是呢，说是一个公主把另一个公主给杀了。"

"哟——公主杀公主？不会吧？"

林好听到这里，心微微一沉。

宜安公主杀了灵雀公主？要是这样，那麻烦大了。

她往前挤了挤，茶楼里传出的哭喊声越发清晰。

"让一让！"后方有喝声传来。

看热闹的人一瞧是官差，自觉地分出一条路，等一队官差走进去，人们又挤在了一起。

林好想了想，离开了人群。

宜安公主还在她的店里呢！

林好一脚踏进花露铺，就听急切的喊声响起："不许动我们公主！"

宜安公主的侍女挡在宜安公主面前，不让灵雀公主一方的护卫靠近。

追来的也有宜安公主的护卫，此时亮出长刀，正与灵雀公主的护卫对峙。

铺子中几个小姑娘神色紧张茫然，被掌柜与胡氏护在身后。

林好走了进去，平静地问："发生了什么事？"

一名护卫不耐烦地道："一边去，这不是你能掺和的！"

林好笑笑："我并不想掺和，但这是我家的店铺。"

护卫愣了一下，这才打量起林好。

先前宜安公主与灵雀公主进店时都把护卫留在了外面，是以双方护卫并不知道林好的身份。

宜安公主的侍女认出林好，慌不择路地求助："林二姑娘，快帮帮我们公主，不能让他们把公主带走！"

林好沉默了一瞬。

说真的，到现在她都想不明白，宜安公主杀了人为何一头扎进花露铺来，总不能是把她当好朋友吧？

沉默间，有官差走进来："公主是不是在这里？"

宜安公主往后躲了躲，嘶哑着吼道："不要过来！"

尽管宜安公主此时在世人眼中已是杀人犯，官差的态度依然恭敬："请公主移步，免得混乱中不安全。"

宜安公主点点头，很快又摇头："我不认识你，我等宫里的人来接我！"

最终，等宜安公主离开，已是小半个时辰之后了。

春妮白着脸悄悄问林好："姑娘，咱们铺子不会有麻烦吧？"

"不会的。"林好语气肯定，实则心中清楚，官府若是展开调查，花露铺的人被问话在所难免。

茶楼外围了许多衙役，挡着迟迟没有散去的人。

林好远远地看着，难免唏嘘。

不久前灵雀公主还在花露铺吃糖酪，买花露，与宜安公主唇枪舌剑，没想到转眼间就香消玉殒。

"阿好。"

一人走近，熟悉的气息令林好回过神。

"阿烁，你怎么来了？"

"街上不少衙役往这边赶，我来看看。"祁烁个子高，看茶楼门口的动静比较轻松，"听说灵雀公主出事了。"

林好点头:"说是被宜安公主杀了。不过没有看到灵雀公主的尸身,宜安公主刚才慌慌张张跑进了花露铺。"

"大庭广众之下杀人……"祁烁喃喃道,微微拧眉,"总觉得有些古怪。"

林好神色一凛:"阿烁,你是不是知道什么?"

祁烁摇头:"不是知道什么,就是觉得一个公主真的会情绪失控到青天白日杀人吗?"

"也是有可能的,毕竟是夺夫之恨。"林好理智地分析着,见祁烁看她的眼神有些异样,忙道,"换我肯定不会,你放心。"

祁烁:"……"

灵雀公主被宜安公主杀害的消息以最快的速度被报给了泰安帝那里。

泰安帝只觉一道晴天霹雳砸在头上,砸得他头晕目眩,扶着龙案缓了好一会儿,他咬牙问:"宜安呢?"

"公主刚刚回来。"

"把她带过来!"

宜安公主回宫后连衣裳都没顾得上换,直奔太后那里:"皇祖母救我!"

太后尚不知道发生了什么事,见宜安公主哭得梨花带雨,拍了拍她的后背:"发生了什么事啊,娇娇怎么哭成这样?"

宜安公主紧紧地揪着太后的衣袖,没有回答,只是"呜呜"地哭着。

太后突然眼神一凛,视线落在宜安公主的衣衫上。

那是……血迹?

"娇娇受伤了?"太后这么问时,心中有了不妙的预感。

如果是受伤,宜安早就拉着她诉说委屈了,而不是像现在这样一味地哭泣。

这是伤了人?

太后脸色变化,眼里有了不满之色。

伤人可不是好听的名声,即便贵为公主也不能不在意,哪儿有这么只管哭哭啼啼的?

这时刘川过来了:"太后,皇上请公主过去一趟。"

太后没有立刻放人,沉声问道:"刘公公,皇上为何叫宜安过去?"

刘川看了宜安公主一眼,略一迟疑,把情况说了。

宜安公主受到刺激般往太后身边躲了躲,哭喊道:"皇祖母,我没杀人,我没杀人!"

比起宜安公主的激动,太后就冷静多了,对刘川微一颔首:"哀家一起过去看看。"

"皇祖母——"宜安公主哀求着,抗拒去见泰安帝。

太后沉了脸:"宜安,遇到事情要说清楚,逃避只会有更大的麻烦。"

宜安公主听了，脸色越发难看，拖着沉重迟缓的脚步跟在太后后面。

泰安帝还没等来宜安公主，先等来了哭天喊地的玉琉使节。

"王子刚刚离开，公主就被人杀害，大周是欺我们公主无人护着了吗？"玉琉使节情绪激动地质问。

面对情绪激动的玉琉使者，泰安帝只得温声安抚："使节勿急，等朕问清楚再说。"

"陛下必须给玉琉一个交代！"玉琉使者一甩衣袖，语气冷硬。

泰安帝心中恼火，面上却不好流露。

大周建国还不到三十年，后来又经历了皇权更替，人力财力消耗巨大，这给了玉琉发展之机。而今北齐蠢蠢欲动，玉琉的立场就显得至关重要了。

玉琉使者显然也明白这一点，态度才如此强硬。

"皇上，太后与宜安公主到了。"

一听说太后也来了，泰安帝下意识地皱眉。

母后对宜安疼爱有加，等会儿他问起话来难免有所顾忌。

"使节不妨先移步偏厅休息。"

玉琉使者立着不动："公主被杀，身为臣子坐立难安，还请陛下允许我等留在这里，听一听公主是如何遇害的。"

泰安帝示意内侍请太后进来。

片刻后，太后出现在众人面前，一名少女脸色惨白地跟在她的身后，正是宜安公主。

"母后怎么不在寝宫好好歇着？"泰安帝起身相迎。

太后视线扫过殿中之人，淡淡地道："发生了这么大的事，哀家如何能歇着？"

"让母后操心了。"

"皇上还是把事情问清楚吧。宜安是哀家看着长大的，哀家了解她，再怎么样也做不出杀人的事来。"

太后这话更多的是说给宜安公主听的。

一路走来，太后早就想明白利弊——杀害灵雀公主的罪名可不能轻易扣到宜安公主身上，这不只是两个小姑娘之间的恩怨，还关乎两国关系。

泰安帝扶着太后坐下，看向宜安公主："宜安，你说说吧。"

多道目光投过来，宜安公主颤抖着毫无血色的唇开了口："我不知道……不是我杀的，不是我杀的……"

"宜安！"太后重重地喊了她一声，"你若只说这些，那皇祖母也帮不了你了。"

宜安公主浑身一颤，混乱的脑子终于清醒了几分："当时我与灵雀公主吵起来了……也不是吵，就是她说一句，我说一句，说到激动处就站了起来……"

"然后呢？"见宜安公主又停下，泰安帝追问。

宜安公主眼皮颤了颤，露出迷茫的眼神："我突然一阵眩晕，等看清楚了，就见灵雀公主跌坐在椅子上，胸前鲜血直流……"

"她撒谎！"玉琉侍女打断宜安公主的话，"奴婢瞧见宜安公主举着染血的匕首，见我们冲进去，就把匕首扔掉跑了出去。"

她说着，从袖中拿出以帕子包裹之物："就是这把匕首。当时不少人看到了，护卫怕混乱中丢了这个重要证物，就捡起来交给了奴婢。"

内侍接过被白帕包裹的匕首，呈到泰安帝面前。

那是一把镶嵌着宝石的匕首，精致华丽，太后一眼就认出来是宜安公主的。

有一段时间，京城贵女间流行这种匕首，这把匕首就是她听宜安提起后赏赐的。

"宜安，这是你的匕首？"

宜安公主咬着唇点点头："是。"

泰安帝的眼中闪过失望之色。

"陛下，当时雅间中只有两位公主，人证物证俱全，总不能说我们公主是自杀身亡吧？"玉琉使节咄咄开口。

"不是我！"宜安公主眼神一变，"我想起来了，有个人，有个人在我身边！"

"什么人？"泰安帝立刻问道。

"我那时脑袋发晕没看到，但能感觉到他往我手中塞了什么……"知道自己的话听起来荒唐，宜安公主急得直掉泪，"父皇，您一定要相信我，真的有第三个人在，我还闻到了他身上的桂花香！"

玉琉侍女立刻反驳："不可能，我们进去后根本没看到第三个人。"

玉琉使节冷笑："陛下不会信这种话吧？"

泰安帝轻咳一声，严肃地道："此等大事不可草率，既然有疑点，还是要好好查一查。"

"陛下！"玉琉使者震惊了。

大周皇帝这么不要脸的话都说得出口？

"相信使节也不愿贵国与大周因误会而交恶吧？"泰安帝温声问道。

玉琉使者抖了抖唇，暂且忍了。

他们毕竟是在大周的地盘上，不好闹得太僵了，话只能说到这里。当务之急是尽快把公主遇害的消息悄悄传回玉琉，由王上定夺。

"灵雀公主不幸遇害，朕完全能理解使节等人的悲痛。朕需要一些时间把事情查个明白，到时定会给诸位一个交代。"

把玉琉使节等人打发走，泰安帝立刻吩咐下去："安排人手悄悄围住客馆，连一张纸片都不能传到玉琉。"

玉琉远在千里之外，看住了这些人，暂时瞒住灵雀公主的死讯还是可以的。

泰安帝从未低估齐人的狼子野心，在北地局势紧张时，己方的骑兵也在加紧训练。只是比起在马背上长大的齐人，大周在骑马这一项上天然处于劣势，要培养出来非一朝一夕之功。

大周缺的是时间啊。

泰安帝望着北方叹了口气，再把宜安公主叫到跟前："宜安，你说实话，当时真的有第三人？"

"真的，宜安不敢骗您。"

泰安帝点了点头，没说信，也没说不信，交给刑部来调查此案。

不出林好所料，很快就有官差来到花露铺询问。

领队的刑部官员三十来岁，见到与林好相对而坐的祁烁，愣了一下，赶紧打招呼："世子也在？"

祁烁恰好认识此人："贾大人是为了灵雀公主的事来的吧？"

"正是。"

"那贾大人应该知道这个铺子是将军府的产业吧？"

"这是将军府的产业？"贾主事下意识地看向林好。

他只听说两位公主在进茶楼前先来逛了这家花露铺，还不知道这种细节。

祁烁客气地笑笑："对，所以我也在。贾大人有话就问吧。"

贾主事听了，摸摸鼻子。

靖王世子原来是替未过门的媳妇撑腰来了。

贾主事对林好亦有耳闻："两位公主来时，林二姑娘在场吧？"

林好点头。

"能不能详细说说两位公主的言行？"

林好原原本本说了。

"这么说，两位公主的交谈不算愉快。"贾主事看了祁烁一眼，话题一转，"据说宜安公主从茶楼跑出来后，直接跑进了花露铺，林二姑娘能说说原因吗？"

林好听了这话，神色很平静："不知道。"

"不知道？"贾主事扬了扬眉，对这个回答显然不满意。

"宜安公主只是来买了花露。后来出了事为何会跑进花露铺，贾大人有没有问过宜安公主原因呢？"林好反问。

"宜安公主目前情绪很不稳定，对有些疑点要多方求证，还望林二姑娘理解。"贾主事目不转睛地盯着林好，不错过林好脸上一丝表情的变化，"宜安公主说当时还有第三个人在，可惜她神志模糊，没有看到那人的面容。"

第三人？

林好与祁烁对视一眼。

贾主事轻咳一声，打断二人的无声交流："之所以来找林二姑娘问仔细，是因为宜安公主提到了个特殊之处，她从那人身上闻到了桂花香。"

"桂花香？"林好蹙眉，视线扫过货架。

货架以不同高度被分出多层，其中一层错落有致地摆着几瓶香露，正是新上的木樨露。

木樨露是采桂花蒸制而成，木樨香便是桂花香。

"花露铺是新上了木樨露。"林好神色从容，"木樨露在任何花露铺都是常见香露，贾大人若是把调查重点放在我这里，那注定要浪费时间了。"

贾主事拱了拱手："不是我有意为难林二姑娘，而是此案事关重大，不能错过任何一条线索。"

"贾大人，不如一起去茶楼看看。"祁烁突然开口。

贾主事愣了一下。

"我们也希望早点儿查明真相，还宜安公主一个清白。"

祁烁这话说到了贾主事的心坎里。

上峰可是特意叮嘱他，尽力找出宜安公主提到的那个人。言下之意，第三人有也好，没有也好，反正要找出来。

贾主事带着林好与祁烁去了茶楼。

发生了这么大的事，茶楼已停止营业，门前站着不少衙役阻挡好奇心旺盛的百姓靠近。

"就是这间雅室。"领着几人上楼的伙计指着一个房间道。

在贾主事的示意下，跟来的衙役上前把门打开。

从灵雀公主身死到被发现，时间非常短，算是一直处于官府的管控之下，到现在雅间内还保持原样，随着门被打开，淡淡的血腥味扑鼻而来。

茶桌上、椅子上、地面上，到处都有血迹。

"灵雀公主坐这边，宜安公主坐这边。"伙计指出二人的位置。

贾主事已经来过了，看着地上不成形的血脚印，叹道："当时进来的人太多了，就算有什么痕迹，也被破坏了。"

祁烁没有回应贾主事的话，避开地上凌乱的足迹，走到窗边。

这间雅室正好在最边上，共开了两扇窗，一扇窗子正对着街道，另一扇窗子对着一条小路。从对着街道的窗子往外望去，能看到好奇张望的百姓与来往的行人。

祁烁走到对着小路的窗边观察片刻，喊贾主事过来："贾大人你看，窗外这两边积了不少灰，而这个位置的灰尘有被拂去的痕迹。"

贾主事面色微变："世子是说，有人从这个窗子进来？"

"不排除这种可能。"

"可一个人翻窗进来，不会惊动两位公主吗？"贾主事从窗子探出头往下看了看，不禁摇头。

两层楼的高度跳下去不算难，可人是怎么上来的呢？

林好轻轻吸了吸鼻子："你们闻到没有？"

"什么？"贾主事问道。

一阵微风吹来，送来淡淡的香气。

祁烁吐出三个字："桂花香。"

贾主事也闻到了。

"去外面看看。"祁烁撂下这句话，就往外走。

几个人出了茶楼，顺着那条小路往前走了没几步就停了下来，抬头看向斑驳的围墙。

墙砖有了岁月的痕迹，有些地方生出了浅浅的青苔，用手指一抹滑腻腻的。令几个人停下脚步的，是那从围墙内探出的桂花树枝。

那是一棵高达三丈的四季桂，枝繁叶茂，花如繁星，个，香味要比金桂淡许多。

不等林好与祁烁说什么，贾主事就有了猜测："难道那人曾藏在这棵桂树上？"

祁烁抬头，看着青瓦屋顶。

桂树的高度超过了二层茶楼，倘若真有第三人在，借着桂树上了屋顶，再从屋顶倒挂从窗口进了雅间，对身手好的人来说不难做到。

贾主事立刻把茶楼的人召集到一起盘问。

"从两位公主走进茶楼到出事这段时间，有谁去了后院？"

贾主事的问题让茶楼众人面面相觑。

掌柜为难地道："那时正是忙的时候，在后边进进出出的人太多了。"

"有没有外人去过？"祁烁开口问道。

掌柜被问愣了："外人？"

"两位公主从花露铺离开后走进茶楼是偶然，倘若杀害灵雀公主的另有其人，恰好有茶楼中人身份作掩护的可能性非常小，更大的可能是发现两位公主进了茶楼，找机会混了进来。"祁烁淡淡地解释。

掌柜一听，急忙否认："肯定没有外人进来，后院不让外人进的。"

"掌柜的先别急着否认。"贾主事大步走到一名伙计面前，把他拽了出来。

那名伙计年纪不大，突然被拽出来，说话都结巴了："大……大……大人……"

"你是不是知道什么？"贾主事冷冷地问。

伙计拼命摆手："小民什么都不知道……"

贾主事大怒："刚刚本官就发现你小子神色不对，居然还不承认！本官告诉你，这案子是皇上盯着的，胆敢隐瞒是诛九族的大罪！"

一听诛九族，伙计腿都软了，痛哭流涕道："小民说，小民说。"

贾主事松开他的衣襟："说吧。"

"就……就有个客人说借净房一用，小民见他着急，就行了个方便……"伙计"扑通"跪下来，吓得"砰砰"磕头，"小民真的不知道会出这种事啊！大人饶命！大人饶命！"

收了那人银钱的事他没敢说，贾主事等人亦不在意这种枝末。

"你还记得那的人长相吗？"祁烁问。

伙计忙点头："记得，记得！那人很瘦……"

"等一等。"祁烁打断他的话，对掌柜道："劳烦拿笔墨来。"

很快，笔墨纸砚就被摆在祁烁面前。

祁烁选了一支细笔，示意伙计可以说了。

"那个客人看起来三十来岁，比较瘦，眉毛黑黑的，眼睛……"

祁烁勾勾画画，问伙计："眼睛像吗？"

伙计仔细看了看，有些迟疑："好像还要再细一点儿。"

祁烁点点头，几笔重新勾勒出一双眼："这样呢？"

"对对对，就是这样的！"伙计激动起来。

"鼻子什么样？"

"鼻子……"

就这样一问一答，时间不知不觉流逝着。

贾主事的目光就没离开过画纸，虽然着急，他却不敢打扰祁烁画像。

林好就淡定多了，坐在一旁安安静静地看着执笔作画的青年。

她没想到阿烁还擅长画人物。

不知过了多久，祁烁突然停笔，墨汁汇聚到笔尖，又滴落到白纸上，氤氲成一团墨迹。

"世子怎么不画了？"贾主事纳闷儿地问。

祁烁突然把画纸丢到一边。

贾主事大惊。

画了这么久，靖王世子怎么扔了？

他刚要把画纸捡起，就见祁烁重新铺开一张纸画了起来，这一次画得很快，几乎是一气呵成，不到半个时辰，一幅画像就画好了。

白皙指腹沾染了墨迹的青年定定地看着画像，微微敛眉："阿好，你看。"

林好看着栩栩如生的画像，一股寒意从心头升起。

那人是陈木！

尽管画中人的面容与陈木稍有偏差，可林好还是一眼认出画上的人就是他。

这个发现令林好神色凝重，抿了抿唇，没有吭声。

以陈木为首的一伙人意图炸毁金秀街，其他人都被锦麟卫抓获，只剩陈木一条漏网之鱼至今不见踪影。没想到他再有动静，就是闹出杀害玉琨公主这样的大事。

"是这个人吗？"祁烁放下笔，问伙计。

伙计拼命点头："没错，就是他！"

他显然被祁烁神乎其技的画技震惊了："太像了！太像了！"

贾主事忍着惊叹，用手指点了点桌子："其他人也看看，有没有见过这个人？"

又有一名伙计认了出来："这人走进茶楼时是小民招呼的。"

"他是在两位公主之前还是之后进来的？"贾主事问。

"在两位公主后面。"伙计毫不犹豫地道。

"能确定？"

"两位公主进来时小民忍不住多看了几眼，一时没留意后面的客人，这人还咳嗽了一声提醒我……"伙计解释着。

贾主事暗松一口气。

先不说能不能找到这个人，有这么个人在，至少能对上头交代了。

"今日多亏世子了。"贾主事诚心实意地向祁烁道谢。

祁烁笑笑："能帮到贾大人就好。"

贾主事小心翼翼地拿起画像："这幅画像下官要带走，待向上峰禀明情况后，还需要借助画像通缉此人。"

贾主事很清楚上面的态度——张贴画像悬赏通缉势在必行，只有这样才能在最短的时间内让更多的人知道杀害灵雀公主的另有其人，洗掉宜安公主的杀人污名。

"改日一定请世子喝茶。"贾主事拱拱手，带着人匆匆走了。

祁烁看向林好："我们也回去吧。"

林好与祁烁回到花露铺，避开其他人说起画像。

"那个人是陈木。"林好语气肯定。

祁烁在后来的盯梢中是见过陈木的："没想到画出来的是他，果然漏网之鱼后患无穷。"

玉琉一旦因灵雀公主之死选择与齐国联手，战事一起，最苦的还是大周百姓。

"阿烁，你有什么打算？"林好想到陈木阴冷的面容，心中发沉。

"我去见一见程茂明。"祁烁犹豫了一下，留意林好的反应，"或者，试试能不能从杜青口中问出陈木的落脚之处。"

"杜青还在锦麟卫吧？"

"嗯。"

林好想了想，有了决定："我去见见他。"

祁烁略一迟疑，还是点了头："好。"

二人商量好后不再耽搁，直奔锦麟卫衙门。

第二十章　易　容

　　程茂明接到属下禀报说靖王世子来访，登时来了精神。
　　靖王世子是个讲究人啊，每次见面都给他送好处，这次又是因为什么过来的？
　　"请进来。"
　　程茂明怀着莫名其妙的期待等来了靖王世子与……定定地看了林好一眼，程茂明愣住了。
　　他一双眼看人还是准的，这是个女扮男装的姑娘吧？再仔细一瞧，他认出来了：将军府的二姑娘，靖王世子未过门的媳妇！
　　程茂明茫然地看了一眼外面。
　　天还亮着，这不是做梦。
　　怎么，现在都流行带着未过门的媳妇来逛锦麟卫了？
　　"这是林二姑娘。"祁烁点明林好的身份，态度坦荡。
　　程茂明招呼一声，越发茫然：居然还是光明正大的吗？
　　寒暄过后，祁烁道明来意："灵雀公主遇害一事，程大都督听说了吧？"
　　这个话题让程茂明登时忘了其他："程某自然听说了。"
　　皇上虽然把案子交给了刑部调查，但锦麟卫也不轻松，客馆那边就是锦麟卫悄悄盯着的。
　　"两位公主去茶楼前曾在一家花露铺逗留，那家花露铺是将军府的产业，当时林二姑娘正好也在……"祁烁顿了一下。
　　"刑部的人找上林二姑娘了？"程茂明不动声色地问，心道：原来靖王世子这次是来讨人情的。
　　"是去问了，凑巧我也在。"
　　程茂明看着祁烁的眼神有些古怪。

堂堂靖王世子为了未过门的媳妇居然流连香粉铺,这要是他儿子……哦,他没有儿子。

祁烁不在意程茂明想什么,接着道:"既然碰上了,我们就出了点儿力,协助贾主事查到一个有嫌疑的茶客。听了见过那人的伙计的描述,我画了一幅画像,结果发现那个人就是炸金秀街未遂那伙人中的一员。"

程茂明脸色骤变:"世子确定?"

得到肯定的回答,程茂明心里陷入了激烈的挣扎。

要是让皇上得知杀害灵雀公主的真凶就是意图炸金秀街那伙人中的漏网之鱼,他恐怕免不了一顿骂。可要是他装不知道,若是靖王世子为了邀功,直接去告诉皇上呢?

"世子……有什么建议?"一时拿不定主意,程茂明试探地问祁烁。

"皇上正为灵雀公主之死烦忧,早些锁定真凶身份比什么都重要。有了画像全城通缉,相信找到真凶指日可待。"

程茂明听了这话,一下子想通了。

意图炸金秀街那伙人是平乐帝一方,皇上不愿大张旗鼓搜查,以免人心惶惶;而现在,皇上急需昭告天下,杀害灵雀公主的不是宜安公主,真凶另有其人。

有了真凶画像悬赏通缉,那人就没那么好藏了。一旦刑部把那人抓捕归案,皇上早晚会知道他就是那伙人中的漏网之鱼。

到那时,他身为锦麟卫指挥使却知情不报,就不是挨一顿骂这么简单了。

"世子说得是,此事关系重大,程某要尽快禀报皇上。"

"大都督看过画像再禀报不迟。"

程茂明一愣,很快明白了祁烁的意思:靖王世子不想暴露见过炸金秀街未遂那伙人的事。

这是好事啊。

程茂明笑了起来:"自然要先确认。程某出去一趟,改日请世子吃酒。"

"不敢耽误大都督。"祁烁态度温文,"就是有件事要麻烦大都督一下。"

"什么事?"

"之前送来这里的人还好吧?"

"哦,还好。"程茂明说着,余光忍不住去瞄林好。

他都忘了还关着这么个人了,不过当时就叮嘱属下把人关好别短了吃喝,想必人还是活蹦乱跳的。

"那请大都督行个方便,我们去看看他。"

程茂明自然不会阻拦,只是直到出门还琢磨着杜青与靖王世子和林二姑娘的渊源。

一名锦麟卫带着林好与祁烁来到关押杜青的地方。

一边开锁拉门,锦麟卫一边客客气气地道:"世子,人就在里边。"

"我们有些话要说，还请行个方便。"祁烁把一个银元宝塞进锦麟卫手里。

锦麟卫识趣地守在了外面。

这儿说是一间牢房，其实更像客房，只是窗子高高开在上方，大小无法容一个成年人通过。林好随意地打量一眼，视线落在最里边。

杜青靠坐在床上，锐利的目光投过来。

看到林好与祁烁的一瞬，他是惊讶的，很快，惊讶化成了愤怒："你们要关我到什么时候？"

林好走过去，从袖中抽出画卷，缓缓地在杜青面前展开："这个人，你知道他在哪儿吗？"

杜青扫了一眼画像，冷冷地道："不知道。"

果然陈木他们出事与这个丫头有关！

他深深地注视着林好，想不通这么一个高门贵女为何会与他们这种人有牵扯。

"这个人杀了玉琉公主。"林好看着杜青的眼睛道。

杜青的眼神瞬间有了变化。

陈木到底还是没放弃对玉琉下手？

尽管心中波澜骤起，杜青面上还是一副冰冷的神情："这和我有什么关系？"

林好叹了口气："我看到这幅画像后，终于想明白为何那日你追杀我了，因为我在一家茶馆看到了你们。"

杜青目光闪了闪，诧异于林好的坦白。

"玉琉公主死在大周京城，若是消息传到玉琉，说不定就要发生战事，到那时，遭殃的是万千百姓。你也是大周人，真的要维护这种人吗？"

杜青听这话时一直看着林好。

少女的眼睛黑白分明，通透纯净。

他有些想笑。

他追杀这丫头，而这丫头害他被关在这里，他们这样的关系，她居然跑来说这些傻话。

可不知为何，这番傻话令他想笑过后陷入了沉默。

他也是大周人……

他随平乐帝逃亡时还很年轻，而无论是逃亡前安稳的护卫生活，还是逃亡后隐姓埋名的生活，他见到的、接触的都是大周人，养育他的是大周这片土地。

杜青吃惊地发现，他的心在听了这番傻话后，竟然有一丝动摇。

"我不知道你在说些什么。"短暂的心乱后，杜青闭上了眼睛，摆出拒绝交谈之态。

"你告诉我们他的藏身之处，我们放你出去。这个交换条件如何？"

不出意外看到杜青猛然睁开的眼，林好弯了弯唇角。

她当然不会天真地以为杜青听了那番话就会说出陈木的下落，真正能打动对方的还是看得见的好处。但她也知道，杜青与陈木是不同的，刚刚那番话只要能对他稍有影响，就没有白说。

杜青死死地盯了林好一瞬，看向站在门口处的祁烁。

他很清楚，有能力把他关在这里又有能力把他带走的是靖王世子。

祁烁语气淡淡："不必看我，若是依我的想法，一开始你就不会在这里。"

尽管他没说想法是什么，杜青却从他冷淡的眼神中读懂了，因而看向林好的目光带了惊讶与困惑之色。

难道是这个丫头留了他的性命？

她为何这么做？

杜青越发觉得眼前的少女难懂。

"怎么样？"林好唇边带笑，"你好好考虑一下，真不愿意我们也不勉强。反正他的画像很快就会被贴遍大街小巷，就算你不说，终有一日我们也会找到的。"

沉默许久，杜青问："我若说了，你们真会放我走？"

一道带着嫌弃的声音传来："你住这里，我还要欠锦麟卫人情。"

杜青："……"

接下来是更久的沉默，林好也不催促，耐心地等着。

她本就是抱着试试看的心思，问出来是意外之喜，问不出来也没损失。

终于，杜青再次开口："这么久了，我不保证他还住在那里。"

"你只要告诉我们住址就好。"

杜青垂眸，说出一个住址。

祁烁走过来，站在林好身旁："我们会去查探，只要证明你不是乱说，便放你出去。"

杜青对这话没什么反应，只在二人离开时深深地看了林好一眼。

不是他轻信，而是阶下囚哪儿来谈判的资格，最差也不过是继续被困在这里罢了。

万一真有乐意放了他的傻子呢。

在林好与祁烁找上锦麟卫指挥使程茂明时，刑部尚书揣着从属下那里得来的画像匆匆进宫向泰安帝邀功，哦，不，禀报调查进展。

"已经知道了凶手的长相？"泰安帝听了，心中一喜。

沈尚书双手托着画卷："请皇上过目。"

刘川接过画卷，回到泰安帝面前徐徐展开。

泰安帝紧紧地盯着画上的人物，声音透着冰冷之意："这画像是如何得来的？"

"回禀皇上，是一位主事查出茶楼伙计见过疑凶，靖王世子听了伙计的描述，画出了此像。"沈尚书当然想把功劳都揽下，可也知道贪多嚼不烂的道理。

那是靖王世子，可不是什么阿猫阿狗。再者说，作为负责此案的主官，他对靖王世子帮了这个大忙还是领情的。

"靖王世子画的？"泰安帝听了有些惊讶，不由得把画像看得更仔细了。

画上的男子脸颊瘦长，锋锐的眼神仿佛凝成了实体，透过画纸与观画者交锋，好真实的眼神，好高超的画技！

在泰安帝的印象中，这个侄儿安静、内敛、稳重，比起那些或张扬或骄矜的宗室子弟，低调得有些没存在感，没想到画技如此出众。

泰安帝起了见一见侄子的兴趣。

陈木的画像很快被张贴在京城各处，到处都有百姓围着画像议论。程茂明走在街上，装作无意间看见，表现过震惊后，匆匆赶往皇城。

比程茂明先到的是祁烁。

"见过皇伯父。"

泰安帝看着恭敬行礼的侄儿，语气温和："是不是疑惑朕为何叫你进宫？"

祁烁略一犹豫，坦然地问道："是不是为了昨日侄儿画像的事？"

泰安帝怔了一下，难得有了笑意："不错。"

许是受够了废太子的各种糟心行径，此时看着目光干净、神色坦荡的侄儿，泰安帝越看越顺眼。

"没想到烁儿的画工如此了得。"

"侄儿在家中的时间多，消磨时间罢了。"

泰安帝点点头："宜安的事，多亏你了。"

祁烁忙道："皇伯父这样说就折煞侄儿了，换作任何人都会尽己所能，还宜安清白。"

这话很合泰安帝心意："是啊，那意图栽赃宜安的歹徒太过可恶！"

叔侄二人又聊了几句，直到有内侍禀报说程茂明求见。

"烁儿先回去吧。"

"侄儿告退。"

程茂明随内侍进来时看到的就是这幅温情画面，当下心一震，与祁烁擦身而过时狐疑地看了他一眼。

难道靖王世子抢先说了？

祁烁微微颔首算作打了招呼，神色平静地走了出去。

程茂明一颗心定了定：看来没有。

他就说靖王世子不是这种人。

他走上前去行礼问安："微臣见过皇上。"

"客馆那边有异动？"泰安帝见到程茂明，第一反应就是这个。

今日一早，玉琉使节就来闹腾了，尽管告诉了对方查到了第三人的存在，可泰安帝知道玉琉一方不会轻易相信。

或者说，就算证据确凿，玉琉使节也不会放弃把灵雀公主的死讯传回玉琉，由玉琉王定夺的想法。

大周与玉琉曾有过和平之约，但随着玉琉的发展壮大，这个约定早就变成了一层脆弱的窗户纸，捅破它只需要一个微不足道的理由。

泰安帝暂时不想去赌玉琉王的心思。

兵未练成，储君未定，这个时候若是玉琉与北齐联手，对大周大大不利。

泰安帝想到立储，自然就想到了魏王。

近来请求立储的折子越来越多了。

泰安帝并非不满意魏王。自从对太子感到失望，魏王自然而然进入了他的视线。四子比长子强太多，只是那种沮丧的心情一时缓不过来。

泰安帝是个理智的人，知道在别无选择的情况下立储之事不能再拖，由不得他一直整理心情。

"客馆那边暂无异动，是微臣看到街上张贴的凶手画像，有要事禀报。"

泰安帝一听，神色立刻严肃起来："说。"

程茂明微微低头，心一横，说了出来："那画像上的人……就是意图炸金秀街那伙人中的漏网之鱼！"

"什么？"泰安帝的脸色变得极为难看，竭力控制的怒气使他的声音冷厉如刀，割得人耳朵生疼，"朕就知道那些人不肯罢休！"

他扫了程茂明一眼，咽下了训斥："你与刑部、五城兵马司等衙门一起，就是挖地三尺，也要把这条漏网之鱼给朕挖出来！"

"微臣领旨。"程茂明走出皇宫，悬着的心才落下来。

情况比想象中好，他竟然没挨骂。

也因此，他对祁烁不觉多了几分感激之情。

京城百姓很快发现街上到处都是官差，一户户人家的大门被敲开，走在街上的行人也可能突然被拦下，与官差手中拿着的画像比对。

除了官差，很多百姓也加入了这场轰轰烈烈的寻找要犯的行动中，倒不是正义心过强，而是赏银太多了。

一时间，整个京城笼罩在紧张兴奋的气氛中，"嫌犯"被热心百姓源源不断地送往官府。

这种形势下，陈木却仿佛凭空消失了。

这日，几名官差按照分配的范围敲响一户人家的大门，门被打开后，他们看了一眼门内的青年，连话都没说就走向下一户。

画像上的人他们都看吐了，不用比对就知道不是。

青年随意地扫了一眼门外，平静地把门关上。

比之青年的平静，躲在暗处盯梢的玄一却陷入了自我怀疑：我是不是眼花了？

玄一飞奔回靖王府禀报。

"世子，您吩咐盯着的那户民宅，今日有官差挨家挨户搜查，属下看到了那家的人。"说到这里,玄一一脸古怪的神色,"那个人居然是在巷子里追杀林二姑娘的人……"

到现在,他还有种做梦的感觉。

当时世子制伏了那人交给他,是他亲自押回王府的,现在明明还在锦麟卫关着,怎么会出现在那里呢?

祁烁一听,也愣了,过了一会儿才问:"你没看错?"

"属下没看错,真的是那个人。"

"继续去盯着,先不要打草惊蛇。"

"是。"玄一带着一肚子疑惑离开了。

祁烁想了想,直奔锦麟卫。

程茂明一听靖王世子又来了,亲自迎了出去,朗声笑道:"正说请世子吃酒,没想到世子就来了。"

他现在看祁烁觉得格外眉清目秀,认定是自己的福星。

"又来叨扰大都督了,我想再见见我送来这里的人。"

程茂明看着祁烁的眼神登时微妙起来:三天两头想见面,也不知道送来图啥……

虽然腹诽,程茂明还是很快安排人带祁烁去了关押杜青之处。

杜青听到开门声,看到祁烁进来,眼神同样有些微妙:这么快就要放了他?

可在他想来,那个愿意放了他的傻子不该是靖王世子。脑海中闪过少女明媚的脸庞,杜青看着走来的青年,眼里有了审视之意。

祁烁一步步走近,近到二人之间的距离不足一臂,方才上上下下打量着眼前的人。

守在门口的锦麟卫目光闪烁。

靖王世子看起来好奇怪……

"我有些话与他说,还请行个方便。"祁烁回过头,客气地道。

"哦,世子请自便。"锦麟卫趁着关门的时候飞快地看了一眼,然后守在外面。

到这时,杜青已经明白,靖王世子过来显然不是为了放他走。

"他不住那里了吧?"杜青干脆先开了口。

祁烁沉默地盯着杜青的脸,盯得对方一脸莫名其妙时却突然伸出手,扯了扯那张脸。

"你是谁?"震惊过后,杜青喝问。

这个捏他脸的人真是靖王世子?

祁烁面上恢复了平静,仿佛刚才的行为从没出现过:"我也想问你是谁。"

杜青皱着眉,连头发丝都写满了戒备之意:"有话说明白。"

"在你提供的住处,出现了一个与你长得一样的人。"祁烁淡淡地道。

杜青瞳孔一缩,震惊到失声:"你在开玩笑?"

"我没那么闲。你能说说这是怎么回事吗?"

杜青死死地盯着祁烁,从那张平静的脸上却找不到丝毫戏弄之意,不由得感到茫然:"我不知道。"

他连个兄弟都没有,怎么会有个与他长得一样的人?

"好,我知道了。"祁烁说完,转身向门口走去。

"等等!"

祁烁停下,看向喊住他的人。

杜青的脸色有些难看:"要是查清楚了,能不能告诉我一声?"

祁烁没说行,也没说不行,沉默地拉开了门,离开锦麟卫后约了林好见面。

林好是小跑出来的,浅黄色的裙摆随着奔跑飞扬,犹如一只彩蝶飞向青年。

将军府老门房看在眼里,默默地望天。

"发现陈木的踪迹了吗?"林好放慢脚步,走在祁烁身边。

"没有发现陈木的踪迹,但发现了一件怪事。"

林好好奇心顿起:"什么怪事?"

能被阿烁说是怪事,那一定很离奇。

"玄一不是盯着那个住方吗?今日有官差敲门排查,发现开门的人是'杜青'。"

林好错愕地看着他:"不可能吧,杜青不是在锦麟卫?"

祁烁颔首:"我刚刚去锦麟卫确认了,杜青还在那里。"

"那是怎么回事?"林好拧眉思索,脚步越来越慢,直到顿住,"莫非有人假扮杜青?"

"应该是这样。陈木与杜青身形有差距,如果假扮杜青的是他,熟悉的人也许能看出端倪。"祁烁说出约林好的目的,"阿好,我们一起去看看。"

林好当然不会反对:"行,我倒要看看那人有多像杜青。"

二人商议一番,安排下去。

刚刚经历过官差排查的胡同又迎来了用力的敲门声。

"差爷,不是才查过吗?"开门的老伯又是紧张,又是纳闷儿。

"接到消息说你们这一片有可疑人,要再查一遍。"

两名官差冷着脸走进去,留下两名官差在外面,转了一圈,把这家的人都看过,四个人才一起走向下一家。

等他们敲响第三家房门时,一名年轻男子打开了门。

他没有说话,只是以不解的眼神看着几名官差。

一名官差仔细看了看年轻男子,激动地道:"就是他,带走!"

年轻男子终于露出错愕的神色:"差爷这是为何……"

"少废话!"几名官差推推搡搡,在探头张望的邻居们好奇的视线中带走了年轻男子。

这些人一走远,街坊邻居就纷纷走出家门,凑在一起议论起来。

"他们怎么把小王带走了?"

"说小王可疑。"

"瞎说吧，小王租住在这里有段日子了，平时虽然话不多，可也不像歹人啊。"

"就是，那画像我看了不下一百遍了，和小王半点儿不像。"

"我看是官差一直找不到人，随便抓个人交差，就是可怜小王了。"

…………

年轻男子渐渐觉得不对劲。

这几个官差带他去的方向好像不是哪个衙门。

"差爷要带我去哪儿？"他忍不住问了一句。

话音落下，剧痛袭来，年轻男子眼前一黑，昏了过去。

一座毫不起眼的宅子里，林好打量着昏迷不醒的年轻男子，不由得称奇："真像。"

祁烁的神色有些严肃："检查过他的衣裳，鞋子也脱下检查了，身高体形与杜青差不多，他不是陈木。"

杜青交代的落脚处没有发现陈木，而是出现了一个乔装成杜青的人，事情真是有意思。

林好盯着男子好一会儿，伸手扯了扯他的脸。

扯完年轻男子的脸皮，林好凑上前，准备看得更仔细些，却被祁烁一把拉住。

"我来吧。"

说这话时，祁烁有些无奈，好在阿好没和他争，这令他有些欣慰。

林好默默地看着祁烁伸出修长的手指，沿着年轻男子的脸部轮廓缓缓移动，直到耳际才停下。

耳旁的肌肤被扯动，一张皮被一点点揭开，整个过程看起来诡异又恶心。

林好顾不得这些感觉，紧紧地盯着露出真容的人。

这是一个三十来岁的男子，相貌平平，脸形与杜青差不多。

祁烁看向林好。

林好摇了摇头："没见过。"

她跟在明心真人身边时活动范围受限，认识的人并不多。

"他既然以杜青的模样见人，定然是平乐帝一方的人。"林好扫了一眼被祁烁丢在一旁的面具，难免好奇，"这是用人皮做的吗？"

"摸起来像是某种胶。"祁烁对易容了解不多，"等他醒了，可以问问。"

二人耐心地等待着。

男子不知昏睡了多久，终于艰难地睁开眼，映入眼帘的是一张陌生年轻的脸。

短暂的茫然后，他猛然坐起："你是谁？"

他昏迷前的印象，那几个官差带他去的方向根本不是官府。

他飞快地环视四周，脸色骤变："这里不是衙门，你们也不是官差！"

祁烁笑了笑："谁说的？你可能不知道，官府调查一些不方便公开的事时是有秘密机构的。"

男子似乎相信了，看起来越发紧张："那你们为何抓我？小民又不是通缉画像上的歹人……"

随着一面镜子摆在面前，男子辩解的话戛然而止。

镜子中是一张与他昏迷前全然不同的脸，也是他再熟悉不过的脸。

那是他的脸。

男子下意识地抬手摸脸，镜中人也做了同样的动作。

他猛然放下手看向祁烁，这一次惊恐的表情不再是装出来的。

"现在是不是可以解释一下你乔装易容的目的了？"祁烁淡淡地问。

男子目光闪烁，心神大乱："差爷要找的不是杀害玉琉公主的凶手吗？这与小民乔装没有关系吧？"

祁烁淡淡地看他一眼："巧了，你乔装的人我恰巧认识。"

男子身体一震，就听对方不疾不徐地道："他现在还在锦麟卫关着呢。"

"你到底是谁？"

祁烁轻笑："这个问题应该我问你。"

男子闭口不答。

"好了！"雀跃的声音从角落里传来。

男子下意识地看过去。

他醒来时就看到那里有人，但很快被眼前的年轻人吸引了注意力，顾不得留意其他。这时他看过去，能看到出声的是一个身材婀娜的少女，她的身边还有一个人，正用火钳从炉子中夹出来什么。

少女脚步轻快地走过来，站在审问他的年轻人身边，脸上难掩兴奋之色："没想到烧红了还挺好看。"

男子听着这话，眼睛死死地盯着走过来的人。

那人一副官差打扮，手持的火钳上夹着一个烧红的铁质面具。

男子不由自主地打了一个寒战，心中生出不祥的预感。

很快他的预感就成了真。

"这人嘴好硬，和他磨下去太浪费时间了。"少女笑吟吟地指着烧红的面具，"他不是喜欢戴面具吗？不如让他戴上这个试试。"

年轻人温柔一笑："也好。"

男子瞳孔剧缩。

这对男女是恶鬼吗？

祁烁看向男子，平淡的目光仿佛在看一截木头："你不如再考虑一下，是老实交代呢，还是戴上新面具？"

男子紧紧地抿着唇，脸色白得骇人。

祁烁扫了手下一眼。

穿着官差服饰的手下响亮地应了一声，大步走到男子面前。

男子以为好歹会再问他几句，没想到这名官差风风火火，连一丝犹豫都没有，就用火钳夹着烧红的面具往他脸上扣。

那一瞬间，他甚至闻到了头发被烧焦的煳味。

"我说！"根本来不及思考，求生的本能令他脱口而出。

"先停下。"

灼热的气息骤然远离，男子后背出了一层冷汗，脸上全是惊恐之色。

对方是有吓唬他的可能，可他又有什么资格赌呢？何况他真的感到了对方的不在意。

"说吧，你是什么人？为何假扮……"祁烁顿了一下，语气玩味，"为何假扮小王？"

"我……"虽然迫于威胁开口，男子还是说不下去。

林好灵光一闪："我明白了！"

男子看向她。

"你以小王的模样示人，是为了不让街坊四邻察觉那里还住着别人。你在给杀害玉琉公主的凶手打掩护！"

锦麟卫一直没有放弃搜查意图炸金秀街那伙人中的漏网之鱼，倘若突然出现生面孔，那人就有被发现的风险。

有一个人易容成杜青，不但解决了陈木吃喝的需求，还使陈木变成了一个"不存在"的人。当他杀了灵雀公主后往杜青的住处一躲，官差搜查时有"杜青"出面，他就安全无虞了。

男子震惊地看向林好。

"我说对了？"林好笑问。

男子的神色不断变化。

林好收了笑，露出嫌弃的表情："我知道的可比你想的多，你要是等我都说了，那铁面具只好归你了。"

男子的太阳穴跳了跳，心中惊疑不定。

他实在想不通眼前的少女是怎么知道的，可她偏偏说对了。

林好干脆再推他一把，低声吐出三个字："平乐帝。"

男子猛然睁大了眼，似是见鬼一般。

林好纳闷儿地看着男子："你难道不知道，你掩护的那个人早就进入了锦麟卫的视线？他被抓捕的同伙能交代的都交代了。"

这话彻底击溃了男子的心防："我说……"

与林好猜测的差不多，此人确实是易容成杜青的模样帮陈木遮掩行迹的。

"你其他的同伙在哪里？"祁烁问。

男子摇头："我们都是单线联络。有一日我接到信儿与上头碰面，在一家茶馆，除了上峰,还有一名男子,他一点点摸了我的脸,过了几日便把一张面具送到了我的手上,然后我就以小王的身份住到了那里。"

"杀害玉琉公主的凶手也在?"

男子犹豫了一下,点点头。

"那官差搜查时他是怎么躲过的?"祁烁再问。

"柴房里有个米缸……"

得到了想要的信息,林好与祁烁离开了关押男子的地方。

在一家离杜青住处不远的茶肆坐定,祁烁吩咐下去:"通知玄一,可以直接拿人了。"

祁烁让手下假扮官差带走假杜青后,那个住处就一直有人守着,到现在还没有传来有人出来的消息。假杜青没有撒谎的话,那陈木一定还躲在那里。

林好抿了一口茶,有些感慨:"真谨慎。"

外面到处都是搜查的官差,为了找出杀害灵雀公主的凶手,几乎是地毯式搜索,这个时候陈木若是见假杜青被带走就贸然出逃,根本无处可去,躲在那里至少能支撑一段时日,等过了最紧张的时候才可能有机会逃走。

假杜青被带走时院门没来得及锁,这就方便了玄一等人。留下几个人守在房子四周,玄一带着两个人放轻脚步走了进去。

柴火一直被堆到柴房外,柴房中又闷又热,人一进去,汗水就流了下来。玄一直奔角落里那两口大缸,掀起其中一个缸盖,里面是酸气冲天的腌菜,另一口大缸中是小半缸糙米。

玄一冲手下点了点头。

手下会意,从堆满杂物的地方拿起一个水瓢,把糙米一瓢瓢舀到地上,没多久就露出缸底来。

缸底明显有个凸起。

手下以询问的目光看向玄一。

玄一俯身伸手按住那凸起处,尽管没有见过,却对这凸起的用处了然于心。

他退后一步,从怀中取出火折子点燃一把细柴,随即握住凸起处猛然一拉,把腾腾燃烧的柴火丢进了乍然出现的洞口里。

几乎是一瞬间,一个人就从洞里跳了出来。

陈木的身手是很好,可从洞里跳出来面对早有准备的三个人,这样的处境让他失去了脱身的可能。

他在跳出来的瞬间就挨了一拳,没多久就被玄一控制住。

玄一果断捏开他的嘴把一团布塞进去,把人交给手下看好,自己去向祁烁复命。

"确认过了?"

"属下已经确认过,是画像上的人。"

祁烁点点头，看向林好："有什么话想问他吗？"

林好摇摇头："不了，还是按商量好的，把他送去锦麟卫吧。"

平乐帝一方布局多年，藏匿在京城的人不少，她和阿烁没必要站到明面上来。

祁烁在锦麟卫衙门没有见到程茂明。

"大都督去客馆那边了。"

"大概什么时候能回？"

招呼祁烁的锦麟卫面露难色："这可说不好，世子若是着急，小的让人跑一趟看看。"

作为程茂明的亲信，锦麟卫当然知道大都督对靖王世子另眼相待，是以不敢怠慢。

祁烁没有客气："那劳烦了，我在对面的茶馆等他。"

锦麟卫很快吩咐一名手下去客馆找程茂明。

此时，身在客馆的程茂明正焦头烂额。

一名玉琉侍女居然不见了！

他听到禀报时眼前一黑，险些昏过去。

皇上特意叮嘱，连一张纸片被传回玉琉都决不允许，结果少了一个大活人，更要命的是，不见的还是玉琉侍女！

灵雀公主遇害后，玉琉使节居住的鸿胪客馆就被无死角地盯了起来，玉琉人只要走出客馆大门，无论去哪儿，都有人暗暗跟着，就连从客馆飞出的鸟儿，锦麟卫管它是不是信鸽，统统射下来再说。

他们这么严防死守，居然一个玉琉侍女不见了。

灵雀公主之死，京城上下都知道，如果有人给玉琉传信，其实拦不住，但一名大周人跑去说你们公主死在大周京城了，玉琉会信几分还是个问题，可要换成灵雀公主身边的侍女呢？

程茂明急得眼冒金星，把负责盯着客馆的属下狠狠打了一巴掌："混账东西，你怎么盯的人？"

挨打的属下也很委屈："属下按照您的吩咐把客馆层层围着，绝对没有玉琉侍女走出客馆大门。"

"绝对没出门？那人呢？难不成长了翅膀飞出去的？"

属下低着头不敢看程茂明暴怒的表情，讷讷地道："就算长了翅膀往外飞，也会被射下来的。"

那些从客馆飞出来的鸟儿就是这般下场。

"这么说，人还在客馆里？"

属下不敢吭声了。

用来安置玉琉使节的客馆不算大，他们早就搜过好几遍了，根本没有那个侍女的影子。

"继续找！"

程茂明背着手转圈，为向皇上禀报玉琉侍女不见的事发愁。

一名锦麟卫走过来："大都督，靖王世子在衙门对面的茶馆等您，说是有急事。"

"去和靖王世子说，我这里走不开。"程茂明第一反应是推拒，看着属下往外走，突然喊了一声，"等等。"

属下停步，不解地看着他。

"走吧。"程茂明交代几句，匆匆赶往锦麟卫衙门对面的茶馆。

祁烁慢慢喝着茶，猜测着客馆那边的情况，听到脚步声，看向雅间门口。

房门很快被打开，程茂明大步走了进来："让世子久等了。"

直到站在这里，他对自己的行为还有些想不通。

客馆那边出了这么大的事，他根本没有心思应付其他，可想到是靖王世子，竟莫名其妙地想见一见。

万一靖王世子又送来什么好消息呢？

这个念头一闪而过，程茂明并不想承认。

他才不是这种迷信的人。

祁烁放下茶盏："听说大都督在忙，本不该打扰，只是我这边有个新情况，思来想去还是知会大都督最合适。"

"什么情况？"程茂明心中不受控制地升起一丝期待，而后暗暗鄙视自己：怎么可能总有好事送上门来？身为锦麟卫指挥使，可不能抱着这种不劳而获的天真想法。

"是这样，机缘巧合之下，杀害灵雀公主的通缉要犯被我找到了。"祁烁淡淡地道。

程茂明大喜。

他就知道，靖王世子是他的福星！

"真的找到了？"程茂明毫不怀疑就信了祁烁的话，可是这惊喜太突然，太巨大，让他有种做梦的感觉。

祁烁很平静："看起来就是画像上的人，大都督要不要去看看？"

程茂明还能说什么，立刻带人前往杜青的住处，等到了那里，其中一人诧异地道："咦，这里曾被搜查过。"

程茂明瞥了那名锦麟卫一眼："什么时候？"

"就是追捕藏匿火药的那伙人中的漏网之鱼时……"属下回答道，暗暗后悔刚刚嘴太快。

"一群废物！"程茂明骂了一声，大步走进去。

陈木已经被转移到东屋，嘴里被塞着布团，双手被绑个结实。

程茂明一眼看去，忍不住大笑出声："好好好，果然是这个歹人，先把人带回去。"

带来的属下齐齐应"是"，上前把陈木死死按住押送出门。

程茂明虽然心急，却慢慢落在后面，与并没跟进去的祁烁碰面。
"世子可真是帮了我的大忙！"程茂明对着祁烁长长一揖。
祁烁依然神色淡然："大都督客气了。"
"这不是客气，我是真的感谢世子啊。"程茂明拉着祁烁的手，语气格外恳切。
祁烁的目光落在那只手上，嘴角微抽：倒不必抓得这么紧。
他不着痕迹地抽出手来，笑道："歹人不但滥杀无辜，还意图挑起两国纠纷，用心险恶，任何心怀家国的大周人都会这么做的，何况我还是宗室子弟。"
程茂明热泪盈眶："我明白。"
这些场面话听听就罢，说来说去还是靖王世子给他送福利，他要不知领情就太不懂事了。
"世子是如何发现此人的？"
"此事说来话长，等大都督忙完这段，我再细说。"
"那歹人……"
祁烁微微一笑："今日很多人瞧见人是锦麟卫抓走的。"
"这么大的功劳，怎么好意思呢？"
"在我看来，这功劳就该是大都督的。锦麟卫从很早就开始追捕此人，比刑部、五城兵马司等衙门付出的都要多……"
程茂明听得又是舒心又是感慨。
瞧瞧人家靖王世子，年纪轻轻多会说话，多会办事，要是他儿子能这样……呸，他没有儿子。
收回放飞的思绪，程茂明心里酸酸的。
他怎么就没有儿子呢？
"世子，我先回去审问一下那个歹人，之后还要向皇上禀报情况，失陪了。"
与祁烁道别后，程茂明匆匆赶回锦麟卫衙门。
陈木嘴巴里的布团已被取出，藏着的两颗毒牙也被找了出来。
程茂明看了一眼手脚被铁环固定的男子，开口问道："你叫什么名字？"
陈木撩了撩眼皮，没有吭声。
到现在，他对自己被抓还是困惑的，思来想去只能归咎于易容成杜青的人不知何时露出了破绽。
"你为何杀害玉琉公主？"
陈木依然没有开口。
"不说？"程茂明看着石头一样硬的阶下囚，火气直冒。
要不是这狗东西作乱，他怎么会忙成狗还要担心挨骂？！
"去把那些茶楼伙计叫来。"程茂明吩咐下去。
锦麟卫办事相当快，没多久几个茶楼伙计就被带来了，一个个看起来吓得不轻。
程茂明温声安抚："不必害怕，叫你们来是辨认一下此人是不是那日见过的疑凶。"

"就是他！"一看到陈木，就有一名伙计叫出声。

另一名伙计也认了出来："没错，是他！"

"确定？"

"错不了，他就是那日去后边的人。"

得到茶楼伙计肯定的回答，程茂明嘴角露出笑意，命手下送证人出去。

"你就算什么都不说，也一样能给你定罪。"程茂明走近几步，盯着面无表情的犯人。

陈木终于开口，声音沙哑："定罪又如何？"

落到锦麟卫手里，他就没想过还能活着。他搅起这么大风波，就是死了也够本了。

程茂明不由得皱眉。

这是块难啃的硬骨头。

"不说可以，那就看你能不能受住那些刑具了。"程茂明冷笑。

陈木看他一眼，亦冷笑。

"动手。"

随着程茂明发话，刑房里很快响起阵阵惨叫声，

不知过了多久，用刑的锦麟卫手都酸了："大都督，他昏过去了。"

程茂明暗道一声"晦气"，只得先进宫向泰安帝禀报情况。

玉琉侍女失踪一事时间久了根本瞒不住，要是被人抢先报到皇上那里，那他就要吃不了兜着走了。幸好靖王世子送给他这么大一个功劳，让他有了一张护身符。

程茂明进宫的路上又真情实意地把祁烁感激了一番。

泰安帝听了内侍传报，就知道灵雀公主遇害一事有新情况了，许是这段时间以来总没好事，他直觉不妙，在程茂明进来跪下请罪时竟有种心如止水的感觉。

他倒要看看还能发生什么事。

"微臣接到消息，一名玉琉侍女不见了……臣有罪！"程茂明跪在地上，埋头请罪。

泰安帝伸手摸上白玉镇纸，深深吸了一口气，到底没把镇纸砸出去。

他砸死个把酒囊饭袋倒是无妨，不能浪费了白玉镇纸。

"如何不见的？"泰安帝几乎是咬牙挤出的这几个字。

程茂明低头听着，暗道一声"侥幸"。

以他对皇上的了解，皇上表现得越平静，气得越厉害，还好他的护身符还没使出来。

"客馆四周昼夜都有人盯着，没见到玉琉侍女出来过，现在正搜查客馆内部，并通知各处城门仔细检查过往行人……"

听了程茂明的禀报，泰安帝怒极而笑："没见到人出来，客馆里又没有，难道一个大活人能变成鸟儿飞出去？"

程茂明想哭。

他也是这么想的啊，可一个大活人怎么就不见了呢？

偷偷瞄一眼泰安帝的脸色，程茂明果断使出护身符："微臣还有一事禀报。"

"说。"吐出这个字时，泰安帝额角青筋暴起。

难道还有糟心事？

程茂明稳住声音："杀害灵雀公主的凶手抓到了。"

"什么？"泰安帝第一个反应不是高兴，而是把白玉镇纸抓了起来。

一心期待着皇上听了这个好消息的反应的程茂明眼睛发直：刚刚皇上都没拿镇纸呢！

好在泰安帝很快消化了这个好消息，淡定地把镇纸放回桌上，仿佛什么都没发生过："人在哪儿？"

程茂明从皇上淡然的声音中听出了兴奋之意，一颗心彻底踏实了："人已经被关在锦麟卫，正在审讯。"

"如何抓到的？"

"那歹人十分狡猾，藏匿在一处民居里，锦麟卫挨家挨户反复搜查，终于把他找了出来……"程茂明嘴上说着，有点儿心虚。

"好，好，做得不错。"泰安帝一连说了两个"好"字，脸色好看了许多。

程茂明忙道："都是微臣该做的。只是那歹人十分嘴硬，目前还没审出什么。"

陈木的最大价值，就是供出那些藏匿在京城的同伙。

泰安帝对这事的重视程度不比玉琳侍女失踪一事少，他叮嘱道："审问不可操之过急，免得犯人承受不住。"

"微臣明白。"

"客馆那边也要抓紧，尤其出城的人，务必查清楚来历才能放行。"

程茂明心下一松，知道这场危机暂且算是过去了。

泰安帝淡淡地瞥了程茂明一眼，提醒道："既然通缉要犯是锦麟卫找到的，赏金就由锦麟卫领了吧。"

程茂明忙道："皇上不怪罪微臣办事不力已是开恩，怎么能领赏金呢？"

"让你领就领，不可使底下辛苦办事的人寒了心。"泰安帝不耐烦地道。

程茂明千恩万谢，离开了皇宫。

没了高高宫墙的阻碍，习习吹来的风把暑气一扫而空，程茂明一身轻松，是哼着小曲儿回衙门的，回到衙门的第一件事就是吩咐属下去领赏金。

皇上说得对，不能让辛苦做事的人寒了心，这笔赏金必须给靖王世子送去。

程茂明决定亲自给靖王世子送去。

因为程茂明还顾着客馆那边的事，二人见面已是用晚饭的时候，程茂明敬过酒，把装着赏金的匣子递过去。

祁烁失笑："大都督这是做什么？"

程茂明强行把钱匣子塞到祁烁手里："领了功劳已是惭愧，再贪了这赏金，程某成什么人了？世子无论如何都要收下。"

"那就多谢了。"祁烁没再推辞。

能抓到陈木，阿好其实占了大半功劳，想来收到这些银钱，阿好会很开心。

程茂明见祁烁收下，越发觉得眼前的年轻人浑身都是优点，简直闪闪发光：有宗室子弟的从容却无宗室子弟的骄矜，更不会清高到视银钱为阿堵物，最重要的是特别慷慨，视功劳如粪土。

要是他有个女儿……啊，他有一堆女儿，然而靖王世子定亲了。

想到现实，程茂明突然有点儿难受。

祁烁发现程大都督的情绪变得有点儿奇怪。

"还有件事要和大都督说一声。"

"世子请讲。"

"之前送到贵衙门的人不用再关着了。"

"喀喀，世子要把人接走？"

祁烁觉得这话有点儿怪，但没多想："直接放他离开就是。"

这是他与阿好商议过的。

杜青不可能一辈子被关在锦麟卫，阿好又不愿伤他性命，现在就成了最好的放人时机。

陈木刚被抓进锦麟卫杜青就被放出去了，无论是杜青一方的人还是陈木一方的人都会对杜青产生怀疑。

那可是吃人不吐骨头的锦麟卫，凭什么把杜青放了？

光是这种猜测就足够令杜青自顾不暇，顾不上找阿好麻烦了，而阿好也没失信于人，可谓两全其美。

"直接放？行，没问题。"

吃过酒，程茂明歉然地道："衙门那边还有些事，今日没能好好招待世子。改日，改日一定请世子好好喝一顿。"

"这个时候了，大都督还有事要忙？"祁烁随口问了一句。

程茂明本不欲多说，可看着俊眉修目的青年，突然心一动：靖王世子可是大大的福星啊，玉琉侍女不见一事要是请靖王世子参与一下……万一就解决了呢？

程茂明心中鄙视自己迷信，却没管住嘴巴："唉，不瞒世子，是鸿胪客馆那边出事了……"

祁烁听完，确实起了参与的兴趣。

他不是好奇心过盛之人，只是不愿看到狼烟起，毁了他与阿好好不容易得来的新生。

"若是大都督方便，明日我随大都督去看看。"

程茂明心中一喜，面上不好表现得太明显："世子能帮忙再好不过，就是怕把世子牵扯进来，害世子被人猜测。"

祁烁一笑："皇伯父知道杀害灵雀公主凶手的画像是我画出来的，大都督就以请我作画为由让我参与，旁人便不会多想了。"

"还是世子睿智。"

程茂明毫不吝啬地赞美一番，脚步轻快地回了衙门，回去后的第一件事就是吩咐属下放人。

天早就黑了，关押杜青的住处更是光线昏暗，只点了一盏油灯，如豆的火焰跳跃着，映照着他晦暗不明的脸。

对这日复一日在牢房中的生活，杜青从一开始的愤怒憋闷，到现在只剩下麻木。

靖王世子最近一次的到来让他彻底清醒过来，不再抱着不切实际的幻想。

近来发生的一切都表明他与陈木有关系，与陈木有关系就代表与平乐帝有关系，他们怎么可能放了他呢，又不是傻子。

这么想着，突然听到脚步声传来，杜青心中一凛，警惕地看向门口。

房门很快被拉开了，一名锦麟卫走进来。

"恭喜了，你可以出去了。"

"你说什么？"杜青以为听错了。

年轻的锦麟卫举了举手中的钥匙："是不是被关傻了？你可以出去了。"

杜青确定自己没听错，神色反而更木然。

可以出去……是放他走的意思吗？

这么想着，他就听轻微的"咔嗒"声响起，束缚了他多日的枷锁被打开了。

敞开的门有风吹来，恢复了自由的他却没有动作。

"请吧。"年轻的锦麟卫脸上写着不解之意，心道：这人该不会觉得锦麟卫伙食不错赖着不想走吧？

杜青默默吸了一口气，大步走出了锦麟卫衙门。

夜色如墨，檐下一盏盏的灯笼散发的橘色光晕朦胧了冷清的长街。杜青立在街头，一时不知何去何从，直到有人行色匆匆投来好奇的一瞥，他才如梦初醒，往一个方向奔去。

翌日阳光明媚，祁烁约了林好见面。

"已经和程茂明说了放杜青离开的事。"祁烁说着，把一个小匣子递过去。

"这是什么？"林好直接打开，见里面是一沓银票，有些吃惊，"这么多？难道是食肆的分红？"

那利润微薄的小食肆竟争气了吗？

一阵诡异的沉默后，祁烁若无其事地解释："抓到陈木的赏金。"

林好一听，一颗心莫名其妙地踏实了。

还好，还好，小食肆比不过她的花露铺。

她一只手随意地搭在打开的匣子上，嘴角挂着浅笑："程大都督送来的？还挺多。"

"嗯，都给你。"祁烁十分自然地道。

身为将军府的姑娘，林好从不缺银钱，哪怕买宅救助乞儿那段时间终于尝到了手头紧张的滋味，也不会把钱财看得太重，可这并不影响她听了祁烁的话后感到开心。

少女弯了眉眼："那我收着了。"

见她毫不犹豫地收下，祁烁唇角微扬："今日忙不忙？"

"不忙。花露铺那边暂时没有上新，她们几个渐渐理顺了，宅子那边有阿星管着，也不用我操心。"林好说着不忙，其实在家并不是没事干。

她在绣嫁妆。

刺绣一道，她是不怎么擅长的，但也过得去，嫁衣那些都是请最好的绣娘慢工出细活儿，绣个简单的枕套什么的应付一下婚嫁习俗她还是能做到的。

要是让林氏知道闺女的想法，恐怕要笑死。

就阿好这一天绣个几针的懒样，甚至不如她这个从小当土匪的娘备嫁时努力。

祁烁是想象不出林好认真绣花时的情景的，听她说没事，便道："今日我会随程茂明去一趟客馆，你要去看看吗？"

林好来了兴趣："客馆那边出什么事了？"

"一名玉琉侍女失踪了。"

林好不由得皱眉："那是不是有麻烦了？"

"看能不能及时把人找到了。"

"我和你一起去。"

于是，翘首以待的程大都督就等来了靖王世子以及他未过门的媳妇。

看到林好的瞬间，程茂明的心情有些复杂。

每次见到林二姑娘，他才会觉得如靖王世子这样的儿子没有也罢：哪儿有办这么严肃的正事带着未过门媳妇的？！

"大都督，可以走了吗？"见程茂明走神，祁烁出声提醒。

"哦，世子请。"程茂明心中长叹一口气。

人无完人，媳妇迷或许就是靖王世子唯一的缺点了吧。

一行人很快赶到了客馆。

玉琉使节正在闹："我们是来访的使者，不是嫌犯，你们一遍遍搜查还不让我们出门是什么意思？"

鸿胪寺卿焦头烂额地安抚着，一眼瞥见程茂明来了，赶忙求助："程大都督，你可来了。"

没等程茂明开口，玉琉使节就冲着他发火了："程大人，拦着我们不许出门的就是你的属下吧？我要去问一问贵国皇帝，贵国是要软禁我们吗？"

程茂明客气地笑道："使节要见我们陛下，随时都能去求见，可不能把软禁贵客的罪名扣给程某啊。"

"那这是怎么回事？"玉琉使节一指守在外头的卫兵。

"这是保护啊。"程茂明面不改色说瞎话，"昨日贵国一名侍女失踪，至今不见人影，程某担心外面潜伏着丧心病狂的歹人，所以才守着门，防止贵客们出去被盯上，并仔细搜查客馆内部，以防歹人藏身其中对贵客们不利……"

他说着，露出委屈的神色："程某都是为贵客们好啊！"

玉琉使节听着这些鬼话，只想冷笑："我要见贵国皇帝。"

"那你去啊，多带些人保障安全。"程茂明一副全为对方着想的样子。

玉琉使节去见皇上也好，去街上闲逛也好，他怕的从来不是这些光明正大从门口出去的人。

玉琉使节冷哼一声大步向外走，果然无人阻拦，走了没几步，他又回来了。

"使节不去见我们陛下了？"

"还没问程大人，失踪的侍女找到了吗？该不会如我们可怜的公主一样出事了吧？"玉琉使节找了个无懈可击的台阶下来。

玉琉侍女为何失踪，他再清楚不过，最担心的就是被这些人找到。

程茂明脸色一正："还没有，所以程某才过来继续调查。"

"那程大人可要尽快把人找到。"

二人言语交锋，鸿胪寺卿则向祁烁问了好，并暗暗纳闷儿靖王世子为何与程茂明一同前来。

至于安安静静站在祁烁身边的林好，因为是男装打扮，一时没被注意到。

玉琉使节终于把注意力放到祁烁身上："这位就是靖王世子？"

祁烁看过去，微微颔首。

玉琉使节登时有了兴趣："听说杀害我们公主的疑凶就是世子听人描述后画出来的，这是真的吗？"

"嗯。"祁烁言简意赅，眉眼沉静。

"那世子今日过来是……？"玉琉使节看着肤色如玉的青年，心中难免轻视。

一个拿画笔的王孙公子，凑什么热闹呢？

没等祁烁开口，程茂明接过话来："世子是程某请来的。使节肯定知道失踪侍女的长相吧，让我们世子画出来，方便找人。"

我们世子？

玉琉使节没察觉哪里不对劲，鸿胪寺卿眼神古怪地看了程茂明一眼。

程茂明神色自然，丝毫不觉自己的话有什么问题。

鸿胪寺卿忍不住瞄了一眼祁烁，发现靖王世子的神色更自然。

他茫然地摸摸胡子，怀疑有问题的是自己。

林好亦隐晦地扫了程茂明一眼。

"我们世子"这个口吻好奇怪，阿烁对程大都督做了什么？

"要把失踪的侍女画出来？"玉琉使节不带犹豫地同意了，"可以。不过我没怎么留意过那侍女，叫与她相处多的人来说吧。"

众人转到庭院中，桌椅笔墨被摆好后，三名穿着玉琉服饰的婢女走了过来。

玉琉使节指着她们道："她们都是和失踪侍女一起服侍公主的，朝夕相处，感情很好。"

三名侍女屈了屈膝，看向祁烁的眼神藏着这个年纪的少女见到年轻俊美男子的好奇与兴奋之色。

祁烁看了她们一眼，平静地道："开始吧。"

接下来就是一人提问，三人回答。

失踪侍女什么年纪，身高多少，从脸形到身材，随着祁烁越问越细，一名少女跃然纸上。

"你们看一下，是这样吗？"祁烁放下笔，语气温和客气。

"是百灵！"最先开口的侍女脸有些红。

祁烁看了她一眼，将淡淡的目光投向另外两名侍女。

两名侍女连连点头："太像了，百灵就长这样。"

玉琉使节看了一眼画像，不由得吃惊："世子画技真是了得，这种人物画法竟不曾见过。"

玉琉擅画人物的才子虽不少，但更重神韵、意境，真要对着画像找人，那就是开玩笑。

"那是，我们世子的画法可谓独树一帜。"程茂明得意地道。

鸿胪寺卿又忍不住看过去。

程大都督这与有荣焉的语气是怎么回事？

这时一名锦麟卫过来，凑到程茂明耳边低声禀报："大都督，又搜查了一遍客馆，还是没有发现。"

程茂明点点头示意知道了，小心翼翼地把画像拿起来吹了吹，吩咐属下："让那几个画师参照此画多画一些画像，分发下去照着寻人。"

属下领命而去。

"还需要问什么人吗？"玉琉使节露出送客的意思。

程茂明装作看不出来："为了早日找到贵国侍女，当然要多找人问问。"

玉琉使节面露不耐烦之色："昨日不是都问过了？没人见到百灵出门。"

"那也要再问问，万一有疏漏呢。"程茂明语重心长地道，"时间拖得越久，人越危险，使节说是不是？"

"那程大人自便吧。"玉琉使节淡淡地道。

很快门房就被叫来。

客馆本就是临时安置外宾之处，守门的自然是大周人。门房有问必答，十分配合，奈何都是没什么有用的信息。

这些话其实昨日就问过了，程茂明听着只觉焦躁，忍不住用余光去瞄祁烁。

靖王世子就不说点儿什么吗？这样他很难办的。

突然，一道柔和的声音响起："为何不问问玉琉侍女失踪那段时间都有谁出去了呢？说不定出去过的人能提供一些线索。"

这话一说出口，多道视线投向一直默默待在靖王世子身边的清秀少年。

程茂明发现开口的是林好，面露惊讶之色。

这是一个新思路啊！这个建议要是靖王世子提出的，他觉得再正常不过，谁让靖王世子是他的福星呢……

等等，福星？

程茂明缓缓看向祁烁，心一震。

靖王世子带林二姑娘一起来，就是冥冥之中注定林二姑娘会给他帮助吧？所以说，这还是因为靖王世子。

这一刻，程茂明突然对查明玉琉侍女失踪的事充满信心。

林好："……"先不论她说的有没有道理，程大都督看阿烁做什么？

"这是……？"

玉琉使节一开口，程茂明猛然咳嗽一声："咳，有道理。"

他转向门房，把其他人的注意力也拉了过去："昨日进出之人，你可还有印象？"

门房面露难色："每日进出的人都有不少，小民不一定记得全。"

"无妨，记得多少说多少。"

"那个时间段好像没有玉琉贵客出去，出门的都是咱们客馆的人……"门房努力回忆着。

很快，门房提到的人都被叫来，有出去采买的小吏及帮手，送来洗净衣物的妇人，几名做完活计离开的帮佣，货郎路过时出来买杂货的小丫鬟……

客馆性质特殊，既不是衙门，也非客栈，更不是民宅，大部分人是做完一天的活计就离开，留宿的反而是少数。好在发现玉琉侍女失踪时还不到晌午，离开的人不算多。

"都说说吧，你们是什么时候离开的，有没有见到形迹可疑的人？"程茂明板着脸问道。

小吏最先回答："天刚亮小人就带着他们两个出去采买了，有贵客在，饭食不能马虎，鸡鸭菜蔬都要挑最新鲜的……什么时候回来？大概辰正时分吧，一般都是这个时候回来。"

"小妇人就住在附近，今日是来送还浆洗干净的衣裳的，在客馆也就待了一刻钟就回家了。"

"婢子没出门啊，就在门口买了几把绣线。"说这话的小丫鬟又怕又委屈。

"小民……"

程茂明听着，眉头紧锁："都没发现不对劲的人？"

众人齐齐摇头。

程茂明脸色阴沉，问门房："还有别人吗？"

门房摇摇头："小民实在想不起来了。"

程茂明看了那些人一眼："那他们说的和你印象中有出入吗？"

门房听了这话，视线一一扫过那些人，迟疑地道："没什么出入……"

视线划过小吏旁边的一名男子时，他顿了一下："胡大好像又出去了一趟。"

叫胡大的男子是小吏的帮手，与另一个帮手一起负责把采买的东西运回来。

胡大一听就急了："老张，你可不能胡说啊，我随刘头儿回来后就没出去过，一直在后厨帮忙呢，王大妹子能做证。"

程茂明好不容易听到点儿不一样的，自然不能放过，立刻把厨娘叫来询问。

厨娘不好意思地点头："因为买了不少鲜菱角要剥壳，我忙不过来，就让胡大帮着收拾一下。"

"大人您看，小民没扯谎吧。"

程茂明看了门房一眼。

门房一脸尴尬之色："那可能是我记错了，一天进出的人那么多……"

祁烁心一动，咳嗽起来。

咳嗽声立刻引起程茂明的关注："世子没事吧？"

肤色如玉的青年因为咳嗽，双颊染上一层薄红："还好，大都督继续问吧。"

程茂明却没继续："问了这么久都累了，喝杯茶休息一会儿再说。"

鸿胪寺卿是个识趣的，忙道："不如去鸿胪寺坐坐吧。"

鸿胪寺就在客馆隔壁，过去十分方便。

临走时，程茂明特意叮嘱属下："把这些人都看好了，等会儿还要问话。"

一到鸿胪寺，祁烁便对鸿胪寺卿道："借欧阳寺卿书房一用。"

鸿胪寺卿听了这话一愣，程茂明则惊喜交加："世子莫非发现了什么线索？"

鸿胪寺卿深深地看了程茂明一眼。

他确定，今天的程大都督有点儿毛病。靖王世子用个书房就是有线索？程大都督想找到失踪的玉琉侍女想疯了吧。

"算是吧。"祁烁微微颔首。

鸿胪寺卿陷入了呆滞。

尽管靖王世子的回答很谨慎，可这意思分明是有线索！

"欧阳大人？"程茂明喊了一声，心道：欧阳寺卿莫不是年纪大了，看起来不大机灵的样子。

鸿胪寺卿回过神："哦，这边请。"

几个人一起去了书房，里面笔墨纸砚俱全。

祁烁客气地问："不介意我用一下吧？"

"世子随意用。"鸿胪寺卿说着，心中不免感慨。

如靖王世子这般谦逊有礼的宗室子弟可不多啊。

祁烁铺开画纸，拿起笔画了起来。他神色专注，下笔如飞，很快，一个少女的轮廓就被勾勒出来。

林好第一个看出端倪："这是失踪的玉琉侍女？"

"是吗？"程茂明把鸿胪寺卿挤到一旁，看得更仔细了些。

鸿胪寺卿将注意力转到林好身上："这位是……？"

他早就好奇这个少年的身份了。

程茂明暗道一声"不妙"，正想帮着遮掩，就听林好大大方方地道："我是将军府的林二姑娘，随世子来看看。"

那一瞬，鸿胪寺卿眼睛都瞪圆了，好一会儿才"哦"了一声，恍恍惚惚地看向祁烁。见祁烁专心作画，没有回应，他又忍不住去看程茂明，看到的是面不改色的程大都督。

于是，一把年纪的鸿胪寺卿又陷入了呆滞。

"世子为何又画了玉琉侍女？"程茂明也看出来了，纳闷儿地问祁烁。

"稍等。"祁烁很快把玉琉侍女画好，拿起画纸放在一旁晾着，又铺上一张宣纸画了起来。

程茂明越发好奇了：还画？

林好看着祁烁几笔落下，脑海中灵光闪过："胡大？"

"什么胡大？"程茂明一时没反应过来。

鸿胪寺卿亦是一脸茫然的神情："世子要画的是刚才那个胡大？"

祁烁专注作画，淡淡地"嗯"了一声。

程茂明与鸿胪寺卿面面相觑，皆从对方的眼里看到了困惑之色。

"为何画胡大？"程茂明不好打扰祁烁，干脆问林好。

林好微微一笑："大都督等世子画好就明白了。"

书房内一时安静下来。终于等到祁烁放下笔，程茂明与鸿胪寺卿不约而同地伸长脖子，目不转睛地盯着画卷上的人。

那确实是刚才被问过话的胡大。

"世子觉得此人有问题？"

祁烁把刚刚放在一边的玉琉侍女画像拿过来，与胡大的放在一起："大都督、欧阳寺卿，你们对比一下这两个人，有什么发现？"

"这两个人……"程茂明摩挲着下巴打量着，突然一顿，不确定地道，"他们的脸形好像差不多。"

得到祁烁的赞同，程茂明兴奋起来："还有眉眼间距，鼻子形状……"

祁烁用帕子轻轻拭去指尖的墨迹，语气平静："二人的脸形、五官有相似之处，失踪的玉琉侍女有易容成胡大的先天条件。"

程茂明拊掌："这么说，胡大和门房可能都没说谎，第二次出去的胡大是玉琉侍女伪装的！"

他不禁向祁烁投去钦佩的目光："世子是怎么注意到的？"

很多事一旦被点破，人们就会觉得不过如此，可在迷雾重重时能找出关键，就需要敏锐的观察力了。

祁烁与林好对视一眼。

他们能这么快想到这上面，是因为发生了假杜青的事。

"我喜欢画人物，有观察一个人五官、脸形的习惯，加上刚刚画过玉琉侍女，印象比较深。"祁烁顿了一下，提起玉琉使节，"大都督对玉琉使节提出给玉琉侍女画像方便找人时，对方丝毫没有不情愿之意，那时我就隐隐有了猜测。"

与表现出来的相反，玉琉使节是决不愿侍女被找到的，可又丝毫不在意玉琉侍女的长相为人所知，一种可能就是失踪的侍女改变了模样，这样一来，按照她的画像寻人反而是在掩护她。

程茂明不由得点头："世子真是细心。"

鸿胪寺卿看着祁烁的眼神亦有了不同。

他本以为靖王世子只是个擅长画画的才子，没想到是个心智不凡的人才。

"还有，"林好接过话来，"玉琉使节说那三名侍女与失踪的侍女感情深厚，可她们与世子说话时只见羞涩与兴奋，却没有对失踪姐妹的担忧，这也不合情理。"

一直云淡风轻的青年郑重地解释："这个我真没留意。"

林好微笑。

祁烁："……"

程茂明同情地看了祁烁一眼：就说这么严肃的正事不能带着未过门的媳妇吧。

"咳咳。那照着世子与林二姑娘的推测，我们要找的不是这张画像上的玉琉侍女，而是胡大？"程茂明把胡大的画像拿起来，顺便替祁烁解围。

"为保险起见，大都督可以在不惊动玉琉使节的情况下再审问一下胡大与门房，确定他们没撒谎的话，应该就是了。"

"好，我这就安排人悄悄审问。"

鸿胪寺卿忍不住说出担忧："那侍女真要乔装成胡大离开了客馆，恐怕当时就出城了吧？"

程茂明抖了抖胡大的画像："出城也要吃饭住宿，知道了那侍女乔装后的模样，就有希望把她找回来。"

这一年来，因为平乐帝一方蠢蠢欲动闹出不少事来，京城周围地界对生面孔的管理越来越严了，除非那侍女不进城，不借宿，专拣荒山野岭赶路，不然绝不可能不留下蛛丝马迹。事实上，就算失踪的侍女有在荒郊野岭生存的本事，也做不到完全不走官路。

"我这就安排下去，今日多谢世子了。"程茂明冲祁烁拱了拱手，真心实意道了谢，匆匆离开了鸿胪寺。

"欧阳大人，我们也回去了。"

"世子、林二姑娘好走。"鸿胪寺卿亲自把祁烁与林好送到外面，目送二人走远后，没有回衙门，而是赶往客馆。

失踪的玉琉侍女要是找不回来，他这个鸿胪寺卿也讨不了好。

胡大的画像发挥了极大作用，三日后，程茂明便接到密报："胡大"找到了。

被匆匆押送来的玉琉侍女还穿着男装，脸已经恢复了本来模样。

"她怎么易容的？"

一名锦麟卫奉上一个小盒子，程茂明接过来打开，用手指捏着提出一张柔软有弹性的面具。

"这是什么做的？"他揉了揉面具，分辨不出材质，便把面具重新放回盒子中，打量起玉琉侍女。

可能有先入为主的原因，他越看越觉得玉琉侍女像胡大。

"你叫百灵对吧？"

玉琉侍女盯着程茂明，哑着声音开口："我要见我们大人。"

程茂明一笑："你先把问题交代了再说。"

玉琉侍女紧抿着嘴不说话了。

"用刑。"程茂明面无表情地吩咐一声，往椅子上一坐。

玉琉侍女眼睛睁大几分，眼神中透着难以置信之色。

这人就问了她一句就开始用刑？

很快，一名锦麟卫拿起长鞭，用力一甩抽打在玉琉侍女的身上，玉琉侍女当即惨叫出声。

这声惨叫声并没有影响鞭子落下的速度。

火辣辣的疼痛席卷全身，疼得她脸色苍白，冷汗直冒。

"我是玉琉人，你们凭什么对我用刑？我们大人会找你们的，一定会找你们的——"玉琉侍女嘶声喊着。

程茂明摩挲着下巴，目光闪了闪。

看这玉琉侍女的反应，她不是专门培养的死士，那就好办了。

"继续用刑。"他冷冷地吐出这几个字。

这世上没有那么多硬骨头，没有经过特殊训练的普通人在重刑之下几乎没有扛住的可能。至于过后他如何向玉琉使节交代？呵呵，谁说玉琉侍女找回来了？

锦麟卫把鞭子往盐水中一蘸，甩了个漂亮的鞭花，抽打在玉琉侍女身上。

玉琉侍女皮开肉绽，盐水渗入新鲜的血肉，疼得人神魂都在颤抖。

眼见鞭刑没有停下的可能，她终于崩溃了，嘶声喊道："我说，我说！"

锦麟卫看了程茂明一眼，得到示意，提着鞭子退至一旁。

程茂明看着脸色惨白的玉琉侍女，叹了口气："早点儿配合不就不会吃苦了？"

玉琉侍女眼皮动了动，疼得眼泪直淌。

"说说吧，你悄悄离开京城的目的是什么？"

玉琉侍女用沉默抵抗了一瞬，然而一迎上程茂明冷冰冰的眼神，就哽咽着开了口："大人让我把公主的死讯传回玉琉……"

"信件呢？"

"没……没有信件。"

"嗯？"

玉琉侍女下意识地哆嗦了一下："真的没有。我是公主的贴身侍女，带回去的消息，王上会信的……"

程茂明挑了挑眉："那说说这面具是怎么得来的吧，你做的？"

把报信的玉琉侍女截下对锦麟卫来说已经完成了任务，但面具的来历也要搞清楚，不然再有人易容混出去，防不胜防。

"不……不是我。"

"那是谁？"

玉琉侍女又沉默了。

程茂明轻笑："看来用刑还不够。来人，换拶刑。"

"我说！"玉琉侍女惊恐地喊了一声，"面具是……是一个修剪花木的人悄悄塞给我的……"

修剪花木的人？

程茂明的脸色沉了下去。

"那个人叫什么名字？"

玉琉侍女虚弱地摇头："我不知道，他塞给我面具时我才第一次留意到他。"

程茂明倒不怀疑玉琉侍女撒谎。把几个修剪花木的帮佣叫来让玉琉侍女辨认原本是最方便的，但玉琉侍女被找到的消息不能传出去，知道的人越少越好，他想了想，觉得还是要找靖王世子帮忙。

他真的是离不开靖王世子啊……程大都督在心中感叹完，后知后觉地感到有点儿难为情。

喀喀，他找靖王世子帮忙主要是靖王世子有大才，不是他有依赖心理。

"把人看好。"程茂明交代一声，亲自去请祁烁。